LA SOUVERAINE EN SON DOMAINE

Né à Brive en 1949, Jean-Paul Malaval a été journaliste, notamment pour *Le Nouvel Observateur*, avant de se consacrer à son œuvre romanesque, forte aujourd'hui de plus d'une quarantaine d'ouvrages. Il a été maire de Vars-sur-Roseix, une petite commune de Corrèze, de 1995 à 2015.

Paru au Livre de Poche :

ADÉLAÏDE AU BORD DE LA FALAISE
LA BASTIDE AUX CHAGRINS
LA BELLE ÉTRANGÈRE
LA FOLIE DES BASSOMPIERRE
LES GENS DE COMBEVAL
LES LARMES DE LA PINÈDE

LES GENS DE COMBEVAL
1. Les Gens de Combeval

LES NOCES DE SOIE
1. Les Noces de soie
2. La Villa des térébinthes
3. Rendez-vous à Fontbelair

L'OR DES BORDERIES
LES SŒURS QUERELLE
SOLEIL D'OCTOBRE

JEAN-PAUL MALAVAL

La Souveraine en son domaine

Les Gens de Combeval, II

ROMAN

CALMANN-LÉVY

ISBN : 978-2-253-23797-6 – 1re publication LGF

I

LE VIEUX MONDE ET LE NOUVEAU

Printemps 1919

1

— Je ne dirais pas que la guerre est finie. Rien n'est terminé, affirmait Mme Rouveix d'un ton péremptoire. Jamais. Tant que les peuples ne seront pas devenus raisonnables. Il suffit d'une frontière, c'est-à-dire, vous en conviendrez, rien de plus qu'une ligne imaginaire sur une carte, pour rendre toutes les guerres possibles entre les peuples installés de part et d'autre. On invente ensuite mille raisons pour que la querelle s'envenime et, sur ce point, ajouta Léonie, on ne manque pas d'imagination. En définitive, les raisons sont négligeables, on n'a pas besoin de grand-chose pour faire une guerre. Et le plus incroyable, c'est qu'on promet que celle-ci sera la dernière, la der des ders, comme ils disent, alors que tout recommence, indéfiniment.

Elle moulinait l'air avec ses longues mains crochues comme des serres d'oiseau, tout excitée par son propos, comme si elle n'était pas parvenue à se faire une raison de toutes ces évidences, de ces lieux communs. Son mari ne l'entendait plus, ses paroles résonnaient dans le vide.

— Vous vous répétez, madame Rouveix, et vous ne vous en rendez pas compte. Cela s'appelle du radotage.

Gérald la vouvoyait parfois lorsqu'elle devisait ainsi en se donnant de l'importance. Il se moquait avec tendresse. Il espérait peut-être par ce jeu endiguer sa faconde, à moins qu'il ne la relançât comme on ouvre une vanne.

— À peine les peuples auront-ils repris goût au bonheur, à l'harmonie des cœurs, à la beauté du monde, que ça recommencera… D'abord par un petit rien, un filet de haine ridicule suintant au cœur de notre vieille Europe, et puis, sans qu'on y prenne garde, ça finira par enfler, jusqu'à nous surprendre au saut du lit, éberlués, un beau matin. « Mon Dieu, s'écriera-t-on encore une fois, comment est-ce possible ? » Tant de naïveté me déconcerte. La paix, l'armistice, c'est bien joli, mais ce n'est que partie remise, à mon humble avis. Certes, nous aurons peut-être quinze ans de tranquillité…

Pour toutes ces raisons, Mme Rouveix n'avait pas eu le cœur à pavoiser son balcon, comme tout le monde, le 11 novembre 1918. Ce devait bien être la seule villa de la rue Alex-Daudy à ne pas faire étalage des drapeaux que la mairie avait distribués si généreusement en disant à chacun : « Pensez à nos poilus, à tous ceux qui sont morts pour la France… » Pour le coup, M. Rouveix avait jugé la réaction de sa femme provocatrice au moment où l'opinion avait la tripe tricolore. « Que vont penser nos voisins ? Que nous ne sommes pas de bons Français, d'honnêtes patriotes… » Et sur ce point, M. Rouveix se sentait un peu coupable. On n'avait guère eu à se sacrifier dans cette famille briviste tournée vers le négoce des fruits et légumes rue Lachambaudie. On avait attendu discrètement que la tempête passe, avec toutefois quelques petits gestes, dont l'achat de bons de souscription pour l'effort de guerre. Mais ce n'était pas un acte dont on pourrait se vanter dans la conversation. Ce qu'on avait espéré des Français, c'étaient de réels sacrifices, du sang et encore du sang. En vérité, les Rouveix n'avaient pas eu à concéder la moindre goutte à la patrie. Et pire encore, on s'était abstenu des messes à la gloire du soldat, des enterrements de poilus et des rassemblements patriotiques.

— Personne ne me fera culpabiliser, rétorquait Léonie quand il s'en ouvrait à elle, même si les voisins nous boudent. Notre solitude, tout compte fait, est bien rafraîchissante, ajoutait-elle en chassant de son visage les mouches molles qui venaient la visiter, et trop souvent à son goût.

Ça la rendait de mauvaise humeur lorsqu'elle en arrivait à songer que les mouches n'approchaient que les vieilles personnes, comme si ces bestioles flairaient le début de la fin. Si bien que Léonie gardait à portée de main sa tapette, en vain en vérité, car les *Sarcophagidae* surtout, de toutes les espèces celle qui la terrorisait le plus, étaient promptes à se défiler pour finir sur la fenêtre entre vitre et rideau mousseline et, ainsi à l'abri, à zézayer par intermittence. Mme Rouveix n'avait pas le courage de les écraser, détestant les téguments jaunâtres sur le verre.

Le 20 avril 1919 étant le dimanche de Pâques, Léonie demanda à sa bonne, Mlle Victorine, de lui préparer un festin. Gérald trouvait ridicule de sortir la porcelaine et l'argenterie des grandes occasions pour eux deux. Il accueillit cette lubie avec agacement, d'autant que son médecin, Julius Renaudet, lui avait conseillé d'éviter la mayonnaise, le foie gras poché à la truffe et la tarte au chocolat… Mais Léonie était tenace pour dix, surtout lorsque son mari la contrariait. Tout de même, c'était elle la maîtresse de maison. Son époux pouvait prendre toutes les décisions dans son officine de la rue Lachambaudie, mais assurément pas dans la demeure familiale.

— À quoi nous sert-il, notre argent, releva-t-elle, si nous ne pouvons profiter des plaisirs de la chair ? En connais-tu d'autres dont on pourrait jouir ?

M. Rouveix, qui s'était légèrement empourpré, détourna la tête ; il détestait la légèreté dans le propos. Ce n'était pas anodin, une telle allusion, assassine comme seuls les vieux couples savent s'admonester à fleuret moucheté. Léonie avait beaucoup souffert du désintérêt que son mari lui témoignait depuis si longtemps, à vrai dire depuis la mort de leur fille Élise. Il lui était apparu à l'époque que ce drame lui imposait la continence.

Lorsque l'ambiance devenait trop pesante entre eux, M. Gérald – comme Léonie aimait à le nommer par ironie – se retirait dans son bureau des heures durant. C'était sa manière de bouder, tout en cherchant une consolation qui, d'ordinaire, ne tardait pas à venir. Mme Rouveix s'en revenait alors gratter à sa porte, avec prudence au début, puis avec détermination, frappant avec le pommeau de sa canne. C'était un rite domestique bien réglé.

— Nous festoierons, mon cher, que cela te plaise ou non. Nous avons assez perdu de temps à nous mortifier, moi à cause de mon sucre et toi de ton cholestérol. Faisons fi de tout ça. Qui sait ce que l'avenir nous réserve ? À nos âges, il faut brûler le cierge par les deux bouts. Les seuls plaisirs qui nous restent, c'est la table. Voilà ce que j'ai voulu dire et rien de plus. De grâce, Gérald, ne fait pas cette tête… Ça ne te ressemble pas.

Elle avança jusqu'au fauteuil qui trônait devant sa table de travail et s'y installa non sans difficultés. Ses jambes la soutenaient à peine, et c'était pire encore avec les étourdissements qu'elle attribuait aux médications de Julius. Gérald avait orienté son siège de côté pour observer de sa fenêtre les mouvements de la rue. Il se demandait pourquoi, après son aventure avec Julienne Soulet, une brève liaison abandonnée d'un commun accord, il n'avait pas divorcé. Par pitié, par amour, par lassitude, il ne savait pas. Sans doute, cette élégante emmerdeuse lui aurait manqué, ses soliloques, ses discours à rallonge avec questions et réponses fournies à la suite.

Soudain, Gérald Rouveix fit pivoter son fauteuil. Il posa un regard grave sur son épouse, au point que Léonie sentit passer sur elle un souffle d'exécration.

— Pourquoi ne t'ai-je pas étranglée ? Ainsi, fit-il en joignant ses mains, jusqu'à ce que tu expires.

— Fais-le, fais-le donc ! Tu me rendras service. Crois-tu que j'aie plaisir à vivre ?

M. Rouveix posa ses mains à plat sur le cuir du bureau et écarta les carnets et les feuilles qui l'encombraient. Des alignements de chiffres à n'en plus finir. Il soupira profondément, puis se mit à rire de lui-même, nerveusement.

— Oui, fit-il. Nous ferons un repas en tête à tête. Ce sera un grand moment de solitude partagée.

Léonie caressait du bout des doigts les festons de sa petite veste en laine aux boutons dorés. Elle faisait la moue, la lippe généreuse. C'était une expression qu'elle avait prise avec les brûlures du temps. Cet affaissement des traits lui déplaisait au possible. Cette laideur de l'âge, peut-être la lui reprochait-elle aussi, en silence, avec discrétion. Cette intelligence l'avait souvent préservée de ses colères. Il lui suffisait de regarder le ventre de son époux, d'observer les trois trous concédés à sa ceinture pour voir que lui aussi était devenu hideux. Mais Léonie n'en disait rien. Elle avait cette délicatesse, sinon parfois passer une main dans sa chevelure blanche et lui dire d'une voix apaisée et quelque peu aimante : « Tu portes toujours beau, mon cher… »

— Si cette idée de repas t'ennuie… bien sûr, je me rangerai à ton avis. Ce n'est pas nécessaire de me molester pour autant.

— T'ai-je molestée, Léonie, à quelque moment ?

— Non. Mais il y a des manières plus subtiles de me faire comprendre, cher Gérald, que je ne te plais plus. Hélas, le temps nous a meurtris. Tout n'a-t-il pas commencé après le départ d'Élise ? Cette déconfiture des sentiments…

Elle fut secouée par un hoquet d'émotion.

— Je t'en prie, ne recommence pas. C'est notre drame personnel, n'y touchons pas dans nos différends domestiques.

Il se mit à pianoter du bout des doigts sur le bord de son bureau.

— Faudra-t-il encore garder le piano, ce siège vide et cette partition de Debussy ? ajouta Gérald.

Elle se mit à chantonner, doucement, pour elle-même. Il donna un vif coup de poing sur la table. Elle s'interrompit en tremblant.

— Nous irons lui porter des fleurs, des roses rouges. Elle les aimait tellement. Je dirai à Victorine de faire un bouquet.

— Oui, répondit Gérald. Nous irons le déposer ensemble. Je t'accompagnerai. Ne serait-ce que pour te donner le bras jusqu'au bout de l'allée du carré 16.

— Et toi, tu n'as pas envie de visiter sa tombe ?

— Non, pas du tout. Je ne crois en rien. Élise est là, fit-il en posant la main sur son cœur. Et nulle part ailleurs. Une plaie qui ne cessera jamais de saigner. Tu le sais. Pourquoi sans cesse en parler ? Comme si tu avais besoin de te mortifier. Je ne comprends pas.

Après un long silence, Victorine apporta le thé sur un plateau vénitien. Pour une fois, la porcelaine chinoise était de sortie. Une idée de Léonie. Elle ne supportait plus le blanc de Limoges. Elle en cassait de plus en plus, avec cette désespérance colérique de n'en venir jamais à bout, tellement on en avait collectionné chez les Rouveix. Léonie demanda à la servante de se retirer, car c'était son habitude de rester planter sans rien faire. Ce style amusait Gérald, mais agaçait prodigieusement la maîtresse de maison.

— Quelle godiche ! fit-elle après qu'elle eut refermé la porte.

Gérald haussa les épaules.

— Si je traitais mes employés de la sorte, j'aurais bien des problèmes. Parfois, tu me surprends encore, fit-il en la dévisageant avec insistance.

Mais Léonie se redressa et prit appui sur le bord du bureau en bousculant la lampe.

— Qu'est-ce donc cette chemise rose que tu tripotes sans cesse ?

Elle voulut s'en emparer, mais M. Rouveix posa le plat de la main sur le dossier.

— Encore des placements financiers, je parie...

Il ne répondit pas. Elle ajouta d'un ton rogue :

— Nous ferions mieux de le dépenser cet argent... Plutôt que d'en faire des petits à n'en plus finir. Et pour qui donc ? Nous n'avons personne à qui le léguer à notre mort. Y as-tu réfléchi ?

— Certes, dit Gérald. Je ne songe qu'à cela, du lever du jour au coucher du soleil.

Elle se rassit avec difficulté, son corps empoté oscillant de droite à gauche, jusqu'à trouver enfin une position confortable.

— Pour une fois, je tiens à m'imposer ici, même si ma présence te déplaît, mon cher. Tu voudrais me voir dans le salon en train de lire, n'est-ce pas ?

— Que lis-tu au juste ?

— Les journaux et les comptes rendus de la conférence de paix. Mais tu t'en fiches, n'est-ce pas ?

— Oui, Léonie, dans les grandes largeurs. Il n'est que la loi des huit heures qui me préoccupe. Je vais devoir licencier pour compenser les pertes. Je ne le veux pas, mais…

— Tu n'as pas à t'en soucier pour l'instant. Ce ne sera appliqué que dans deux ans.

Elle éclata de rire. Nul n'était mieux au fait de l'actualité que Léonie Rouveix.

— Alors je me fais un sang d'encre pour rien.

— Pour rien, en effet, insista Léonie.

Elle goûtait son plaisir avec une moue de triomphe, comme chaque fois qu'elle prenait son mari à rebours. Ils burent le thé en silence. Seule Léonie picora dans l'assiette quelques sablés au beurre salé.

— J'ai reçu une longue lettre de notre neveu, dit-elle.

— Bastien Montagnac ? s'exclama Gérald. Un revenant… Je croyais qu'il nous avait oubliés.

M. Rouveix se mit à rire, la main toujours posée sur le dossier rose.

— Il est venu me voir, samedi en quinze. J'ai omis de t'en parler.

— Je n'ai pas eu le plaisir, moi, de sa visite. Voudrait-il enfin s'inscrire à l'école normale ?

Léonie fouilla son aumônière et en extirpa une missive.

— C'est un timide, ce garçon. Il n'ose pas nous parler lorsque nous sommes en face de lui. Alors, il envoie des lettres. Ce doit lui paraître plus aisé…

— Ah oui, fit Gérald, et que dit-elle, cette lettre ?

— Je ne vais pas te la lire. C'est assez fastidieux. Mais intéressant.

Rouveix hocha la tête en pensant à sa petite sieste. Une fois de plus, il devrait y renoncer.

— Notre neveu adoré nous fait part de ses projets pour Combeval. Mon Dieu, que d'ambitions…

— Tant que cet imbécile de Charles sera de ce monde, il n'y a rien à espérer. Statu quo, conclut Gérald. Combeval est condamné à végéter, péricliter, déplora-t-il.

Léonie tripotait avec gourmandise les sept ou huit feuillets de la lettre, sans se décider à l'ouvrir. Ce ne lui semblait pas la bonne méthode, à ce moment, d'exposer en pleine lumière les arguments du jeune homme.

— Te souviens-tu des terres de Combeval, de leur agencement ?

— Pas vraiment. Je n'y suis allé qu'une fois avec toi, le jour où l'on nous a chassés.

— Bastien s'est mis en tête de planter de la vigne sur plusieurs hectares à Bagarel. Des travaux de défrichement seraient nécessaires. De l'avis de Bastien, on devrait recourir à des explosifs agricoles. C'est une méthode qui consiste à briser le tuf pour atteindre les couches fertiles… Et ce n'est pas tout, ajouta Léonie, notre charmant petit-neveu voudrait aussi planter des fruitiers : pommiers, poiriers, cerisiers, pruniers et que sais-je encore… à Rochemorin. C'est une terre facile à travailler, bien exposée, mais pour l'heure, si je ne m'abuse, vouée au pacage. Il y a quelques fondrières. Le passage régulier des bovins a créé des dénivelés. Il faudrait pratiquer un défonçage en règle. Et pour clore le tout, notre protégé voudrait aussi déboiser le Vieux-Bos, près de la rivière La Blis, pour en faire une terre à tabac…

Gérald siffla d'admiration devant le court rapport de son épouse.

— Quelle mémoire ! On dirait que ce domaine de Combeval te tient à cœur ou est-ce le fruit de mon imagination ?

Léonie hésita ; elle redoutait les sarcasmes de son cher mari. Et finalement, elle se ravisa, en ajoutant que, certes, toutes ces belles intentions étaient comme des dessins sur le sable. Elle reconnut même que Bastien avait toujours été un garçon rêveur. Il avait espéré devenir instituteur avant de céder à la pression de son père. Pour l'heure, sa jeune existence n'avait été qu'une suite de renoncements. Léonie avait essayé de l'introduire à Brive dans le cercle de L'Aède au Plaisance. Mais Ariane Lamarkan, l'une des égéries de ce mouvement intellectuel, avait été déçue de le voir se défiler devant les obstacles. Pourtant, elle avait tellement cru à la métamorphose du petit paysan de Saint-Hospitalet. « Mais comment se débarrasser de la terre, de la misérable terre, lorsque celle-ci vous colle aux basques et à l'âme ? » lui avait écrit Ariane sur un bristol. Ce message paraissait sonner le glas d'une amitié naissante.

La réaction de Gérald rendit son épouse soupçonneuse. Dans cette maison des beaux quartiers de Brive, non loin des bords de la Corrèze, elle n'était pas encore parvenue, après tant d'années de vie conjugale, à cerner les profondeurs de l'âme de son époux. C'était un homme secret, occupé par son négoce, indifférent aux piques et critiques qu'on lui adressait. Il avait une si haute idée de lui-même, une telle certitude dans ses choix et ses actions qu'il rendait son entourage agressif. Car on eût aimé, chez les Rouveix et les

Belcayre, le voir un jour, ne serait-ce qu'un jour, contraint de montrer ses failles.

— Je sens que tu vas encore avoir la dent dure pour ce malheureux garçon, déplora Léonie par avance.

— Qu'est-ce donc qui t'incite à penser cela ?

Elle se mit à sourire, un sourire contrit et chagrin. Il l'observa en silence, par-dessus ses lunettes rondes, et parut s'amuser de sa réaction. M. Rouveix aimait parfois à surprendre son monde, surtout dans les moments où on le jugeait intraitable et rigide. Au fond, il voulait qu'on l'aime plus qu'on ne le craigne. Et qui eût pu le déceler l'aurait gagné à coup sûr à sa cause. Mais M. Gérald, comme on l'appelait à l'atelier de négoce de la rue Lachambaudie, paraissait n'avoir besoin de personne, ni d'encouragement et encore moins de conseil.

— Je le vois à ton regard. Tu es sans pitié. Tu te moques bien de ce que je viens de te dire. Ce Bastien n'est pas de ton monde. Il ne le sera jamais. Du reste, tu ne le crois pas capable de bâtir son paradis. Tu penses qu'il échouera, comme tous les siens. Qu'attendre d'un Montagnac ? Il te paraissait intéressant de financer ses études, non point pour lui, mais pour humilier Charles, Angèle et te venger d'Émilien. Je ne te blâmerai pas sur ce point. Émilien… je lui dois tant de souffrances. Mais Charles ? Tu le dis toi-même, c'est un imbécile, un cul-terreux, un obstiné de la vieille France des campagnes. Il ne mérite pas ta haine viscérale. Et tu ne pardonneras jamais à son fils d'avoir renoncé à ses rêves. C'est une faute irréparable à tes yeux. Je le sens. Ça te hérisse le poil, mon cher, que Bastien veuille sauver Combeval. Combeval doit périr, n'est-ce pas ? Et tu attends le moment où les terres seront vendues aux plus offrants. Le défilé des huissiers, des marchands de biens, la rapacité des corbeaux se jetant sur les dépouilles, voici qui te dédommagerait de tant d'années de disgrâce.

Léonie voulut quitter le bureau, mais Gérald la retint d'un geste apaisé. Il hochait la tête.

— Tu fais fausse route. Moi, dit-il, je n'ai pas reçu une belle lettre de notre neveu, mais bien autre chose. Voici qui va te ravir pour une fois et faire tomber ton hostilité à mon encontre.

— Qu'est-ce donc ce dossier rose? demanda-t-elle alors qu'il brandissait le dossier devant ses yeux.

— Un plan en bonne et due forme pour la renaissance de Combeval. Le tout astucieusement développé, parfaitement chiffré. Et tout à fait convaincant, ma chère.

— Je ne te crois pas.

— Notre Bastien a joué sur les deux tableaux. À toi, la lettre sentimentale et un brin implorante, je présume, et à moi, le lourd. Tout y est détaillé.

Et pour ce faire, il compte sur notre soutien financier. Qu'aurais-je à y gagner, me diras-tu ? Non point quelque revanche sur les dinosaures du temple sacré, mais une collaboration fructueuse. À la société Rouveix de négoce en fruits et primeurs, les circuits commerciaux et les débouchés… À Bastien Montagnac, la matière première. Nous formerons un tandem redoutable.

Léonie se mit à exulter en tapant des mains.

— Tu lui donnerais sa chance ? Je ne t'en aurais jamais cru capable ! s'écria-t-elle.

— Certes, oui.

Elle se leva pour tendre les bras vers son vieux mari et l'embrasser par-dessus la table de travail, mais il l'arrêta d'un geste.

— Il y a un hic. Bastien n'a pas la main, c'est toujours Charles Montagnac qui commande. Et je doute qu'il voie d'un bon œil cette collaboration. Plutôt crever, n'est-ce pas, que de faire alliance avec un Rouveix… Ah, je l'entends d'ici fulminer comme un beau diable !

Mme Rouveix imaginait déjà Charles allongé dans sa caisse. Mais elle chassa aussitôt cette vilaine pensée, indigne d'une chrétienne qu'elle était restée, malgré tout, même si depuis la disparition d'Élise elle ne fréquentait plus l'église des Roseraies.

— À moins, suggéra Gérald, que notre Bastien demande un conseil de famille, comme tu pourrais le lui conseiller, ma chère Léonie. Tu as de l'influence sur le garçon. Il t'écoute. Moi, je lui inspire quelques craintes et beaucoup de méfiance.

— Tu fais erreur. Il te porte en haute estime et…

— Ce n'est pas la question, coupa-t-il d'une voix énergique. Les enfants Montagnac doivent demander leur succession. Certes, Charles et Angèle se réserveront l'usufruit…

— Comment réagira Marcelin ? Il a toujours cédé aux caprices de son père. Quant à Eugénie, elle voudrait, je crois, partir travailler en ville. Tu pourrais l'aider à trouver une bonne place, une honorable situation même ?

Gérald Rouveix se leva pour faire quelques pas. Il aimait la musique grinçante des lames du parquet. À cette ballade tonitruante, on pouvait deviner que le maître des lieux s'abandonnait à une profonde réflexion. Léonie le suivait des yeux.

— Serait-ce souhaitable que nous nous en mêlions ? avança-il. Ou l'assurance d'un fiasco, comme autrefois, le fameux jour où, tous les deux, nous avons été chassés de Combeval avec perte et fracas. C'est une scène que je n'ai pas oubliée : Angèle nous courant après avec ses deux bâtards et Charles, la fourche à la main, prêt à nous la planter dans le dos.

Il se mit à rire. Mais Léonie ne le suivit pas sur cette pente. Elle en tremblait encore. « Allez, Rouveix, un bon geste, épouse-la, cette traînée, cette fille de rien qui a fait passer son polichinelle chez une faiseuse d'anges… Personne ne voudra de cette putain qui déshonore la famille ! »

Les mots terribles lui revenaient en mémoire. Elle se sentait au bord des larmes. Puis elle se leva et sortit du cabinet de travail pour rejoindre le salon et Victorine, toujours aux petits soins pour elle. C'était le réconfort dont elle avait besoin, la présence de sa servante. Elle attendrait ses ordres pour le repassage, pour la préparation du repas, elle guetterait ses commandements comme un ordonnance devant son général.

Mais contre toute attente, Gérald la rejoignit. Il ne comprenait pas sa désertion, cet émoi qui l'étreignait.

— Il faudrait que tu retournes à Combeval, lui dit-il. Tu serais le cheval de Troie. Une fois la brèche ouverte, je m'y rendrai pour défendre le projet de Bastien. Et Charles devra m'écouter. Je suppose qu'il n'est plus tout à fait l'homme d'autrefois. Tout de même, les années ont dû atténuer ses pulsions tyranniques.

— Jamais ! s'écria Léonie. Jamais je n'irai à Combeval. Enfin, Gérald, aurais-tu oublié notre promesse ? Tirer un trait définitif sur cette triste affaire…

Il n'insista pas. Il savait que cette idée mettrait un peu de temps à tracer son chemin. Les voix de la raison finissent toujours par s'imposer…

Le dimanche de Pâques, de fort bonne heure pour Léonie, les époux Rouveix se rendirent au cimetière Thiers sur la tombe de leur fille. Victorine, bien que ce fût son jour de repos, les accompagnait. Léonie avait besoin qu'on la soutînt jusqu'au carré 16 où reposait Élise. On déplia un tabouret portable pour que la vieille dame pût s'asseoir et Gérald déposa sa gerbe de roses rouges, à l'endroit même où, seize ans plus tôt, la jeune pianiste avait été inhumée.

— Notre Élise, fit Léonie, est née la même année que Blanche.

Gérald paraissait figé par l'émotion. Dans ces moments, il regrettait, puis se reprochait de ne pas venir plus souvent devant sa tombe, une simple pierre tombale aux sobres inscriptions. Rien en vérité ne rappelait ce qu'avait été sa courte vie, si prometteuse.

— Peut-être aurait-elle fait la même carrière ? Après tout, elles sortaient toutes deux du Conservatoire de Paris.

M. Rouveix soupira en fixant la blancheur laiteuse du ciel. Il n'aimait pas les cimetières, ni les souvenirs, ni les larmes du regret. Il méprisait cette tendance naturelle de l'individu, devant la mort, à convoquer des forces obscures. Rien ne saurait jamais combler l'absence. Et déjà, il commençait à s'impatienter au bout de l'allée 18.

— De la classe de Sophie Chéné, poursuivait Léonie. Tu te rappelles ? Élise nous parlait souvent de Mlle Selva. C'était son amie, n'est-ce pas ? J'ai relu dernièrement des lettres où Blanche racontait avec quelle tempérance et acharnement elle travaillait les *Variations Goldberg*. Et aussi son amitié avec Vincent d'Indy. Crois-tu que notre Élise l'a rencontré, elle aussi ? Je n'ai pas la moindre idée de ce qu'il peut composer. Il est vrai qu'à Brive nous sommes loin de tout. On ne sait rien de ce qui se passe à Paris... Et jamais on ne pourrait y entendre quelques pièces nouvelles. Voilà pourquoi notre fille se serait éloignée de nous. Nous ne l'aurions vue qu'épisodiquement. Du moins aurais-je pu suivre sa carrière dans les gazettes et sur les grandes scènes internationales, la salle Gaveau, le Carnegie Hall ou le Royal Albert Hall...

— Je sais tout cela, dit Gérald. Cent fois, tu m'as parlé de ces années au Conservatoire. Mais le destin en a décidé autrement.

— Seize ans déjà que nous l'avons confiée à la terre, soupira-t-elle. Elle aimait tellement Claude Debussy. Notre petite Élise serait devenue une de ses meilleurs interprètes. Je me souviens des

Préludes, tout juste composés, qu'elle déchiffrait dans notre salon. Tout cela m'est revenu lorsque la *Revue musicale* a annoncé la disparition du maître dans sa livraison de mai 1918.

Léonie se signa avant de tendre la main à Victorine pour qu'elle l'aidât à se redresser. Ce geste intrigua Gérald. Mais Léonie Rouveix le fixa en haussant les épaules, les yeux embués de larmes.

— On ne sait jamais. S'il y avait quelque chose là-haut…

Plus tard, au milieu du repas, Gérald évoqua de nouveau la perspective d'une visite à Combeval.

— Tu es comme ces chiens qui ne lâchent jamais leur os ! s'exclama-t-elle. Un vieux grogneur obstiné… Je n'ai pas passé toutes ces années à tes côtés pour obéir à tes injonctions. J'ai dit non, non et non, et encore non. Oublions Combeval tant que Charles est de ce monde. Après, nous verrons bien. Mais peut-être finirons-nous au carré 16 avant lui…

Léonie fit signe à Victorine, en désignant la carafe en cristal, de lui servir du pommard.

— L'ivresse me consolera de mes idées noires. N'est-ce pas, Victorine ? Prenez donc votre assiette et rejoignez-nous à table.

La servante parut s'offusquer de l'invitation, qui enfreignait tous les principes. Elle avait ses habitudes, imposées du reste par le maître de maison. Léonie insista. Cependant, rien ne put décider Victorine avant que Gérald ne lui accordât cette faveur d'un petit hochement de tête.

— Prenez du blanc de poulet avec cette délicieuse sauce brune et quelques parures de truffe, ordonna Léonie.

Pendant ce temps, Gérald observait son épouse, admiratif de sa vivacité d'esprit. Elle avait opportunément convié la servante à la table pour couper court à la conversation sur Combeval qui ne souffrait aucun témoin, fût-ce la petite Victorine.

— Nous ne retarderons pas indéfiniment la décision, dit-il.

— De quelle décision parlons-nous ?

— Tu le sais bien, Léonie.

— Crois-tu que cette question intéresse notre Victorine ?

La servante posa ses couverts et s'apprêta à se lever.

— Je puis me retirer, si cela est nécessaire, suggéra-t-elle. Vous êtes déjà si bons avec moi…

— Non, restez, Victorine, ordonna la maîtresse de maison. Prenez le reste de truffe.

— Et du pommard, ajouta Gérald. En voici un qui a été épargné de justesse par le mildiou de 1910. Nous l'avons conservé dans notre cave, bien à l'abri, durant toute la guerre. Sans oser le boire.

En vérité, la domestique attendait le verdict de M. Rouveix. Mais comme ce dernier paraissait s'amuser de la situation, elle resta immobile, hésitant encore à prendre sa fourchette et son couteau.

— Nous vous portons en haute estime, la rassura Léonie. Cela fait combien de temps que vous êtes à notre service ?

Victorine regarda M. Rouveix. C'était lui qui faisait les feuilles de paie. Elle attendit, prudente, comme chaque fois – assez rarement, il est vrai – que la conversation se portait sur elle.

— Février 1912, fit Gérald, laconique.

Elle confirma d'un hochement de tête.

— Je ne vous ai jamais vue triste durant toute la guerre, dit Léonie. Se pourrait-il que votre compagnon ait été préservé de toutes ces horreurs ?

Victorine n'avait aucune envie de répondre et Gérald se sentit en droit d'intervenir.

— Ne dites rien, si cela vous dérange… Mon épouse est parfois d'une indiscrétion absolue. Ne lui en veuillez pas. Je crois que Léonie ne mesure pas toujours les conséquences de ses questions.

La maîtresse de maison fit mine de ne pas comprendre et insista. Tête baissée, Victorine se décida enfin à répondre.

— Mon compagnon, comme vous dites, a été tué aux Éparges, en 1917. C'était vers le mois de juillet.

— Ah, ma pauvre petite, fit Léonie. Pourquoi n'avez-vous rien dit ? Nous aurions pu vous aider à traverser cette épreuve.

M. Rouveix observait la scène avec détachement. À la vérité, il ne s'était jamais intéressé à son employée de maison, jugeant sans doute que les affaires domestiques relevaient de l'autorité de son épouse. Il s'interdit d'ajouter une plainte à celle de Léonie, celle-ci eût été bien tardive et passablement convenue.

— Mon François est parti en mars 1917. Quatre mois plus tard, c'était fini pour lui.

— À un an près, ajouta Léonie, il ne serait pas allé au front. Comme notre petit-neveu, Bastien Montagnac… Lui a échappé à cette horrible guerre.

Victorine observait les Rouveix, tour à tour, d'un œil interrogatif. Pourquoi remuer le couteau dans la plaie ? se disait-elle. Auraient-ils quelque chose à se faire pardonner ? Des états d'âme ?

— Ceux qui ont pu s'éviter ça, je les approuve, dit Victorine. Tous ces sacrifices n'ont servi à rien. Ni vaincus ni vainqueurs chez les petites gens comme nous…

Léonie ne manquait jamais de soutenir les propos pacifistes qu'on entendait de plus en plus, dans la rue et même dans les salons. Souvent, ces discours étaient vivement critiqués par ceux-là mêmes qui étaient restés à l'arrière, bien à l'abri.

— Notre petit-neveu a profité de nos relations, avoua Léonie.

Gérald lui fit les gros yeux pour l'inciter à la discrétion. Mais elle l'ignora.

— Surtout de l'intervention du général Bergeal, ajouta-t-elle.

— Si j'avais su, déplora avec tristesse Victorine, je vous aurais sollicités pour mon François. Mais peut-être n'auriez-vous rien fait… Je ne suis qu'une petite bonniche. Qui se soucie de son employée de maison ? Alors, je n'ai rien à regretter. Et puis, ainsi, je ne suis redevable à personne.

Le silence gagna la tablée. M. Rouveix ne savait plus que dire. Et Léonie mesurait enfin la portée de ses propos. Elle ne s'en voulait qu'à moitié. Au moins avait-elle écorné la suffisance de son mari ; celui-ci paraissait anéanti, confronté à ses propres contradictions.

— Peut-être l'aurions-nous fait ? reprit Léonie.

— Facile à dire maintenant que le destin en a décidé, dit Victorine. On ne revient jamais en arrière.

M. Rouveix quitta la table avant le fromage. Il en avait assez. La solitude de son bureau lui manquait. « Je n'ai pas envie de me regarder en face, pensait-il, ni de plaider quelque circonstance atténuante. Certes, la guerre ne m'a pas atteint, et j'en suis ravi, même si je n'ai pas le goût d'étaler au grand jour cette bonne fortune. Il est de bon ton de clamer aujourd'hui que nous avons souffert le martyre, que notre conscience est blessée et que, si nous n'avons pas tous été des héros, c'est que le sort l'a voulu ainsi. » Il entrouvrit son placard à l'angle de la bibliothèque et se servit un cognac. Il fit tournoyer dans le verre l'alcool ambré pour contempler sa viscosité sur le cristal, signe de qualité. « De la jambe, se dit-il, et des larmes. Voici qui me réconcilie avec la vie. » Et il but une petite gorgée, attendit qu'il fît son effet en bouche. Puis se décida à en reprendre un second, sans hésitation. « Le temps n'est plus au sacrifice. On a enterré les morts, décoré les héros, place aux plaisirs de l'argent et de la chair. »

Pendant ce temps, Léonie expliquait que l'aîné des Montagnac, le frère de Bastien l'épargné (comme elle avait coutume de le nommer quelquefois), Marcelin, lui, était revenu du front mutilé.

— Si mutilé, précisa-t-elle, qu'il ne pourra jamais faire d'enfant à sa jeune femme. Vous me comprenez, n'est-ce pas ? Au bas-ventre, ça ne pardonne pas.

Puis elle voulut qu'on l'excusât d'avoir donné ce petit détail.

— D'ordinaire, lorsque j'en parle à demi-mot, cela dérange ou provoque des rires. Mais vous, Victorine, je sais combien vous êtes sensible et intelligente. En un mot, peut-être aurait-il mieux valu que ce pauvre Marcelin Montagnac fût tué comme votre compagnon… Ne pensez-vous pas ? Quel contentement aura-t-il à vivre auprès d'une si jolie femme ? Elle s'appelle Reine, une forte personnalité… de reine, me dis-je parfois. De reine fille, mais pas de reine mère, nota-t-elle avec un air perfide. Cette jeune épousée ira chercher son plaisir ailleurs, forcément. Qui pourrait l'en blâmer ? Entre femmes, ma chère Victorine, nous nous comprenons. La nature est exigeante, elle réclame ses droits. Même lorsque nous avons tout ce qu'il faut à la maison, il arrive qu'on aille chercher ailleurs…

Léonie se mit à rire en se resservant un verre de pommard. Victorine restait grave, silencieuse. Elle songeait à Bastien, à ce jeune garçon élégant et secret, un peu triste, qui venait de temps à autre hanter le salon des Rouveix. Il posait des questions insignifiantes sur la couleur du temps, sur les distractions dans la bonne ville de Brive. Victorine l'écoutait avec attention, mais se jugeait trop idiote pour formuler le moindre avis. Ce jeune homme ne semblait s'intéresser qu'à ses propres opinions, loin de s'imaginer qu'une interlocutrice comme elle pût en avoir.

— Je sais, madame, ce que vous voudriez savoir de moi, s'avança-t-elle.

— Quoi donc, grand Dieu ?

— Si j'ai remplacé mon François et par quelle sorte d'homme.

Mme Rouveix parut décontenancée.

— Je n'ai pas encore pu effacer de mon esprit ce garçon que j'ai tant aimé…, reprit la jeune femme. Peut-être ne le pourrai-je jamais ?

Léonie posa sa main sur celle de sa servante.

— Il vous faut néanmoins tourner la page. Sinon…

Les larmes coulaient sur les joues des deux femmes, en silence. Elles songeaient toutes deux au temps passé, à ces jours de bonheur qui s'étaient envolés et qui ne reviendraient pas. Léonie fixait au fond du salon le clavier du Pleyel et crut à cette seconde, dans le boursouflement des voiles chahutés par un souffle d'air, à une présence fugitive.

2

Bastien Montagnac allait d'un pas large, afin de compter l'arpent. Au jugé, la crête de Bagarel faisait ses cent vingt mètres et s'étendait en profondeur jusqu'au bas du vallon, jusqu'à une futaie. Jules Pichoine suivait le mouvement avec sa brouette emplie de jalons de bois, d'une masse et de quelques autres outils : houe, scie à main, hache à manche court… Il s'arrêtait quelquefois pour reprendre son souffle, se retournant pour voir si l'arpète que les Montagnac avaient pris à l'essai avait enfin rappliqué avec la barre à mine.

— Où est Biscotin ? s'inquiéta Bastien.

Le vieux Piche haussa les épaules.

— En train de titiller les grillons dans leurs trous… Sa manie, c'est d'en remplir sa boîte d'allumettes pour pêcher le barbeau.

— Crois-tu que nous en ferons un ouvrier correct ?

— Si tu lui as promis juste le manger et le dormir, railla Pichoine, ça ne suffira pas. Je connais sa mère de si longtemps, bon Dieu, oui, une rude gaillarde la Mireille Boscot… Elle a dû lui mettre dans la tête que ça valait bien huit ou dix francs par jour.

— S'il fait l'affaire, dit Bastien, je lui donnerai la moitié de ce que je te verse, c'est-à-dire cinq ou six. C'est juste, non ?

Le vieux journalier mordit dans sa carotte de tabac et fit rouler la prise dans sa bouche.

— Toi, au moins, tu m'as concédé quelque chose. Jusque-là, ton père ne me donnait rien. Quelques sous aux fêtes… Il estimait que le couvert et le logement, c'était bien assez. Toi, mon Bastien, tu es plus social. C'est un effet du temps. Si les maîtres veulent obtenir du travail, il faut qu'ils le paient.

Bastien se redressa en s'étirant, le nez dressé vers le ciel d'un bleu de printemps, avec de beaux nuages blancs ourlés de gris.

— Ce matin, j'ai entendu le coucou dans les bas-fonds. Ça sent le beau temps, après ces putains de pluies de mars, dit Pichoine.

Pour appuyer ses dires, il donna un coup de talon dans la terre.

— Ça s'enfonce tout seul. C'est gras. M'est avis qu'il faudra attendre un peu pour le défonçage, ajouta le domestique.

Le jeune Montagnac prit un jalon et le ficha dans le sol avec son pied pour qu'il tînt le temps que Pichoine lui porte deux ou trois coups de masse, ce qu'il fit en ahanant.

— Il faudra déboiser le bas de la parcelle. D'abord, la coupe des chênes et des acacias, ensuite, on s'attaquera aux souches.

— Les chevaux feront le boulot, répondit Pichoine. C'est de la petite souche, sauf dans la bordure. On fera un tas de toute cette saloperie et on y mettra le feu.

Un garçon en salopette et chapeau de paille se tenait sur la crête, observant autour de lui.

— On t'attendait, Biscotin ! s'écria Bastien. Viens donc aider Pichoine à mettre les piquets.

— C'est pour quoi faire ? demanda le garçon, les mains fourrées dans ses larges poches.

— Ici, expliqua Bastien, on va planter une vigne. Il faut délimiter la parcelle.

Du bout des doigts, le petit Boscot tripotait la lanière de son lance-pierres. Il ne pensait qu'à ça, tirer les grives et les merles dans les fourrés et aller pêcher le poisson blanc de La Blis.

— Crois-tu que nous en ferons quelque chose de ce petit sauvageon ? fit Bastien après qu'il se fut éloigné de quelques pas dans l'herbe haute, en quête de sauterelles.

— Faudra le dresser à la terre. À son âge, j'étais comme lui, toujours le nez en l'air. Je me disais que le labeur, ça servait à rien, sinon à embêter le monde.

Bastien éclata de rire, avant de reprendre :

— Je veux transformer Combeval. C'est un corps malade, notre domaine. Il faut le soigner. Jusqu'à ce qu'il retrouve sa force d'antan, celle d'avant-guerre. Cette terre est en souffrance, sans engrais, sans fumure, sans rien. Il y a une différence avec les temps nouveaux, poursuivit Bastien, c'est que nous ne pourrons plus seulement compter sur la main de l'homme. Il faudra faire avec la mécanisation. C'est pourquoi ce carré de vignes sera délimité par deux larges allées afin de faciliter le passage des engins agricoles et nos rangs seront perpendiculaires à la pente pour limiter le ravinement, les pieds espacés de un mètre pour nos futurs cépages en taille longue… Des lignes de cent mètres, maximum. Voici qui simplifiera l'installation des tuteurs. Cent mètres carrés, répéta-t-il. Et au-delà, nous formerons une seconde parcelle de dix mille mètres sur la même disposition.

De l'index, Bastien dessinait son projet sur le paysage, à la manière d'un peintre qui prend ses repères avant de jeter sa première esquisse sur la toile. Pichoine et le petit Boscot paraissaient ne rien comprendre. Ils suivaient ses gestes du regard et s'en amusaient. À la vérité, le jeune Montagnac se parlait à lui-même, sans espoir de partager ce que son imagination avait bâti dans sa tête. Il savait que tout ce qu'on entreprendrait le serait sous sa dictée.

— Mesurons cent mètres en descendant pour le prochain jalon, ordonna-t-il.

Et Bastien repartit à grands pas. Cette fois, ce fut Biscotin qui mit le pieu dans le sol.

— C'est de la bonne terre, dit le garçon.

— Compacte et humide, répondit Montagnac. C'est pourquoi il est préférable de planter maintenant dans un sol essoré.

Biscotin courut derrière une sauterelle verte qu'il prit dans le creux de sa main.

— Si je la serre, elle mord, dit-il. Tu savais ça, patron ?

— C'est assez courant dans la vie, répondit Bastien. Instinct de défense.

— J'ai compris comment il fallait les planter sur un hameçon. Comme ça, par les pattes et, hop, dans le gras du ventre.

On repartit par le travers jusqu'aux fondrières. C'était la partie la plus instable de la parcelle. Mais la vigne ne craindrait pas ces turpitudes géologiques, de l'avis de Montagnac. Les racines une fois en place, les plants consolideraient le sol.

— Nous tracerons des rangées en surplomb pour stabiliser le terrain.

Biscotin demanda où il fallait placer le jalon. Bastien lui montra l'emplacement de la pointe de sa chaussure. Le garçon s'activa à la masse, avec habileté. Et Montagnac jugea alors que, peut-être, avec un peu de patience, on en ferait un ouvrier agricole aguerri.

Pendant ce temps, à pas prudents, Pichoine les avait rejoints.

— Ça nous fera une belle vigne, fit-il. Une centaine de rangs pour le premier carré. Dans les fonds, ajouta-t-il en désignant la partie boisée de Bagarel, ce sera plus difficile.

— Dans ce terrain modérément argileux, il nous faut du porte-greffe Riparia Gloire, soutint Bastien. Avec des greffons de mancin, de merlot ou de syrah… Et de la mérille sur la crête bien exposée, ajouta-t-il.

Pichoine rajusta à plusieurs reprises son béret noir délavé par les intempéries. Ça signifiait que cette conversation lui tordait les tripes. Il ne voulait pas imaginer ce que deviendrait cette terre dans quatre ou cinq ans, lorsqu'elle serait enfin domestiquée.

— Je voudrais avoir vingt ans de moins, marmonna-t-il en crachant sa chique. Et ne pas savoir tout ce que je sais… Parce que c'est une souffrance à la longue. Se dire que la terre finira par me transformer et que tout ce ciel au-dessus de moi enfantera les saisons. Et moi, plus rien, Bast, plus rien. Poussière. Je me dis aussi, pour me consoler, que des jeunes de Saint-Hospitalet ont eu moins de chance que moi.

Il énuméra les noms avec des larmes dans les yeux.

— Dédé Bigorie, Milou Buscat, Pierrot Rue, François Lapoujade, et j'en passe, tous tombés dans les plaines de l'Est. Je les vois encore, ces petits, jouer aux quilles sur la place devant l'église. Ça hante mes rêves, tous ces visages. Pas toi, Bast ? Tu aurais pu faire partie du convoi. Trop jeune, à ce qu'on dit…

Bastien demeura insensible à cette évocation. Il avait envie qu'on parle enfin d'autre chose, par exemple de la terre de Bagarel en jachère qu'on devrait tirer de sa torpeur.

— Il aura fallu la guerre pour qu'on ouvre les yeux sur un monde nouveau et qu'on croie à l'impossible. L'avenir nous appartient, désormais, et les survivants ont le devoir d'ensemencer les grandes espérances.

— Et Charles ? Qu'en pense-t-il de tout ça, de ton nouveau monde ? Je le sens plutôt triste et en colère.

Montagnac réprima son agacement. Il voulait paraître serein et insuffler sa fougue d'entreprendre. Il le croyait communicatif, cet optimisme, et espérait avoir toute la famille derrière lui : Marcelin, Reine, Eugénie… Mais il n'ignorait point qu'il était seul, qu'on le prenait pour un doux rêveur. Surtout lorsqu'il prétendait qu'avec la reconversion de Combeval il obtiendrait, en moins de dix ans, trente mille francs de bénéfice net à l'année. « Mais, lui demandait-on, combien faudra-t-il investir avant d'engranger les revenus escomptés ? Et les mauvaises années, celles des gelées sournoises, des orages dévastateurs, des méventes surprises, il nous faudra aussi les assumer ? » Bastien fuyait les questions scabreuses. Il les éludait avec allégresse. Et lorsque Charles le poussait dans ses derniers retranchements, il rétorquait sur le ton du reproche : « Tu n'as pas voulu que je devienne instituteur, alors maintenant, mon cher papa, il te faut me supporter... »

Plus tard, dans la journée, alors qu'on avait borné les deux parcelles de Bagarel, tracé au jugé les deux cent cinquante rangs de vignes, réexaminé les chemins d'accès, jamais assez larges aux yeux du maître, Édouard Clauzel pointa son nez. Jusque-là, le vigneron de La Garennie, le beau-père de Marcelin, s'était montré assez sceptique sur le projet de Bastien. Lui, il avait payé un cher tribut à ses rêves de jeunesse.

— Tu devrais commencer par un carré et t'en tenir là, mon petit, conseilla-t-il.

— Qui donc vous a mis cette idée en tête ? interrogea Bastien. Mon père, je présume ?

Puis, en silence, les deux hommes firent le tour du terrain.

— C'est une bonne terre à vignes, reconnut Clauzel. Certes, oui. Mais nous sommes en Corrèze, au pays de Brive, si favorable aux primeurs. Quand les gelées nous laissent tranquilles… Le mois dernier, j'ai perdu mes petits pois. Tous grillés. Et trop tard pour recommencer. Autant dire que la poisse ne me lâche pas.

Bastien écoutait le père de Reine, distraitement, sachant que, par nature, ce dernier se complaisait dans la déploration.

— J'ai replanté de la vigne à La Garennie dans les années 1880, après que la maladie a dévasté les vignobles de mon père. Et même sur les plants américains, j'ai eu toutes les maladies possibles : le gribouri, l'altise, l'altise surtout. Misère ! Et mon vin, qu'en dire de mon vin ? Il n'a jamais été à la hauteur de mes ambitions. À croire que le savoir-faire ne suffit pas. Faut de la chance. Et je n'en ai jamais eu. Sans un sou, mon petit, comment acheter de la bonne futaille ? Car pour rénover son matériel, il faut vendre son vin. Mais, dans le pays, les haines sont tenaces. Des gens comme les Lapoujade… Paix à la mémoire de son fils…, fit-il en se signant, lui, un mécréant de première. C'est un fort méchant homme, Auguste Lapoujade. Il a colporté des vilenies sur ma manière de vinifier. Et mon vin s'est vendu, les meilleures années, cinquante pour cent au-dessous de sa valeur réelle. Comme quoi, sans vouloir te décourager, mon petit, il faut une sacrée chance pour rendre, ici, dans ce pays de trous du cul, un vignoble rentable. Voilà ce que je voulais te dire.

Mais le pauvre Clauzel eût noirci plus encore le tableau qu'il n'aurait obtenu la moindre réaction du jeune Montagnac. « Aussi têtu et obstiné que son père », pensa-t-il. Édouard abandonna ses conseils. Et ils remontèrent sur la crête, d'où l'on jouissait d'une belle vue sur les vallons de Saint-Hospitalet et de Verganson, où la brume se levait au déclin du jour.

— J'attendais de vous quelques encouragements, fit Bastien.

Édouard parut surpris et se défendit en clamant qu'il désirait éviter aux Montagnac des déconvenues. Et lorsque Clauzel voulut obtenir des renseignements sur la manière dont il financerait ces projets, Bastien éclata de rire.

— Se pourrait-il que vous ne m'appréciiez guère ?

— Loin de moi cette défiance ! se défendit-il.

— Peut-être n'ai-je pas toujours été attentionné avec Reine. Son mariage avec Marcelin, il est vrai, je m'y suis opposé. Vous connaissez mes raisons, Édouard. Nous n'en ferons jamais un couple heureux… Et je crois que votre fille aurait pu renoncer à cette union et mon frère aurait très bien accepté la séparation. Sans doute ai-je eu tort de me mêler de l'affaire, on m'en fera toujours le reproche. Cependant, sachez que je souhaite vivement que l'avenir ne me donne pas raison.

Le ton direct et sincère de Bastien poussa Clauzel dans ses derniers retranchements. Lui aussi s'était interrogé sur ce mariage, après la cruelle blessure de guerre... Mais il n'avait vu que l'intérêt de sa fille, son entrée dans une des meilleures familles de Saint-Hospitalet, et négligé toute autre considération.

Pichoine et Biscotin étaient remontés avec l'attirail. Ils avaient examiné les futures coupes de la zone boisée et comment on devrait s'y prendre pour abattre les plus gros chênes. On avait même envisagé l'emplacement du bûcher. En ce domaine, Piche était passé maître. Sa vie durant, il avait été préposé à tous les travaux difficiles de Combeval, sous les ordres de Charles, et maintenant, sous ceux de Bastien, même si ce dernier n'avait pas encore les coudées franches.

— On commencera l'abattage dès demain, suggéra Pichoine.

Clauzel fit mine de s'éloigner pour ne point se mêler à la conversation. Les ouvriers se retirèrent aussitôt. Et de nouveau, Bastien et Édouard, se retrouvèrent seul à seul. Ils marchèrent côte à côte jusqu'aux terrasses.

— Vous ne m'aimez pas, Édouard, n'est-ce pas ?

— Pourquoi dis-tu ça, Bastien ?

— Parce qu'il y a deux têtes pensantes à Combeval. C'est une de trop.

Clauzel s'arrêta de marcher.

— Reine veut tous les pouvoirs, elle profite du fait que Marcelin est diminué.

— Où vas-tu chercher des idées pareilles ?

— Il se trouve que votre fille, Édouard, ne m'aime pas non plus, mais qu'elle a compris que j'étais sur les mêmes positions qu'elle. Et qu'il lui faudrait collaborer avec moi, en définitive. Avec un peu d'intelligence, nous parviendrons à un accord. Ce qui compte, après tout, c'est la prospérité de Combeval. Sur ce point, nous irons toujours dans le même sens. Quant à Marcelin, je l'aime bien, c'est mon frère. Forcément. Mais la réciproque n'est pas vraie… Avant la déclaration de guerre, on s'était fait à l'idée que je serais son domestique, après la passation des pouvoirs[1]. Je ne suis pas disposé, mon cher Édouard, à devenir un larbin à Combeval. Et du reste, je crois que mon père s'est mépris sur les capacités de Marcelin. Il n'avait pas les aptitudes pour diriger notre domaine. Et c'est encore plus vrai aujourd'hui. Qu'y pouvons-nous l'un et l'autre ? Néanmoins, votre Reine aura sa place, si cela peut vous rassurer, mais rien de plus. Ce qui peut apparaître comme un objet de discorde de prime abord peut tout

1. *Cf.* t. I, *Les Gens de Combeval.*

aussi bien constituer un point de rapprochement, n'est-ce pas ?

Charles Montagnac passait la moitié de ses journées à tourner autour de l'étable. Il ne trouvait de satisfaction qu'auprès de ses salers aux cornes imposantes. Il les bichonnait à sa manière en leur fournissant une litière abondante, de la fougère sèche fauchée dans les sous-bois au seuil de l'hiver. Lorsqu'il se sentait fatigué – l'épuisement lui tombait sur les épaules si brutalement qu'il se demandait chaque fois si ce n'était pas là ses derniers instants –, Charles allait s'asseoir dans le recoin le plus sombre de l'étable, sous les jougs et les harnais suspendus au mur chaulé. Patiemment, il attendait que sa respiration reprenne son rythme de croisière et que cessent ses douleurs oppressantes dans la poitrine. « Inutile de s'interroger sur mon cas, disait-il au médecin avant qu'il n'ouvre la bouche, comme si rien ne l'agaçait plus que ses pronostics alarmants, j'ai une angine de poitrine qui va et vient, selon ses humeurs… »

Ce jour-là, on avait mené le troupeau au champ et Charles, seul, errait sur le quai, une fourche à la main. Il aurait voulu nettoyer les litières souillées de bouse et de pisse. Comme Pichoine avait été sollicité pour d'autres tâches, il devinait que son étable ne serait pas curée avant le début de l'après-midi. Et pour lui, c'était une négligence invraisemblable que la litière fraîche ne fût pas épandue avant les neuf heures du matin. Il se consolait en avançant un peu le travail, une manière de se sentir encore utile à Combeval, où l'on avait tendance à lui répéter que le temps était venu pour lui de se reposer. « Je me reposerai bien assez tôt, maugréait-il. On voudrait me voir crever. »

— Enfin crevé, fit-il en faisant tomber d'un coup de chapeau une toile d'araignée accrochée aux solives.

De même, Charles Montagnac trouva que l'eau du bac en pierre où les bêtes venaient se désaltérer au retour du pré n'avait pas été assez renouvelée. Il n'eut qu'à passer la main au fond pour soulever une vase chargée de foin pourri.

Le patriarche de Combeval découvrait chaque minute une raison de se lamenter sur le devenir de l'exploitation. Quand ce n'était pas le mauvais entretien des étables, il lui suffisait de faire le tour des bâtiments pour s'insurger contre la prolifération des ronces autour des outils aratoires, des orties et autres berces urticantes aux abords des chemins… « Pendant ce temps, pensait Charles, mon imbécile de fils tire des plans sur la comète, comme si nous n'avions pas existé avant lui. Que nous apprendrait-il que nous ne sachions déjà ? » Puis Charles se mettait à ricaner de ses contrariétés. Elles l'aideraient à vivre assez longtemps, espérait-il, pour assister à la débâcle prochaine. « Ça sera brutal, cette affaire. »

Tant d'agacement l'empêchait de dormir, au point qu'Angèle avait renoncé à s'allonger à ses côtés.

— Tu te fais du mauvais sang pour rien, disait-elle. Notre temps est passé. Tous nos rêves sont derrière nous. Et Combeval nous survivra, bon an mal an.

— Tout le malheur est venu de la blessure de Marcelin. Ce n'est plus le même homme. Et sa femme, notre Reine, le tient à bout de bras, comme un pantin désarticulé. Mon Dieu, fasse que ce couple tienne le coup. Peut-être, un jour, qui sait, parviendra-t-il à reprendre en main la situation pour forcer Bastien à revenir à la réalité.

— Je ne crois rien de tout cela. Reine est malfaisante, aussi malfaisante qu'une vipère. Je rêverais de lui tordre le cou à celle-là. Mais hélas, elle est plus forte, plus intelligente, plus rusée que nous tous. Et même Bastien ne pourra pas la maîtriser.

Parfois, Charles s'asseyait au pied de son lit et écoutait sa femme pérorer dans le noir, à la lueur de la bougie vacillante posée sur la table de nuit.

— Il suffit d'un mauvais mariage pour mettre sens dessus dessous une maison. Et ce mariage, Charles, tu l'as voulu. Tu ne peux t'en prendre qu'à toi-même. La louve est dans la bergerie. C'est fait, te dis-je.

— Je ne regrette rien, affirmait Charles. Elle sera la seule à tenir tête à Bastien.

— Comment cela ? Tu préfères cette étrangère à ton propre fils ? C'est une honte. Honte sur toi.

Il se retirait doucement, sans refermer la porte derrière lui. Il aimait l'entendre respirer juste à côté et se dire que, tant que son Angèle serait de ce monde, il ne finirait pas comme son père Émilien, suspendu à une corde dans la grange à foin.

À mesure que Bastien traçait le devenir de Combeval, d'abord sur le papier et ensuite au cordeau, élargissant son espace de Bagarel à Rochemorin, du Vieux-Bos à Marzelle, le monde du vieux père, lui, se rétrécissait pour se réduire à la grange et aux étables. L'un et l'autre s'éloignaient jusqu'à ne plus se voir ni se comprendre. Cherchant même à s'éviter, chacun portait ses attaques à bonne distance. Car l'on redoutait le moment de l'affrontement où des mots irréparables seraient prononcés.

Reine évoluait dans ces eaux troubles avec aisance. Car Mme Reine, comme on disait dans le pays de Saint-Hospitalet, ne se privait de rien, n'obéissant à nulles autres règles que les siennes. Balades en calèche ou à bicyclette sur les bords de La Blis, au chemin Royal, à la source Hérode, visites fréquentes à la mercerie de Saint-Hospitalet… C'était là qu'elle achetait ses robes, qu'elle les faisait coudre ou reprendre à sa convenance. Germaine Delbos connaissait ses goûts vestimentaires sur le bout des doigts. Parfois, la modiste s'étonnait de cette débauche de toilettes.

— C'est pour qui que vous faites tous ces frais ? lui demanda-t-elle un jour. Votre Marcelin ? C'est assez singulier. Nous ne lui connaissions pas cet intérêt. Jolie comme vous êtes, ce doit être plaisant de vous regarder…

Elle déploya devant elle la toilette de printemps qu'elle venait de bâtir à sa demande. C'était une robe parme à corsage allongé, ouverte sur le devant en pointe et à la taille basse, à la manière charleston.

— Crêpe gaufré d'un motif végétal, très printanier, précisa Germaine Delbos.

Reine voulut la passer sans attendre pour en juger l'effet dans une psyché. Machinalement, la modiste tourna la clé dans la serrure, craignant qu'une visite impromptue n'embarrasse sa cliente. C'était bien méconnaître Reine, qui adorait choquer les gens de Saint-Hospitalet. Elle se gaussait ouvertement des réflexions proférées dans son dos.

— Avez-vous vu, madame Reine ? Je l'ai raccourcie au genou.

— Comme je vous l'avais demandé, n'est-ce pas ?

Elle se mit à rire en tournoyant sur elle-même, tant la légèreté du tissu sur sa peau nue la grisait.

— Au-dessous du genou, ça nous ferait un genre godiche, vous ne trouvez pas ?

Germaine hésita à répondre. C'était un peu provocant à Saint-Hospitalet où les femmes, même les plus jeunes, ne portaient que des vêtements ternes. À croire que l'on ne se mettait en beauté que pour l'office du dimanche.

Reine la retira aussitôt, vérifiant au passage la résistance des coutures. C'était un principe chez elle, elle tenait à en avoir pour son argent.

— Avouez, madame Delbos, que vous avez une cliente difficile, mais hautement intéressante.

La modiste hocha la tête, puis reconnut qu'on commençait à parler de son savoir-faire dans le pays. On lui demandait souvent, par exemple, où Mme Reine Montagnac avait pu acheter une telle toilette… « Chez vous ? Est-ce Dieu possible ? »

Sa cliente montra alors quelques signes d'impatience. Elle s'approcha de la sortie, tout en caressant au passage les coupons de tissu qui lui paraissaient attirants : des organdis, des velours, des satins. Puis hésitante, elle se retourna vivement vers Mme Delbos qui se tenait près de son comptoir, les bras croisés sur sa poitrine.

— Je veux bien répondre à votre question indiscrète, dit Reine avec un sourire espiègle.

Puisqu'elle m'a été posée, je ne veux pas me dérober. Non, ce n'est pas pour mon Marcelin. Il se fiche bien de la manière dont je m'habille. C'est pour mon plaisir personnel, comprenez-vous ?

Et elle sortit de la mercerie, d'un pas plein d'allant.

Il était une règle à Combeval, intangible et immuable : on ne commençait le repas du soir que lorsque chacun avait pris place autour de la table. Angèle, la mère, à côté du patriarche – Charles, toujours en bout de table pour disposer de toutes les commodités –, à sa gauche Bastien et sa sœur Eugénie et enfin, à sa droite, Marcelin et Reine, avec parfois quelques changements concernant la bru, la seule pièce rapportée de la maison. On la déplaçait souvent, afin qu'elle n'eût pas de place attitrée. Angèle ou le maître de maison s'amusaient souvent à ce jeu, tantôt l'approchant d'eux, lorsqu'on était dans de bonnes dispositions, tantôt l'éloignant pour lui montrer qu'elle n'était encore qu'une étrangère chez les Montagnac.

Ce soir-là, Marcelin arriva le dernier, en traînant la patte, aidé de sa canne. Reine le soutint jusqu'à sa chaise, mais l'aîné des Montagnac la repoussa d'un petit geste. Il souffrait qu'on le vît ainsi, diminué, un peu lourd et le geste hésitant. Bien que ses douleurs se fussent apaisées, il rechignait encore à de longs exercices. Parfois, absorbé par une tâche au jardin, le sarclage ou le binage, avec un outil qui n'exigeait que peu de dépense physique, la fatigue le saisissait après quelques minutes seulement. Et il s'en revenait vers les étables pour discuter avec son père, tout aussi mal en point que lui.

— Alors, mon Marcelin, dit Charles Montagnac, as-tu vu nos rangées de fraisiers ?

— Il y a beaucoup de coulants. Ça mériterait de les replanter, dit-il en dépliant une serviette sur ses genoux.

— C'est notre Lebreton, confirma Charles. Ça va passer fleurs un peu en avance cette année. Gare aux gelées.

Le père Montagnac surveillait tous les matins le baromètre. L'aiguille avait l'air de pointer durablement vers le beau temps.

— On les a paillés, dit Eugénie.

Elle voulut ajouter qu'elle s'y était collée toute seule, mais le vieux Charles poursuivit, comme si sa fille n'avait pas existé :

— Ça donne de belles fraises charnues. Pierrevive nous prendra toute la récolte. Peut-être que, l'année prochaine, il faudra en faire cinq ou six rangées de plus. Ça serait aussi judicieux que de planter de la vigne.

Marcelin se mit à ricaner en jetant un regard en direction de son frère.

— On ne te passe rien, mon petit frangin. Tu as tout le monde contre toi. C'est injuste, père, dit-il.

Reine posa la main sur celle de son mari et la serra avec force. Elle voulait l'encourager à jouer les arbitres dans ce sempiternel conflit, mais d'ordinaire, l'audacieuse défense tournait court.

— Je n'ai pas encore donné mon accord. Qui est le maître ici ? Quelqu'un peut-il me répondre ? fit Charles en questionnant tour à tour les visages.

— Tu devrais laisser faire Bastien, intervint Eugénie. Il a de bonnes idées.

— De la vigne ? C'est une affaire qui ne nous convient pas, répliqua le patriarche. C'est bien connu, de père en fils, les Montagnac n'ont jamais réussi à faire un vin convenable. Enfin, moi, je le redis encore, et je persiste et signe, nom de Dieu, mon petit Bastien, tu n'auras pas un sou pour faire défoncer le terrain et acheter les plants. Quant à déboiser le Vieux-Bos, c'est une mauvaise idée. Là-bas, il y a toujours eu du taillis et il y en aura toujours. C'est tout juste bon à faire du bois de chauffage, cette terre grasse, et à produire des champignons. N'est-ce pas, Angèle ? Où iras-tu chercher les cèpes ? Chez le voisin ? Notre avenir et notre bonheur, c'est de laisser la propriété en l'état, telle qu'elle était lorsque j'en ai hérité.

Eugénie rageait de voir son frère demeurer silencieux et indifférent. Elle ne se résignait pas à comprendre qu'il s'agissait là d'une de ses forces, sa capacité à encaisser les critiques et les remontrances.

— Je n'ai pas besoin de ton argent, finit par répondre Bastien après un long silence. Et si tu ne me donnes pas la terre de Bagarel, alors je te l'achèterai. À moins que tu acceptes de passer devant le notaire et de me céder ces deux hectares sur ma part d'héritage ? Ce serait une solution intelligente. Tu montrerais ainsi que tu as un autre fils et que celui-ci a droit à sa part.

Le vieux Montagnac se mit à marmonner dans sa barbe.

— Que penses-tu de cette proposition, Marcelin ? J'aimerais connaître ton avis.

L'aîné offrit un visage éperdu, comme s'il scrutait sa propre nuit intérieure. Il se tourna vers Reine en espérant d'elle, une fois encore, un secours.

— Et toi, Reine, comment vois-tu la chose ?

Il aurait aimé dire, pour être en paix avec lui-même, qu'il se sentait de plus en plus étranger au monde et que, tout compte fait, l'avenir de Combeval ne l'intéressait guère. C'était sa délivrance, le détachement, jour après jour, qui le posait comme un homme en sursis. Il n'était pas encore sorti de sa guerre, même s'il avait laissé derrière lui la part la plus sensible de lui-même.

— Ce n'est pas l'avis de ta femme que j'ai envie de connaître mais le tien, insista Charles.

Marcelin baissa la tête. Il venait de déléguer son pouvoir à sa femme et celle-ci n'osait dire ce qu'il avait envie d'entendre. Car les incessantes sollicitations de son père le clouaient dans le silence et la honte.

— Je ne me sens pas apte à me projeter dans l'avenir. Je ne vois rien, je suis aveugle. Je me sens si diminué. Comment faudra-t-il le dire, à tous, pour que vous compreniez ? Ce que j'ai laissé là-bas, c'est un rêve moulu à la terre.

Reine se voulut consolante, comme à son habitude :

— Qui d'autre que Bastien pourrait bâtir des projets à Combeval ? dit-elle pour soutenir son époux.

— Toi, murmura Marcelin. Toi aussi, tu devras le faire. Ce que je ne peux m'approprier t'appartient désormais. Mon père, ajouta-t-il, les lèvres tremblotantes, croyait que j'incarnerais cet avenir. Mais c'était avant la guerre, avant qu'elle ne me broie, cette putain de guerre. Alors, cher papa, je t'en prie, écoute Bastien, écoute-le bien. C'est à lui de reprendre notre domaine.

La jeune femme lui tenait la main. Elle voulait lui insuffler sa force, mais le courage en lui s'effilochait en lambeaux à mesure que le regard dur et impérieux du père s'imposait pour dire : « Ne me déçois pas, Marcelin, sois fidèle à tes promesses... »

Bastien dévisagea Reine avec un sourire vague. Il se demandait à cette seconde jusqu'où elle le soutiendrait. Mais pour l'heure, quelles que fussent ses arrière-pensées, elle se rangeait à ses côtés, quitte à perdre la confiance du patriarche. Quel courage ! Quelle audace !

— Père, reprit Bastien, considère la situation telle qu'elle se présente. J'ai des alliés dans notre famille : Marcelin, Reine… Et peut-être Eugénie ?

Il se tourna vers sa sœur. La réaction tarda à venir.

— Oui, dit-elle timidement en regardant sa mère qui lui faisait les gros yeux. Oui, bien sûr, je suis du côté de Bast. Papa, il faudrait que tu acceptes que nous existions, ici…

— Je trouve que les femmes sont bien insolentes dans notre maison, fit Angèle. De mon temps, elles n'avaient pas la parole.

— Mais les temps changent…, répliqua Bastien.

— Venant de Reine, poursuivait Angèle, je ne suis pas surprise. Elle a fini par retourner notre aîné. Il est si faible, Marcelin, depuis que…

Eugénie haussa les épaules.

— Peut-être finira-t-on, un jour, par prendre mon avis en considération… Ou alors, je le dis de nouveau, je partirai. J'irai travailler à Brive, si l'on ne m'offre pas la place que je mérite dans cette maison.

— Chantage. Odieux chantage, rétorqua Charles.

— Donc, ajouta Bastien, je dispose de trois soutiens contre deux.

Charles balançait la tête de droite à gauche.

— Ce n'est pas ainsi que je vois les choses. Jusqu'à l'épuisement de mes dernières forces, je m'opposerai à cette fronde familiale. Ma personne compte pour dix. Sans ma signature, rien ne sera possible. Rien ! fit-il en frappant la table d'un coup de poing. Allez donc voir le notaire. Allez-y donc en délégation. Comme des sournois... Je vois ça d'ici ! Maître Chautois vous dira la vérité, que rien ne se peut faire à Combeval sans mon accord.

Bastien quitta la table le premier, alors que le père commençait à somnoler. Il s'avança sur la terrasse. Peu à peu, les flamboiements du soleil, rouges et roses, commençaient à s'estomper sur l'horizon. Derrière lui, il entendit des pas feutrés, des pas de chatte, pensa-t-il sans se retourner. Au contraire, il ferma les yeux, intrigué par la devinette. Non, ce n'était pas Eugénie qui venait ainsi vers lui. Son pas eût été plus rapide, précipité. Le jeune homme savait déjà qu'il s'agissait de sa belle-sœur, et cela l'intriguait assez qu'elle vînt vers lui, alors que durant les trois dernières semaines Mme Reine l'avait copieusement boudé.

— Toi ? s'exclama-t-il. Quelle mouche t'a piquée ?

— Que faire de notre détestation réciproque ? Elle est une aubaine pour le maître. Il voit la brèche, il sait comment s'y engouffrer. Moi, il me préserve de ses coups. J'ai fini par comprendre qu'il préférerait que je devienne la souveraine ici.

Bastien se retourna à peine, ricanant son aise.

— Tu l'as épousé pour ça, mon frère ?

— Oui, reconnut-elle.

— Et qu'il soit estropié à vie arrange tes affaires. La guerre, elle t'aura été bien profitable. Cette blessure inattendue… Je me souviens que tu lui refusais la porte de ta chambre. Après le mariage, promettais-tu. Tu as obtenu le mariage, tous ses avantages et aucun inconvénient.

Reine posa une main sur son épaule pour l'obliger à se retourner, mais il résista, avec une dureté sans égale, une défiance absolue. Elle soupira. C'était tout ce qu'elle craignait le plus, chez Bast, sa froide détermination, son assassine lucidité.

— Pour un temps, nous serons alliés. Ensuite, après la guéguerre à Combeval, nous redeviendrons des adversaires. Mais peut-être n'attendrons-nous pas que l'horizon se découvre. Peut-être n'aurons-nous pas cette patience. Ce serait alors une terrible affaire que de cohabiter dans les murs de Combeval.

Reine posa sa tête contre l'épaule de Bastien et lui entoura la taille. C'était une familiarité qu'elle s'autorisait quelquefois avec son beau-frère, depuis qu'il avait percé à jour sa duplicité.

— C'est toi que j'aurais dû épouser, murmura-t-elle près de son oreille.

Il fit volte-face et lui prit les poignets pour la tenir à distance.

— Ça n'aurait rien changé. Peut-être es-tu plus forte avec Marcelin. C'est Combeval que tu voulais épouser. Moi ou mon frère, qu'importe. Mais, ma chère Reine, tu n'es pas mon genre de femme.

— Quel est ton genre alors ? J'aimerais bien le savoir. Nous nous connaissons depuis la communale. Nous avons fait les quatre cents coups ensemble… Alexandrine Vergnier ou l'autre que tu vas voir de temps à autre à Brive, en catimini, la fille d'un banquier de la rue de l'Hôtel-de-Ville ? Ton cœur hésite encore. Mais la raison l'emportera, comme toujours. Au fond, tu me ressembles. Tu es comme moi, un ambitieux…

Bastien la repoussa légèrement, craignant sans doute qu'on les observât de la maison. Ce jeu, qu'elle s'entêtait à jouer assez librement, comme de se montrer beaucoup plus proche de son beau-frère que ne le laissait penser son comportement devant Angèle ou Eugénie, par exemple, était destiné à brouiller les cartes.

— Alors quel sera mon choix, Alexandrine Vergnier ou Ariane Lamarkan ?

— Alexandrine a vécu plusieurs mois sous le toit de Combeval. Chaque jour, on attendait anxieusement l'annonce de votre mariage. Mais rien ne s'est produit.

— Si Alexandrine est rentrée chez elle, c'est à cause de la mort de son frère. Gérard a été tué à l'ennemi au Chemin des Dames deux mois avant l'armistice. Après ce malheur, sa mère lui a demandé de revenir à Palvourelle pour s'occuper de la ferme.

— Pourquoi ne m'en as-tu rien dit ? lui reprocha Reine. Ne fais-je pas partie de la famille ?

— Alors, qui choisirai-je en définitive ? répéta Bastien. La petite Vergnier ou la fille du banquier ? La raison voudrait que je me place chez les Lamarkan. On me trouverait un emploi dans l'officine paternelle… Mais ce n'est pas de mon goût.

Reine allait de droite et de gauche, sautillant sur le bord de la terrasse, face au vide, dans le feu du soir déclinant.

— À la vérité, je doute que la belle Ariane accepte de t'épouser, mon pauvre Bast.

Il se mit à ricaner en l'observant. Reine se voulait blessante, comme à son habitude, mais Bastien se moquait de ce petit jeu puéril.

— Je n'ai jamais cru qu'Ariane se marierait avec un homme comme moi, un petit paysan aux mains abîmées par le travail de la terre. Elle méprise ce que je suis, en vérité. Et moi, que ferais-je d'une telle union ? J'étoufferais dans la sphère bourgeoise des Lamarkan. Et nous serions tous deux malheureux.

Soudain, Reine s'approcha de lui et vint lui parler tout près de l'oreille, tout en conservant un œil sur la maison, où Angèle les observait dans l'encadrement de la fenêtre.

— Pourquoi continues-tu à lui rendre visite alors ? Pour rendre Alexandrine jalouse ?

— Il n'y a pas un nuage entre Alexandrine et moi.

— Mais alors ? Je ne te comprends pas, Bast.

— Nous partageons des goûts communs en littérature et en poésie. Je collabore occasionnellement à sa revue *L'Aède*. Mais que pourrais-tu comprendre à ces choses de l'esprit, ma pauvre Reine ? Pour toi, le seul commerce qui puisse exister entre un homme et une femme est d'ordre sexuel. Nous n'avons jamais été amants, si c'est cela que tu as envie d'entendre. Jamais.

Reine ne put cacher son désappointement. C'était une pièce maîtresse qui lui échappait et dont elle ne pourrait tirer profit.

Passé huit heures du soir, Marcelin se sentait épuisé. Il montait dans sa chambre, reprenant son souffle à chaque marche. Puis il se laissait tomber sur sa couche sans même ouvrir les draps.

Reine le retrouva ainsi, dans l'obscurité, gisant les bras en croix, immobile, le souffle court.

— Allume la lampe, ordonna-t-il.

Elle s'exécuta après avoir fermé les volets. Puis il lui dit d'une voix cassée qu'il l'aimait, que sa vie ne tenait plus qu'à un fil et que, sans elle, tout s'arrêterait comme une horloge en bout de course.

— Mesures-tu tout ce que je te dois ?

— Tu ne me dois rien, fit-elle.

Puis Reine commença à se dévêtir. C'était devenu un rituel entre eux, qu'elle se mît entièrement nue afin qu'il pût la regarder. Son examen dura plus que d'ordinaire et elle voulut se rebeller. Elle n'en fit rien. Elle attendit, le regard de son mari posé sur elle, la scrutant, la détaillant des pieds à la tête et, parfois, s'attardant.

— Je voudrais entrer en toi. Mais la porte est fermée. Toujours fermée, maugréa-t-il, comme la veille de mon départ au front. Je pensais qu'à mon retour le verrou serait ouvert. Mais non.

Elle grimpa sur le lit et vint s'allonger tout contre lui. Il se retourna pour poser mille baisers sur ce corps offert qu'il ne pouvait aimer.

— J'ai commandé une belle robe d'été à Germaine Delbos. Veux-tu que je la passe ?

— Non, dit-il. Tu ne l'as pas achetée pour moi.

Chaque fois, afin de désamorcer ses crises de jalousie et de désespoir, Reine s'imposait le silence lorsque Marcelin abordait la question de leur intimité.

— Je ne pourrai jamais t'honorer. Et s'il m'arrive d'oublier parfois ce que les shrapnels ont fait de moi, dans cette église de Suippes, il suffit que tu t'allonges à côté de moi pour que j'en ressente, dans ma chair et dans mon âme, toute l'horreur.

Reine voulut le prendre dans ses bras, mais il la repoussa d'un geste brutal.

— Voudrais-tu que nous fassions chambre à part ?

Ce chantage avait l'avantage, à tout coup, d'arrêter sa colère. Parfois les cris, parfois les larmes. Et le retour au calme plat. Marcelin n'eût pu se priver en vérité de sa présence, de sa respiration, de ses soupirs dans la nuit, de ses mains l'effleurant, de ses jambes venant s'enrouler autour lui et de la douceur de sa peau qui l'ensorcelait jusque dans son demi-sommeil. Il rêvait de lui faire l'amour jusqu'à une sorte d'orgasme cérébral qu'elle paraissait accompagner par ses gémissements. Elle lui demandait, ensuite, d'une voix câline : « As-tu bien joui, mon Marceau ? Oui, n'est-ce pas ? C'était beau et bon. Tu pensais à moi, au moins ? Rien qu'à moi ? » Chaque fois, Reine se sentait flattée de découvrir qu'elle possédait, malgré cette tragique disgrâce, le pouvoir de lui offrir encore un peu de plaisir. Après quoi, il s'endormait paisiblement.

— Nous avons un sexe dans la tête, expliquait-elle. Un sexe que la guerre n'a pu atteindre. Essaie donc de le faire grandir jusqu'à ce que tu ne sois plus que dans cette obsession de mon corps. Car il est tout à toi, entièrement. Demande-moi et je m'exécuterai…

À force de caresses et de paroles apaisantes, Reine obtint de lui ce qu'elle cherchait, malgré qu'il se montrât dévoré d'angoisse. Mais avant la naissance du jour, il retourna à ses peurs. Elle voulut le consoler, lui dire combien elle se fichait de tout ça, des étreintes, de la fusion des corps… Mais l'homme se rebella contre lui-même et contre elle, la femme inaccessible.

— Tout ça, jura-t-il, tout ça n'est qu'une comédie. Tu auras besoin d'un homme, d'un vrai, un jour ou l'autre. Et tu oublieras toutes ces belles promesses.

Reine avait épuisé son vocabulaire pour le convaincre, le rassurer, le consoler. Celui-ci s'était appauvri de l'excès d'usage, jusqu'à ne plus exprimer que des caricatures.

— Qui sera ton amant ? L'as-tu déjà choisi ? Non, me diras-tu, mais ça ne saurait tarder. Je ne peux pas croire que tu te sacrifies comme ça…

Il suffisait que, devant sa table de toilette, elle poudrât son visage, qu'elle soulignât de rouge ses lèvres, pour qu'il mesurât tout ce qui ne lui appartenait pas. Elle s'apprêtait pour quelqu'un d'autre, forcément. Et même s'il recouvrait, à ce moment, assez de force pour ne rien dire, son âme souffrait en silence, murée dans la détresse.

Marceau descendait dans la cour, s'installait dans le recoin de la cave, en un endroit où l'on ne risquerait pas de le surprendre. Puis il regardait Reine grimper dans son cabriolet. Il restait immobile jusqu'à ce que la voiture eût disparu à l'angle du chemin. Il se disait, histoire de se faire un peu plus mal : « Tu devrais la suivre pour savoir où elle va de si bon matin. Mais tu n'auras pas ce courage, Marceau. Tu crains la vérité, de voir le visage de l'homme qui lui fera l'amour, comme il se doit, dans l'étreinte des corps et la fusion des âmes. Et non de cette manière artificieuse, en une déshonorante comédie… »

3

Sa conversation avec Reine l'avait décidé. Bastien allait enfin épouser Alexandrine Vergnier. C'était la sagesse même, et la fin de quelques ambiguïtés. L'une des dernières lettres de Léonie Rouveix l'avait incité à prendre cette direction. Dans celle-ci, sa tante l'informait incidemment, parmi d'autres potins sur la bonne société briviste, que Mlle Ariane Lamarkan s'était remis avec son ancien fiancé, Éric Pierrelin, celui qu'elle s'était juré de ne jamais épouser. «Ce retour de flamme, écrivait la malicieuse Léonie Rouveix, n'annonce rien de bon. Pour toi d'abord, Bastien – tu l'as bien mérité, à force de prendre les sentiments de haut –, mais aussi pour le petit cercle du Plaisance – Delphine en tête –, qui va perdre une alliée précieuse, fortunée et généreuse. Car nous courons au mariage avec ce Pierrelin. J'avais espéré que la guerre nous le rendrait dans une boîte, comme tant d'autres malheureux jeunes hommes qui ne le méritaient pas, ou comme ton frère, avec une fatale blessure des anges… Mais non, il nous revient bardé de médailles. Il n'a fait qu'une guerre en dentelle, mais qu'importe. Ce sont les survivants qui héritent de l'héroïsme, les autres auront droit à une épitaphe sur leur tombe – s'il en est – ou un nom gravé sur un monument. Donc Pierrelin va épouser Ariane. Et cette triste nouvelle sonne le glas de tes illusions, petit idiot. Notre Ariane se consolera vite du jeune homme de Combeval dont elle était amoureuse, de son petit paysan qui la distrayait de temps à autre. » En refermant l'enveloppe, Bastien n'éprouva qu'un minuscule pincement au cœur avant de tourner son regard vers Alexandrine. « Quand on hésite entre deux femmes, il n'existe que des sentiments douteux : le mensonge, la trahison, la sournoiserie », se dit-il.

Dès le lendemain, Bastien se rendrait à Palvourelle pour y faire sa demande en bonne et due forme. Il ne lui suffirait pas d'enfiler un costume, de nouer une cravate sur une chemise de coton d'un beau blanc immaculé pour paraître sous son meilleur jour. Il lui faudrait dégoter un moyen de déplacement honorable.

D'ordinaire, Bastien utilisait la petite carriole de son père, celle des offices domestiques, pour transporter ce qu'il achetait à la société coopérative de Saint-Hospitalet : semences de pommes de terre, blé, orge et maïs ou encore, à la morte-saison, les encombrants rouleaux de barbelé ronce... Cette voiturette de fortune était si brinquebalante qu'on n'était jamais certain qu'elle arrivât à bon port. Bastien demanda à Reine de lui prêter sa calèche ripolinée d'un somptueux bleu nuit rehaussé de filets dorés.

— Palvourelle ? s'étonna-t-elle. Qu'irais-tu faire dans ce trou perdu ? Les chemins y sont défoncés et je crains pour le caoutchouc de mes roues. J'ai payé ces bandages une fortune. Qui plus est, Roméo n'obéit qu'à moi.

Le jeune Montagnac n'insista pas. Il se sentait trop sur la défensive pour apporter quelque explication sur sa démarche.

De fait, lorsqu'elle avait quitté Combeval, quelques mois plus tôt, Alexandrine pensait que Bastien ne l'épouserait jamais. La jeune Vergnier avait deviné, à moins qu'on ne le lui eût insidieusement suggéré, que son hésitation cachait sans doute une autre femme. Ainsi s'était-elle effacée.

— Tu veux me prendre au mot dans un sursaut d'orgueil ? lui demanda Reine. Tu ne changeras pas, Bast. Je te retrouve tel que sur les bancs de la communale. À condition qu'Alexandrine veuille encore de toi...

Il lui plaisait qu'elle enrageât de sa décision, qu'elle se montrât piquée au vif, comme si elle avait parié sur ses échecs successifs : sa carrière d'instituteur, la résistance du vieux Montagnac et enfin son mariage… À force de faire chou blanc, peut-être finirait-il par se décourager et par quitter Combeval ?

Sur ses ordres, le domestique lessiva la carriole à la brosse et mit un peu de graisse sur les suspensions à lames. Au moment de partir, Eugénie se proposa pour l'accompagner à Palvourelle.

— Pourquoi, petite sœur adorée ? Craindrais-tu que je me perde du côté des Bois-Noirs ?

— Je crains surtout que tu essuies un refus. Tu n'as pas été à la hauteur avec Alexandrine. Elle risque de te le faire payer. Ma présence pourrait éviter des paroles irréversibles.

Bastien desserra sa cravate, le feu aux joues. C'était la dernière chose qu'il voulait entendre, que sa fiancée pût le rejeter, après quelques mois de silence seulement.

La ferme des Vergnier transpirait la misère avec ses toitures rafistolées et ses volets gris disjoints. Et lors des derniers coups de vent, deux vieux châtaigniers avaient versé sur l'étable à cochons. Faute de bras ou de courage, les choses étaient restées en l'état. Sans doute, le père attendait-il le retour du fils pour retaper la ferme, mais Gérard était revenu entre quatre planches. D'abord, une lettre de l'autorité militaire pour annoncer la triste nouvelle. Ensuite, la visite du maire et du curé. C'était la procédure habituelle. Puis le vieux

Vergnier s'était dit que tout ça n'en valait plus la peine, la noiseraie, la châtaigneraie et les arpents de jardin. On s'était laissé glisser dans le désespoir avec quatre vaches et six cochons à élever. De quoi faire bouillir la marmite. Juste histoire de garder la tête hors de l'eau.

Bastien hésita à mettre pied à terre. Il avait espéré, en franchissant le portail de la cour, qu'Alexandrine viendrait à sa rencontre dans une robe à fleurs, la chevelure au vent, tout sourire. C'était la dernière image qu'il conservait d'elle, enjouée et courant vers lui. Mais en quelques mois, tout s'était assombri à Palvourelle. « Un amour à reconquérir », pensa-t-il en observant un gros nuage blanc en suspension dans l'éther. Il soupira en jetant à l'arrière du char à banc son chapeau, puis défit sa cravate, ôta son veston. Ce n'était guère opportun de miser sur son apparence de gros propriétaire aux poches cousues d'or. « Restons simple et digne », se promit-il.

Mme Vergnier se tenait sur le pas-de-porte dans sa blouse noire, haute et fière, le visage griffé par le chagrin.

— Bastien Montagnac, dit-elle, que nous vaut ta visite ? Serait-ce pour Gérard ? Notre pauvre petit…

Bastien la prit dans ses bras. Elle se mit à pleurer sur son épaule.

— Il aura fallu que ça arrive juste à la fin de la guerre. Depuis, nous ne savons plus quoi faire. C'était notre grand espoir, fit-elle.

Puis elle le fit entrer dans la cuisine. Montagnac, décontenancé, pensait déjà à repartir. Mais le père arriva à ce moment.

— Je parie qu'elle t'a parlé de notre fils, avec des larmes à n'en plus finir, déplora-t-il en s'asseyant en face du visiteur. Allons, Irène, lui reprocha-t-il, tout ça, c'est fini maintenant. Nous n'avons plus rien. Plus rien. Gérard aurait repris la ferme, c'était un garçon courageux. Mais tu l'as bien connu, n'est-ce pas ? Je me répète… Ça devient lassant, cette putain de colère.

Le silence s'installa, rythmé par le mécanisme de l'horloge. Irène posa deux verres sur la table, après qu'elle les eut essuyés avec sa blouse. Le père versa le vin. Et ils trinquèrent, toujours en silence, en s'observant.

— J'aurais voulu voir votre fille, annonça Bastien. Et peut-être aussi évoquer une question qui me tient à cœur… Mais le moment me paraît bien mal choisi.

L'hésitation de Montagnac intrigua les Vergnier.

— Vous vous voyez de temps en temps ? interrogea la mère. Vous êtes si proches, à ce qu'elle me dit.

Puis elle se mit à réfléchir, levant les yeux au plafond.

— C'est vrai que ces derniers temps, ce n'est plus comme au début. Avant, Alexandrine me parlait tout le temps de toi. Je connais bien ma fille.

Le père resservit son mauvais vin jusqu'à ce que les verres fussent pleins, sans faux col. C'était une manière qu'on avait chez les Vergnier, le geste généreux, pour qu'on ne pût pas dire qu'ils étaient pingres, alors qu'on les jugeait par trop misérables, enterrés dans leur coin perdu où personne ne venait jamais.

— Je suis très proche de votre fille, dit Bastien. J'éprouve beaucoup d'affection pour elle.

— Nous le savons, dit René.

— Ces derniers temps, je crois qu'elle te battait froid, avança la mère d'un œil soupçonneux. Est-ce une impression ou…

Elle attendit la réponse.

— La dernière fois que nous nous sommes vus, c'était après la mort de Gérard. Elle désirait être auprès de vous. Et je lui ai conseillé de prendre le temps qu'il faudrait. Mais mes sentiments n'ont pas changé depuis ce jour.

La mère s'était rapprochée du buffet où trônait le portrait du fils. Elle le prit et le posa sur la table de la cuisine. René Vergnier poussa un soupir d'agacement.

— Laisse donc cette photo à sa place, Irène. Ça ne sert à rien de se faire mal tout le temps.

Il se tourna vers Bastien et lui dit :

— Elle l'amène partout, cette photographie : dans la salle à manger, dans la chambre et même au champ. Elle la glisse dans la poche de sa blouse. C'est une compagnie qui la soulage un peu. Moi, je trouve ça ridicule. Je n'ai pas besoin de sa photo pour avoir du chagrin. C'est en moi, là, dit-il en se frappant la poitrine. Et elle va aussi prier sur sa tombe. Mais moi, je ne crois en rien. C'est de famille. Je me dis que ce n'est pas tout à fait lui qui est allongé dans la terre.

— Et qui donc alors ? releva la mère d'un air outré.

— Ce sont peut-être les restes d'un autre. Dans ce méli-mélo, on ne sait plus. J'ai gardé en mémoire notre dernière conversation, après sa permission. C'est tout ce qui me reste de lui, ses dernières paroles : « Je reviendrai, papa, n'aie crainte. Et quand la guerre sera finie, je reprendrai la ferme. Tu verras, fais-moi confiance… » Et voilà, depuis, je n'ai plus goût à rien.

Bastien prit le portrait et l'examina attentivement. Pour la première fois, il découvrit que Gérard avait des airs de ressemblance avec sa sœur, dans ce sourire un peu vague, fixé par le photographe. Il en conçut une vive émotion. Il avait envie de pleurer, pour une fois, lui qui ne pleurait jamais ni sur son sort ni sur le sort des autres, lui qui n'avait jamais éprouvé la moindre compassion pour son frère blessé, comme s'il découvrait, tout à coup, les horreurs de la guerre. Il pensait avec angoisse qu'il avait traversé tous ces événements sans rien ressentir, sinon les minuscules contrariétés de sa petite existence.

Irène vint s'asseoir près du jeune homme et lui prit la main.

— Tu l'aimes encore, ma petite fille ?

Il hocha la tête. Elle le fixait droit dans les yeux.

— Je voudrais tellement que tu le dises. Elle a souffert de ton silence. Elle m'a dit, un soir, alors que nous veillions Gérard : « Je crois qu'il ne m'aime plus, maman. Que lui ai-je fait ? Nous étions pourtant si proches, si amoureux l'un de l'autre. Je ne comprends pas. » Voilà ce qu'elle m'a dit. Et moi, je n'ai pas su quoi répondre. Puis Alexandrine a ajouté : « Maman, crois-tu qu'il y aurait une autre femme dans sa vie ? »

Cet échange embarrassait le père. Il tenait la famille Montagnac en haute estime, bien que jugeant Charles trop autoritaire. Mais la mère s'interrogeait, l'aimait-il vraiment ou la courtisait-il pour s'amuser ?

— Oui, je l'aime votre fille, Irène. Et je regrette mon silence…

— Pas même un petit mot, lui reprocha-t-elle.

Il voulut qu'on l'excusât de sa légèreté. Mais son insistance tourna court, lorsque le père le pria de ne rien ajouter. Il n'aimait pas que sa femme se mêlât de cette histoire ; il fallait laisser le champ libre aux jeunes amoureux. Mais Bastien se sentait gêné ; l'image d'Ariane, en cet instant, le hantait. Il ne songeait plus qu'à elle dans ses appartements luxueux, aux odeurs d'encre du cercle de L'Aède, aux salons du Plaisance. À la vérité, il enrageait à l'idée que Pierrelin l'épouse, ce bellâtre stupide qui ne la méritait pas.

— Je suis venu, reprit Bastien d'une voix mécanique, comme s'il récitait une leçon apprise par cœur, pour demander la main de votre fille. Je comprendrais que vous me la refusiez… après ce long silence. Un silence dont je porte toute la faute…

Irène le prit dans ses bras et le serra contre elle.

— Jeune homme, nous n'attendions que cela…

Le père fit pivoter sa chaise dans un grincement.

— Peut-être faudrait-il poser la question à notre fille ?

— Que racontes-tu là, René ? répliqua la mère.

Bastien se leva d'un coup, saisi par l'inquiétude.

— Croyez-vous qu'Alexandrine aurait quelqu'un d'autre en vue ? questionna-t-il.

Cette sombre pensée venait de lui traverser la tête : les perdre l'une et l'autre, Ariane et Alexandrine, toutes deux aimées et pourtant négligées. Dès lors, il n'avait plus qu'un désir : au plus vite voir Alexandrine, défendre sa cause et savoir enfin.

— Dites-moi, Irène, où est votre fille ? Certes, j'ai manqué de jugeote en ne préparant pas mon retour. Je le confesse.

Irène s'amusait de ses réactions de jeune homme transi. Ce qu'il n'avait su préserver hier encore, il voulait le tenir entre ses doigts, fermement et avec caprice.

— Notre Alexandrine est allée livrer des œufs à l'épicerie Carlier, à Verganson. Elle ne va pas tarder, expliqua-t-elle.

— J'ai hâte de connaître sa réponse, admit Bastien. Je ne veux pas rentrer à Combeval sans savoir, comprenez-vous ? Il faut me laisser le temps de parler avec elle, de dissiper quelques malentendus. Et de me faire pardonner aussi, un tout petit peu.

La mère ne paraissait guère inquiète. Mais elle ne voulait faire naître aucun espoir chez ce garçon. Elle se disait qu'un peu d'anxiété ne lui ferait pas de mal. Après tant de journées passées à se lamenter, voici qu'un rayon de soleil paraissait s'attarder sur Palvourelle. En l'observant, elle se disait que, tout compte fait, ce Bastien Montagnac ferait un gendre tout à fait convenable. « Ma fille serait tirée d'affaire, imaginait-elle déjà, alors qu'ici nous n'avons rien à lui offrir, sinon une petite existence misérable. » Elle-même, c'était tout ce qu'elle avait connu avec son René, des années grises à trimer sur trois hectares de mauvaise terre. Cependant, elle ne regrettait rien. Cet homme avait été bon pour elle, prévenant et sensible, même si certains le trouvaient trop gentil, malléable. Mais elle était trop chrétienne pour le lui reprocher. Elle avait décidé de ne voir en lui que le bon côté et, dans ces moments de doute, elle se répétait que sa vie eût pu être pire, comme sa voisine Jeanne Servier que son homme avait battue et humiliée sans relâche jusqu'à ce que la maladie lui offrît la chance de prendre le dessus sur lui et de le traiter, enfin, comme il l'avait toujours mérité.

Elle accompagna Bastien dans la cour de la ferme pour lui montrer les dépendances, sans s'émouvoir de l'état des bâtiments. On connaissait la situation des Vergnier dans le pays et Bastien était assez intelligent pour comprendre que toutes les familles de Saint-Hospitalet n'étaient pas aussi fortunées que les Lapoujade ou les Montagnac.

— Récemment encore, j'ai poussé ma fille à partir à Brive pour y trouver une bonne place.

Bastien hochait la tête en l'écoutant.

— Toi-même, poursuivit-elle, n'as-tu pas envisagé une carrière dans l'enseignement ?

— En effet.

— Mais la blessure de Marcelin a contrarié tes plans. C'est incroyable, ce que la guerre a fait de nous. Tant de familles dévastées… Je me dis parfois qu'avant la mobilisation nous étions heureux et nous ne le savions pas. Il faudra des années pour se relever de cette sale affaire.

Le jeune Montagnac l'écoutait en silence. Il ne se sentait pas le droit d'émettre la moindre plainte, lui que la guerre avait épargné.

René prit l'initiative de dételer le cheval des Montagnac pour le conduire à l'abreuvoir, un bac de pierre taillé à même la roche rouge sous les lilas.

— Je vais te le nourrir un peu, ton bourrin, dit-il. Sans lanterne, tu ne pourras pas repartir ce soir, mon garçon.

Irène lui proposa alors de l'héberger. Bastien parut embarrassé, puis soulagé de savoir qu'on le garderait à Palvourelle jusqu'au retour d'Alexandrine.

— Je vais préparer un lit dans la chambre de Gérard. Nous l'avons laissé en l'état. Est-ce que ça te pose un problème de passer la nuit dans la chambre de notre fils ?

— Non, dit-il. Gérard était un ami. J'ai pleuré sa disparition et je m'en suis voulu de pas l'avoir vu à sa dernière permission.

Le père détourna la conversation, comme d'habitude, en parlant de ses asperges. Il était fier de son jardin, de ses rangs de petits pois qu'il venait juste de ramer.

— Y paraît que tu veux tout changer à Combeval ? C'est ce qu'on raconte dans le pays. On dit que le fils Montagnac veut planter de la vigne, des fruitiers et que sais-je encore. Je t'admire, mon garçon. Mais ça demande beaucoup d'argent.

La curiosité de René ne se pouvait expliquer que dans la perspective d'un proche mariage. On imaginait déjà que les affaires des Montagnac deviendraient aussi celles des Vergnier. Mais Bastien cultivait le secret. C'était dans sa nature de ne rien dévoiler. Il connaissait le poids des mots, des promesses et des dédits.

— Mon père voit ces projets d'un mauvais œil, répondit-il sans épiloguer.

— Je voudrais bien, moi, déplora René, avoir un fils pour transformer Palvourelle. Décidément, on ne se plaint que la bouche pleine.

Cette réflexion fit sourire le jeune homme, car elle reflétait ce que l'on pensait à Saint-Hospitalet, que le vieux Charles était un drôle de bonhomme, difficile à convaincre, assuré de son autorité sur sa descendance, arc-bouté sur ses certitudes.

— À chaque jour suffit sa peine. J'avance à petits pas. Et je me dis, quelquefois, lorsqu'il me vient à douter, que le temps me donnera raison. Ce serait insulter l'avenir que de vivre replié sur son passé.

Le cheval trouva sa pitance parmi les vaches des Vergnier. Celles-ci avaient commencé par chasser l'intrus avant de se résoudre à l'accepter. Ce spectacle du troupeau courant derrière Roméo les mit en joie. L'herbe était si grasse et fleurie de pâquerettes, de pissenlits et de renoncules, avec les belles journées pluvieuses de mars, que les animaux semblaient tout émoustillés.

— C'est un pacage qu'on ne peut faucher, reconnut René Vergnier, alors je les laisse paître. Trop de bien nuit, n'est-ce pas ?

Et à observer son troupeau, le propriétaire de Palvourelle paraissait heureux. Sa vie durant, il avait bataillé pour garder sa terre, une petite propriété enviée par ses voisins, les Jacobet, bien que les parcelles fussent pentues et soumises aux glissements de terrain.

— Mes parents ont acheté ça parce que personne n'en voulait, lui confia René. Mais au vu de ce que j'en ai fait, petit à petit, à force de réparer les dégâts de la nature, on trouve désormais quelques avantages à ma propriété.

Alexandrine revint à Palvourelle au déclin du jour sur sa vieille bicyclette. Elle fit irruption dans la cour à vive allure, tous freins serrés, dans un grincement de ferraille. La mère descendit en hâte les marches de sa maison.

— Nous avons une visite ! s'écria Irène. Une belle surprise, une bien belle surprise !

Alexandrine détacha le nœud de son fichu rouge qui enserrait sa chevelure et agita la tête pour lui rendre son volume.

Elle abandonna son vélo contre le mur du puits si vivement que l'engin glissa sur le pavage. Elle voulut le relever par le guidon alors que Bastien s'approchait d'elle.

— Tiens, s'exclama-t-elle, un revenant !

— Laisse donc, dit-il en soulevant la bicyclette.

Elle s'écarta de lui d'un mouvement ample, comme pour se prémunir de quelque effusion. Elle paraissait en colère. Et Bastien se sentit si intimidé qu'il recula aussi. Chacun s'employait singulièrement à fuir le regard de l'autre.

— Pourquoi être revenu, Bast ? Ça me vexe, dit-elle.

— J'ai réfléchi, tout ce temps, plaida-t-il, la tête basse.

La mère comprit qu'elle était de trop et se retira en faisant signe à René de la suivre.

— Laissons-les régler leurs histoires, marmonna-t-elle.

Alexandrine se tenait à petite distance, les bras croisés, le regard noir. Et tout en l'observant, Bastien se disait qu'il ne l'avait jamais vue dans une telle colère. Et il commença à se demander, anxieusement, si la distance de ces derniers temps se pourrait rattraper.

— Pas même un petit mot pour te rappeler à mon bon souvenir.

Il ne répondit pas.

— Et dire que tu prétendais m'aimer, m'aimer de toute ton âme. Curieux amour que le tien. Il suffit d'un petit éloignement pour que ce beau sentiment s'envole, sans laisser de trace, comme s'il n'avait jamais existé.

— Comment peux-tu croire une chose pareille ? dit-il en faisant un pas vers elle.

Mais chaque fois qu'il s'avançait, elle refluait pour maintenir la distance dont elle avait besoin pour se défendre.

— Dis-moi donc ce que ça signifie lorsqu'un garçon, soudain, tourne le dos à ses promesses ?

Alexandrine attendit une réaction, en vain. Il lui plaisait, en vérité, de le voir empêtré dans ses contradictions. Elle ajouta alors :

— Devant ton silence, je me suis dit que ton amour ne devait pas peser bien lourd. T'ai-je manqué ? T'es-tu langui de moi ? Tu aurais pu m'écrire, tout de même. Tu sais si bien manier la langue française, n'est-ce pas, Bast ? Mais non. Où étais-tu durant toutes ces semaines ? Avec une autre ?

Elle se mit à rire.

— Je n'ai même pas cherché à savoir. Si l'amour entre nous n'est plus, que chacun reprenne sa liberté, ai-je pensé.

Bastien la saisit par le bras avant qu'elle ne pût s'esquiver de nouveau. Il lui tenait fermement le poignet. Il se promit de ne plus la lâcher, quoi qu'il arrivât : des cris, des pleurs, des gesticulations outrancières. Il se sentait prêt à tout accepter, jusqu'à ce que, de colère lasse, elle se laissât reprendre.

Ils marchèrent côte à côte jusqu'au bout de la cour et sur le chemin. Le soir allongeait les ombres des arbres et les derniers feux du soleil mouraient à travers les feuillages. Soudain, il la laissa aller deux, trois pas devant lui, rien que pour contempler sa fine silhouette. « Comment as-tu pu négliger une aussi jolie fille ? » se reprocha-t-il. Il courut de nouveau vers elle et la saisit par la taille. Elle s'effaça d'une pirouette. C'était tout ce qu'elle ne voulait pas, qu'il jouât avec elle au coq de basse-cour, assuré de son charme.

— Tu n'es qu'un imbécile, Bast. Un sacré imbécile. Moi qui t'aimais…

— Tu ne m'aimes plus ?

— Je ne sais pas si tu mérites mon amour. Je crois que tu t'en fiches, en vérité. Aujourd'hui, tu veux me reprendre, mais demain, qu'en sera-t-il ? Tant d'atermoiements me désole.

Il lui prit la main de nouveau. Elle se laissa faire. L'orage paraissait s'être éloigné. Peut-être était-ce de l'indifférence, comme les cendres d'une passion, volatiles et insaisissables.

— Redonne-moi une chance, supplia-t-il.

Ils descendirent à la lisière du pré. Elle s'assit sur l'herbe fraîche et il fit de même, tout à côté d'elle. Il avait envie de la prendre par la taille, mais hésitait encore.

— Je suis venu te demander en mariage, Alexandrine.

Elle restait immobile à fixer l'horizon. Elle pleurait en silence, doucement, des larmes feutrées. Il s'abandonna sur le tapis d'herbe.

— Sommes-nous faits l'un pour l'autre ? Avant cette déchirure, j'aimais à le croire. Maintenant, je ne sais plus. Ce n'est pas une bonne idée, repartit-elle brutalement. Ce mariage, je l'ai tant espéré… Aujourd'hui, je le redoute.

— Je le voudrais tant, assura Bastien.

Elle se releva en chassant les brindilles d'herbe collées sur ses jambes. En proie à une émotion qui paraissait la déborder, elle regardait autour d'elle, en quête d'on ne sait quel signe qui l'eût incitée à lui céder.

— Ce n'est pas le remords qui te guide, n'est-ce pas ? interrogea-t-elle.

— Non, dit-il. Quelle drôle d'idée !

— Ni la pitié ?

— De quelle pitié parles-tu, Alexandrine ?

— De celle que je pourrais t'inspirer, bien sûr. Un puissant Montagnac pour une si pauvrette Vergnier… Un mariage qui serait une bonne action, comme si tu voulais réparer une injustice… Ça, non, je n'en veux pas. On est pauvres, chez nous, mais on est dignes. Certes, poursuivit-elle, je te plais. Tu aimes mes seins, mes fesses, mon corps, tout mon corps. Tu aimes me faire l'amour. De ce côté-ci, nous nous entendons bien. N'est-ce pas que tu aimes me faire l'amour ?

— Oui, dit-il.

— Mais dis-le-moi donc ! J'ai besoin d'entendre que tu me désires !

— Je te désire. Tout en toi m'inspire de l'amour.

— Toi aussi, tu es à ma convenance, répondit-elle. Tu sais me donner du plaisir. Et parfois, je me reproche, peut-être à tort, de ne pas t'en donner assez. Tu voudrais toujours que nous nous en accordions plus, des émotions fortes, des choses qui nous font chavirer, perdre le contrôle de nous-mêmes… Et je me refuse un peu car je me dis, avec de la honte au fond de moi : « Que va-t-il penser si je lui donne ce qu'il me demande ? » J'ai peur que tu ne me voies plus avec les mêmes yeux, que tu te dises : « C'est tout ce dont elle est capable, la petite Alexandrine. » Et qu'à la longue, tu penses que je suis une vilaine personne, que je ne mérite pas ton respect.

Au milieu de la nuit, Alexandrine alla gratter à la porte de Bastien. Elle lui demanda de ne pas allumer la lampe. Elle ne voulait pas qu'il voie son visage, ravagé par les larmes et la colère.

— Tu devras m'épouser, promit-elle. Tant pis pour toi si tu fais fausse route. Ce sera trop tard, ensuite, pour me le reprocher.

Il l'assura que sa décision était mûrement réfléchie. Et quand Bastien voulut l'aimer pour sceller leur réconciliation, elle hésita :

— Pas ici, défendit-elle.

Alexandrine se sentait coupable de lui céder dans la chambre de son frère. À ses yeux, c'était comme profaner un lieu sacré.

— Allons dans la tienne, suggéra-t-il.

Elle argua que sa chambre était voisine de celle de ses parents et que la cloison n'était guère plus épaisse qu'une feuille de papier à cigarette. Ils se mirent à rire en jugeant que Palvourelle était le pire endroit au monde.

— Faisons croire jusqu'au bout, dit Alexandrine, que nous resterons chastes pour notre mariage.

Au petit matin, Alexandrine annonça la nouvelle. Les Vergnier exultèrent, surtout Irène. Elle avait tant espéré cette union. Ensuite, les parents reconnurent, fort embarrassés, qu'ils ne pourraient doter leur fille. Bastien les rassura en promettant un mariage simple, sans complications.

Alexandrine consentit enfin à suivre Bastien. En attendant la cérémonie, vers le mois de septembre 1919, la jeune fille vivrait sous le toit de Combeval. Ainsi allait-on renouer avec les habitudes de l'année passée, avant la mort de Gérard au Chemin des Dames.

— Je me moque éperdument du qu'en-dira-t-on, dit Bastien. Comme vous le savez, Irène, j'ai de grands projets pour nos terres et j'ai besoin que votre fille me soutienne. Car je suis en butte à des oppositions violentes dans ma propre famille. Voici ce qui m'importe, qu'Alexandrine devienne mon alliée.

René parut saisi d'un doute. Il connaissait Charles, son caractère autoritaire, et la guerre qui s'annonçait lui faisait horreur.

— Es-tu sûr de ta décision ? demanda-t-il.

Alexandrine vola à son secours, sans détour.

— Si nous ne parvenons pas à mettre en place ce projet à Combeval, nous partirons à Brive. J'y trouverai une place et Bastien deviendra instituteur. D'ailleurs, ajouta-t-elle, ce qui surprit le jeune Montagnac, je crois que notre histoire prendra cette tournure… Il faut nous y préparer. N'est-ce pas, Bast ? C'est grisant de savoir qu'à nous deux, nous pourrons renverser tous les obstacles.

Bastien fit en sorte de couper court à cette conversation, avant que les doutes et les craintes ne s'installent dans la tête des Vergnier.

Lorsqu'ils arrivèrent à Combeval, Angèle prit son fils à part.

— Ça ne va pas recommencer ! Pourquoi la faire venir ici ? Nous avons déjà été la risée de tout Saint-Hospitalet l'an passé. As-tu bien réfléchi ? Cette Alexandrine n'est pas pour toi. Que tu te sois amusé avec elle, je le comprends. Mais l'imposer dans notre famille, ça passe la mesure.

Plus tard, Eugénie prit la défense de la future mariée. Elle avait compris que son soutien ne serait pas de trop dans ce conflit qui opposait le vieux monde et le nouveau. Quant à Reine, elle se montra plus réservée. Peut-être sentit-elle que la nouvelle arrivante serait un clou dans sa chaussure, un obstacle de plus à surmonter sur le long chemin qu'elle avait entrepris pour conquérir Combeval.

4

Bastien Montagnac avait pris l'habitude de lancer des ordres sans se retourner ni écouter ce qu'on avait à lui dire, ce qui agaçait prodigieusement Charles. Mais le vieux patriarche, tenace en diable, ne s'en laissait pas conter. Il repassait par-derrière, sermonnant les trois journaliers : Pichoine, Biscotin et Tiphaine. « Surtout, ne lui obéissez pas, les gars, vous m'avez compris ? C'est moi qui prends les décisions ici. » Les ouvriers tournaient la tête de tous côtés, indécis. Ils craignaient le jeune Bastien tout autant que Charles. Et même Piche ne savait que faire. Il avait hâte que cette confusion finisse enfin, que l'assemblée familiale désigne une fois pour toutes le chef de Combeval. À Saint-Hospitalet, on ne cessait de gloser sur le jeune prétentieux. Surtout au café Barbuze, dès le matin, sans désemparer, au fur à mesure que le comptoir s'emplissait.

— Ça veut commander, mais ça ne sait rien. Qu'a-t-il fait pendant que son frère Marcelin était au front, disait Jacquemard, sinon courir après la fille Vergnier ? Une bonne à rien, celle-là, comme les autres, comme Reine qui joue les duchesses dans son tilbury. D'où sort-elle l'argent qu'elle dépense en toilettes et en maquillage ?

— Et sans cesse en goguette à Brive ou ailleurs, persiflait Miraille en lissant ses bacchantes à la Clemenceau.

Et Léon Bigorie n'était pas le dernier :

— Elle en a trouvé un qui crache jaune…

Fernand Buscat était aussi de cet avis :

— Faut voir du côté de Saugeline. Vous m'avez compris. Ce dandy solitaire dans sa belle auto… Lui aussi, foutredieu, n'a pas eu besoin de se baisser pour le ramasser l'héritage, pas vrai ?

Et d'appuyer son propos d'un clin d'œil.

Dans ce chaudron, entre vin cuit et gnôle, on faisait et défaisait les couples, on tricotait et détricotait les histoires d'alcôve, sans autre motif que de s'amuser aux dépens des autres, de leurs travers, pour s'épargner soi-même le gril de la rumeur publique.

Lorsqu'on venait rapporter ces scènes à Bastien Montagnac, celui-ci s'en amusait en disant à Eugénie – qui paraissait en souffrir – que c'était la rançon du succès, que désormais Combeval était craint et admiré dans le pays. Sa sœur ne l'entendait pas ainsi.

— Miraille, par exemple, était si proche de nous autrefois…

— Josué Miraille, l'arpenteur, l'homme qui veillait sur nos bornes lorsque, la nuit, incidemment, elles se déplaçaient ? s'amusa-t-il.

— Un ami de papa. Aujourd'hui, il nous critique ouvertement. Il dit à qui veut l'entendre que nos projets vont nous faire bouffer la grenouille. Tu entends ce que je te dis, Bast ?

— C'est moitié maître Pathelin, moitié Joceaulme, cet homme-là, rusé et ridicule à la fois. Une caricature, ajouta Bastien. Je ne crains pas ses prophéties.

— Il a de l'autorité à Saint-Hospitalet. On l'écoute, défendit Eugénie.

— Je me fiche de ce qu'il peut dire sur nous.

— Même lorsqu'il prétend que nous n'avons pas le premier sou, nous, les Montagnac, pour réaliser le centième de nos projets ? Octave Lapoujade m'a même rapporté qu'il racontait partout que nous étions dans la débine. À moins, a-t-il ajouté, que le petit instituteur ait tiré le bon numéro à la Loterie nationale.

— Tu diras à ton cher Octave, répliqua Bastien, que je dispose d'assez d'argent.

Eugénie parut décontenancée. Elle croyait, elle aussi, comme les trois quarts des gens de Saint-Hospitalet, que son frère enflait de suffisance, encore et encore, comme la grenouille de la fable.

— Papa ne cesse de répéter qu'on aurait dû acheter les terres de Mézard, au bord de La Blis. Que sais-tu de cette affaire ?

Bastien haussa les épaules et entraîna sa sœur à l'écart, loin des domestiques. Ceux-ci avaient toujours une oreille qui traînait.

— Notre cher papa a passé un sous-seing privé avec Mézard. Mais depuis, rien. Une terre qui vaut bon an mal an mille cinq cents francs. Je ne vais pas me risquer à l'acheter, si c'est ce que tu as envie d'entendre.

— Ça ferait tellement plaisir à papa. Une petite revanche…

Mais le jeune Montagnac se montra ferme. Auguste Lapoujade en faisait, lui aussi, une affaire d'orgueil en renchérissant sans cesse. Deux mille, trois mille, cinq mille…

— Je ne vois pas l'intérêt d'entrer dans ce jeu. Pour mes vignes, j'ai besoin de vingt mille francs. Voici où je porterai mes efforts : Bagarel et rien d'autre, pour l'instant.

Bastien appela les ouvriers pour la fauchaison. C'était encore Pichoine, le vieux Pichoine, sec comme un coup de trique, épuisé, usé, qui dirigerait les opérations. Ce dernier soupira en se tournant vers les garçons. Il craignait que ces deux-là ne fussent pas d'aussi bons travailleurs qu'on le disait. Le jeune Montagnac comprit à demi-mot ce que le vieux domestique attendait de lui. Il alla leur parler pour les exhorter à travailler, mais sans difficulté en vérité ; ces jeunes gens paraissaient dociles.

— Tu as compris, Piche ? Il nous faut attaquer les foins par les Grandes-Terres, puis La Sauve. En trois jours, ce sera fauché, il nous faudra trois jours de plus pour faner et engranger.

— Les deux faucheuses en même temps ? demanda Pichoine.

— Oui, parfaitement. Nous gagnerons du temps. Même si ce n'est pas habituel de procéder ainsi.

— Celle tirée par le cheval me pose problème. Ça avance trop vite, par saccades, et ça s'engorge. Mieux vaudrait y mettre Biscotin. N'est-ce pas, Biscot ? Tu as l'œil avec Pivoine, pas vrai ? Tu le connais bien notre cheval, tantôt nerveux, tantôt têtu.

Le garçon hocha la tête. Cette flatterie l'encourageait plus que tout le reste à s'y mettre sans délai.

— Et Tiphaine conduira les bœufs, proposa Pichoine, là où ça demande de l'effort avec la paradelle, le lotier et le sainfoin en excès…

Bastien tapa dans ses mains. Il voulait que son équipe prépare les faucheuses et les attelages sans délai.

Pendant que les domestiques s'activaient à monter les lames, Eugénie, en tunique bleue et chapeau de paille, s'était approchée de son frère, bras croisés sur la poitrine.

— Reine et moi, nous vous donnerons la main, promit-elle. Pour le fanage surtout. Ça fait de sacrés rangs à retourner.

— Reine ? s'exclama Bastien en l'attirant à l'écart. Crois-tu que Reine va aller aux champs ? Je voudrais bien voir ça !

— Et même Marcelin… Il a promis. Ça lui changera les idées. Et toi, Bastien, peut-on compter sur ton aide ?

Il se retourna vivement, piqué au vif.

— Non, je serai à Bagarel. On va préparer la terre avec une charrue défonceuse tractée par des chevaux ardennais. Il nous faut creuser à une bonne profondeur, cinquante centimètres au moins. Et pour ce faire, j'ai sollicité l'entreprise de travaux agricoles Larivoire.

Il était si enjoué à l'approche des travaux, l'esprit tout entier mobilisé par cette grande œuvre, qu'Eugénie fut prise d'un doute sur sa lucidité. Elle le découvrait si audacieux, si sûr de lui qu'elle en éprouvait de l'angoisse pour l'avenir de Combeval. Elle se disait que si, d'aventure, l'opération tournait mal, elle pourrait toujours quitter Saint-Hospitalet. Mais la honte, l'opprobre, le déshonneur la suivraient où qu'elle aille, tout comme les huissiers.

— As-tu réfléchi aux risques que nous prenons ?

Bastien l'écouta, la mine fermée, si résolu qu'un mur semblait dressé autour de lui, un rempart impénétrable. Elle sentit que les craintes qu'elle pourrait exprimer n'ébrécheraient en rien ses certitudes.

— Ferais-tu tout ça contre notre père ? Comme si tu espérais prendre une revanche ? Je l'admets, ajouta Eugénie, nos parents n'ont pas été tendres avec toi. Et plus que cela, reconnut-elle, au moment de la déclaration de guerre. Surtout père. C'est un fait, il ne t'a jamais porté dans son cœur. Et notre mère n'a pas eu le courage de prendre ton parti. Tu t'es retrouvé seul, floué, tel le second fils honni. Même moi, je ne t'ai pas assez défendu.

Il la prit par les épaules et l'attira vers la terrasse, à l'endroit même où les Montagnac avaient l'habitude de se camper pour réfléchir, face aux collines soumises aux couleurs changeantes du jour. Même s'il n'osait pas lui dire, ses paroles lui allaient droit au cœur.

— Je suis sans haine, malgré tous les sacrifices qui m'ont été imposés, dit-il d'un ton détaché.

En vérité, Bastien Montagnac avait fait le tour de ses ressentiments. Sans doute avait-il fini par comprendre que son avenir ne se pourrait réaliser qu'à Combeval. C'était son souhait le plus cher, effaçant pour le coup tous les autres.

— J'ai peur que tes ambitions démesurées nous emmènent tous à la débâcle, avoua-t-elle.

Bastien la serra contre lui, fort.

— Aie confiance en moi. Comment pourrais-je vous en persuader, tous, que mes projets d'expansion sont la seule voie viable ? On me la refuse, cette confiance, déplora-t-il. Père travaille contre moi, comme si j'étais son ennemi. Et parfois, il parvient à vous convaincre que je ne suis pas apte à mener notre affaire. Marcelin lui-même voudrait qu'on revienne avant guerre, à une époque où tout paraissait plus simple. Mais la nostalgie des temps heureux ne sert à rien. Elle n'est que le vernis des choses anciennes, dont la patine, peu à peu, en décolore les formes, inexorablement. Comme cette photo de famille que nous avons faite au studio Gravier. Je me dis, parfois, en regardant ce portrait de famille, que ce n'est plus nous, que ça ne nous ressemble plus. Alors, je songeais à devenir instituteur et père espérait que Marcelin recouvrerait le courage de diriger Combeval.

Ils s'assirent au bord de la terrasse, les pieds dans le vide, l'un contre l'autre. Eugénie l'assura qu'elle serait toujours de son côté, quoi qu'il arrivât.

— Je suis inquiète et bourrelée d'angoisse parce que je crains que tu échoues, Bast. Ce pas en avant me paraît si grand… Et tant que papa ne t'accordera pas sa confiance, rien ne sera possible. C'est une guerre dévastatrice dans notre famille que ce refus de succession. Le vieux Lapoujade, notre ennemi ancestral, lui-même, ne comprend pas comment papa peut faire preuve d'un tel aveuglement. Qu'il soit en guerre contre nos rivaux, je le conçois, mais contre ses enfants…

Bastien se retourna vers Marcelin qui profitait de l'ombre du tilleul. Il lui fit signe d'approcher, mais le grand frère resta immobile, comme un lézard sur son rocher.

— Les Lapoujade ne sont plus nos ennemis, affirma Bastien. Je n'ai jamais cru à cette querelle. Et depuis que François est mort, Auguste a revu ses ambitions à la baisse.

— Oui, je sais, dit Eugénie.

— Et son dernier fils Octave me ressemble, de ce point de vue. Il n'a pas envie de perpétuer cette haine ancestrale. Le monde nouveau exige des compromis salvateurs.

Il éclata de rire. Et le visage d'Eugénie se mit à rosir.

— Tu l'aimes, n'est-ce pas ?

Elle ne répondit pas.

— Pourquoi ne le dis-tu pas, que tu aimes Octave Lapoujade ? Pourquoi n'as-tu pas ce courage ? L'amour, tout de même… Qu'y a-t-il de plus fort que l'amour ?

Eugénie hocha la tête. Il l'embrassa furtivement, comme pour la récompenser. Reconnaître la vérité, même si celle-ci doit ébranler les misérables certitudes du passé.

— Vous vous marierez un jour, prédit-il. Et Octave sera des nôtres.

— Jamais papa ne l'acceptera dans notre famille.

— Pourquoi n'imposes-tu pas cet état de fait : tu es amoureuse de notre ennemi. Père sera forcé de l'admettre. On ne peut aller contre la force des sentiments. Le temps travaille pour toi. Mais je ne voudrais pas, surtout pas, que ton manque d'audace altère cette passion.

Eugénie reconnut qu'elle n'avait pas la force d'affronter la famille Montagnac. Elle savait comment le père réagirait. Elle craignait sa violence. Et surtout qu'il entamât une démarche assassine.

— Qui sait si Auguste Lapoujade souhaite cette union ? Peut-être que, lui aussi, préférera la tuer dans l'œuf par commodité ?

— Et alors ? releva Bastien. C'est à Octave de prendre sa décision, contre son père, s'il tient à toi et que son amour est assez fort pour renverser les obstacles.

Marcelin s'était enfin décidé à les rejoindre, à pas hésitants.

— Tu iras aux Grandes-Terres, Marceau ? On a besoin de toi là-bas.

— Je suis tout juste bon à tourner autour de la maison, répondit-il.

— Ne t'écoute pas. Tu as de l'énergie à revendre, affirma Bastien.

— Je vais essayer, promit-il. Quand l'herbe sera sèche, je prendrai un râteau et je descendrai aux Grandes-Terres.

— Ne fais pas attention à notre mère. Elle découragerait un régiment. Tu es fort, maintenant.

— Je suis ce que je suis. Rien de plus. Et il ne suffit pas de parler pour que je redevienne l'homme que j'étais hier.

— Tu es tel que tu as toujours été, Marceau, persista Bastien.

Et Eugénie prit la main de son frère pour le conduire au bord de la terrasse. Marcelin tremblait de tous ses membres, horrifié par le vide.

— Je voudrais sauter dans la vieille vigne, pieds joints, et rouler jusqu'aux premiers ceps, comme je le faisais autrefois. Mais, ça, je ne peux plus. Je me briserais comme du verre.

Charles Montagnac descendit à allure forcée jusqu'au premier sillon ouvert dans la terre sauvage de Bagarel, foisonnant d'épervières, d'armoises, de millepertuis et d'euphorbes, se frayant son passage à coups de bâton. Cette manie du bâton le possédait, la rage aidant. Il ressentait une sorte de ravissement à casser les chardons sauvages, repousser les hampes de ronce ou briser net les tiges arrogantes de tanaisie. Il parvint rapidement au petit plateau dominant Bagarel et s'arrêta pour reprendre son souffle. Ce lieu, Montagnac l'appelait « la plaine », en raison de la qualité de la terre. Il y semait tantôt du blé, tantôt du maïs. Le blé était déjà en herbe, fort bien réparti, un peu en avance même, avec les pluies de mars. Elles étaient tombées en telle abondance que, sur la partie centrale de la fameuse parcelle, des sillons désordonnés s'étaient creusés, bousculant les semailles. Il contourna le champ, tout en observant le blé vert, si dense qu'il en éprouva de la fierté. Pourtant, Charles n'y était pour rien. On devait ce bel ouvrage à Joseph Pichoine et son aide, et pas à son fils cadet, « l'imbécile heureux », comme il disait, qui eût tout gâché s'il y avait mis les mains.

« Ça cause, ça griffonne, ça aligne des chiffres et ça fait du vent, un petit vent de misère sans queue ni tête pour amuser les femmes. » Il éclata de rire, poursuivant son idée, les lèvres articulant des mots silencieux. « Eugénie boit ses paroles sans réfléchir, la tête embourbée par sa glose. Et Reine, que dire de Reine, sur laquelle, mon Dieu, j'avais fondé tant d'espoir ? Une bécasse obsédée par sa beauté. Et sans doute frustrée de ne posséder un coq dans son lit, ne serait-ce que pour l'honorer une ou deux fois par mois, comme il est d'usage... Cela est fort bien excusable. Si je puis m'exprimer ainsi, sans froisser personne, et assurément pas mon pauvre garçon... Mais elle est si changeante à mon endroit, tantôt de mon côté, tantôt de celui de l'imbécile heureux. Je ne sais pas si elle nous joue la comédie ou si elle prend au sérieux Combeval. Mais il n'empêche, je n'ai pas dit mon dernier mot.» Il s'arrêta net, à l'angle du champ de blé. «Tu t'illusionnes, mon pauvre Charles. Tu parles pour ne rien dire. Ton esprit est comme un cheval emballé. La dernière fois que tu as prononcé cette phrase : "Je n'ai pas dit mon dernier mot", c'était à la déclaration de guerre. Tu voulais sauver Marcelin de la tuerie et, au final, tu as fait chou blanc... Se pourrait-il que l'histoire se répète ? Et que, de nouveau, l'imbécile heureux triomphe à Combeval et nous emporte tous à sa suite avec sa folie des grandeurs ?»

En suivant le bord de la crête, Charles surprit une couleuvre, jaune et noir, qui digérait une petite musaraigne. La malheureuse avait eu la fatale idée de venir batifoler à portée de ses crocs. Charles leva son bâton et hésita. «Laisse-la donc vivre. Bon Dieu, combien en ai-je tué dans ma vie des serpents ? Pour rien. Par bêtise, par superstition.»

— Allez, ma belle, file donc, fit-il en la bousculant un peu pour qu'elle disparaisse dans un trou de taupe.

Les lourds percherons tiraient sous le fouet la charrue à bascule. Elle parut si impressionnante à Charles qu'il en resta médusé une bonne minute. Parfois retentissaient des craquements sinistres, lorsque le fer du soc éclatait la roche. L'entrepreneur surveillait l'opération, son fils juché sur la poutre et cramponné au volant. Ce dernier le manœuvrait, tantôt haussant le soc tantôt l'abaissant, selon la profondeur que la machine pouvait atteindre. Larivoire père menait son attelage avec attention, donnant ses instructions à son fils d'un simple mouvement du bras.

On labourait à rang perdu. Il eût été impossible de retourner l'engin, aussi le faisait-on basculer afin d'entreprendre un nouveau sillon. On replaçait les chevaux en ligne, puis la défonceuse repartait.

Bastien se tenait près de la lisière, observant les travaux, immobile. Et chaque fois que l'attelage s'approchait de lui, Larivoire père lui demandait son avis.

— Cinquante, dit-il, c'est le maximum de ce que nous pouvons faire.

— Parfait, répondit le jeune homme.

— Quand la trame résiste, je dois relever le soc. Sinon, on casserait. Sûr qu'on casserait, insista-t-il.

— Ce qui m'importe, ajouta Bastien, c'est d'entamer la croûte de tuf. Ce sera parfait pour ma vigne.

— Oh, certes, oui, confirma Larivoire père. C'est de la bonne terre, ni trop riche ni trop pauvre.

L'entrepreneur fit signe à son fils de descendre pour un nouveau rang. Une fois l'engin en place, l'attelage en ligne, le garçon remonta sur la poutre. Il jeta un coup d'œil sur le coutre. C'était une pièce fragile, celle qui, coupant la terre à l'approche du versoir, encaissait tous les chocs. Mais Larivoire avait l'oreille attentive. D'instinct, il prévoyait de ralentir et de modifier la profondeur du défonçage lorsque la roche affleurait à trente sous le manteau végétal. C'était une de ses préoccupations, casser les pointes de soc, devoir ensuite se rendre à la forge pour la réparation et perdre deux ou trois précieuses heures.

Charles descendit sur le chantier, en faisant de grands gestes. Il levait son bâton et frappait les nuages, comme un général de cavalerie exhortant ses hommes à l'assaut de la pointe de son sabre. Bastien le suivait d'un œil indifférent. Il se rassurait en se disant que le père Montagnac n'avait pas toujours été aussi vindicatif et qu'avec l'âge un grain de folie finissait par le gagner.

— Qui t'a donné l'autorisation de toucher à mes terres ? Mon Bagarel sens dessus dessous. C'est d'une sauvagerie sans nom ! s'écria-t-il.

Bastien rejoignit son père au milieu des hampes de ronce qui tapissaient le passage. Le jeune homme évita de justesse un moulinet de bâton avant de s'en emparer. Se sentant désarmé, le vieux se mit à jouer des poings, dans un impuissant tourniquet, jusqu'à ce qu'il s'abattît sur le sol.

— Ce que tu fais là est un crime. Je compte m'adjoindre le concours de Josué Miraille pour te faire passer en justice, misérable !

Le fils l'aida à se relever, d'une poigne ferme. Mais Charles était sans force, cherchant dans sa poitrine l'air qui lui manquait. Et sur l'instant, Bastien craignit que l'émotion, la colère, la rage ne déclenchassent une crise d'apoplexie. Il essaya alors de le raisonner, lui disant qu'il ne l'avait pas pris en traître.

— J'ai annoncé mes projets. N'est-ce pas mieux un vignoble à Bagarel plutôt qu'une friche ? C'est un terrain en déshérence, improductif. Tu devrais louer mon initiative, père.

— Imbécile heureux, maugréa-t-il. Tu n'es pas un Montagnac.

— Je suis qui alors, si je ne suis pas ton fils ?

— Un bâtard. Un sale bâtard.

— Ce n'est pas aimable pour notre mère.

— Dans une couvée, il y a toujours un oisillon débile que la mère rejette. Nous aurions dû te ficher dans la gourgue de Marzelle, avant que tu ne pourrisses la descendance. Ça aurait été sage. J'ai essayé de réparer en confiant les rênes de Combeval à ton frère. Mais notre domaine t'est monté à la tête. Une tête si mal tournée, mais qu'importe... C'est ainsi, je dois subir. Tu te vois déjà diriger notre propriété. J'ai compris ce que tu veux faire. Tes projets démentiels vont nous conduire à la ruine. Alors, que faire ? La justice. Miraille te fera-t-il entendre raison ? Je crains que non. Et je me lamente sur mes vieux jours. Pourtant, j'ai encore assez de force pour éviter que tout parte à vau-l'eau : Bagarel, Rochemorin, La Sauve, Laplantade.

L'évocation de chacune de ces terres lui arrachait des cris de désespoir. Il lui paraissait que le ciel s'assombrissait sur sa tête.

— Ça me tuera et tu auras ma mort sur la conscience. Qu'as-tu donc à sourire, imbécile heureux ?

— Je ne souris pas. Je suis triste de te voir dans cet état, père.

— Je ne veux pas de ta pitié. Je veux que tu retires cette charrue de notre champ et qu'il ne pousse pas un cep de vigne ici. Oh, non, pas de vigne ici. C'est contre la vigne, cette terre-là. Tout juste bonne pour l'herbe des vaches et la litière.

Par une longue et patiente reptation dans la terre sauvage de Bagarel, la machine faisait son œuvre. Et quand l'équipage fut à leur hauteur, Charles accourut au-devant de Larivoire.

— Déguerpissez ! ordonna-t-il.

L'entrepreneur dévisageait tour à tour le père et le fils, incrédule. Puis il défendit le projet de Bastien, affirmant que c'était une bonne terre à vigne. Pour soutenir ses dires, il en prit une poignée, se mit à la pétrir entre ses doigts.

— Légère et gréseuse. Voyez vous-même, Charles !

Il la laissa couler entre ses doigts. Mais le vieux Charles restait sur ses positions. Il n'avait jamais admis, sa vie durant, qu'on s'en vienne le contester sur ses terres. Un étranger de surcroît.

— Bien sûr, Larivoire, s'exclama-t-il, vous êtes de son côté ! Qui vous en blâmerait ? C'est dans votre intérêt. Et tomber sur un imbécile heureux comme mon fils, c'est une aubaine. Forcément. Une chance. Profitez ! Profitez !

— J'œuvre aussi du côté de Verganson, de Juillac, de Voutezac. Partout, on plante de la vigne. Et l'on sollicite mes services pour retourner le sol afin que les racines se développent en profondeur dans le grès rouge. Ça nous donnera du bon vin sur ce versant exposé plein sud…

Puis Bastien lui fit signe de poursuivre les travaux.

— Il s'agit d'une querelle au sein de notre famille, conclut-il. Rien de plus. Le monde ancien contre le nouveau.

En deux journées, Larivoire vint à bout du premier hectare de Bagarel, la partie haute, celle qui présentait peu d'incommodités. Quant à la seconde parcelle, d'une superficie équivalente, il faudrait la dessoucher après avoir coupé les taillis. Bastien Montagnac paraissait lutter contre le temps. Mais en découvrant l'étendue des travaux, il comprit la mort dans l'âme que la plantation ne se pourrait faire que dans la parcelle haute. Cette décision, il l'ajournait sans cesse et attendait pour passer commande auprès d'un pépiniériste de Verganson, réputé dans la région de Brive. Il lui fallait pourtant se décider rapidement ; la préparation des plants prenait du temps. Depuis la crise phylloxérique, on ne plantait plus que sur des porte-greffes américains, fort résistants, et le maître greffeur de Verganson, Damien Bourbelin, n'assemblait qu'à la demande, par ajout en fente avec ligature au raphia. C'était une opération minutieuse, qui exigeait de l'adresse car, chez Bourbelin, on était peu adepte des nouvelles machines à greffer.

Montagnac avait une idée très précise des cépages de son futur vignoble. Sur les quatre mille ceps de son premier hectare, on trouverait de la mérille, du mancin, du merlot et de la syrah… Les variétés y seraient astucieusement agencées, selon l'exposition au soleil, forte ou moyenne, aux brumes du soir et aux variations de température la journée et selon, évidement, que la vigne serait de crête ou de bas-fond. Sur le sujet, Bastien avait confronté plusieurs points de vue de maîtres greffeurs ou ampélographes pour mettre toutes les chances de son côté. Il voulait que sa production fût la mieux adaptée possible au terroir de Combeval, gréseux, acide, limono-sableux…

Cette bataille contre le temps l'épuisait. Il se disait que, si sa vigne de Bagarel n'était pas plantée avant le début de l'automne, tout serait remis en question pour l'année à venir. C'était rater la seule chance qui s'offrait à lui de prendre en main Combeval. Il était dit que l'acte fondateur de cette renaissance passerait par la nouvelle vigne de Bagarel, puis ensuite par les plantations de pommiers, de pruniers et de pêchers de Rochemorin. Il avait tracé son plan ainsi, alors que la vie ordinaire, hélas, ne se satisfait, par-delà la fureur des ambitions communes, que de médiocres arrangements.

— S'il commande les quatre mille plants pour l'automne, fit observer Reine, cela fera une coquette somme. Sans compter les travaux de Larivoire… Et tout le reste.

Elle se voulait vague pour ne pas casser l'ambiance. Marcelin hochait la tête. Il savait, lui, que la vigne de Bagarel ne produirait à plein que cinq ans plus tard. Il faudrait donc attendre toutes ces longues années avant que le vignoble ne rapporte de quoi éponger les dettes. Reine prenait plaisir à ergoter. Elle jubilait de mettre son beau-frère en difficulté. Mais Marcelin paraissait satisfait qu'on nourrisse des espérances à Combeval, pour une fois. Il lui semblait retrouver enfin l'esprit du père d'avant-guerre.

— Il n'y a que la volonté de conquête pour l'emporter sur le doute et le renoncement. Ça me plaît, Reine. Je trouve que mon petit frère est courageux. J'aurais tant voulu, moi, revenir sain et sauf de cette putain de guerre pour m'atteler à une grande tâche. Mais, je le soutiens, Bastien, vrai de vrai. Et si je ne peux rien faire pour l'aider, du moins, je reste à ses côtés. Et toi, ma chère Reine, tu devrais aussi faire cause commune avec lui, plutôt que de te tourner vers notre cher papa, comme si tu espérais que son autorité, ou du moins ce qu'il en reste, fasse échec à ses projets.

— Bastien va endetter Combeval. Et ainsi, petit à petit, nous irons à la bascule.

Reine riait haut et fort en tournant autour de son mari, l'aiguillonnant sans parvenir à briser son enthousiasme. Marcelin croyait que les ressources de Combeval étaient incommensurables, à l'image de ce que Charles en avait toujours montré, que le domaine était fort bien assis sur des montagnes de ressources insoupçonnées. À sa manière, il avait été un magicien, un illusionniste, avant que l'âge et les ennuis de santé ne finissent par émousser ses espérances. « Nous serons bientôt les premiers à Saint-Hospitalet, devant les Lapoujade. » Au-delà de sa propre existence, amoindrie et rabougrie par le naufrage de la vieillesse, il n'était plus rien qui l'intéressait. À croire que ce rêve devait s'éteindre avec Charles Montagnac et qu'aucun autre ne fût digne de reprendre le flambeau, fût-ce un de ses fils, de surcroît le plus médiocre à ses yeux.

Si Bastien avait obtenu le plein soutien de son frère aîné, Reine fourbissait ses armes. Elle avait longtemps pensé que ses réticences finiraient par émousser l'engouement de son mari.

— Qu'espères-tu ? demandait Marcelin, la voyant s'engager dans ce combat douteux. Qu'il renonce ? Nous serions bien avancés… Il n'est que lui pour tenir notre affaire, hélas.

Elle s'asseyait en face de lui, le câlinait. Elle lui disait qu'elle ne reconnaissait plus son Marceau d'autrefois. Et pour faire bonne mesure, elle ajoutait :

— Tu me déçois, mon bel amour.

Il prenait un air grave en passant la main dans sa chevelure. Il aimait ainsi la caresser longuement, triste et désespéré, comme à l'ordinaire, en pensant à ce qu'il avait été jadis.

— Je ne puis t'aimer, comme tu le sais. Serais-je un homme entier que je ne le pourrais peut-être pas… Tu es tellement exigeante, ma Reine. Quel homme pourrait combler tes désirs ? Encore, me faudrait-il en connaître l'étendue. Tu es tellement secrète, parfois proche et parfois si distante. Insaisissable. Comme le sable de la rivière qui glisse entre les doigts. Personne ne pourrait retenir ce flux qui te porte vers moi et se retire dans le même temps.

Reine était consciente que seul l'amour de Marcelin pouvait asseoir son autorité à Combeval. On ne la considérait qu'à travers lui. Sans cela, elle n'eût été qu'une étrangère, intrigante et inutile.

— Je voudrais que tu me défendes, Marceau. Que tu dises à ton frère que je suis plus que ta chose, mais ta parole elle-même, ta force, ta vérité, ta justice, ta volonté… Tout ce à quoi tu as fini par renoncer.

Il l'écoutait sans émotion. À croire que l'amour qu'ils avaient partagé, au milieu des décombres de leur vie, n'était plus que l'ombre d'un souvenir, comme une photographie dans un cadre. La photo d'un mariage bâclé. Et un simulacre de passion réduit aux acquêts. Pour la première fois, Reine sentit que Marcelin lui échappait. Il l'écoutait, le regard vide, en pensant qu'elle était décidément trop belle pour lui et qu'il s'était mépris. Dans l'effervescence de sa jeunesse, il avait espéré qu'elle lui fît une place. Mais les événements en avaient décidé autrement, si cruellement, comme des jours de bonheur qui s'offrent et se retirent à l'instant de les atteindre.

— Rien ne nous séparera désormais, dit-il alors qu'elle le couvrait de baisers. Tu ne me quitteras jamais. Tu as voué ton existence à Combeval. Avec ou sans moi. Mais pourquoi ? Qu'est-ce donc qui t'attire ici ? Est-ce que Combeval représente pour toi un rêve inatteignable ? Faut-il réveiller tes douleurs d'enfance à La Garennie pour que je comprenne ? Et pourquoi n'ai-je su saisir tes ambitions ? Je croyais que tu m'aimais pour moi-même… Quelle méprise !

Reine se déroba par quelques baisers appuyés, des caresses soutenues. Elle ne savait que répondre, elle qui ne s'était jamais risquée aux confidences. Il y avait en elle une si profonde maîtrise des sentiments que rien ne pouvait l'atteindre en ses secrètes cachettes de l'âme. Elle se reprenait bien vite. « Tu ne m'auras pas à ce jeu, se disait-elle. Tu ne me feras pas parler. Je suis un bloc face à toutes les déferlantes possibles. »

Puis elle se retira dans la cuisine, paradis d'Angèle, alors que la pluie s'épanchait en larmes sur les vitres de Combeval.

— Vous attendez votre revanche, clama Angèle.

— De quelle revanche parlez-vous, ma chère belle-mère ?

— Quand Bastien se cassera les dents, vous arriverez triomphante. Je vois clair dans votre jeu.

Angèle se tenait adossée à son évier, dans un recoin obscur, tandis que Reine allait et venait devant elle.

— Je souhaite que votre fils réussisse, évidemment. Ne suis-je pas embarquée sur le même bateau ? Nous faisons cause commune. La réussite de Combeval sera la mienne. Et sa débâcle aussi.

5

Comme Alexandrine ne disposait d'aucune ressource et que sa famille n'entendait guère mettre la main à la poche, Bastien Montagnac proposa de lui acheter une robe de mariage convenable et de lui constituer un trousseau. La future mariée en conçut de la honte, bien que Bastien l'assurât qu'on se contenterait d'une toilette sobre et d'une cérémonie sans fioritures.

— Je voudrais tellement me réveiller le lendemain de mon mariage.

Le jeune homme soupira en la regardant avec un sourire contrit. Elle détourna le regard, craignant d'y lire de la pitié.

— On ne peut pas traiter cette affaire à la légère, reprit-elle. Mes parents sont des gens honorables, si peu gâtés par la vie. Et je n'ai connu que cela, moi, des privations. Pour que je ne paraisse pas trop misérable à l'école, ma mère récupérait des vieux coupons de tissu pour me confectionner des habits. C'était bâti à la diable. Et quelquefois, nos cousins de La Vigerie nous cédaient ceux de leurs filles, usés et passés de couleur. Maman faisait des prodiges et je ne lui posais jamais de question. Je savais que ma mère tentait l'impossible pour que j'aie l'air d'une petite fille comme les autres…

Il l'écoutait assis en face d'elle, sous le grand tilleul de Combeval. Leurs genoux se touchaient et ce simple contact le troublait si fort qu'il avait envie de la serrer contre lui. Et bien qu'ils fissent l'amour souvent, parfois d'une manière réfléchie avec quelques petites mises en scènes, mais le plus communément d'une manière brutale, sous le fouet impérieux du désir qu'une lueur dans le regard suffisait à allumer, Bastien ne se lassait jamais d'elle. Au contraire, il semblait que le mariage ne faisait qu'amplifier son envie.

À vrai dire, à cette minute, le jeune homme se fichait qu'Alexandrine eût souffert dans son enfance de « privations ». Peut-être ne comprenait-il pas ce que celles-ci avaient signifié dans son existence, tant ces choses lui paraissaient abstraites… Et quand il posa ses mains sur ses cuisses et qu'insensiblement il chercha à trousser un peu le tissu pour effleurer sa peau nue, elle lui fit les gros yeux.

— Pas ici, tout de même. Pour qui me prends-tu ?

— Nous nous appartenons déjà, plaida-t-il.

— Tu ne veux pas entendre ce que j'ai à te dire, lui reprocha-t-elle. J'ai honte que tu sois obligé de m'offrir ma robe de mariage. Qu'elle soit d'une simplicité extrême ou taillée comme un sac de pommes de terre. C'est le geste qui m'afflige. J'ai l'impression que tu me prends nue et pantelante, comme ces femmes vénales que des hommes achètent au coin de certaines rues.

Il se releva, lui prit la main et l'obligea à le suivre jusqu'au jardinet, là où personne ne pourrait les voir, derrière la haie de seringats.

— Embrassons-nous.

— Nous aurons tout le temps pour nous embrasser mais…

Elle se retourna pour s'assurer que la demeure des Montagnac avait bien disparu derrière l'écran de verdure.

— Je t'offrirai la robe que tu auras choisie. J'irai l'acheter seul, Alexandrine, tu n'auras pas à rougir. Le feu aux joues… ce sera ma récompense. Il n'y aura que moi, et moi seul, qui saurai ce que tu ressens.

Alexandrine avançait la tête baissée, comme si elle craignait à cet instant de croiser son regard.

— Peut-être me le reprocheras-tu un jour, ce cadeau de mariage. Pendant une dispute, tu me diras : « Moi, je t'ai offert une robe et, toi, que m'as-tu donné ? »

Bastien Montagnac songeait à Ariane, à l'effronterie d'Ariane, mesurant combien la belle Lamarkan était différente de sa fiancée. « Ce n'est pas elle, assurément, qui me reprocherait un cadeau, bien au contraire. Forcer la générosité d'un homme lui apparaîtrait une nécessité, celle de donner un prix au sentiment. »

— Enfin, je m'y résoudrai, dit-elle. Mais je ne suis pas sûre, et j'espère que tu me pardonneras, d'apprécier ce présent. Il m'humilie. Et je ferai ce que je peux pour dissiper cette réticence. Par amour pour toi.

Quand ils furent parvenus à la clôture habillée de liserons aux corolles mauve et blanc, elle fit volte-face et repartit en sens inverse. Il hésita, les coudes appuyés sur le grillage. Elle ne l'attendit pas.

— Je ne veux pas passer devant le curé, fit-elle. Pas du tout. On n'est pas croyants chez les Vergnier.

Il se décida enfin à la rejoindre à pas précipités, la prit par la taille, l'enveloppa de ses grands bras, puis la serra contre lui.

— C'est tout ce que tu voulais me dire ? Un mariage civil, bien sûr. Tout à fait d'accord. Je déteste l'odeur de l'encens.

— Tu ferais cela pour moi ?

— Je me fiche de ce que penseront les gens de Combeval. Ce sera une première dans notre famille. Et je m'en réjouis, au fond. Je suis un esprit du nouveau siècle. Peu religieux. Et encore moins respectueux des coutumes ancestrales.

La surprise passée, Alexandrine se sentit envahie par le doute. Elle s'interrogeait déjà sur cette décision prise à la légère et, sans doute, par souci de s'accorder à elle.

— Qu'en dira ton père ?

— Qu'importe. Déjà que cette union ne lui plaisait pas…

Alexandrine hocha la tête. C'était la première fois qu'elle se heurtait à cette évidence : ce mariage n'était pas du goût des Montagnac. On faisait mine de l'accueillir au sein de la famille, rien de plus. Cette hostilité, tue pour un temps, pourrait se réveiller un jour.

— Je croyais que Charles et Angèle souhaitaient notre union. Pourquoi tant de réserve ? Je ne soupçonnais pas cette défiance à mon égard. Mais j'en connais les raisons…

— Quelles raisons ? s'étonna Bastien.

— Une Vergnier, une pauvrette, ce n'est pas digne des Montagnac, n'est-ce pas ?

Mais le jeune homme la rassura, en lui disant que, ces derniers temps, il était devenu l'objet de tous les ressentiments. Elle n'ignorait pas ce qu'on lui reprochait : ses vues novatrices pour faire de Combeval une ferme moderne, ses ambitions. Et tout laissait à penser que son mariage, que ce soit avec Alexandrine ou n'importe qui d'autre, soulèverait des questions déplaisantes.

— Je n'apporte rien dans ma corbeille. Voici en définitive l'obstacle majeur.

Alexandrine demeura ce soir-là en froid avec Bastien. Cette soudaine distance sauta aux yeux de Reine, surtout au repas du soir, durant lequel le couple négligea les petits gestes affectueux qu'ils échangeaient habituellement. Elle possédait ce don particulier de percer les âmes. Surtout dans cet épisode particulier dans la vie de Combeval où l'on prenait ombrage d'un mot, d'un silence, dans l'attente de quelque déflagration irréversible. Elle devina que les futurs mariés s'étaient querellés. Mais pour quoi en vérité ? Reine pensa à un peu de jalousie. Envers la rivale de Brive, celle qui hantait le cercle du Plaisance ? Pourtant, personne n'avait jamais parlé à Combeval de cette fille… À moins qu'Eugénie eût commis quelque indiscrétion ? Mais Reine abandonna cette supposition ; sa belle-sœur lui semblait bien trop fine pour se trahir de la sorte…

Après le dîner, les Montagnac décidèrent de profiter de la fraîcheur du soir. Ils s'installèrent sur la terrasse, près des tilleuls. Charles disait qu'on aurait un bel été, fort généreux en foin et en grain. Il avait retrouvé sa sérénité habituelle, à croire que les « facéties » de son fils cadet étaient provisoirement oubliées. Marcelin s'était assis au côté de sa mère. Il lui tenait la main en se remémorant quelques souvenirs d'enfance, ce qui avait le don d'agacer Reine, celle-ci voyant dans tout rapprochement maternel un signe de sa perte d'autorité. Mais elle ne s'en émouvait guère, sachant combien son emprise sur son mari était forte. Il lui suffirait d'exercer son art consommé des « délicatesses intimes », comme elle disait, pour regagner cette âme torturée. Sur l'instant, seuls Alexandrine et Bastien retenaient son attention.

Enfin, elle se décida à offrir son bras à la petite Vergnier pour faire quelques pas dans la nuit, sous le frôlement des chauves-souris.

— Tu n'as pas l'air dans ton assiette, Alexa ? (Elle aimait à lui prêter ce petit nom.)

Reine attendit sa réaction, en vain. Puis elle insista avec quelque précaution oratoire en disant qu'elle aussi se sentait malheureuse avec son Marceau, qu'il ne la comprenait pas, que son amour, tout aussi sincère et dévoué qu'il fût, ne parvenait point à briser sa carapace de souffrance.

— Je sais bien où se situent ses tourments, ajouta-t-elle. Nous ne pouvons nous aimer charnellement. Il ne comprend pas que je reste avec lui. Il soupçonne quelque infidélité. Comme si, nous, les femmes, nous étions ainsi faites.

Alexandrine se mit à sourire et se détacha un peu de l'emprise qu'elle lui imposait, un bras passé sur le sien, comme autrefois, après la classe, lorsqu'elles se rendaient toutes deux à leurs rendez-vous dans le parc communal. Des jeux innocents, des baisers volés. Des promesses piétinées. « Ne me laisse pas seule », exigeait Reine de son amie, comme si elle n'était pas déjà assez grande pour se défaire d'un garçon entreprenant.

— Je pensais que tu voyais Paul-Étienne en cachette…

— Comment cela ? Ce sont les horreurs que l'on raconte sur moi à Saint-Hospitalet ? s'offusqua Reine.

— Je n'en sais rien. Pourtant, ajouta-t-elle, tu le voyais avant ton mariage.

— Certes, oui, admit Reine. Et même après… Nous sommes de bons amis. Rien de plus.

— De toute façon, reprit Alexandrine, tu ne me le dirais pas. Du reste, tu n'as pas de confidences à me faire. Je ne suis pas Rose Landray.

— Il y a si longtemps que je n'ai pas vu Rose. Elle me manque parfois. Mais elle s'est perdue depuis qu'elle a voué sa vie à un barbon fortuné…

— Un marchand de biens ?

— Langlois, répondit Reine.

Et elle singea l'allure éléphantesque du bourgeois, déambulant d'un pas lourd, la tête haute et raide, jusqu'à ce qu'Alexandrine éclate de rire.

— Elle a toujours rêvé de ce genre d'homme : un peu mûr, bien de sa personne, le cheveu gris et les épaules solides, fit remarquer Alexandrine.

Maintenant qu'elles étaient assez éloignées de la maison, cernées par la nuit, les deux femmes retrouvaient leur adolescence, l'époque où elles allaient prendre des bains de minuit dans la retenue de La Blis.

— Certes, reconnut Reine, Paul-Étienne Lamirot est toujours amoureux de moi. Mais je ne sais sur quel pied danser avec lui. Le faire ou ne pas le faire…

L'expression fit hurler de rire Alexandrine. C'était, ainsi résumé, tout le dilemme.

— Mais ma chère Reine, si tu te poses la question, c'est qu'il a déjà un pied dans la porte. Il t'attend, Paul-Étienne. Comme au premier jour.

— Chaque fois, je me sauve. Je me dis, étrange maladie des sentiments, que je n'y reviendrai pas, je crois être enfin assez maîtresse de moi-même pour résister… et je replonge, comme une idiote. Il a des goûts tellement bizarres… Je me prends dans sa toile. La bête attend au seuil de son nid, que je sois assez empêtrée… Comprends-tu ce que je veux dire ?

— Certes, oui, soupira Alexandrine.

Puis Reine se tut, jugeant qu'elle en avait assez dit, bien trop peut-être. Son amie lui devait à son tour quelque confidence.

— Bast est revenu me chercher à Palvourelle. Je n'y croyais plus. Déjà, ma chère Reine, je me préparais à voler de mes propres ailes. Je me disais que Rose finirait par me trouver un boulot à Brive. Puis, les choses ont pris une autre tournure. Bref, je lui ai cédé. Le cœur battant. Maintenant, je me pose des questions. Je me demande si je n'ai pas fait fausse route. Bast est tellement accaparé par ses projets, il me regarde à peine. C'est le défaut des hommes, cette tiédeur qu'ils s'imposent lorsque la cause est entendue. Il se dit qu'avec un mariage en vue tout est joué.

Reine prit Alexandrine par les épaules. La lune éclairait suffisamment le paysage pour qu'elles n'eussent pas à craindre le tunnel d'ombre formé par les grands arbres sur le sentier de Lorgnac. Tout juste effarouchaient-elles le peuple des oiseaux. Ça s'agitait dans les branches, puis ça s'apaisait de même, dans le petit vent du sud, frais et caressant.

— Pourquoi a-t-il attendu aussi longtemps ? Voilà une question utile, dit Reine.

— Sans doute Bast a-t-il réalisé qu'il avait besoin de moi à Combeval, que je pourrais lui être utile dans sa grande œuvre. Bien que je m'interroge souvent aussi sur le sujet… Autrefois, il rêvait de la ville. Combeval ne faisait pas partie de ses projets en ce temps-là.

— Je sais. Bastien allait souvent à Brive, chez des cousins à lui et au Plaisance.

— Qu'est-ce donc ?

— Un hôtel particulier qui abrite un cercle. Et au centre de ce cercle, ajouta Reine en goûtant son petit jeu, il y a une fort belle jeune fille. Une certaine Ariane.

— Ariane ? s'exclama Alexandrine. Que veux-tu me dire ?

— Rien de plus.

— Tu en as trop dit ou pas assez.

Elles s'observèrent en silence, longuement. Puis Reine fit mine de s'en retourner. On avait été assez loin sur le chemin de Lorgnac. Assez loin, sur le sentier des confidences.

— Aurait-il été amoureux de cette Ariane au point de me négliger durant tout ce temps ? Et pourquoi aurait-il renoncé à elle ? Pour s'installer durablement à Combeval ? Forcément, cette Ariane, aussi belle et séduisante qu'elle soit, ne lui aurait été d'aucune utilité… Peut-être Bastien aurait-il fait d'autres choix s'il avait pu embrasser la carrière d'instituteur ? Au fond, je ne dois son amour qu'à cet échec. Je suis une consolation, mais à quoi donc ? À son irrésolution ? Nous désirions tellement, au début de la guerre, nous installer en ville. Bast ne parlait que de ça, nuit et jour, rompre avec sa famille. Hélas, il n'a pas été jusqu'au bout. Enfin, bref, me voici prévenue. Merci, Reine, merci de tout cœur. J'avais besoin de voir clair, de savoir ce que je représente pour cet homme et ce qu'il est pour moi…

Reine jubilait intérieurement en mesurant combien le coup qu'elle venait de lui porter, tout perfide et scélérat qu'il fût, avait fait mouche. C'était insolent de facilité. Et elle s'en étonnait elle-même. Désormais, le poison était instillé. Et avec un peu d'habileté, elle finirait par en récolter les bénéfices. Pourtant, elle était sans haine envers Alexa. Mais le dessein qu'elle nourrissait en secret était bien plus important que le sort de son amie, bien plus sérieux que de briser un amour qui, de fait, lui était indifférent.

Une semaine plus tard, Montagnac et sa promise descendirent à Brive par le petit train de huit heures dix.

— Je vais te dégoter une robe de mariage tout à fait convenable.

De le voir aussi excité par cette perspective surprenait Alexandrine. Sans les confidences de Reine, elle se serait sans doute montrée plus enthousiaste. À peine dissimulait-elle sa mauvaise humeur.

— Tu vas souvent à Brive, finit-elle par dire. Surtout les fins de semaine. À force, tu as dû t'y faire de belles relations.

— En effet, admit Bastien sans détourner les yeux du paysage qui défilait. Je fréquente mes cousins, les Rouveix. La branche proscrite de ma famille.

Elle connaissait cette histoire et ne relança pas la conversation. Pourtant, à ce moment, il eût tellement souhaité évoquer devant sa future femme l'importance des Rouveix dans son existence. De Léonie et, dans une moindre mesure, de Gérald, dont il craignait les réactions. « Un homme d'affaires est toujours imprévisible », avait-il coutume de dire. Et finalement, pour meubler le silence, il lui raconta sa première visite à l'entrepôt de la rue Lachambaudie.

— Que crois-tu m'apprendre, Bast ? Ce que tout le monde a deviné à Combeval et peut-être même à Saint-Hospitalet, où l'on s'interroge sur ta fringale de travaux.

Bastien esquissa de la main un geste agacé. Alexandrine se mit à ricaner en douce, derrière une écharpe en tussore jaune que lui avait offerte Rose Landray.

— Tu ne sais rien de moi, Alexa. Je suis encore une énigme pour toi.

Il lui parut, soudain, bien prétentieux. Elle sentit monter en elle la colère, mais la refréna. L'heure des comptes n'avait pas encore sonné. Elle avait réfléchi à la question, ce mariage ne se pouvait rompre sur un coup de tête. La raison exigeait qu'elle aille jusqu'au bout.

— Je devine que les Rouveix sont tes alliés dans la rénovation de Combeval. Tu comptes sur leur argent. Voici qui explique la colère de ton père. Le sujet a été évoqué en famille. C'était à la fin de la guerre, t'en souviens-tu ?

— Parfaitement. Pourquoi me priverais je de cet appui ?

— En effet.

— Et tu ne sais rien sur les origines de la discorde. Ni pourquoi Léonie a été chassée de notre maison.

— Non, bien sûr. C'est un secret de famille. Un secret bien gardé. Reine a cuisiné ton père. Il n'a dit mot. Et ta tante, elle t'a dit quelque chose ?

— Non. Mais elle m'a toujours porté dans son cœur. Elle pense que je ne suis pas un Montagnac comme les autres, elle m'estime digne de confiance. C'est pourquoi les Rouveix ont espéré me tirer des griffes de Combeval en me payant mes études à l'école normale. Et si ce projet n'a pas pris corps, c'est à cause de la guerre, forcément, mais aussi de l'intransigeance de mon père.

— Voici qui est fort regrettable, mon bel amour, fit Alexandrine en caressant du dos de la main le visage de Bastien.

Il eut un mouvement de recul. Ce style maternant lui déplaisait. Il ne savait jamais s'il s'agissait de tendresse ou de pitié. À la vérité, ce choix avait suffisamment blessé son amour-propre pour qu'il en conserve une fêlure jusqu'à la fin de son existence. Il hurlait souvent de rage en songeant à ce qu'étaient devenus ses chers rêves. Il lui paraissait devoir se construire, dans les décombres de ses espérances, l'image d'un autre Bastien.

— Ce monde nouveau auquel tu aspires peut-il advenir à Combeval ? Crois-tu y trouver ta place et ton bonheur ? Je crains que l'ancien monde tant décrié soit lié à cette terre d'enfance que tu veux transformer. Pour échapper à cette fatalité, il t'aurait fallu trouver assez de force pour rompre les attaches et partir sans te retourner.

Bastien n'en supporterait pas davantage. Il se leva, fit quelques pas dans la voiture. « Pourquoi cherche-t-elle à me blesser ? se demanda-t-il. J'ai tellement besoin de son appui. Est-ce la perspective du mariage ? Craint-elle de se voir enterrée à Combeval pour de longues années ? L'aurais-je déçue à ce point, au point que notre amour devrait en pâtir ? »

Alexandrine le rejoignit. Ils restèrent un long moment serrés l'un contre l'autre en silence. « Du moins nous reste-t-il le désir », pensait-il en lui caressant les cheveux, délicatement. Elle semblait malheureuse. En vérité, la jeune femme se moquait éperdument de Combeval et d'un amant impétueux qui l'eût déçue en piétinant ses rêves. Mais non, ce n'était pas cela dont il s'agissait. Elle ne songeait en vérité qu'à cette mystérieuse Ariane, tapie quelque part, insaisissable, comme les passions rebelles qui ne nous laissent jamais en repos.

Bastien Montagnac conduisit d'un pas résolu sa fiancée au Comptoir des Modes, place de l'Hôtel-de-Ville. Dès la porte franchie, Alexandrine comprit que son chevalier servant avait déjà dégagé le terrain pour elle. Il avait décidé du tissu et jeté son dévolu sur deux ou trois modèles. Mme Martine les précéda dans un petit salon d'essayage. Fort surprise, la jeune femme s'amusa de la situation alors que la vendeuse s'était rendue au rayon des cotonnades.

— De cela aussi, tu veux décider, de la robe que je porterai ? Est-ce que mon avis comptera quand même ?

Bastien se défendit en affirmant d'une petite voix hésitante qu'il avait voulu gagner du temps.

— Rien ne m'insupporte plus que ces dames oisives faisant déballer les tissus et les patrons sans jamais se décider.

— Tu as eu à pâtir de ce genre de situation ? demanda-t-elle. En tout cas, pas avec moi.

Forcément, Alexandrine soupçonnait son futur mari d'avoir déjà arpenté les ateliers de couture du Comptoir des Modes avec Ariane. Peut-être l'y avait-il accompagnée pour donner son avis au moment de l'essayage. Mais tout de même, quel manque de tact.

— Tu es aussi stupide que les autres hommes, dit-elle à voix basse. Entre Le Plaisance et le Comptoir des Modes, tu as bien dû t'amuser. Et moi qui me faisais un sang d'encre à Palvourelle. Je me disais : « Il ne reviendra pas me chercher. Il me laissera en plan. » Jusqu'à ce que je m'efface, sans autre explication. Mais qu'attends-tu de moi, au juste ? Que je t'épouse ? Et ensuite ? Devrais-je accepter tes virées à Brive, cette seconde vie que tu me caches ?

Mme Martine s'en revint, écartant le rideau. Elle portait une brassée de coupons dans des teintes oscillant entre le blanc immaculé et le jaune canari. La modiste les déposa sur une table, étala les coupons en éventail pour en faciliter le choix. Avant même qu'elle n'eût sollicité une réaction, bien entendu en regardant Montagnac, comme s'il lui appartenait, et à lui seul, de décider, Alexandrine posa le doigt sur l'ivoire.

— Un peu brillant, déplora Bastien.

— Parfait, jugea la jeune femme. Pas de fioritures, de mousseline, de tulle ou de plumetis. Rien. Une sobriété absolue dans la coupe.

Montagnac s'assit sur un pouf, se prenant la tête dans les mains. Il attendait que Mme Martine fût plus loquace, car lui se sentait exclu, interdit de parole.

— On peut ajouter sur le col haut, fit la modiste en montrant un modèle, un plissé de mousseline, c'est très à la mode, le plissé. À condition de ne pas en abuser, releva-t-elle.

— Non, s'opposa Alexandrine. Je ne veux rien d'autre.

Mais Mme Martine voulait jouer son rôle de modiste jusqu'au bout. Le Comptoir avait une réputation à tenir.

— Si l'on s'en tient aux nouvelles tendances parisiennes, la robe de mariée laisse voir les chevilles, voire s'arrête à mi-mollets.

Elle désigna une gravure représentant une robe taille basse.

— On dirait un sac, jugea Alexandrine. Parfait pour moi. Un sac, ricana-t-elle, en satin ivoire.

Bastien détourna la tête, comme s'il craignait d'être pris à partie, cette fois. Il se demandait si Alexa serait bien l'épouse parfaite qu'il avait imaginée. Tout en elle, désormais, paraissait teinté d'amertume. Sans doute se jugeait-elle mal aimée, choisie plus par contingence que par amour.

— Une taille basse, ça fait disparaître les formes. Pour vous, ce serait dommage, madame, dit la modiste, qui se sentait redevable d'un compliment.

— En effet, ajouta Bastien. Ce sera plus élégant, la forme ancienne. Taille fine, buste serré…

— Oui, mais je tiens au satin. Ivoire, n'est-ce pas ? Surtout pas blanc. Je ne vais pas à ma première communion. Et ce mariage, au fond, ne sera qu'une formalité. Il n'y aura pas de cérémonie religieuse.

Montagnac ne comprenait pas les raisons de toutes ces explications, sinon à se différencier d'une Ariane Lemarkan, qu'elle ne connaissait pas néanmoins, mais qu'elle soupçonnait appartenir à ce genre de femmes fort sophistiquées.

Enfin, on prit les mesures dans le cabinet voisin. Mme Martine effectua ce travail avec soin, s'y reprenant parfois à deux fois, tout en lui faisant prendre des poses différentes. Bastien avait préféré attendre patiemment que la corvée fût achevée.

— Ce jeune homme a l'air d'être très amoureux de vous, dit la modiste.

— Ah, bon ? releva Alexandrine, fort surprise. À quoi voyez-vous ça ?

— À sa patience.

Mlle Vergnier éclata de rire.

— C'est un homme autoritaire, comme tous les hommes de sa trempe. Il me faut placer les limites. Juste avant le mariage, c'est le moment idéal. Je ne crois pas qu'une adulation béate soit de nature à faire de lui un bon mari.

À la manière dont la modiste l'observait, juste par-dessus ses lunettes, Alexandrine soupçonna que Bastien avait dû fréquenter le Comptoir en galante compagnie et que cette dame avait dû cerner la nature volage du personnage.

Plus tard, ils allèrent prendre le thé au Plaisance, bras dessus bras dessous, comme des amoureux.

— Pourquoi Le Plaisance ? demanda Bastien.

— Je veux voir où tu passais ton temps.

Il lui prit la main, la porta à ses lèvres, malgré quelque résistance. Mais elle comprit qu'il lui faudrait faire bonne figure, tant le spectacle infernal de la jalousie est hideux.

— Je te dois quelques explications, dit-il.

— N'en parlons plus. Nous avons autre chose à faire que nous retourner sans cesse sur nous-mêmes.

— La scène à fleuret moucheté du Comptoir des Modes m'a profondément blessé. Et je crains qu'elle ne se répète, ma chère Alexa, comme une ritournelle.

Elle joignit ses mains sous le menton et le fixa intensément. À cette seconde, elle lui parut si belle avec son regard moqueur qu'il eût envie de la prendre dans ses bras. Il ne lui en fallait guère plus pour sentir le désir d'elle l'envahir. Cette complicité étrange des âmes et des corps l'émouvait et le transportait hors toute raison, alors qu'il eût dû lui reprocher ses caprices et son inconduite devant Mme Martine.

— J'ai une amie à Brive qui s'appelle Ariane Lamarkan. Elle m'a été présentée par ma tante, Léonie Rouveix. Nous partagions les mêmes goûts pour certaines œuvres, dont les poèmes interdits de Charles Baudelaire. On avait des conversations passionnantes, on partageait des moments privilégiés que je n'aurais pu connaître dans le monde étriqué de Saint-Hospitalet. Ariane Lamarkan écrit de la poésie qu'elle publie régulièrement dans une revue. J'ai été séduit par toute cette agitation dans laquelle je trouvais quelque compensation à ma solitude. Mais il ne s'est rien passé entre nous, rien de ce que tu pourrais craindre…

Lorsque Bastien l'assura qu'Ariane Lamarkan allait épouser prochainement Éric Pierrelin, « un garçon de son monde », avait-il ajouté avec un brin de tristesse dans la voix, Alexandrine poussa un soupir de soulagement.

— Je ne t'empêcherai pas d'entretenir cette amitié, fit-elle. Que crois-tu ? Je ne suis pas stupide. Je sais ce qui te manque et j'ai peur que tu finisses pas t'ennuyer avec moi.

Il lui prit les mains, les serra dans les siennes, déposa un baiser sur sa bouche par-dessus la table.

— Je n'aurais pas voulu te perdre, dit-il.

— Pourtant, il y a eu un petit temps d'hésitation, reprit-elle avec un léger sourire en coin.

— Sans doute sera-ce dur pour toi à Combeval. Tu t'y sentiras mourir, heure après heure, malgré les grands projets.

— Tu seras ma consolation, ajouta Alexandrine. Toujours là, près de moi…

— Je souhaiterais être autre chose pour toi.

— Peut-être ne le supporterai-je pas, à la longue. Et si d'aventure, je devais en souffrir, alors je ne crois pas que je resterai avec toi.

— Me voici prévenu, déplora Bastien. Ces paroles, sincères, je l'admets, douchent mes certitudes. Je m'cn souviendrai.

Elle soutint son regard et ne retira rien. Au contraire, l'idée d'une soumission à un mari, comme il était d'usage en ce temps-là, la révulsait.

— Allons flâner le long du canal de La Guierle, sous les platanes.

Elle se laissa conduire. Il la tenait par la main, en silence. Puis elle s'arrêta à hauteur de la passerelle où des enfants jouaient à la marelle.

— Veux-tu toujours m'épouser, Bast ? Il n'est pas trop tard pour te désister.

Il la saisit dans ses bras, vivement.

— Tu me fais peur, Alexa.

— Oui, je le sais. Moi aussi, j'ai peur. Que deviendrons-nous à Combeval ? Est-ce que ce domaine familial ne finira pas par détruire notre amour ? Serons-nous assez forts l'un et l'autre ? Voici des questions que je me pose sans cesse.

— Et Reine ? reprit Bastien. Elle n'a pas eu peur, elle, d'épouser Marcelin.

Alexandrine s'appuya à la balustrade. Il fit de même, tout près d'elle, un bras entourant sa taille.

— Pourquoi parles-tu de Reine ? C'est une femme qui sait ce qu'elle veut. Et tu ne tarderas pas à le comprendre, Bast.

— J'ai tout fait pour qu'elle renonce à ce mariage.

— Marcelin lui importe peu. Elle ne l'aime pas. Ce qu'elle convoite, c'est le domaine. Elle veut le diriger. Et notre amour est une contrariété pour elle. C'est pourquoi, j'imagine, elle m'a parlé d'Ariane Lamarkan. Elle pensait que cette histoire finirait par me faire fuir.

— Oui, j'ai compris, dit-il.

— Je ne sais pas si tu as bien compris. Tu as l'air de traiter cet incident avec légèreté. Il n'y a rien d'innocent dans ce que fait Reine. Elle joue avec les gens, avec son mari, avec toi, avec ton père. Elle se compose des rôles de circonstance, interchangeables. Nous devrons compter avec elle. Elle s'engouffrera dans toutes les failles. Et si elle sent que son coup n'est pas décisif, elle fera machine arrière en toute innocence.

Alexandrine et Bastien quittèrent la mairie de Saint-Hospitalet après l'échange de consentements sans prendre le temps de saluer les quelques personnes présentes, amis de la famille ou simples curieux. Cette fuite suscita aussitôt des réflexions. Car à Saint-Hospitalet l'usage voulait que les nouveaux mariés partagent leur allégresse et reçoivent des félicitations.

Mais chacun avait remarqué, dès le début de la cérémonie, que ce n'était pas un mariage comme les autres. On avait noté l'absence de Charles

Montagnac, la robe noire d'Angèle, comme pour un enterrement. Et les parents de la mariée paraissaient bien esseulés, à croire qu'on avait tout fait pour les oublier. Il se disait déjà que le patriarche désapprouvait ce mariage, parce que la famille de Palvourelle n'était pas digne des gens de Combeval. Et tandis que ces idées simples, ces opinions tranchées, taillées à l'emporte-pièce couraient d'une bouche à l'autre, le maire de Saint-Hospitalet, Claude Permuzat, rappelait à qui voulait l'entendre la teneur de son petit discours. À peine trois ou quatre personnes l'avaient entendu dans la salle des mariages, et c'était selon lui bien dommage. « J'ai souligné que notre jeune Bastien est une personnalité locale, qu'il fut un élève brillant de notre communale… (Le maître d'école Antoine Beaudet, un pas derrière, confirmait d'un hochement de tête.) et un jeune cultivateur entreprenant. Sans nul doute, il va transformer la ferme de Combeval et, comme le dirait notre ministre Victor Boret, l'agriculture française doit sortir de la routine, adopter des techniques modernes de production, s'adapter à la motoculture. La motoculture, répétait-il avec force gestes, permettra un meilleur rendement et soulagera nos paysans. Bastien Montagnac incarne parfaitement cet avenir… »

Certains comprirent que l'absence de Charles au mariage de son fils était seulement motivée par cette question et nulle autre : faire de Combeval une ferme moderne. Il lui était proprement insupportable qu'une telle aventure dût se jouer contre lui. Le vieux Montagnac ne se pouvait résoudre à voir ses vieux rêves lui échapper. C'était pathétique d'assister à son effondrement, s'agissant d'un homme orgueilleux et hautain comme lui, qui avait passé ses plus belles années à batailler contre ses rivaux de toujours, le clan Lapoujade.

— Quelle consolation trouvera-t-il dans cette guerre contre son fils ? s'interrogea Permuzat devant un petit parterre d'initiés.

Autour du maire, il y avait les trois ou quatre familles qui comptaient parmi les plus représentatives de Saint-Hospitalet : les Bigorie, les Rue, les Buscat… Celles-ci se soutenaient entre elles, se prêtant des ouvriers agricoles, des outils aratoires et s'échangeant parfois du blé contre du maïs, en bonne entente, comme autrefois.

— Charles Montagnac a la chance d'avoir encore un fils, dit Léon Bigorie, un fils valide…, se reprit-il, pour reprendre l'exploitation. Moi, j'ai perdu le mien à Verdun et mon petit Agnelet n'est pas très habile, ajouta-t-il en se martelant le front d'un poing rageur.

— Guste a essayé de faire la paix avec Charles, ajouta Fernand Buscat. Mais le vieux Montagnac a refusé de lui parler. On se tourne le dos depuis le déplacement des bornes de La Blis.

Ils éclatèrent de rire. Chacun avait encore en tête le récit de Josué Miraille, l'arpenteur. L'histoire avait fait le tour de la commune.

— Ça n'arrange pas Lapoujade, poursuivit-il. Son fils fréquente en cachette la petite Eugénie. Si ces deux-là finissent par s'épouser, les familles ennemies devront signer un traité de paix. Une révolution dans le pays. Pourtant, on en a assez des guerres, vous ne croyez pas, les gars ? N'y a-t-il pas eu assez de drames et de morts pour qu'on tire quelques leçons ?

— La guerre nous a pris les meilleurs, déplora Rue. C'est triste à dire, mais qui assurera nos descendances ? Auguste Lapoujade ignore si son Octave s'y mettra un jour. Car il avait fondé tous ses espoirs sur François, son fils aîné. Mais voilà…

Il se frappa les cuisses.

— Et depuis, Guste se désespère. Lui qui se croyait si fort en répétant que jamais Combeval ne parviendrait à le détrôner de sa première place à Saint-Hospitalet. Rendez-vous compte ? Lapoujade cinquante hectares, Montagnac dix de moins. C'était à qui achèterait le plus de terre. Tout ça, anéanti. Et Charles qui avait misé sur son aîné. Il nous est revenu de la guerre, certes, mais dans quel état ! Et depuis, ça ne fait plus rien. Ça traîne d'un bout à l'autre du domaine, l'âme en peine, et ça engraisse comme un chapon.

Permuzat écoutait la conversation d'un air grave. Il s'imposait le silence pour une fois – on avait tant sollicité son avis par le passé –, comme s'il avait décidé enfin de prendre congé de tout. Il avait accompagné tous ces jeunes au cimetière avec le sentiment que le monde courait à l'irréparable. Aujourd'hui, le réveil était terrible. Les plaies, au contraire de tant d'autres, celles occasionnées par les peines de cœur ou les revers de fortune, ne se pourraient jamais surmonter par le mépris.

La calèche de Reine arriva à Combeval suivie par les deux chiens de la maison. Elle aida son mari à en descendre. Un tel empressement était un brin exagéré. Mais c'était devenu une habitude que l'épouse de Marcelin fût aux petits soins pour lui, maternelle et pleine de prévenance. Peut-être même prenait-elle quelque plaisir à le ramener à son enfance, lorsqu'il était toujours dans les jupes d'Angèle. C'était un détail qui s'en revenait souvent dans les conversations et qui paraissait amuser encore la famille. Alors qu'il avait sept ans, Charles avait dû jouer les gendarmes pour que la mère le laissât prendre son envol. Tout était rentré dans l'ordre, peu à peu, avec de la patience. Cependant, il avait toujours fallu pousser le jeune garçon à se libérer des entraves maternelles. Comme le jour où il s'était rendu à son premier bal. Le père s'était inquiété de savoir s'il avait fait danser des filles et, mieux encore, s'il en avait courtisé. Mais il aura fallu plus d'une sortie pour que Marcelin s'en dégoûtât une. Cri de triomphe du père : « Enfin, nous avons un fils normal. » À la vérité, la première qui le « dégourdit », comme on disait pudiquement, fut Joséphine Patenôtre, une veuve de vingt ans de plus que lui. Mais qu'importe, il s'enticha d'elle, bien que cette dernière ne ressentît rien pour lui, comme pour aucun des hommes qui la visitaient régulièrement. Dans Saint-Hospitalet, on soupçonnait même Charles d'avoir monnayé cette relation. Et quant à Reine, du temps où elle était encore une Clauzel, c'est elle qui avait fait le premier pas. Elle ne s'était pas donné beaucoup de peine pour le séduire. Il s'était laissé porter et s'était rendu à l'idée du mariage sur les conseils empressés du père.

— Viens donc, Marceau, nous allons faire un brin de promenade.

Elle le tenait par le bras, le forçant à allonger le pas.

— Que deviendrais-je sans toi ?

— Pensons à nous deux, Marceau, rien qu'à nous deux pour une fois. Et cesse de te flageller. Tu es mon mari, je t'aime. Et tu peux me demander tout ce que tu désires. Je suis à tes pieds.

Il se mit à l'embrasser fougueusement, à fourrer ses mains sous sa robe. Il voulait s'assurer, une fois encore, que ce corps, par-delà ses rêveries luxurieuses, lui appartenait, que personne ne le pourrait prendre, comme il le craignait si souvent et chaque fois qu'on prononçait le nom de Lamirot. Reine résista à cette fureur qui lui déplaisait passablement, surtout lorsqu'elle atteignait son paroxysme dans des grognements plaintifs et des larmoiements sans fin. Il lui fallait alors le consoler par de longues caresses apaisantes. Elle était rouée à ce jeu, à force de temps, exercée à contrôler ses pics de passion.

— Maintenant, Marceau, tu es sur pied. Tu as aidé pour les foins. C'est un bonheur de te voir revivre enfin.

— Mais non, je me consume peu à peu. Je m'enfonce dans la glaise. Il me semble que je vais finir par me noyer. C'est fatal. Si un rien de haine de moi me submerge, alors je ne résisterai pas. J'ai souvent pensé à en finir. À finir ce que la guerre a entrepris.

— Tu ne parles pas sérieusement ? J'ai besoin de toi, j'ai besoin que tu m'aides à conquérir ma place ici. Je ne me suis pas mariée avec toi pour occuper le second rôle. Aurais-je choisi en t'épousant de renoncer au plaisir de chair ? Prends-tu la pleine mesure de ce que je sacrifie ?

Il avait enfoui son visage au creux du ventre de Reine. Il pleurait, il rageait et, d'une caresse lancinante, elle le tenait ainsi contre lui, comme elle l'eût fait pour un enfant inconsolable. Puis elle le repoussa, soudain.

— C'est le mariage de ton frère qui a réveillé en moi toutes ces douleurs, dit-elle. Ça m'a tourneboulé l'esprit. Je suis comme une chair à vif. Je saigne à l'intérieur.

Reine le força à reprendre leur marche vers Bagarel. Elle voulait voir où en était la future vigne.

Toute la partie basse était désormais déboisée. Et on avait dressé, sur le chemin de servitude, des bûchers qui formaient un mur à la limite de la propriété. Boscot et Pichoine avaient entrepris de déchausser les souches pour en faciliter l'arrachage. Après en avoir tranché à la hache les racines les plus résistantes, on les extrairait, une à une, avec les chevaux de trait. Ainsi œuvrerait-on un mois encore pour pouvoir défoncer le terrain à cinquante centimètres de profondeur. Ici, la terre était si abondante qu'il faudrait la travailler jusqu'au tuf, sans pitié, pour la tirer de son engourdissement.

Ils s'arrêtèrent sur la crête pour admirer le travail.

— Mon frère l'appellera le vin des Coteaux de Bagarel, dit Marcelin.

— Pourquoi « coteaux » ? Ce n'est pas assez ambitieux, jugea Reine.

— Ce sera un petit vin de coteaux, comme on en a produit chez nous en quantité, jusqu'à ce que la maladie frappe nos vignobles.

— Côtes de Bagarel, ça serait plus chic, non ?

Ils remontèrent par un raccourci en traversant les jardins. Il y avait des liserons en pagaille sur le terrain laissé en attente pour les salades d'hiver, les semis de choux et de caïeux d'ail. Et sans trop présumer de ses forces, Marcelin se proposa d'y faire le ménage à la sarclette. Mais Reine, qui connaissait la question pour avoir, elle aussi, trimé dans les potagers de son père, lui conseilla de n'en rien faire, que la traînasse devait être arrachée à la main, à genoux ou accroupi. Marcelin fut flatté que sa femme se montrât aussi attentive. À dire vrai, il n'avait aucune envie de travailler la terre. Ce goût lui avait passé depuis son retour du front sur une civière. Et ce refus de l'effort lui paraissait être la seule liberté qui lui restât en ce bas monde. « Cette putain de guerre aura fait de moi un fainéant », disait-il quelquefois à son père. Ce dernier ne l'écoutait pas. Pour l'heure, Charles n'osait reprendre son fils, le jugeant encore en convalescence, mais les reproches ne tarderaient pas à venir. Ça se sentait à sa manière de pincer les lèvres.

La nouvelle Mme Montagnac avait sans attendre troqué sa robe de mariée contre une d'été, légère et fleurie. Elle respirait la beauté et ses parents étaient fiers d'elle. Les Vergnier n'auraient jamais cru qu'un jour leur fille épouserait un Montagnac. Si bien que, pour fêter l'événement, autour d'une table tirée sous les tilleuls, le vin blanc coulait à flots. Angèle avait ôté son collier en perles de jais. Il avait fallu un événement comme celui-ci pour qu'elle fût de sortie, cette parure : pendeloque, bague et camée. Et Charles, qui n'était pourtant pas d'humeur à sourire, osa glisser quelques compliments à son épouse en rappelant l'histoire de ces bijoux de famille, les seuls qu'il lui avait offerts dans toute son existence.

Reine avait servi un verre à Marcelin en lui recommandant de ne pas trop forcer sur le viatique.

— Tu sais bien, Marceau, que ce n'est pas bon pour toi.

Mais il se sentait enjoué et avait envie, pour une fois, de participer à la fête. Il trinqua et prit Alexandrine à part pour la féliciter, s'étonnant néanmoins qu'elle eût retiré sa robe de mariée aussi vite. Elle lui murmura à l'oreille :

— Tu sais bien, Marceau, que je ne suis pas très désirée dans ta famille.

Elle accompagna sa remarque d'un regard noir en direction de Reine, alors que cette dernière jouait de son charme caressant avec Bastien.

— Nous allons faire de grandes choses ici, n'est-ce pas, Bast ?

Puis Reine se tourna vers Eugénie, l'attira à elle en lui prenant la main. Sa belle-sœur se laissa faire, prudente, selon son habitude. Elle ne savait quelle attitude adopter, tellement son frère lui avait recommandé de ne rien lui dire, de lui taire ses sentiments et de faire l'indifférente.

Si René Vergnier se sentait intimidé à Combeval, sa femme, en revanche, bouillait d'impatience.

— Ce mariage n'est pas de votre goût, lança-t-elle à Charles. Nous le savons depuis le premier jour. Au point que j'ai longtemps douté qu'il se réalise. Moi, je m'en réjouis.

— Bien sûr, répondit-il, c'est une belle affaire pour votre fille. Notre maison lui est ouverte, elle y sera la bienvenue. Mais si vous voulez connaître le fond de ma pensée, mon intime pensée, c'est vrai, je ne l'ai pas souhaité, ce mariage.

— Et pourquoi donc ? Nous ne sommes pas assez bien pour vous, Charles ?

— J'aurais préféré que Bastien quitte Combeval. Depuis qu'il a pris les choses en main, j'imagine le pire. Mais, croyez-le, ma chère Irène, je n'éprouve aucune animosité à l'encontre de votre Alexandrine. C'est une plaisante bru que nous aurons-là. Dévouée à notre cause, je n'en sais rien. Mais l'avenir nous le dira.

Irène Vergnier ne baissa point le regard. Elle désirait plus que tout, dans cet instant décisif, qu'il l'abaissât le premier. Cette joute dura de longues secondes, puis Charles se décida à lâcher prise. Il ne se sentait plus assez puissant sur ses terres pour y faire régner son ordre. Il prit un verre et alla trinquer avec tous les invités, sauf avec Bastien, qu'il feignit d'ignorer, outrageusement.

Le jeune homme se sentait las face à cette haine qui lui paraissait infantile. Il se disait : « Mon vieux père a l'esprit dérangé. Il perd la carte. Et s'il s'entête, nous finirons par le voir s'écrouler d'un coup. » Puis il rejoignit sa belle-famille pour leur prodiguer quelques paroles rassurantes sur l'avenir. Tout allait ainsi, dans le second acte de ce mariage singulier, l'un renouant les liens que l'autre tentait de défaire.

— Vous n'aurez plus à vous faire de souci, dit-il aux Vergnier. Nous vous aiderons pour votre ferme. Il suffira de demander pour obtenir, n'est-ce pas ? Que puis-je vous promettre de plus ?

René parut surpris par cette étrange proposition.

— Nous n'avons jamais eu besoin de personne.

— Parfaitement, reconnut Bastien. Désormais, vous faites partie de la maison, à part entière, ajouta-t-il.

Le fermier de Palvourelle essuya une larme. Alexandrine rejoignit la cuisine pour aider Eugénie. En un tour de main, le repas fut servi. Puis au milieu du déjeuner, surprise, on vit apparaître Octave Lapoujade, hésitant. Il s'était pourtant préparé à cette situation.

— Qu'est-ce donc ? marmonna Charles. Notre maison n'est pas une auberge espagnole.

Angèle contint son exaspération. Elle avait compris que la présence d'un fils Lapoujade à sa table était un coup assassin porté à son honneur.

— Tu le sais bien, Charles, ne fais pas l'étonné, dit Angèle, qui avait posé sa main sur le poing serré de son mari. Il fricote avec Eugénie. J'ai voulu en parler à notre fille, mais elle m'a dit que ce n'était pas sérieux… Pourtant, l'affaire est plus avancée que je ne le pensais. Il y a de la sournoiserie chez nos enfants. Bastien et maintenant Eugénie… Ça agit en cachette. Et lorsqu'on les prend les doigts dans le pot de confiture, ça répond avec insolence. Nous n'étions pas comme ça. Le monde change. Les caractères d'aujourd'hui s'avèrent de plus en plus rebelles, expliquait Angèle à Charles, qui ne l'écoutait plus, tout entier possédé par sa colère.

— Un Lapoujade dans notre maison ? maugréa-t-il. Ah, non, celui-là n'est pas le bienvenu. Ce serait me renier que de lui serrer la main. Décidément, on me fera subir tous les outrages. On se moque de moi. Faut-il que je quitte la table ?

Angèle retenait son homme pour l'empêcher de partir. De l'autre côté de la table, cette comédie divertissait Reine. Elle y voyait les prémices de son triomphe.

— Vaudeville ou tragédie ? glissa-t-elle à Marcelin.

Lui aussi paraissait s'amuser de ces mille tremblements allant et venant comme une vague déferlante.

— Je m'amuse, bon Dieu, oui. C'est la révolution à Combeval. Tout est sens dessus dessous. Manquerait plus que Guste débarque et qu'il trinque avec notre vieux père. Non, ce serait trop exiger. Ici, les traditions sont tenaces, aussi tenaces que le chiendent dans un champ de patates.

Eugénie, rougissante, se sentait émoustillée par son audace.

— Nous nous aimons ! s'écria-t-elle.

— Comment cela, vous vous aimez ? releva Charles.

— Octave et moi, nous nous aimons, père. Et j'ai invité mon amoureux à notre table. Qu'y a-t-il de mal ?

— Rien, dit Bastien. Vous vous aimez, Octave et toi, à la bonne heure ! Le temps est venu de jeter aux orties cette vieille rancune entre nos deux familles. On n'a que faire de ces histoires, nous, les innocents rejetons…

— Bien sûr, s'éleva Charles, j'ai compris : tu es responsable de ce désordre, imbécile heureux !

Eugénie se tenait au côté d'Octave, qui n'osait dire mot. Reine lui tendit un verre et il voulut trinquer. Ils firent ensemble un tour de table, mais Charles se refusa à présenter son verre.

— Je m'opposerai à cette union. Ce serait mettre le loup dans la bergerie.

Bastien éclata de rire. Puis Reine vola à la rescousse des amoureux. Elle prit le patriarche à part et tenta d'apaiser sa colère. Le vieux pleurait de rage. C'était toute sa sève qui s'épuisait à ce jeu, comme si, désormais, l'avenir de Combeval se construisait sans lui, écarté, déchu, humilié. Il se leva, partit vers la terrasse, soutenu par Reine.

— Vous étiez au courant, Charles, pour Eugénie et Octave, vous avez feint de n'en rien savoir. Mais qu'y pouvons-nous ? Les passions dévorantes, les amours fleurissantes guident nos destins. C'est ainsi depuis la nuit des temps. Pourquoi Combeval serait épargné ? Et puis il faut voir le bon côté des choses. Les deux grandes familles de Saint-Hospitalet, enfin alliées, seront plus fortes pour affronter l'avenir.

Ils se tenaient tous deux face à l'horizon rougeoyant dans la montée du soir. Puis Charles s'assit, comme autrefois, sur le rebord, les pieds dans le vide. C'était toute sa jeunesse qui s'en revenait. Il se retourna vers sa belle-fille, lui fit signe de s'approcher. Les jurons proférés à table lui avaient cassé la voix. Elle dut tendre l'oreille.

— Quand je ne serai plus de ce monde, déplora Charles, qui mettra un peu d'ordre dans cette maison ? Mes fils en sont bien incapables.

Il lui demanda de s'asseoir tout près pour qu'il pût lui parler en chuchotant. Tout son corps était ébranlé par les émotions et chaque mot lui demandait des efforts. Reine lui prit la main et sentit la moiteur sur sa peau.

— Il ne faut pas vous faire du mal comme ça, fit-elle.

— Toi seule, Reine, es capable de t'opposer à ces folies. Je l'ai senti dès le début, bien avant le mariage, que tu étais la femme qui convenait à Marcelin. J'espérais alors que tu le seconderais. Mais maintenant que tout est perdu pour lui, c'est toi qui dois prendre de l'autorité. Toi seule, contre Bastien et Eugénie.

Elle ne répondit pas. Elle attendait que, peu à peu, Charles recouvrît un brin de sérénité. À la vérité, elle ressentait de la pitié pour cet homme qui avait régné sans partage sur ses terres pendant plus de quarante années. Et elle comprenait qu'il fût affecté de devoir passer la main. Sans doute eût-il voulu que ce passage se fît dans l'ordre, mais les événements en avaient décidé autrement.

— Tu es mon seul espoir, Reine. Une bonne fille, intelligente et sensée comme toi, saura prendre les bonnes décisions pour Combeval.

Reine lui prit les mains et lui jura qu'elle veillerait, en temps voulu, à ce que les audaces intempestives de Bastien fussent contenues.

— Tu me le promets ?

— Oui, affirma-t-elle en baisant les mains du patriarche.

Et son visage s'éclaira soudain à la pensée que, grâce à cette promesse, «l'imbécile heureux» trouverait un obstacle sur son chemin.

— Deux mariages coup sur coup. L'un accompli, l'autre à venir. Et quels mariages ! On n'a pas requis mon avis pour ces accordailles, on a agi dans mon dos. Le petit imbécile et sa pauvrette de sœur épousent des partis sans consistance. La fille Vergnier est une dévergondée, sans autre éducation que celle des chemins buissonniers. Et quant à Octave, c'est rien du tout, même Auguste ne cesse de répéter qu'il n'est qu'un médiocre. Tu le sais, toi, Reine, que j'ai raison, que je n'exagère pas. Que je ne me monte pas la tête inutilement.

— Oui, fit Reine. Je pense comme vous, ces deux-là n'apporteront rien à Combeval.

Le vieux Charles fixait l'horizon et les derniers feux du crépuscule, dans le brouhaha qui s'élevait de la table du mariage.

— Autrefois, le mariage était sacré. On épousait utilement, pas pour les sentiments. Surtout pas. Les sentiments sont de mauvais conseil. Il n'y a que les mariages de raison qui perdurent, ceux que l'on bâtit avec le temps autour d'intérêts communs. Je ne me suis jamais demandé, moi, si j'avais de l'amour pour Angèle. C'était une Forcroix, un bon parti, voilà tout. Comme les Clauzel, minauda-t-il. Ton père a toujours été proche des Montagnac, il m'a soutenu sans réserve. Voilà les véritables alliances. Mais des Vergnier, ça sert à rien. Et pire encore, les Lapoujade… Trois procès contre moi en vingt ans.

— Nous aurons le dernier mot, vous et moi, affirma Reine. Reprenez confiance, père…

— Je ne te serai pas d'une grande aide, déplora le vieux Charles. Mes jours sont comptés. Mais il n'est que cette rage qui me tient en vie. Peut-être tomberai-je comme un vieux chêne sous le vent. Ça fera un grand fracas dans le pays. Et après mon enterrement, tu devras serrer les poings et dire enfin à l'imbécile heureux qu'il lui faudra compter avec toi. Et si ça ne suffit pas, je modifierai mon testament en ta faveur.

6

La maison de famille des Montagnac était assez vaste pour que les nouveaux mariés s'y installent. Comme le premier étage était occupé par Marcelin, Reine et Eugénie, il ne restait plus que le second niveau.

Cet espace dont on ne s'était pas occupé depuis des décennies comprenait cinq grandes pièces séparées par des cloisons en torchis, plutôt branlantes. Les vieilleries s'y étaient entassées, génération après génération, le mobilier campagnard et suranné des Forcroix et des Renarel : armoire Second Empire rehaussée d'une corniche, bahut de vigneron, buffets en chêne ou en merisier, lits de coin et lits bateaux démontés pour gagner un peu de place, commodes marquetées en bois de rose, vaisseliers et tables de nuit, puis des chaises et des fauteuils, en nombre. Avec le temps, la poussière crayeuse et les toiles d'araignées en pendeloques avaient travesti ces vestiges. On ne voyait plus qu'une masse sombre et fantomatique, ternie par les années, tandis que leurs propriétaires dormaient sous la terre, dans deux ou trois cimetières voisins : Verganson, Saint-Hospitalet ou Aubepas.

Plus loin, dans un corridor obscur, des malles en osier, en cuir bouilli ou en toile goudronnée avaient été rassemblées, gerbées les unes sur les autres. Elles contenaient les vêtures de ces obscurs personnages : costumes en coutil, braies de toile grossière, chasubles et chemises sans col en lin, coton et flanelle, usées jusqu'à la trame, ainsi que des camisoles et des pèlerines en laine, des jupes en berlingue ou en milaine…

En ces temps, la règle commune était de ne rien jeter, dans l'espoir que les nouvelles générations leur réservent un sort plus enviable que l'insatiable festin des mites et des rongeurs de combles. Dans un coffre, on dénicha des crinolines, des corsets et des culottes de grand-mère à volants et tout le linge de maison, parfois brodé au point de croix, qui avaient servi à quatre ou cinq générations, du lever au coucher. S'y trouvait aussi cachée, sous de la toile à matelas aux larges rayures grisées, la fortune des familles : des portraits de vieilles dames à coiffe et de jeunes messieurs à chapeau. Ces fantômes oubliés avaient orné les murs des chambres et des salles à manger, jusqu'à ce qu'une main les décrochât pour une seconde mort.

À Combeval, comme ailleurs sans doute, dans les sanctuaires campagnards, on n'osait effacer les marques du temps. Les pièces inoccupées, celles où l'on ne mettait jamais les pieds, servaient de tombeaux aux souvenirs. Puis, portes verrouillées sur la mémoire en jachère, on les confiait à l'oubli, s'épaississant à la mesure des années sous le vernis de crasse.

— Je ne pourrais plus me contenter de ma petite chambre d'enfant, annonça Bastien à la fin de l'été à la table familiale.

Angèle baissa la tête, ce qui voulait dire chez les Montagnac que rien ne se pourrait décider sans l'autorisation de Charles. Mais le jeune homme, qui avait l'habitude de se faire rabrouer à tout propos, prit le temps d'ausculter chacun des visages. Il comprit alors, aux mines embarrassées et craintives, que personne ne volerait à son secours.

— Je propose donc de m'installer au second. Forcément. Pichoine et Boscot videront les lieux et nous ferons, de toutes ces choses inutiles, un grand feu dans l'arrière-cour.

Il attendit la réponse de son père, qui ne se fit pas attendre :

— L'imbécile heureux ne respecte rien, rien ! Qu'il aille donc se construire une cabane à Bagarel au milieu de sa future vigne, bon Dieu !

Charles ne parlait plus directement à son fils. Et lorsque, néanmoins, il lui fallait s'adresser à lui, il utilisait la troisième personne. C'était un style éminemment méprisant, comme si le vieux Montagnac avait pris le parti de ne voir en lui qu'une sorte d'élément perturbateur incrusté dans sa maison.

Quand la situation s'éternisait, Bastien avait pris l'habitude de soumettre ses suggestions au vote. Pâle imitation d'une démocratie familiale. C'était sa manière de montrer au patriarche qu'il n'était rien de plus qu'un tyran domestique, sans autorité réelle. « Qui te soutient à Combeval ? Personne. Pas même Angèle », brûlait-il de lui dire. Mais le jeune homme était bien plus rusé que la moyenne, tempérant et mesuré, préférant pour le coup le silence aux mots. L'ambiance chez les Montagnac était comme un feu qu'un rien pourrait aviver. Un souffle de colère, un frémissement d'exaspération.

Ce soir-là, Bastien ne trouva donc pas une voix pour s'élever contre son projet, hormis celle de Charles, qui fulminait en bout de table.

— Quelques travaux seront nécessaires. Bien sûr, je ne demande rien, pas un sou d'avance sur ma part d'héritage. J'entreprendrai ces aménagements à mes frais : une chambre douillette, précisa-t-il, un salon spacieux et un bureau confortable.

Lorsque les nouveaux mariés se retrouvaient seuls, Alexandrine osait formuler quelques critiques sur sa manière d'agir. À ses yeux, sa brutalité ne faisait que jeter de l'huile sur le feu. Bastien accueillait ces remarques avec une froide distance et elle en arrivait à penser que, finalement, son nouvel époux avait le même caractère que son père, solitaire, méprisant et pétri de certitudes, à la différence que l'un était au début de sa vie et l'autre sur la fin.

Ce matin de grande lessive, où se préparait le déménagement au second étage, Alexandrine lui reprocha d'aller trop vite en besogne, de ne pas laisser le temps à Charles et à Angèle de s'accoutumer à ses nouvelles règles.

— Nous ne nous ferons respecter qu'à coups de boutoir. Mon père a déjà lâché prise sur Bagarel et maintenant sur Rochemorin, où je vais préparer le terrain pour les plantations de pommiers et de poiriers. Je me bats contre le temps. Il faut quatre à cinq ans avant qu'une vigne ne produise à plein, et plus pour les fruitiers.

— Est-ce à dire que tu ne récolteras les premiers subsides que vers 1924 ? Ce sera long, trop long, fit-elle observer.

Le jeune Montagnac ne répondit pas. Ses cahiers de comptes étaient noircis de calculs prospectifs. Chaque hypothèse de travail avait fait l'objet de simulations. Certes, il suffirait de deux années infructueuses pour que ses prévisions tombent à l'eau. De surcroît, il n'avait pas les coudées franches et chacune de ses entreprises restait suspendue aux imprévisibles réactions du patriarche.

Peu à peu, les vieilleries étaient transportées dans la cour. Pichoine, Boscot et deux autres journaliers, engagés pour l'occasion, Philippard et Andrès, s'activaient à la besogne. Le déménagement s'éternisait. Bastien eût préféré qu'on jetât tout ce qui pouvait l'être par les fenêtres. Mais Angèle tournait et retournait sur la scène du crime, déplorant avec de grands gestes le peu de cas qu'on faisait de ces reliques sacrées.

— La lingère d'Édouardine, c'est de grande valeur, fit-elle en essuyant la poussière sur les portes de noyer. Il nous faut la conserver.

Bastien l'observait, bras croisés.

— Nous ne pourrons pas tout garder. Le ménage, qui aurait dû être fait depuis belle lurette, il nous faut l'entreprendre aujourd'hui. Et en finir, bon Dieu, oui, en finir ! Tourner la page, enfin, au lieu de croupir dans nos vieilles histoires…

La mère demanda à Pichoine de ramener la lingère dans le couloir de la buanderie. Pour ce faire, le domestique attendit une confirmation de Bastien. Celui-ci accepta, à regret. C'était une belle pièce, style Napoléon III, avec sa corniche ouvragée. En revanche, cette armoire exigeait un haut plafond et Bastien doutait qu'on lui trouvât un emplacement dans les pièces habitables. Sans doute, la mort dans l'âme, Angèle finirait par se rendre à l'évidence ; il faudrait la vendre ou la passer au feu.

Ainsi, chaque meuble fit l'objet d'une négociation, Angèle voulant l'épargner et Bastien le jeter aux flammes.

— Ce saccage est criminel, jura-t-elle au bord des larmes.

Mais tel était le procès qui se jouait dans l'arrière-cour de Combeval, entre le monde ancien et le nouveau. De toutes forces, Bastien refusait de s'installer dans les oripeaux du passé. Il lui semblait que ces vestiges étaient par trop hantés de tourments et de chagrins.

Le jeune Montagnac se découvrait un brin superstitieux, lorsque sa mère s'en venait lui rappeler que, dans ce lit de coin, avait agonisé le vieux Forcroix, trois semaines durant, dans les pires souffrances. Une gangrène purulente. Si purulente que l'odeur de la chair pourrissante avait fini par envahir toute la demeure et par en chasser les habitants.

Et à mesure que les vieilleries s'entassaient, Angèle n'en finissait plus d'évoquer les drames familiaux. Et lorsqu'on vida les malles, ce furent les mêmes réserves. Angèle déploya les vêtures une à une avec leurs charges de souvenirs, de détresse et de chagrin. L'histoire des familles s'en remontait en surface, comme des eaux troubles.

— Je ne veux pas de ce musée-là, protesta Bastien. Saccage ou pas, faisons table rase.

— Pourtant, que serions-nous sans nos aïeux, nos chers disparus ? releva Angèle.

— Il suffira de fleurir les tombes, répondit Bastien.

— Quelle ingratitude !

— Le temps estompe toute chose, reconnut Bastien. Les souvenirs s'éloignent de nous et, bientôt, nous ne saurons plus d'où nous venons. La mémoire se décolore comme une photographie qui se brume ou un miroir qui se dépolit.

— Toi aussi, rappela-t-elle, tu finiras oublié par d'ingrats descendants.

De son côté, Charles Montagnac se refusait à assister au spectacle. Il n'était que ses terres qui l'intéressaient. Reine, pourtant, lui avait conseillé, discrètement, de surveiller l'opération. Mais elle se retrouva face à un vieil homme abattu, épuisé. Il avait néanmoins sollicité maître Yvon Chautois et ce dernier préparait une réplique en bonne et due forme : sans le consentement du maître des lieux, rien ne pourrait se décider. Pour les meubles du second étage, il n'y avait rien à tenter. Et sans doute, quelque part, se retrouvait-il dans son fils maudit, quand il avait déménagé, dans les années 1880, la maison des Forcroix.

Bien des meubles étaient passés au feu. Pas assez, néanmoins, puisqu'il avait fallu en reléguer quelques-uns dans les pièces vacantes de Combeval. « Aujourd'hui, songeait-il, c'est l'imbécile heureux qui achève ce que je n'ai pu faire. Mais n'étais-je pas moi-même, en ce temps-là, un imbécile heureux ? » se demandait Charles sous le regard impatient de Reine, qui le pressait d'agir.

Reine s'était alors tournée vers Marcelin. Mais lui, ça l'indifférait qu'on brûlât la bonnetière, les buffets et les vaisseliers, la table de ferme si longue qu'on avait dû la couper par le milieu, de même les lits de coin où avaient expiré les ancêtres.

— Que m'importe tout ça, ma Reine adorée, puisque je ne serai jamais heureux, dit-il. Je suis déjà mort. Si j'avais un peu de courage, j'irai me jeter dans les flammes, afin de mettre un terme au dernier acte de ma vie. Mais non, je veux encore respirer l'air de Combeval, revisiter mes souvenirs et me dire que même l'oubli est une épreuve.

Au bord de la terrasse, les pieds dans le vide, Charles Montagnac ne pensait plus qu'à la terre de Mézard, deux hectares au bord de La Blis.

— Enfin, je vais délier ma bourse, murmura-t-il.

Il se parlait de plus en plus à haute voix, se fichant qu'on pût l'entendre.

— Et l'acheter ce bout de terre. Je n'en ferai foutre rien, le temps me manque. Mais ce qui est dit est dit. Il sera mien par-devant notaire. Et payé rubis sur l'ongle. Il aura été l'objet de mes dernières ambitions. Le lot Mézard que les Lapoujade n'auront pas… Car Étiennot me l'a promise, cette putain de parcelle. Et je m'en vais régler ça, comme une revanche prise sur Lapoujade et sur l'imbécile heureux. Avec interdiction de le céder à quiconque après ma mort. Ça fera un bien sans maître pour les biches, les sangliers et les oiseaux.

Pichoine et Boscot boutèrent le feu aux meubles. Les flammes se répandirent aussitôt. Perturbée par la violence de la scène, Angèle s'agenouilla, les mains plaquées sur le visage, en gémissant. Eugénie l'aida à se relever. C'était un spectacle qu'elle ne supportait pas, voir sa mère si violemment contrariée.

Bastien s'était retiré sur la pointe des pieds, comme si les conséquences de cette affaire sur les esprits chagrins de Combeval le laissaient indifférent. Il pensait que les transformations de Combeval ne s'opéreraient pas sans dégâts et qu'il serait maudit, longtemps encore, pour ce « sacrilège ».

De l'autre côté de la demeure, Marcelin contemplait les nuages de fumée par-dessus les toits de Combeval. Il ferma les yeux, se mit à humer l'odeur âcre qui envahissait la colline. Il songeait à Novice dans la petite église de Suippes. Et, poussant un gros soupir, il posa les mains sur son bas-ventre. « Pourquoi n'ai-je pas fait comme lui ? déplora-t-il. Perdre la tête plutôt que le reste… »

En voyant les journaliers mettre en nourrice dans le sable les quatre mille plants de vigne que la maison Bourbelin venait de livrer, Charles Montagnac comprit que l'affaire était irrémédiablement engagée. Peut-être avait-il espéré, secrètement, que, devant le coût, dix mille francs, Bastien finirait par renoncer à son projet.

« Décidément, cet imbécile ira jusqu'au bout, se dit-il. Deux hectares de perdus, une plaie ouverte dans notre propriété. » Mais il prit le temps de noter dans un calepin le montant estimé de l'opération : dix mille donc pour les plants, dix mille pour le défonçage et cinq mille pour divers achats – rouleaux de fils de fer, tendeurs à tuteur... – et mille francs de main-d'œuvre. La faible allocation de l'État à retrancher qu'il estimait, selon l'avis d'Édouard Clauzel, à mille francs. Les notes prises, il rajusta l'élastique sur son calepin et le glissa dans sa poche avec précaution.

« Chaque fois que notre petit génie engagera des dépenses, je les relèverai aussi méticuleusement qu'un receveur des impôts. Et nous verrons lorsque la cote d'alerte sera atteinte. » Il se mit à jubiler intérieurement, revigoré par la perspective de recenser les faux pas d'un fils qu'il avait voué dès la déclaration de guerre aux gémonies. Puis d'un pas lent, il quitta Bagarel et remonta sur la colline par le chemin étroit qui serpentait entre les vieux pruniers de plein vent. Les pérégrinations du troupeau avaient tracé une multitude de sentes en corrodant les crêtes. La terre dévalait avec les orages, abîmant les terrasses. Jadis, il s'employait à réparer les dégâts, mais toutes ces besognes, plus personne ne s'en chargeait aujourd'hui. On laissait le sol bouger, on l'accompagnait parfois en négligeant de couper les ronces. Ces enracinements étaient censés retenir la terre. Mais c'était un laisser-aller général dans les propriétés de Saint-Hospitalet qui avait commencé avec la guerre et le manque de main-d'œuvre. Car le terrible conflit avait enrichi les cimetières et appauvri les fermes.

Charles s'arrêta à mi-parcours, le souffle coupé par l'effort. Il lui semblait que ses jambes ne parviendraient pas à le porter jusqu'à la maison. Il s'assit dans l'herbe haute et sèche. Les machines n'avaient pas osé s'attaquer à ces pentes raides. Il eût fallu couper à la faux. Mais Bastien avait jugé inutile de perdre du temps pour une charretée de foin.

« De mon temps, et bien avant, à l'époque d'Émilien, on ne laissait pas le moindre arpent en friche, songeait-il en contemplant le bleu du ciel. On se disait que notre domaine méritait un soin constant. Désormais, tout ira de travers. On voudra courir à l'essentiel. Sur le cadastre, quarante hectares, certes, mais dans la réalité, que cultiverons-nous ? À peine la moitié. Est-ce ainsi qu'on rentabilisera nos biens ? Voici des idées anciennes, certes, mais en existe-t-il d'autres ? »

Charles voulut repartir, mais hésita. Une douleur à la poitrine le taraudait chaque fois qu'il lui fallait traverser sa propriété. Pour se rassurer, pourtant, il avait besoin d'en examiner tous les recoins. Et chaque fois, le patriarche prenait soin de noter tout ce qu'il faudrait entreprendre. Les fondrières, certes, mais aussi, les ronciers de Rochemorin, le ravinement des chemins sur les Grandes-Terres et même les mauvaises herbes envahissant les bordures de La Sauve. Cependant, il se jugea passablement tatillon, comme s'il cherchait des poux sur la tête du petit imbécile. Ça le ravissait déjà de lui annoncer tout ce qui faisait tache aux portes de l'automne.

Parvenu dans la cour de sa ferme, il alla s'assurer que Pichoine avait bien curé les étables. Si le gros du troupeau était au pré, une douzaine de bêtes étaient maintenues aux râteliers dans l'attente des vêlages. Il y trouva Pichoine dégageant les dernières brouettées de fumier. D'un rapide coup d'œil, il inspecta les quais. Le pavé était net, comme à l'habitude, et les rigoles à purin débarrassées des résidus encombrants. Il lui ordonna néanmoins d'y verser quelques seaux d'eau pour vérifier les écoulements.

— Il y en a deux qui vont vêler cette nuit, annonça Pichoine. M'est avis que je vais coucher ici, sur le tas de foin de la réserve. La rousse est difficile. Faudrait pas qu'elle ait une descente, que tout sorte avec le veau…

— Qu'en pense l'idiot de la famille ?

Joseph Pichoine ne répondit pas. Pour ne pas jeter de l'huile sur le feu. Car Charles ne manquait jamais de relever les insuffisances de Bastien, comme s'il avait besoin de prouver que son fils, si rusé en toutes choses, ne connaissait rien aux mille infortunes d'une ferme.

— Mais qu'importe, il n'y aura plus qu'à creuser un trou, n'est-ce pas ? Et une salers de moins, ironisa-t-il. On en a perdu deux l'an passé. Deux de trop.

Pichoine cachait sa figure sous son béret baissé à ras du regard.

— Tu n'as pas d'avis ? Mais quelqu'un a-t-il encore un avis à Combeval ?

Charles sortit de l'étable et posa son regard sur la vallée. L'air était si limpide qu'on distinguait les moindres détails du paysage, jusqu'à la forêt de Marzelle et du Vieux-Bos. L'ouvrier l'accompagna jusqu'à la fontaine, où les abeilles bourdonnaient dans les camélias.

— J'aurais besoin de descendre à La Blis, fit Charles.

— Vous voudriez que j'attelle la carriole ?

— S'il te plaît, Joseph. Où est Boscot ? Et le petit dernier ? Comment s'appelle-t-il déjà ?

— Philippard, répondit Pichoine. Il est avec Bastien à Rochemorin pour préparer le terrain pour les plantations.

Charles haussa les épaules.

— Tu y crois, toi, aux fruitiers plantés en rangs et taillés en gobelet ? Moi, non. Un arbre a besoin de respirer. En définitive, il n'est que ceux de plein vent qui donnent, certes, une année sur deux, mais à profusion. Et au moins, ça n'attrape pas la maladie. L'oïdium, la tavelure... Plus c'est dense, plus c'est malade, c'est comme ça.

— Je ne sais pas. Ce sont des méthodes nouvelles, on verra bien ce qu'il adviendra. D'après Bastien, on devrait doubler la production, voire la tripler avec des variétés de pommes et de poires adaptées. Paraît que la terre d'ici est idéale.

Montagnac se mit à ricaner.

— Il t'a convaincu, toi aussi, mon vieux Piche ? Tant qu'on ne fait que promettre l'eldorado...

L'ouvrier rajusta son béret et partit atteler la carriole. Avant de s'installer sur la banquette, Charles alla caresser son cheval. Puis il lui tendit une poignée d'avoine, histoire de l'amadouer un peu. Ces derniers temps, la bête n'en faisait qu'à sa tête. À force de le mettre au pré, de lui laisser toute liberté, le barbe avait pris de mauvaises habitudes.

Pour une fois, Montagnac décida de faire un détour par le Vieux-Bos. Cela faisait plus de six mois qu'il n'était pas descendu jusqu'à sa forêt. Ce lieu était sa fierté, pour les champignons qui y poussaient à profusion, des ceps à tête noire, des girolles, mais aussi des trompettes-de-la-mort qui, une fois dessiqués, parfumaient les pâtés de campagne d'Angèle en leur offrant une odeur de truffe. Mais il aimait aussi marcher entre les troncs imposants des chênes plus que centenaires. Il disait d'eux, en caressant l'écorce vive et rêche, en les entourant de ses bras ou en s'y adossant, le regard tendu vers les cimes aux fortes ramures : « Voici ma poire pour la soif. » En cas de difficulté financière, la coupe de ces arbres lui rapporterait de quoi se relever. Mais jamais encore Montagnac n'avait eu besoin de recourir à son Vieux-Bos sacré. C'eût été un crève-cœur que de voir cet héritage ancestral filer chez les marchands de bois.

Machinalement, Charles se mit à ausculter ses baliveaux, ceux qu'il avait marqués d'une entaille au greffoir quatre ans plus tôt. En traversant le taillis, il les reconnut un à un avec fierté. Ils avaient grandi, si droits qu'on ne craindrait pas de les voir s'étioler. Et il avait obtenu ce résultat en dégageant alentour les chétifs qui eussent pris de la lumière aux autres inutilement. C'était la loi de la nature, la seule loi qui régnait ici. Il ouvrit son couteau et coupa sur les troncs les cordons de lierre. C'était une de ses craintes que cette peste rampante asphyxie ses chênes et ses hêtres. Il fit le tour de son bois, piétinant le tapis de fougère, marquant les futurs élus, destinés à monter vers le ciel, d'une scarification nette, et les autres, les futurs condamnés, d'une croix. Il en dénombra une trentaine au moins qui, d'ici à dix ans, deviendraient de fort beaux arbres, rejoignant les princes de cette forêt.

Puis il marcha vers son protégé, le chêne Prévost, comme il l'appelait – du nom de l'ancien propriétaire de Marzelle et du château désormais en ruine –, âgé de plus de deux cents ans. Il le salua d'un coup de chapeau, avant de venir se coller à lui, bras ouverts, joue plaquée contre l'écorce, comme s'il s'était agi d'une ancienne connaissance.

— Qu'est-ce que tu fabriques là, Charles ? dit une voix à quelques pas derrière lui. Tu aimes tes arbres à ce point ? Jusqu'à venir les câliner comme de jeunes donzelles… Tu perds la tête ou quoi ?

Montagnac se retourna vivement et tomba sur Auguste Lapoujade, son ennemi de toujours. Il portait un fusil à l'épaule, cassé en deux, comme de juste.

— Je viens voir le sage.

— Quel sage ?

— N'as-tu jamais entendu parler de la sagesse des arbres creux ?

— Non, répondit Guste.

— Il nous survivra tous. Toi, moi… Moi, surtout. J'arrive à la fin du parcours. Et j'ai besoin de le voir, ce phénix.

— Que te raconte-t-il ?

— Il est comme moi, le chêne Prévost. Il n'aime pas ce monde tel qu'il va, ce monde qui change trop vite.

Auguste Lapoujade se mit à ricaner, doucement.

— Je traque un sanglier. Mes chiens sont partis derrière, en fureur. Et moi, je ne cours plus assez vite pour les suivre. Il faudra l'attendre tôt le matin, lorsqu'il viendra s'abreuver à La Blis. Je me mettrai sous les aulnes, le canon posé sur une branche et je n'aurai plus qu'à tirer, deux cartouches de chevrotine, là, en plein poitrail pour la première et, ensuite, quand il se cabrera sous la douleur, en pleine tête. C'est l'odeur du sang qui m'attire.

— Tu ne le videras pas sur place, quand même ? demanda Charles, intrigué.

— Je le saignerai à la gorge. Et je l'ouvrirai. Ça demande de la force, mais j'en ai encore assez pour un cochon sauvage de cinquante kilos. Et je lui arracherai les tripes pour mes chiens. Mes griffons, ça les enrage, cette pitance.

— La curée, fit Charles, tu as toujours aimé ça, dépecer des biches et les débiter dans les fougères.

Lapoujade posa son fusil au sol et tira de sa gaine de cuir son couteau de chasse. Une belle lame de trente centimètres, coupante comme un rasoir.

— Ça fait quatre jours que je le traque. Cette bête est à ma mesure. Je voudrais tellement m'en offrir une, comme celle-ci, pour la cuire à la broche. Hélas, seul, c'est difficile. Si j'avais encore mon François, il y a longtemps qu'il l'aurait fumé ce putain de cochon.

— Je vois, dit Charles Montagnac, la guerre continue.

Ils s'observèrent en silence. Au loin, on entendait les griffons hurler. Mais ce n'étaient pas des chiens assez rapides pour tenir la course longtemps. Ils s'en reviendraient bientôt, piteux et épuisés.

Guste reprit son Hammerless et en retira les cartouches.

— Tu devrais venir avec moi demain pour l'attendre. Je connais son parcours près de la digue. Tu as toujours ton Charlin ?

Charles fourra ses mains dans les poches de son pantalon et se mit à tourniquer autour de Lapoujade.

— Vaut mieux pas, Guste. Des fois que ça me donnerait de drôles d'idées…

— Tu veux toujours me faire la peau ? Cette haine, bon Dieu, ne te passera donc jamais ?

Faut-il qu'on soit bêtes pour entretenir cette guerre…

— L'affaire des bornes, fit Charles, je ne l'ai toujours pas digérée.

Auguste rajusta sa casquette et prit un air indifférent. Il pensait à Octave et se demandait si ça se finirait par un mariage entre les deux clans. Une manière honorable de solder les comptes du passé.

— Combien as-tu donné à Miraille pour qu'il rédige ce rapport d'expertise à charge ?

— Rien, pas un sou, mon vieux, jura Guste en passant l'ongle de son pouce sur son incisive.

— Je ne te crois pas. Josué Miraille est un pourri de première, il se vend au plus offrant, affirma Montagnac.

Lapoujade hésita à dire ce qu'il pensait de cette histoire qui avait inspiré à la plume alerte et enjouée du maître d'école de Saint-Hospitalet un récit publié dans le *Bulletin des lettres et des arts de Brive*, à la page des chroniques drolatiques sur les mœurs campagnardes.

— L'arpenteur ne t'aime pas, Charles. Tu es arrogant, fier, orgueilleux. C'est lassant à force. Mais tu peux en faire ce que tu veux de la borne, je m'en fous. J'ai plus la tête à ça. Je ne sais même pas ce que va devenir ma propriété. J'ai plus le courage de me battre. Je vais au cimetière deux fois par semaine et je me dis en m'agenouillant sur la tombe de mon fils que j'ai couru derrière des chimères.

— Je ne te crois pas.

Ils rejoignirent le chemin. Lapoujade était plus leste que son voisin. Il voulut l'aider mais Charles mit un point d'honneur à refuser.

— Je crèverai avant toi, dit-il, et ce sera la débâcle à Combeval. Tu pourras racheter mes terres.

— Pourquoi, tu n'as pas confiance en ton fils ? Bastien est un garçon intelligent. Si j'en avais un comme lui, je ferai de grands projets.

— Si tu veux l'engager comme régisseur, je te le donne. Tu lui ouvriras ta bourse. Il l'aura vite bouffée.

Le vieux Montagnac s'installa sur la banquette, rajusta son chapeau et huma le fond de l'air. C'était un beau temps pour faire une promenade. Lapoujade était monté sur le marchepied pour retarder son départ. Il s'amusait de sa fébrilité, de sa hâte à prendre la poudre d'escampette.

— Tu es pressé, Charles. Après quoi cours-tu ? La sagesse de l'arbre creux ne t'a donc pas porté conseil ?

Guste éclata de rire. Montagnac lui fit signe de reculer.

— Je sais où tu vas ! s'écria Auguste. À la parcelle de Mézard, n'est-ce pas ? Ce bout de terre qui t'obsède depuis des années…

— Les nouvelles vont vite à Saint-Hospitalet, s'étonna Montagnac. Pour quelqu'un qui prétend avoir renoncé à ses terres, tu te poses là !

— Le notaire, ajouta Guste. Chautois est une pipelette. Il voudrait bien qu'on se chamaille pour faire monter les enchères. Mais j'ai toujours pensé que le terrain du vieux Mézard ne valait pas un clou. Je le voulais à n'importe quel prix, parce que tu le convoitais, Charles. Maintenant, rassure-toi, tu peux l'acheter. Je m'en fiche. Je n'ai plus besoin de rien. J'ai tout ce qu'il me faut et plus encore.

Auguste Lapoujade salua en levant sa casquette le départ de la voiture brinquebalante. Il la suivit du regard jusqu'à ce qu'elle disparût dans un nuage de poussière.

Un instant, Charles Montagnac fut saisi d'un doute. Avait-il pris la bonne veste, celle de velours noir avec son revers de col en moleskine lustrée comme une peau de taupe ? Vivement, il glissa sa main dans la poche intérieure et fut rassuré d'y trouver, soigneusement pliée, la promesse de vente. À force de le promener, ce papier, il avait cru cent fois le perdre, sans pour autant se résigner à le mettre en lieu sûr. Mais peut-être craignait-il, en définitive, qu'Angèle le lui subtilisât. Elle voyait d'un mauvais œil l'acquisition du terrain Mézard, jugeant que les Montagnac n'avaient pas besoin de ce trou coincé entre la rivière et les tourbières d'Hérode. Mais qu'importe ce qu'on pensait dans la maison, c'était lui le maître, le seul à décider.

Il déplia la feuille patinée de crasse. Elle avait surgi si souvent, d'un veston l'autre, et était passée entre tant de mains qu'on aurait pu y lire son trajet, entre les doigts graisseux de Pichoine, vineux de Clauzel et parfumés à l'eau de lavande de Reine. Toute une histoire, ce papelard, que son propriétaire avait cru égarer cent fois. Un jour de fête votive à Saint-Hospitalet, cinq ans plus tôt, il avait réussi à décider Mézard, fin soûl, au café Barbuze, de signer la fameuse promesse. Vingt francs pour le sous-seing et le reste, les quatre cent quatre-vingt, à signature de l'acte. Mézard n'avait pas mégoté. « Écris la somme que tu veux mettre, Charles, et n'en parlons plus. Tout ce qui m'importe, c'est qu'elle te revienne, cette putain de parcelle. J'y ai fait de tout : du maïs, des patates, du tabac et même un peu de blé, mais je n'en ai jamais rien retiré à cause des inondations. Tu le sais, Charles, je ne te prends pas en traître, c'est une calamité cette putain de terre... » Il avait tendu la feuille à Jules Mézard et, comme de rien, il l'avait paraphée d'un gribouillis tremblotant. Puis on avait vidé une bouteille de vin jaune, tiède et sucré à rendre fou. « La seule chose qui m'intéresse, Jules, avait ajouté Montagnac, c'est que Lapoujade ne l'ait pas. Rien que pour le faire chier. Tu le sais aussi bien que moi, la terre est entre deux parcelles à lui. Ça l'enquiquine assez… »

Le lendemain, dégrisé, Mézard avait réalisé qu'il s'était fait rouler dans la farine. Tout de même, elle valait bien trois fois plus cette terre limoneuse, sans cesse enrichie par les crues. « On ne revient pas sur une parole, n'est-ce pas, Jules ? »

Charles descendit de sa carriole et puisa dans le sac en jute une bonne poignée d'avoine pour récompenser son cheval. Certes, ça le rendrait nerveux, mais il l'aimait bien, sa bête, même lorsqu'elle se mettait à gratter le sol avec ses pattes avant. Et sans attendre, Montagnac entra dans les friches de Mézard. Il y avait des ronces et des arbrisseaux en pagaille. Rien que de la mauvaise végétation, entretenue par l'humidité de la rivière, large en cet endroit et au courant paisible. À la moindre pluie, La Blis noyait les terres. Ça ne durait jamais très longtemps, deux jours au plus, avant qu'elle ne regagne son lit.

« Il suffira de construire un barrage de pierres, se dit-il, et nous aurons une terre fort convenable pour le maïs. »

Il allait et venait, contournant la broussaille et les robiniers avec leurs surgeons envahissants.

« Si je n'y prends garde, ce sera une forêt. De quoi me faire honte, déplora-t-il en foulant sa terre promise. Si je n'en fais rien de cette terre, on dira que Mézard s'est rétracté ou que je n'ai pas assez de sous pour la payer. » Cette seconde hypothèse lui arracha un éclat de rire. « Si je ne passe pas au plus vite devant le notaire, ce sera du pain bénit pour Lapoujade. Foutredieu, se pourrait-il qu'il s'impose ? » Cette pensée terrible le fit frissonner de tous ses membres. « Ce serait un foutu pied de nez. Oh là, je lis clairement dans son esprit ! Ça me joue une piètre comédie avec ses airs de dégoûté de la vie. À la première occasion, elle se réveillera chez lui, cette envie de tout acheter, de saisir la moindre occasion. Que ce soit celle-ci ou une autre, pourvu que ça fasse bonne impression à Saint-Hospitalet, afin que tout le monde dise : "Il n'est pas encore fini, Guste." Il peut bien promener sa pétoire à chevrotines, ce n'est qu'un prétexte pour visiter la terre des autres. Un Lapoujade ne s'avoue jamais vaincu, fulmina-t-il avec de grands gestes. Et même que je l'ai trouvé sacrément solide sur ses jambes. Bon pied, bon œil, comme on dit. Foutre, ce n'est pas comme moi qui suis à moitié fichu. Si délabré qu'on doit bien se demander, à Saint-Hospitalet, ce que je peux vouloir faire d'une nouvelle acquisition. J'aimerais me prouver quelque chose, en vérité, mais c'est si difficile à cerner… » Il se mit à réfléchir, une main caressant son crâne, puis d'agacement il jeta son chapeau dans la renouée. « Tant qu'on achète de la terre, c'est qu'on est vivant. Voilà ce que je veux prouver à tout le monde, par-delà l'orgueil, mon plus grand défaut. »

Charles commença à tituber comme un homme ivre, pris par une grande fatigue, la même qu'il éprouvait lorsqu'il s'en remontait des fonds de La Sauve. Il lui suffisait de s'arrêter puis, au bout d'un moment, la machine repartait. Mais là, c'était venu sans qu'il fasse d'effort, comme si le monde devant lui n'était plus qu'une longue pente à remonter sans fin, un pas en avant, un pas en arrière.

« Trop tard, bon Dieu, oui, trop tard, c'est dit, c'est écrit : je n'arriverai pas à être l'égal de Guste. Pourtant, j'avais tout au départ pour réussir. Qu'ai-je fait de mon temps, de toutes ces années ? À croire que je me sentais immortel. Quelle stupidité ! Faut jamais se satisfaire de ce qu'on a, se laisser endormir par la douceur de vivre, la mollesse du plaisir. Ça, je ne me le pardonnerai jamais. Mais pourquoi, pourquoi ai-je lambiné quand il fallait acheter la propriété des Métissier, des Sarcroux ? J'ai laissé courir. Je me disais : "Personne n'en voudra de cette putain de terre." Mais la terre, y a que ça qui intéresse les gens de chez nous. On tuerait père et mère pour la gagner cette putain de terre. Ma vie entière a été empoisonnée par cette valse-hésitation, être propriétaire ou renoncer à tout. Alors, l'argent, bien sûr, l'argent ! En avoir assez ou pas assez. » Il sentit ses jambes l'abandonner et il se laissa choir au milieu des renouées. « J'en ai eu assez de l'argent, bon Dieu, mais j'ai hésité, chaque fois, à le dépenser. Comme ça, à m'interroger, le faire, ne pas le faire, j'ai passé sous la table plus d'une fois, avec la honte. Et si mon vieux père, le pauvre Émilien, m'écoute à cette seconde, je reconnais que j'ai failli, que j'ai reculé devant l'obstacle… Peut-être n'étais-je pas né pour diriger Combeval ? Si mon père ne s'était pas pendu dans la grange, au plus fort de la bataille, nous aurions pu gagner la partie contre les Lapoujade. Et ça aurait été ma fierté, cher père, de te suivre sur ce chemin. Mais seul, soudain abandonné, avec mille responsabilités, j'ai pris peur, j'ai cru la partie trop rude pour moi. Et là, pour ce bout de propriété Mézard, j'ai encore hésité. Qu'était-ce, en vérité, d'aligner quatre cent cinquante francs ? Pourquoi ai-je retardé le moment de passer devant Chantois ? »

Charles serrait au creux de sa main la promesse de vente. Il la serrait si fort, avec rage, que le ciel se rompit sur sa tête, un ciel d'un bleu épars et aux griffures rougeoyantes sur le cerne de l'horizon. Un bouillon d'air le jeta à terre. Puis le silence, l'effrayant silence, le recouvrit.

II

LA CROISÉE DES CHEMINS

1

M. Rouveix ne se souvenait pas du paysage aux alentours de Saint-Hospitalet ni quelle route il fallait prendre à la sortie d'Aubepas. Et pour cause, il n'était allé que deux fois dans sa vie à Combeval.

— Tu n'as plus de mémoire, mon pauvre Gérald. Qu'est-ce donc qui te l'a dévorée aussi vite ? Tu ne nous ferais pas une de ces maladies de l'âge qui dégradent la cervelle au point qu'on ne se souvient pas de son nom ?

— Rassure-toi, Léonie. Je me rappelle ce qui m'intéresse. Le reste, je le jette aux orties. N'est-ce pas plus sage que de s'encombrer l'esprit de petits détails qui rendent neurasthéniques ? Non, ma chère, je ne sais plus à quoi ressemble le pays de votre jeunesse.

Léonie profitait de la tiédeur automnale. Elle avait abaissé la vitre de la torpédo et passé un bras au-dehors. Mais l'air s'engouffrant dans la voiture faisait des dégâts à sa coiffure. Elle avait pris soin de se couvrir d'un foulard de soie, mais le vent l'avait rapidement rabattu sur ses épaules où, de son point de vue, il se trouvait fort bien. À la vérité, elle se fichait que sa mise en plis fût gâchée. Pourtant, celle-ci lui avait coûté, avec les ondulations indéfrisables, cent francs au salon Burget, plus vingt de pourboire.

Si Gérald ne se souvenait plus de cette contrée de la basse Corrèze, à une heure de voiture de Brive, dans son versant le plus attrayant tourné vers la vallée du Périgord, Léonie, elle, ne la reconnaissait que trop bien. Elle avait tellement essayé de l'effacer définitivement de sa mémoire en la quittant.

— Rien n'a changé, nota-t-elle en passant devant le four à chaux de la Maidérie. Et là-bas, au loin, sur la colline voisine, c'est Saint-Hospitalet.

Elle désigna le bourg du doigt.

— Le village coiffe la colline. Et autour, il y a toutes les propriétés du patelin. Rien que de l'agriculture.

Pour faire sa savante, histoire d'agacer un peu son mari, elle énuméra les productions locales, insistant sur la reine-claude qui, ici, se colorait d'un petit pigment rosacé. Il fit la moue, puis expliqua que la prune locale n'était pas une reine-claude à proprement parler, mais une variété sauvage franc de pied. Cette sorte de prune, d'ordinaire verte et sans goût, s'était améliorée dans le terroir permien d'Aubepas et de Saint-Hospitalet.

— Je ne la vends pas bien hors de Corrèze, dit Rouveix. Et elle n'est pas bonne pour la pâtisserie ou la confiture. Elle rend beaucoup trop d'eau.

— Tu connais ce pays comme ta poche, mon cher mari.

— Un marchand de fruits, de surcroît un expéditeur, se doit de savoir ce qu'il vend, ne serait-ce que pour ne point décevoir ses grossistes.

M. Rouveix n'aimait pas parler de son négoce, comme si ce sujet était un brin vulgaire. D'ordinaire, il éludait les questions de Léonie. Celle-ci ne cessait de s'inquiéter de l'état du marché, de l'évolution des cours, des marges des courtiers et des revendeurs. Il répondait par des pirouettes, ajoutant que l'essentiel était qu'il reste assez d'argent pour payer ses ouvriers, entretenir son matériel et s'offrir des virées sur la Côte d'Azur ou des week-ends parisiens avec soirées au théâtre.

À l'approche d'Aubepas, Gérald fut contraint d'arrêter sa voiture le long du lavoir, une guêpe étant entrée dans l'habitacle. Léonie refusa de descendre, disant que c'était bien inutile et qu'elle s'accommoderait de cette présence.

— On se croirait sur *Le Titanic*, mon beau mari. Tout le monde sur le pont et sauve qui peut. La campagne, c'est ainsi, plein d'inconvénients, entre les moustiques, les frelons, les serpents et les…

Il l'interrompit, fort agacé.

— Je suis allergique aux piqûres. Il y en a plein l'atelier avec les fruits gâtés gorgés de sucre. Madeleine et Lazare sont chargés de nous en débarrasser.

— Tout ça pour de si petites bêtes ! s'exclama-t-elle.

Mais Gérald fit un mauvais sort à l'intruse, promptement, sur la vitre de sa voiture. Il la prit ensuite par une aile et la jeta sur le pavé, puis l'écrasa d'un coup de talon rageur. En redémarrant, il supplia sa femme de fermer la vitre. Elle refusa, rebelle comme de juste, rebelle comme une Forcroix. Car chez les Forcroix, c'était bien connu dans le pays, les femmes s'étaient toujours montrées rétives quand il s'était agi d'obéir aux hommes, ce qui leur avait souvent porté préjudice.

La voiture aborda Saint-Hospitalet par le cimetière, situé à l'écart des habitations. Il y avait eu jadis une nécropole autour de l'église, comme il était d'usage à l'époque médiévale mais, autour de 1870, les élus avaient décidé de le déplacer à l'extérieur.

— Désirerais-tu aller sur sa tombe ? proposa Rouveix. Histoire de montrer que la haine se dissout avec le temps. Les morts, tous les morts, méritent attention.

— Ah, non ! se rebiffa Léonie. Surtout pas. Je ne voudrais pas qu'il se retourne dans son cercueil.

Gérald éclata de rire. Il adorait sa femme lorsqu'elle offrait ce visage, impitoyable devant les outrages du passé, comme si le temps et l'oubli n'avaient aucun effet sur elle

— Il ne te fera plus aucun mal, insista Gérald.

La voiture à l'arrêt le long du portail ne la fit pas bouger d'un pouce. Bien au contraire. C'était son petit ravissement du jour, cette rébellion soudaine. Rouveix prenait plaisir, lui aussi, à observer sa détermination. Il avait partagé avec elle toute son histoire juste après leur rencontre, puis l'avait incitée à tourner la page. Ce qu'elle n'avait visiblement jamais fait. La disparition d'Élise semblait même avoir ravivé sa colère, comme si la fatalité s'acharnait sur elle, portée par un esprit mauvais.

— De cette triste époque, tu n'as rien oublié, ni pardonné. Comme tu as dû souffrir, ma chérie.

Il redémarra sans brusquer la mécanique et roula à une allure de sénateur.

La Peugeot 156 faisait son petit effet dans la bourgade. Et pour le coup, M. Rouveix se tenait droit et fier comme Artaban derrière son volant, sans tourner la tête ni saluer quiconque. Il avait toujours détesté l'esprit campagnard, des gagne-petit aux mœurs étriquées.

Puis sur la grande place du foirail, le conducteur hésita sur la direction à prendre. Plusieurs rues s'offraient à lui, mais il ne se souvenait plus de laquelle il fallait emprunter pour rejoindre Combeval. Léonie, perdue dans ses pensées, ne l'aidait en rien.

— Je suis le chauffeur de Madame, ironisa Gérald. Mais Madame a fait preuve de légèreté en omettant le plan de route.

Elle lui fit faire un second tour de la place, en roulant au pas, alors qu'une flopée d'enfants courait derrière la berline.

— N'ont-ils jamais vu de voiture ? fit Rouveix.

— Comme celle-ci, non, le flatta Léonie.

Elle aimait le voir se hausser du col, une main passant et repassant dans la chevelure pour lisser la gomina.

— Rien n'a changé ici, répéta Léonie.

Elle contemplait les façades des maisons avec dégoût. Tout lui paraissait laid et triste. C'était comme un trou dans sa vie qui ne cesserait jamais de se combler. Ses années d'adolescence, son départ soudain, comme une fuite… Ça, non, elle ne le regrettait pas. N'était-ce pas ce qui l'avait sauvée, cette violente révolte, lorsqu'on lui avait proposé une visite chez la faiseuse d'anges ?

— Pourquoi voudrais-tu que ça change ?

— Avec la fin de la guerre, je pensais que ces gens auraient eu envie de changer d'époque, comme à Brive avec les fêtes dans les jardins de La Guierle. Et les bains dans la Corrèze ? J'ai vu quelques-unes de nos jolies femmes se mettre à moitié nues. Ça n'a plus froid aux yeux. Tant d'hommes sont tombés au front, il y a tant de désirs insatisfaits. Les femmes ont acquis une certaine liberté.

— À l'atelier d'expédition, il y a quelques veuves qui se dévergondent un peu. Les pauvrettes, elles courent après les rares hommes qui ne sont pas partis. Mais ils sont trop jeunes ou trop vieux… sans expérience de l'amour ou bien trop, hélas.

Elle éclata de rire en se souvenant des bals à Aubepas où les mères veillaient sur la fréquentation de leurs filles. Avant de danser, il fallait obtenir leur assentiment.

— Elles ne te courent pas après ? Toi, mon doux petit homme…

— Je suis trop vieux.

Elle pouffa.

— La vie, tout de même… Elle ne mérite pas qu'on la prenne au sérieux. Il y a de l'ironie dans chacun de nos actes. Comme ce pauvre Bastien qui a laissé sa place au bellâtre. Il n'avait qu'à lui dire qu'elle lui plaisait, Ariane, et c'était joué. L'autre, Éric Pierrelin, se serait effacé.

— Mais Bastien a renoncé. Et pourquoi a-t-il renoncé ?

— Pour Combeval, pour défier son père. Par bêtise, en définitive, affirma Léonie.

— Non, rétorqua Gérald. Bastien a cédé à un sentiment d'infériorité. Un fils de paysan qui aime une élégante bourgeoise de la place de l'Hôtel-de-Ville, ça lui semblait au-dessus de ses moyens. Il se jugeait médiocre par rapport à la petite Lamarkan, au point de ne rien entreprendre. En amour, il n'est que l'audace qui l'emporte. Ceux qui hésitent, se morfondent, se jugent peu attrayants, voire inintéressants, passent à la trappe. C'est la comédie humaine.

Léonie hocha la tête avec tristesse.

— Il aurait pu l'épouser et obtenir sans mal une situation en rapport, mais il a préféré sa terre nourricière. C'est affligeant, Gérald, tellement triste… J'ai de la peine pour ce jeune homme si intelligent. Combeval ne lui apportera jamais ce à quoi il aspire au fond de lui-même.

La route traversait la forêt de Saugeline, dense et oppressante. M. Rouveix trouva l'endroit sinistre, un coupe-gorge à ses yeux. Il n'était pas une seule habitation à la ronde. Le boisement avait été protégé par les propriétaires eux-mêmes, des gens assez fortunés pour acquérir ce genre de parcelles et les garder vierges et sauvages.

La voiture des Rouveix s'arrêta à distance de la ferme, juste au bout du chemin. Gérald voulut klaxonner, mais sa femme l'en empêcha.

— Ce n'est pas la peine de sonner le clairon, mon ami. Nous sommes attendus. Et rien n'entrave notre venue, maintenant que Charles est au cimetière.

— Ça y est, ils arrivent, prévint Eugénie.

Et dans un mouvement de panique, Angèle courut s'enfermer dans sa chambre. Sa fille frappa à la porte pour que celle-ci demeurât tout de même entrouverte.

— Tu ne pourras pas te cacher indéfiniment, prévint-elle. À un moment ou à un autre, tu devras sortir et saluer les Rouveix, quoi que tu penses d'eux. Ce sont des gens honorables, tout de même.

La jeune fille prit soin de ne pas faire craquer les lames de parquet. C'était une réaction machinale, chez elle, en territoire parental. Il lui semblait que l'esprit du père était toujours là, errant dans ces murs, prêt à se manifester, tant les interdits qu'il avait générés sa vie durant pesaient et pèseraient encore longtemps.

Bastien et Alexandrine étaient sortis dans la cour en se tenant par la main, comme de jeunes amoureux. Rouveix avait mis un pied à terre le premier et marchait vers le comité d'accueil, sans se précipiter, attendant que son épouse se décide. Elle prenait tout son temps, trop de temps au gré de Gérald. Cette situation avait l'art de lui mettre les nerfs en pelote. C'était pour elle, tout de même, qu'il avait consenti à venir à Combeval. Car dans la famille Montagnac, seul Bastien lui importait, le reste, à ses yeux, ne valait pas tripette. Les arrangements futurs ne se discuteraient qu'avec son protégé et nul autre. Marcelin, Reine ou Eugénie, il ne voulait rien leur consentir. Des figurants, tout au plus, dans une pièce qui se jouerait à huis clos.

Rouveix s'avança pour embrasser Bastien et Alexandrine. Puis il fit un signe à Marcelin et à Reine, sur le pas-de-porte.

— Soyez les bienvenus, dit Reine.

Le visiteur fit mine de ne pas entendre. Il se retourna pour donner la main à Léonie.

— C'est donc là ta femme ? fit-elle en détaillant du regard Alexandrine. Elle a bonne figure.

Puis Léonie se décida à l'embrasser à son tour.

— Très chère, vous n'avez pas choisi le pire, dit-elle en prenant le bras de Bastien.

Et elle posa un regard hautain sur Marcelin, qui se tenait sur le perron, immobile. Reine voulut l'entraîner avec elle pour les salutations d'usage. Il s'y refusa en tournant la tête de côté. Alors la jeune femme s'approcha seule de la visiteuse.

— Reine, la bien nommée, dit Léonie en effleurant son visage du bout des doigts. Vous êtes bien jolie, ma chère.

— Merci, répondit-elle avec un sourire forcé.

— Ma chère, vous êtes comme Blandine, la martyre de service. C'est un bien beau sacrifice que vous avez fait pour les Montagnac. J'espère de tout cœur que vous serez récompensée au centuple.

Léonie énonça ces mots près de son oreille, veillant à ce que personne d'autre ne les entendît. Reine rougit comme une pivoine en serrant les poings.

— Une promesse est une promesse, fit-elle.

Léonie Rouveix hocha la tête. Cette petite réflexion l'amusait singulièrement, sachant, depuis qu'elle avait quitté le toit des Montagnac, qu'il n'est aucune promesse qui vaille si elle n'est point payée en retour.

— Voici qui montre une certaine hauteur de vue, dit Léonie. Vous n'en êtes que plus respectable, ma chère, et, bien que nous ne nous connaissions pas encore, je vous tiens en haute estime. Cependant, il n'est qu'une question qui m'importe : serez-vous l'alliée de mon neveu ou le bâton jeté dans ses roues ?

Reine éclata de rire si fort que tout le monde se retourna. Léonie se mit à rire aussi. M. Rouveix embrassa Reine sur les joues. Elle lui avait fait une forte impression en faisant preuve d'une maîtrise de soi remarquable face aux saillies de sa femme.

— Ne prenez pas pour argent comptant tout ce que ma femme peut dire, prévint-il.

Il la prit par le bras et l'attira vers sa voiture. Reine trouva ce secours plutôt élégant.

— Vous ne l'ignorez pas, mon épouse a un compte à régler avec Combeval. Et en vérité, elle vous étrille comme si vous aviez une responsabilité dans des événements qui remontent à plus de trente ans. C'est injuste.

Léonie n'approuvait guère le jeu de son mari. Certes, il n'avait jamais su résister au charme d'une jolie femme. Et pour le coup, Gérald n'aurait jamais imaginé que l'épouse de Marcelin pût en avoir autant. Dans son esprit, ce devait être une fille de ferme ordinaire. Si bien qu'en l'observant aller et venir, M. Rouveix s'interrogeait déjà sur ce qui avait bien pu l'attirer chez Marcelin.

Immobile comme une statue sur le devant-de-porte, l'aîné des Montagnac flairait que les Rouveix ne l'appréciaient guère. Et pour un peu, il eût souhaité rejoindre sa mère dans la chambre, s'y cacher en attendant le départ des visiteurs. Mais sa femme l'avait prévenu avec toute l'autorité nécessaire qu'elle ne tolérerait aucun manquement aux civilités d'usage. Maintenant que le patriarche avait disparu, il fallait rétablir coûte que coûte les bonnes relations avec les Rouveix. «Ce seront nos alliés et nos bienfaiteurs. Sans eux, pas d'avenir à Combeval», lui avait-elle dit d'un ton ferme.

Léonie grimpa les dernières marches du perron en s'appuyant sur sa canne. Elle se retourna pour contempler la terrasse et les collines bleutées. Elle ferma les yeux et soupira. « Est-ce que tout cela m'a manqué ? » se demanda-t-elle. Elle s'interdisait de céder à quelque nostalgie. Elle se désirait rebelle et insoumise. Puis elle se persuada qu'elle s'en revenait ici avec la même colère chevillée au corps.

— Rien n'a changé. Le paysage est noble et grandiose, dit-elle à Marcelin en lui touchant la main. Et l'esprit de Combeval, a-t-il changé ? Je voudrais tellement le croire... Mais je crains que, malgré la mort de Charles, tout soit pareil, comme si son empreinte malfaisante avait imprégné les lieux et les hommes.

— Et vous, ma tante, avez-vous changé durant ces longues années de proscription ? D'injuste proscription, précisa-t-il.

Elle lui concéda un sourire et l'embrassa enfin.

— Je suis triste pour tout ce qui t'est arrivé, mon pauvre Marcelin. Tu as donné à la patrie et, en retour, tu n'as reçu que mépris et indifférence. Tous les sacrifices sont tombés dans l'oubli. C'est ainsi. Une forme supérieure de l'injustice.

L'aîné des Montagnac accueillit ces paroles accommodantes avec une froide hauteur. Décidément, il n'aimait ni la pitié ni l'éloge du sacrifice.

— J'aurais préféré demeurer entier, de corps et d'âme, dit-il. Mais pour le temps qu'il me reste, j'en fais mon affaire. N'ayez crainte, ma tante, vous ne m'entendrez pas me plaindre.

Léonie parut ébranlée par sa réflexion. Elle reçut cette leçon d'humilité comme une gifle. Elle songea alors qu'elle avait été, elle aussi, blessée, jadis, et qu'elle ne cessait depuis de s'en plaindre, comme si sa plaie ne se refermerait jamais.

— Dans ton malheur, mon petit, tu as trouvé une compensation. Ta femme a beaucoup de charme.

— Oui, reconnut-il. Nous nous entendons bien. Elle est le seul bonheur qui me reste.

— Maintenant, je voudrais voir ta sœur Eugénie.

Puis elle hésita à parler d'Angèle. Angèle, la terrible Angèle. « Où se cache-t-elle pour ne pas entendre ce que j'ai à lui dire ? pensa-t-elle. C'est donc qu'elle se sent encore fautive, trente années plus tard ? Rien ne se répare sans rédemption. »

La porte s'entrouvrit et Léonie s'y engouffra, conquérante.

— Tu m'accompagnes, Marcelin ? Je te veux avec moi. Ne viens pas me dire que tout cela ne te concerne pas. Ça, non. La vérité, c'est que ton père, tu l'as suivi jusqu'au bout. Tu as été son dernier espoir, n'est-ce pas ? Il s'était juré de te confier la propriété, comme on passe un relais. Je sais tout, tout des Montagnac, par ton frère, évidemment. Cela fait des années maintenant que j'entretiens avec lui les meilleures relations. Il est différent, lui, tourné vers l'avenir. Alors que toi, tu n'as pas su résister à ton père.

Il ne répondit pas. Rien ne lui était plus étranger que le garçon qu'il avait été avant la déclaration de guerre. Il se sentait un autre homme. « Je suis mort à Suippes, pensait-il. Puis je suis revenu à la vie dans une autre peau. Ce passé m'indiffère. Et lorsque père est mort, je n'ai pas versé une larme. Je n'ai rien ressenti au fond de moi. J'ai suivi le cortège funèbre, à peine une douzaine de personnes. C'était bien suffisant. Les morts ne nous concernent plus. Ce qui demeure d'eux, ce sont les passions qu'ils ont engendrées et qui deviennent si soudainement dérisoires. »

De rage, la vieille dame frappait le parquet de la pointe de sa canne au rythme de son pas. Elle voulait qu'on l'entende marcher jusque dans le cœur du sanctuaire.

Au bout du couloir, elle trouva Eugénie et la prit dans ses bras. Sur le coup, celle-ci se raidit de tout son corps, puis elle se laissa mollir, peu à peu. Mme Rouveix sentit, tandis qu'elle la tenait encore serrée, des soubresauts de larmes sur son épaule.

— Oh, ma pauvre enfant, dit Léonie, tu ne dois pas te faire un sang d'encre pour ces histoires. Ce n'est rien, rien du tout. Tu vas voir, les choses vont s'arranger.

Elle lui tapota le dos, doucement, jusqu'à ce que sa nièce recouvrât sa sérénité.

— Ma mère ne souhaite pas vous voir, Léonie. Elle dit que vous n'avez rien à faire dans cette maison.

— Si je suis venue, après toutes ces années, ce n'est pas pour repartir bredouille, dit-elle. Je veux obtenir réparation. Et puis, la chose faite, il se pourrait, ma petite, que nous repartions d'un bon pied.

Soudain, un cri retentit derrière la porte de la chambre, puis un autre, encore plus fort. La vieille dame saisit le bras de son neveu et lui fit signe de forcer le passage. Bastien hésita, trouvant la situation ridicule.

— Si elle ne veut pas vous parler, Léonie, je ne peux rien faire. Je le regrette, certes. Je me sens un peu bête. Mais depuis la mort de père, elle reste enfermée dans sa chambre.

— Nous lui donnerions la fâcheuse impression de l'assiéger, défendit Eugénie.

Léonie se mit à réfléchir sur ce qu'il convenait de faire. Il fallait se ranger à l'évidence : ni Bastien ni Eugénie ne pourraient l'aider. Ces deux-là avaient perdu tout crédit dans la maison. N'étaient-ils pas des traîtres à la parole sacrée du patriarche ? Sans doute, avant de disparaître, Charles avait-il persuadé sa femme de ne jamais céder un pouce de terrain. Et d'évidence, la pauvre Angèle se cramponnait à cette promesse, comme si là-haut, dans les limbes, Charles pouvait encore la sermonner. « Tu les jettes dehors, tous, sans discussion. Et de même nos enfants. Ne vois-tu pas ce qu'ils veulent faire de Combeval, ligués pour la funeste entreprise ? Un champ de ruines. Nos terres dénaturées, notre patrimoine sacrifié. Et bientôt, le domaine vendu à l'encan aux marchands de biens… jusqu'au dernier arpent. »

Pendant ce temps, Bastien et son épouse faisaient visiter à Gérald Rouveix les alentours du domaine. Ils le conduisirent sur la terrasse, d'où l'on jouissait d'une large vue sur Bagarel. Le déboisement était terminé, le sol retourné, prêt à accueillir les huit mille plants de vigne. Et le jeune homme, pour rassurer son oncle, annonça que les plantations commenceraient dans un mois.

— Et Rochemorin ?

— J'ai commandé le défonçage du terrain à l'entreprise. Le lendemain de la mort de mon père, ajouta-t-il en baissant la tête.

Il se sentait honteux d'évoquer ce détail. À la vérité, la disparition du père l'avait libéré. Jusqu'alors, hormis le vignoble de Bagarel, Bastien avait ajourné ses projets pour ne pas aggraver les colères du patriarche.

— Si je comprends bien, ajouta Gérald, ce décès arrive à point nommé.

— Je ne le dirais pas ainsi, fit Bastien en se tournant vers Alexandrine.

Celle-ci vola aussitôt à son secours.

— Sachez, monsieur Rouveix, que Bastien a fait preuve de diplomatie. Vous seriez édifié si vous saviez ce que Charles a pu dire sur son fils.

Rouveix arpentait la terrasse en silence. Puis il se rapprocha, soudain, de son neveu et le prit au revers de la manche.

— Toute entreprise nouvelle engendre des crises à n'en plus finir. Savez-vous pourquoi, Bastien ? Parce que le monde est divisé en deux sortes de gens : les rétrogrades et les novateurs. Les premiers en veulent à ceux qui entreprennent parce qu'ils n'osent pas le faire eux-mêmes. En quoi, me diriez-vous, se sentent-ils concernés par les audaces des autres ? Cela devrait les laisser indifférents... Eh bien, ce serait sans compter le dépit. Et cette aigreur vient assurément de ce qu'il révèle sur eux-mêmes, la vraie nature de leur personnalité : la médiocrité. Je crois que Charles avait enfin atteint son seuil de médiocrité, alors que, on lui doit cette vérité tout de même, il avait été en son jeune temps un novateur.

Bastien eût sans doute préféré s'éviter cette conversation. La rumeur publique à Saint-Hospitalet ne l'épargnait guère. Aux yeux de ses détracteurs, le jeune Montagnac avait précipité la mort de son père avec l'affaire des vignobles de

Bagarel. Il ne restait plus qu'Auguste Lapoujade pour le soutenir dans le pays. Mais ce soutien ne faisait que le desservir. On disait que le jeune ambitieux de Combeval s'était mis au service de son adversaire en plantant un couteau dans le dos de son père. Quoiqu'il s'en défendît, ces racontars le blessaient profondément. Et lorsque Angèle allait à sa messe du dimanche, toutes les clampes du voisinage s'en venaient vers elle pour la plaindre. Celle-ci ne démentait rien, bien au contraire. Par son silence, elle ne faisait qu'alimenter les bruits.

Mais Bastien ne pouvait s'ouvrir à Rouveix de ce climat délétère. Gérald n'eût point compris qu'un homme tel que lui s'abaissât à les écouter. Cependant, il s'inquiéta de savoir dans quelles circonstances Charles avait passé de la vie à trépas. C'était une curiosité qu'il avait envie de satisfaire, connaître la fin d'un orgueilleux pris à son propre piège. Tant de colère, de mépris, de suffisance avaient fini par l'abattre comme un vieux chêne sous la tempête des ans.

— Une apoplexie, selon le docteur Simplon. Il s'était rendu en voiture à cheval au bord de La Blis. Il est mort au milieu de ses terres, seul, sans autre témoin que le ciel et le souffle du vent.

— Une belle mort, nota Rouveix.

Il n'avait jamais porté Montagnac dans son cœur et y voyait une sanction du destin aux coups scélérats portés jadis à Léonie, lorsque celle-ci avait dû quitter Combeval dans la disgrâce.

— Le matin, en allant surprendre un sanglier au bord de la rivière, Auguste Lapoujade a découvert son corps. Cela n'a surpris personne. Mon père était très malade et refusait de se soigner, encore un de ses traits d'orgueil. Il tenait dans sa main la promesse de vente d'un petit terrain qu'il projetait d'acquérir. Une pièce minuscule, sans grand intérêt.

Rouveix tapota l'épaule de son neveu.

— Désormais, tout s'éclaire devant nous, mon cher. Il reste à établir la succession et à créer la Société agricole de Combeval. Les membres seront les héritiers Montagnac, auxquels s'ajouteront les Rouveix.

Bastien approuva la décision d'un petit hochement de tête.

— J'y déposerai cinquante mille francs pour commencer. Cette trésorerie permettra de payer les travaux, dont ceux du vignoble de Bagarel et des fruitiers de Rochemorin. Ce sera un premier pas.

Ils remontèrent lentement vers la maison. Puis ils s'arrêtèrent sous l'ombrage des tilleuls.

— Sans sa disparition, nous n'aurions pu avancer, dit Gérald. Très vite, nous aurions connu des déboires. Je ne pouvais investir sans quelques facilités juridiques. Pour le notaire, nous éviterons celui d'Aubepas. Ce Chautois chafouin ne me plaît guère. Qu'en penses-tu, Bastien ?

— Si vous jugez qu'à Brive nous trouverons des conseils plus avisés, j'y consens.

— Maître Berducat sera épatant. Crois-tu que Marcelin s'opposera à notre choix ?

Le jeune Montagnac répondit par un sourire.

— Je vois, dit Rouveix. Mais sa femme a l'air plus futée que lui. Comment ferons-nous pour la convaincre ? As-tu du pouvoir sur elle, quelque autorité ? Je la sens intéressée, vivement même. Il nous faudra lui concéder quelques avantages. Je crois qu'elle saura entendre ce genre de discours.

— Il n'est que trop évident qu'elle aspire à diriger notre domaine. C'est pour Combeval qu'elle s'est mariée. Elle n'a jamais aimé mon frère. Ni avant ni après sa blessure… Je dirais même que celle-ci l'a soulagée.

M. Rouveix restait rêveur devant ce petit monde, la médiocrité de ses gens, leurs bassesses commises au grand jour, sans vergogne, sans dissimulation, comme si celles-ci tombaient sous le sens.

— Reine est parfaite. Ne changeons rien, ne la froissons pas. Il vaut mieux avoir affaire à une ambitieuse qu'à une péronnelle butée. N'est-ce pas la vérité ?

— Oui, reconnut Bastien.

— Notre seul caillou dans la chaussure, désormais, c'est Angèle. Il faut s'attendre à ce qu'elle s'oppose à nous, farouchement.

— J'ai beaucoup d'affection pour elle, mais je ne crois pas qu'elle osera se mettre en travers de notre chemin. Elle signera tout ce qu'on lui présentera.

Gérald fit la moue. Il avait assez humé l'air du domaine pour en saisir toute la complexité, entre les ressentiments inavoués et les vengeances froides.

— Crois-en mon expérience, mon cher Bastien, maintenant que ton père nous a quittés, Angèle va se sentir investie d'une nouvelle charge, interpréter le rôle de Charles, en tant que dépositaire de sa bonne parole. Nous allons assister à la naissance d'une matriarche.

Il se frôla le nez du bout de l'index. Son flair ne le trompait jamais.

— Donc, poursuivit-il sans illusion, je compte sur toi pour la raisonner sur le seul registre qui vaille : l'avenir de Combeval. Se transformer ou mourir. Telle sera l'exigence des temps nouveaux.

Marcelin finit par obtenir d'Angèle qu'elle ouvre la porte. Eugénie poussa un soupir de soulagement.

— Je ne me voyais pas forcer le passage, dit-elle à Reine.

Reine se tenait aux côtés de son mari, comme s'il avait besoin qu'elle le soutînt dans cette épreuve un brin ridicule.

— Celle-là, je ne veux pas la voir, dit Angèle en désignant Léonie. Je n'ai rien à lui dire, rien de plus qu'il y a trente ans. Mon opinion sur elle n'a pas varié. C'est une putain. Nous l'avons chassée d'ici, Charles et moi, comme nous le devions. Et si Émilien revenait parmi nous, il dirait la même chose. Ce fut une sage décision afin d'éviter le déshonneur. Mais toi, mon pauvre Marcelin, que peux-tu comprendre à tout ça ? Va donc voir ailleurs si j'y suis.

Elle le repoussa d'un geste autoritaire. Il fut surpris par sa réaction, mais ne s'écarta pas pour autant.

— Nous allons parler de tout ça, Angèle, sans nous énerver. Tranquillement. Trente ans…, s'étonna Reine. Il y a prescription.

— Prescription ! s'exclama Léonie. Mais pour quel crime, grand Dieu ? Ai-je commis un meurtre ? Bien au contraire. J'ai évité qu'on tue l'enfant que je portais en mon sein. Car me faire avorter, ça, Angèle, c'eût été un crime. Une fille mère, ça faisait tache dans le tableau. Oh là là, le temps n'a rien arrangé. Au contraire, il vous a figés dans des certitudes absurdes. Je te plains, Angèle. De tout mon cœur.

— Je n'ai que faire de ton apitoiement.

— C'est moi, moi seule en définitive, qui mériterais aujourd'hui un peu de compassion.

— Écoutez-la, la garce, se draper dans son honneur perdu ! C'est une honte. Ce retour est une honte. J'aurais tant espéré ne jamais la revoir, cette mauvaise personne.

— Je suis une Forcroix, comme toi, Angèle.

— Non, tu as perdu ce nom en copulant avec un étranger de passage.

Reine se tenait adossée au mur du couloir dans la pénombre. Elle ne savait comment apaiser la situation, et s'en voulait de découvrir si tardivement cette vieille histoire, une affaire qu'on s'était employé à recouvrir d'une chape de plomb. Ainsi, une chaîne de complicités, allant des Forcroix aux Montagnac, s'était formée contre Léonie pour jeter l'opprobre sur cette jeune fille enceinte qu'on avait chassée honteusement, après qu'elle eut refusé de passer entre les mains d'une tricoteuse d'Aubepas.

— Je ne supporte pas que tu déverses ainsi ta haine sur ma fille. Te souvient-il, tout de même, que ma pauvre Élise est morte dans mes bras, que je l'ai portée en terre et que, depuis, je n'ai jamais pu recouvrer la paix ? Mon chagrin est aussi vif qu'au premier jour. Mais tu n'as pas de pitié, ni pour moi ni pour sa mémoire.

Angèle releva la tête et se mit à hurler si violemment que Marcelin intervint.

— Maman, calme-toi. Tu dois entendre ce qu'on te dit.

— Oh, non. Cette Élise a connu un triste sort, j'en conviens. Mais, c'est Dieu, Dieu, répéta-t-elle, qui a puni la mère. Et cette innocente jeune fille a payé pour elle.

Elle se signa d'un geste vif, plusieurs fois, jusqu'à ce que Marcelin la prenne dans ses bras et la serre avec force pour étouffer sa colère.

— Tu dis des horreurs, maman. Te rends-tu compte ? Et moi, moi, fit-il, qu'est-ce que Dieu m'a fait payer ? Me le diras-tu ?

Reine essuya quelques larmes sur son visage et prit Léonie par le cou.

— Je ne savais pas. Pourquoi avoir gardé le silence sur ce drame ? Tout aurait pu se réparer avec des mots, des excuses. On ne vous a pas entendu, Léonie. Et durant toutes ces années, vous avez porté en vous cette disgrâce. Alors que vous n'avez fait que votre devoir de mère.

Léonie Rouveix demeura immobile face à Angèle, la toisant d'un regard où s'exprimait une indicible douleur.

— Voilà, finit-elle par dire, je me sens mieux. J'ai dit ce que j'avais sur le cœur, Angèle. Je sais que tout le mal, dans cette histoire, vient de Charles. C'est lui qui a imposé sa loi avec Émilien. J'ai dû disparaître et ne plus jamais revenir. Maintenant que Charles est au cimetière, qu'avez-vous besoin, Angèle, de porter sa parole haineuse ?

— Jamais, jura-t-elle, jamais, je le jure devant Dieu, vous n'obtiendrez quelque absolution de moi.

— Mais vous n'êtes rien, Angèle. Vous n'avez ni à m'absoudre ni à me condamner.

Léonie tenta de lui prendre la main. Elle avait besoin de ce contact pour se rassurer, pour s'assurer qu'elle n'était pas un fantôme. Mais Angèle la repoussa d'un geste énergique.

— Ne me touche pas, vipère !

Puis elle retourna dans sa chambre pour s'y enfermer à double tour.

— Je ne regrette rien, murmura Léonie. J'ai fait ce que je devais faire. Contre l'avis de Gérald, certes. « Qu'auras-tu à y gagner ? » m'a-t-il prévenue. Je crois qu'il avait raison. Rien à espérer de Combeval, de son passé et de ces dernières ombres qui s'effacent peu à peu dans les ténèbres. Émilien s'est pendu dans sa grange et Charles a rendu les armes. Quant à toi, mon pauvre Marcelin, tu dois te tenir à l'écart de ces choses, faire comme si tu n'avais rien entendu. Et je te plains, ta souffrance n'est ni une punition ni une rédemption. Me comprends-tu ?

Marcelin la prit dans ses bras en poussant une longue plainte de bête blessée. Léonie attendit que la crise fût passée pour se libérer de son étreinte qui l'étouffait, la bousculait et à tout instant risquait de la faire chuter.

— Allons, c'est assez, fit Léonie. Je ne voudrais pas que la maison se transforme en bureau des pleurs. Tournons-nous plutôt vers l'avenir. Ceux qui ne veulent pas nous suivre, nous les laisserons en chemin.

Reine posa les mains sur ses hanches et hocha la tête en regardant Mme Rouveix. « Bon Dieu, se dit-elle, elle a un sacré culot celle-là ! Si nous n'y prenons garde, c'est elle qui dirigera Combeval. Et qui pourrait l'arrêter avec l'argent de son mari ? D'autant que Bastien applaudit chacune de ses paroles. Et moi, que suis-je dans tout ça, une Alexandrine-bis, sans couleur, sans saveur ? En vérité, je vais me faire doubler. »

Sans attendre, ainsi qu'on relève un défi, Reine s'avança vers Léonie. Elles avaient rejoint le pas-de-porte de la maison. Le soleil leur faisait de l'œil à travers le feuillage des tilleuls.

— Puis-je vous parler, Léonie ?

— Bien sûr, ma petite.

— Ne vous méprenez pas sur nous, madame Rouveix.

— Comment cela ?

— Marcelin est très diminué…

— Oh, vous savez, il l'était déjà avant sa blessure. Disons que celle-ci, hélas, n'a rien arrangé.

Elle accompagna sa réflexion d'un sourire ironique, si vif et direct que Reine se sentit vaciller. Une seconde, elle crut perdre pied.

— Mais moi, je ne le suis pas, diminuée. Marcelin m'a donné tout pouvoir de m'exprimer à sa place. C'est ce qui nous unit l'un et l'autre, cette complicité.

— Oui, bien sûr, il en va souvent ainsi dans les couples. Mais avec le temps, vous verrez, les différences d'interprétation s'accentuent. Je ne dirais pas que l'un devient complémentaire de l'autre, comme dans les histoires à l'eau de rose, mais que ces divergences créent de nouveaux rapports de force dans lesquels la femme prend le pouvoir sur son homme. Et si j'ai bien compris, Reine, vous avez déjà pris l'avantage. Bravo. Désormais, lorsque je voudrais aborder des questions sérieuses, je m'adresserai à vous plutôt qu'à lui. Lui… (Elle soupira.) il lui reste les larmes. C'est un homme qui pleure beaucoup.

Reine passa son bras sous celui de Léonie et la conduisit jusqu'à la terrasse.

— Je n'aime pas cet endroit, fit la vieille dame. J'ai le vertige. Peut-être trouvez-vous que je suis une enquiquineuse ?

— Je vois que vous avez un sacré caractère. Et après ce que je viens d'entendre, je comprends votre ressentiment. Cependant, il ne faut pas l'exercer à tout-va. Bastien, Marcelin et Eugénie n'y sont pour rien, même s'ils portent le nom honni des Montagnac.

Léonie hocha la tête, puis se laissa tomber dans un fauteuil en osier.

— Je suis de votre côté, Léonie.

— Vous aimiez bien Charles, n'est-ce pas ? Vous étiez proche de votre beau-père ? insista Mme Rouveix avec ses petits yeux pétillants de malice.

— Il était le seul à m'apprécier ici. Sans lui, je n'aurais pas épousé Marcelin. Eugénie et Bastien étaient contre, même Angèle. C'était, je crois, la première fois qu'elle osait s'opposer à son mari.

— Quitte à vous paraître bien inconvenante, je ne suis pas sûre, ma chère petite, que vous ayez fait une bonne affaire.

Reine éclata de rire.

— Belle comme vous êtes… Quel gâchis, nota Léonie.

— Tout cela n'est qu'une apparence. Un mariage reste un mariage…

Elle fit la moue pour remplacer les mots qu'elles n'osaient prononcer.

— Oui, ma chère Reine, nous nous sommes comprises. La beauté a besoin d'un miroir pour se refléter, sans quoi elle se flétrit. Avez-vous trouvé ce miroir ?

— Je ne vous répondrai pas.

— Entre femmes, on peut tout se dire.

— Vous m'en demandez trop, Léonie.

Après un long échange de regards, tantôt empreints de gravité, tantôt de sourires sous-entendus, Reine risqua d'une petite voix mielleuse :

— Je suis étonnée que votre neveu ne vous ait rien dit. Allons, avouez.

— Non, il ne m'a rien dit. À la vérité, nous ne parlions que de Charles et de ses intransigeances. Et de la terre de Combeval, comment la rendre fructueuse et productive… Rien que des conversations sérieuses.

Elle voulut se lever de son fauteuil qu'elle jugeait inconfortable, mais elle se ravisa dans un soupir de renoncement. « Où serais-je mieux en ce moment que devant la demeure qui m'a rejetée, jadis, et que j'ai quittée la mort dans l'âme ? Et à tout bien réfléchir, la compagnie de cette petite Reine ne m'est pas si désagréable. Elle a du charme, un vrai caractère et paraît ne rien redouter de la vie puisque sachant deviner le mouvement des choses. À bien des égards, elle détonne dans ce décor rustique, au milieu de ces gens prisonniers des traditions. »

Puis elle chercha Gérald du regard, qu'elle aperçut en grande conversation avec Bastien près des étables. Elle était rassurée de le voir prendre pied dans le domaine des Montagnac. Lorsqu'il y avait un ordre à bousculer, un projet à bâtir et des gens compréhensifs pour l'entendre, Rouveix était au comble du ravissement.

Reine s'était assise sur l'herbe rase, juste en face de Léonie, qui aimait bien la dominer du regard. Sa belle chevelure ondulée ressemblait à la sienne, jadis, lorsqu'elle était tombée amoureuse d'un jeune inspecteur du Génie rural. Léonie l'avait aimé à en perdre la raison. Dès le début de leur belle histoire, elle avait cru naïvement à ses promesses. Et s'était perdue dans d'étranges rêves de jeune fille. Elle marchait sur les eaux, flottait dans les nuages. Mais il lui avait fallu redescendre sur terre... Peut-être n'avait-elle jamais admis les leçons d'Émilien et de Charles, qu'il n'est aucun amour possible dans la vie des humbles. On épouse des gens de sa condition. Sinon la perdition et le déshonneur. Sans doute fut-ce le pire, les reproches et le jugement de ces hommes.

— Finalement, je vous aime bien, jeune fille. Vous me paraissez bien moins stupide que je ne l'étais à votre âge.

— Moi, je vous admire et je vous crains à la fois. Je ne sais ce que vous pensez de moi, en vérité. En tout cas, madame Rouveix, sachez que vous devrez compter avec moi pour les décisions à venir. Je ne resterai pas inerte à subir vos ordres.

Léonie éclata de rire devant ce portrait peu flatteur de mégère dominatrice.

— Puis-je émettre quelques vues sur l'avenir de Combeval ? suggéra Léonie.

— Ce serait instructif de connaître votre opinion, répliqua Reine.

— Bastien et vous, ma chère, présiderez aux destinées de ce domaine. Qui prendra l'avantage sur l'autre ? Je ne saurais dire. Bastien n'est pas un homme de la terre. Il est resté à contrecœur. Son destin était ailleurs, tout tracé. Mais la guerre a redistribué les cartes et le voici engagé dans ce combat entre le vieux Combeval et le nouveau. Mais il se peut qu'à la longue Bastien se décourage, se désespère et aspire à un horizon plus large.

Léonie se tut. Elle fixait le miroitement de la lumière dans les feuillages en songeant à Élise. Elle aussi, son destin avait été contrarié. Reine regardait des fourmis courant sur ses jambes nues. Elle les chassa du plat de la main, mais il y en avait d'autres, et d'autres encore, qui montaient à l'assaut. Elle se leva, épousseta les brins d'herbe sèche, puis demanda à Mme Rouveix si elle voulait s'en retourner à la maison. Elle refusa d'un mouvement de tête.

— N'ayez crainte, Angèle ne sortira pas de sa chambre tant que vous serez à Combeval.

2

À Saugeline, dans sa vaste demeure, seul avec Esther, sa gouvernante, Paul-Étienne Lamirot passait ses jours à des occupations futiles. Il disposait de trop d'argent et ne savait comment le dépenser. Il se disait parfois, au cœur de la nuit, pendant ses insomnies, qu'il n'y avait rien au monde de plus désespérant que d'être riche. « On peut voyager, satisfaire le moindre de ses désirs en claquant des doigts, mais lorsqu'on peut tout s'acheter, ce tout ne vaut donc rien. Et demeurent alors l'ennui, la fatigue et l'amertume. »

Au réveil, il se demandait déjà ce qu'il allait bien pouvoir faire de sa journée. Il démarrait sa voiture automobile, une Panhard & Levassor, faisait le tour du parc, roulait à la limite de ses bois, puis il tirait de sa housse un Mauser et, avec application, abattait les corneilles et les pies qui envahissaient son ciel. Il éprouvait une sainte horreur de ces oiseaux noirs. Leurs cris râpeux et sinistres lui glaçaient le sang. Aussi décimait-il les envahisseurs, au fur et à mesure, sans pitié. Après coup, Lamirot chargeait son jardinier de ramasser les cadavres éparpillés dans la forêt de Laplantade.

Sa gouvernante lui apportait son thé et lui demandait s'il fallait faire couler un bain.

— Vous le savez bien, je ne me lave que tous les trois jours.

— Vous n'attendez donc personne ?

— Personne.

— Vous finirez bien par l'oublier.

— Non, j'ai du chagrin. Autant que pour un être humain doué d'intelligence et de sensibilité. Oh, je sais bien que c'est ridicule. N'est-ce pas que vous vous moquez, Esther, dès que j'ai le dos tourné. Vous vous dites, ce petit-bourgeois, que sait-il de la vie ? Rien. Mais c'est ainsi, Dostoïevski me manque.

— Ce n'était qu'un chien, après tout.

— Je lui parlais. Moi qui n'ai personne à qui raconter mes histoires, je vis dans un monologue permanent. Je fais les questions et les réponses, histoire de varier un peu.

La gouvernante sourit en rajustant son tablier blanc orné de fines dentelles. Lorsqu'elle allait en cuisine pour préparer des plats auxquels il ne touchait presque pas, elle prenait la précaution de l'ôter. Le petit maître n'eût point supporté qu'elle se montrât devant lui en souillon. Elle ne prenait pas ombrage de ses exigences fantaisistes – porter une robe noire, quelle que fût la saison, une coiffe de dentelle… –; elle le connaissait depuis ses dix ou onze ans, de l'époque du conseiller planificateur. Ces manies l'amusaient, d'autant que personne ne venait jamais à Saugeline, hormis Faustine Buscat, François Longchamp, un imprimeur de Brive, la chanteuse Balma et Fritz Gosz, pianiste de café-concert. Ces réunions étaient rares et souvent arrosées. Le maître des lieux préférait donner congé à sa gouvernante, qui n'eût guère apprécié les bacchanales.

— Je me permettrais seulement de trouver fort irrespectueux d'avoir fait enterrer votre Dostoïevski dans la tombe de monsieur votre père, fit-elle en déposant la tasse de thé.

Lamirot prit un air lunaire, comme s'il ne comprenait pas en quoi cette inhumation put nuire au vieux papa Joseph.

— Mais Esther, il a toujours été indifférent et dédaigneux à mon égard. Mon enfance a été très solitaire. Mon père s'occupait de ses affaires, collectionnait des timbres, des manuscrits et des papillons tout aussi rares. J'ai fichu tout ça au feu, vous pensez bien. Mon père enfin disparu, j'ai profité de l'aubaine. Ma liberté, ma liberté chérie.

Soudain, son visage se figea dans une grimace. Il détourna la tête pour qu'Esther ne vît pas qu'il était au plus mal dans sa tête.

— Que fais-je de ma liberté ? Sinon tourner en rond dans cette vaste demeure, attendre que quelque chose advienne enfin. Mais au soir, c'est rituel, je fais le bilan. Et je me dis : « Encore une journée perdue. » Et ça n'arrange pas mes nuits. Je pense à tant de choses désagréables : le néant, l'absolu, la futilité. La nuit dévore mes ultimes forces. Je lis et je ne parviens pas à fixer mon attention sur les lignes qui défilent devant mes yeux. Les mots eux-mêmes ne signifient rien, comme s'ils étaient vides de sens. Comme moi, du reste.

— Vous ne vouliez pas écrire ? Un journal pour raconter tout ce qui vous passe par la tête. C'était une bonne idée. Une manière de se raccrocher à l'existence, non ?

Il se retourna pour la mieux observer.

— Je sens en vous une certaine sensibilité, Esther. En définitive, vous m'êtes précieuse.

Il parut réfléchir, se prenant la tête dans les mains.

— J'ai commencé. Un journal se bâtit avec des morceaux choisis, forcément. Entre, il n'y a que le néant et l'abrutissement. Ça ne vaut pas la peine de la décrire, cette hébétude. Bref, je me suis amusé à relire ces pages et figurez-vous que j'ai trouvé ça d'une médiocrité sans nom. Certes, c'était assez bien tourné, mais la substance, elle, était d'une médiocrité absolue. J'ai réfléchi à la question et je me suis rendu à cette horrible évidence : je suis, moi, Paul-Étienne, d'une médiocrité absolue. Mon journal n'est que le reflet de ce constat. Voici ce que j'ai retiré de mes travaux, cette découverte que je n'étais rien et que je n'avais décidément rien à dire. Alors, j'ai tout détruit, sans regret, comme si je pouvais me défaire de cet état larvaire simplement en brûlant mon journal intime. Ma médiocrité demeure, évidemment. C'est elle que vous côtoyez tous les jours, Esther.

La gouvernante posa sa main sur les cheveux de Paul-Étienne et se mit à les caresser doucement, tendrement. À cette seconde, elle sentit que l'émotion l'étranglait et qu'il ne pourrait prononcer le moindre mot sans éclater en sanglots. Et elle cessa de le câliner, puis recula pour ne plus l'observer que de dos, avec distance.

— Vous êtes une mère pour moi, la mère que j'aurais rêvé d'avoir. La mienne était trop malade pour s'intéresser à ma petite personne. On ne m'a même pas prévenu le jour de sa mort. On l'a enterrée dans le parc. De nuit, je crois. Plus tard, mon père m'a fait venir dans son bureau à l'étage. Il m'a dit de m'asseoir et de ne toucher à rien, surtout à rien. Tout ce qui l'entourait était sacré : livres, bibelots, bijoux, etc. Puis il m'a dit, droit dans les yeux : « Ta mère est morte. » J'ai voulu poser des questions. Tout de même. Mon père,

M. le conseiller à la planification, m'a demandé de sortir avec un petit geste d'éviction, ainsi, fit-il en agitant la main pour montrer à Esther.

Elle se retira sur la pointe des pieds, embarrassée d'avoir entendu cette confession qui, de son propre avis, n'aurait pas dû être livrée à une simple employée de maison. Elle se réfugia dans la cuisine et guetta les bruits du salon. Dans ces moments d'extrême désespoir, Esther craignait toujours qu'il tentât quelque chose contre lui-même. Sous le prétexte de récupérer sa tasse vide, elle revint au salon et vit que Paul-Étienne somnolait au creux de son fauteuil, comme un enfant. Elle se pencha sur lui pour l'observer. « Est-il plus triste et pathétique destin que celui de ce jeune homme ? s'interrogea-t-elle. À croire que M. Joseph a tout fait, sa vie durant, surtout les dernières années, après la mort de Milienne, pour que ce fils unique ne lui survive pas. »

— Qu'observez-vous, Esther ?

— Rien, monsieur.

— Vous éprouvez de la pitié pour moi, n'est-ce pas ?

— Oh, monsieur, certainement pas. Mais, si j'osais, je vous dirais qu'il vous faut fuir Saugeline et partir vers des terres lointaines. Vous y trouverez le bonheur, sans doute.

— Quelle naïve réflexion, dit Paul-Étienne. Ma prison est dans ma tête. Ai-je seulement envie de m'en échapper ? Il faudrait que l'âme sœur me prenne la main et me conduise, comme un enfant, vers d'autres contrées, à Saugeline ou ailleurs, derrière le miroir, dans le pays merveilleux où l'amour fleuri comme les asphodèles. Mourir d'abord et renaître ensuite de la passion même.

— Je ne comprends pas, avoua Esther. Peut-être que votre esprit si particulier ne peut s'épanouir dans ce monde et je crains que vous n'en trouviez aucun à votre mesure.

Lamirot sortit aussitôt de son fauteuil en s'étirant comme un chat. Il traversa le salon en titubant, puis alla s'asseoir sur la terrasse entre les grands pots de lauriers-roses. Il s'empara, au creux de sa poche, de la dernière lettre de Reine. Il l'avait lue à la hâte dès réception. Cette fois, le jeune homme voulait prendre le temps de la décrypter.

Paul,

Tes suppliques me brûlent l'âme et attisent mes désirs. Je voudrais y répondre mais voici une décision difficile à prendre, car j'ai des principes. Je te vois déjà hurler de rire en lisant ces mots sous ma plume. Tu te dis qu'une femme n'a pas de principe, c'est un corps qui parle et qui cède. Tu te trompes. Certes, tu m'as possédée à plusieurs reprises, sans réfléchir, en laissant la mécanique du sexe prendre toute la place. Et plus tard, avant mon mariage, tandis que Marceau était au front, parce que je croyais qu'il n'en reviendrait pas. C'était une consolation que je m'accordais. Désormais, je suis rétive à cette idée. Tu ne saisis sans doute pas la nuance. Ce n'est pas parce que nous avons été quelquefois amants que nous le serons toujours, par exemple lorsqu'il te viendra l'idée de claquer des doigts. J'ai des scrupules à tromper Marcelin. Je sens poindre son angoisse chaque fois qu'il pose les yeux sur mon corps nu. Et s'il vient à le caresser, à prendre mes seins, mes fesses, mes cuisses, à goûter ma peau, à humer mon corps, les fragrances intimes sous les aisselles et au creux de mon ventre, les larmes lui viennent aussitôt aux yeux. Ainsi s'exprime, sans mot aucun, la peur qu'un autre homme s'empare de moi. Tu me répondras sans doute qu'il n'en saura jamais rien. Mais si je m'absente chaque fois que M. Lamirot aura ses exigences, ce va-et-vient incessant finira évidemment par l'intriguer. Je le verrai souffrir avec ennui. Je me sentirai sale après que tu m'auras prise et qu'il voudra, lui aussi, jouer un peu avec moi, selon d'autres rites, comme tu peux l'imaginer. Tu as compris, tout de même. Si avec toi, je fais l'amour, avec lui, je le mime dans le genre triste de l'inachevé.

Et pourtant, me dis-je en lisant tes lettres suppliantes, est-ce que ma destinée est de vivre dans l'attente ? Car, dans mes rêves, je suis avec toi. J'accomplis tout ce que je n'ose faire dans la vie réelle. Dès le réveil, devant ma table de toilette en me pommadant le visage, en ajustant ma coiffure, en réparant les petites flétrissures du temps, je réalise que, sans toi, ma volonté de vivre s'éteindrait comme une chandelle. À quoi bon se faire belle, se couvrir de parfum, enfiler des sous-vêtements de soie hors de prix, parader devant le miroir, si ce n'est pas pour l'homme que j'aime ?

Reine.

Lamirot remonta en courant au premier étage, dans le bureau de son père. Il déplaça quelques antiques dossiers qui eussent été couverts de poussière si Esther n'y avait mis bon ordre. Place faite, ô sacrilège, il griffonna quelques mots sur un carton aux armes du vieux père. Il les biffa d'une croix pour éviter la méprise. Puis réalisa que cette précaution était hautement ridicule.

Reine,

Je t'attends pour faire ou ne rien faire. Avec la promesse de ne point bousculer ta belle âme ni d'effleurer ton si joli corps. Pitié pour moi. Pitié pour nos souvenirs. Pour nos promesses. Pour nos fuites. Pour tout ce qui a ruiné nos sentiments. Cherchons ensemble le chemin. Si ma délicate supplique n'éveille chez toi aucun élan, je me résignerai à disparaître de ta vie.

Paul-Étienne L.

Il rejoignit le salon, toujours d'un pas rapide. Enjoué pour une fois, à la surprise d'Esther.

— Que vous arrive-t-il ?

— Je voudrais que ce petit mot parvienne, en toute discrétion, dans les mains de Reine Montagnac à Combeval.

— C'est-à-dire que j'aille le lui remettre ?

— Sans témoin, de préférence.

Elle prit l'enveloppe cachetée.

— C'est délicat ce que vous me demandez là…

— Sans doute, mais je ne puis la poster, tout de même.

— Je ne vous demanderai pas ce qu'elle contient, monsieur Lamirot, mais je m'en doute un peu. De quoi mettre Combeval sens dessus dessous…

— N'exagérons rien. Ça n'entraînerait pas une déclaration de guerre, mais ça pourrait faire des vagues.

— Quelle confiance vous me faites !

— Esther, ma chère Esther, je n'ai que vous. Vous êtes la seule personne qui puisse me tirer d'affaire.

— J'en tremble d'avance.

La gouvernante éclata de rire et glissa la lettre dans la poche de son tablier blanc. Il l'observa avec attention. Fait rare en vérité, lui qui avait le mépris facile. Car le jeune Lamirot avait été élevé dans cet esprit, ne jamais accorder la moindre confiance à quiconque. Ainsi s'était-il isolé dans sa maison de Saugeline, peu à peu. Mais les dernières semaines lui avaient appris qu'aucune vie ne peut se préserver de la médiocrité sans quelques audacieuses manœuvres.

— Vous demandez à rencontrer Reine. Lorsque vous serez devant elle, vous vous assurerez que personne ne peut vous voir…

— Je ne suis pas stupide, monsieur Lamirot.

Il prit sa main et y déposa un baiser. Ce geste la troubla et réveilla en elle quelque tendresse à son égard.

— Je n'aimais pas votre père, lui dit-elle à brûle-pourpoint. C'était un homme froid et distant. Il a fait le malheur de votre mère et le vôtre ensuite. Vous avez été privé d'amour.

Cet empiétement sur sa vie personnelle le dérangeait bien plus qu'il ne le laissait paraître. Il coupa court.

— Je vous donnerai une augmentation, vous la méritez.

Elle inclina la tête et se retira aussitôt. « Décidément, jugea-t-elle avec une pointe d'amertume, les maîtres restent les maîtres en toutes circonstances. »

Pour voir Lamirot, Reine choisit un terrain neutre, Saugeline lui paraissant trop périlleux.

Elle connaissait assez Paul pour se douter que, dans un environnement familier, il tenterait de profiter de la situation. Elle le désirait fragile et inquiet, comme un homme qui joue sa vie sur un mot, un geste ou un soupir.

En recevant sa réponse laconique – quelques mots griffonnés fébrilement : *Samedi 13, 15 heures, café Salmon, Aubepas* –, Lamirot sauta de joie. Depuis un an, il attendait un signe d'elle. Il n'avait rien obtenu, hormis quelques lettres truffées d'arguments biaisés, tant Reine aimait à jouer au chat et à la souris. Cette fois, c'était du sérieux. Mais plus tard dans la journée, il déplora néanmoins qu'elle ne se fût décidée à lui rendre visite chez lui. C'était le signe que la partie n'était pas gagnée d'avance, qu'il lui faudrait user de prudence. Il mit du temps à choisir son habit. À la fin, il opta pour un costume bleu clair en flanelle, une chemise de soie blanche à col cassé et une cravate ascot. « Te voici vêtu, mon pauvre Lamirot, se dit-il en s'examinant devant son miroir, comme pour ton mariage. Ridicule. Sophistiqué en diable. Ça ne te ressemble pas, autant de tralala. » Il la dénoua. Pourtant, ce rouge vif lui allait bien, lui qui avait la passion de cette couleur. Il la regretta aussitôt et se dit qu'une pochette de costume apporterait la touche sang vif qui lui manquait. Il brossa son chapeau fédora et l'ajusta soigneusement pour parfaire le tout.

Paul-Étienne avait acquis le goût de l'élégance dès son plus jeune âge, sur les recommandations de sa mère, qui voulait en faire, avant sa puberté, un petit homme soucieux de se démarquer du commun. « Montrons en toutes occasions que nous sommes des gens plus que respectables », disait-elle pour justifier ces extravagances. Le « plus que respectable » était, du reste, une de ses formules favorites. Bien que M. Lamirot se fichât éperdument de son fils, il jugea, avant même que celui-ci n'eût appris ses tables de multiplication, que le style ne lui servirait jamais à rien, puisqu'il n'aurait, ce petit Lamirot, rien à faire de ses dix doigts sa vie durant.

Il alla se poster devant la fenêtre de sa chambre grande ouverte sur le parc et porta son regard sur l'endroit où reposait Milienne, un petit carré sous les seringats. Machinalement, il toucha la petite médaille dont il ne se séparait jamais. Puis il rejoignit le salon sans adresser la parole à Esther. Parfois, des journées entières s'écoulaient sans qu'ils échangent une parole ou un regard. Lamirot ignorait combien cela pouvait blesser la gouvernante. Elle avait fini par comprendre qu'elle ne comptait pour rien dans cette maison, que ses avis étaient ignorés, que sa sollicitude agaçait et qu'enfin le jeune maître de Saugeline était un ingrat, aussi méprisant que pouvait l'être M. Joseph, jadis. Puis il descendit dans le parc pour s'assurer que le jardinier avait bien lustré la carrosserie de sa voiture. C'était le seul détail qui le préoccupait, que la Levassor fût étincelante dans sa robe bleu nuit.

— Jovion, avez-vous essayé de la démarrer ?

— Bien sûr.

Il enfila ses gants en peau de pécari et se mit au volant. Jovion fit mine d'écouter la mécanique et hocha la tête.

— Monsieur peut partir tranquille, dit-il en pinçant le bord de sa casquette.

À mesure qu'on s'élevait sur le plateau, la route devenait sinueuse. Lamirot aimait entendre crisser les pneus. Il n'était aucun virage, à vrai dire, qui pût le faire ralentir. C'était un de ses petits plaisirs, la vitesse, toutes vitres ouvertes. Il songeait à Reine et se demandait si, cette fois, elle allait se rendre à l'évidence, qu'il était le seul homme au monde à lui convenir.

Ainsi aiguisait-il ses arguments. Mais ce jeu ne le rassurait guère. Il savait qu'une fois devant elle tout s'enchaînerait différemment, loin, si loin, de ce qu'il avait prévu. Cette sorte d'impuissance à inverser le cours des choses était ce qui le désespérait le plus dans la vie. Toute sa grâce d'adolescent semblait s'être évaporée à mesure qu'il avait pris de l'âge. Il se disait : « Je reste à la traîne et je ne suis plus aussi désirable que je l'étais durant mes jeunes années. Serais-je déjà hors du temps, à force de vivre renfermé sur moi-même dans l'effroyable solitude d'un bourgeois sans utilité ni qualités ? »

À l'entrée d'Aubepas, il arrêta sa voiture et descendit respirer l'odeur des platanes bordant la route. Un troupeau s'en vint à passer et jusqu'à la dernière seconde il craignit que l'une des vaches n'érafle de la pointe de sa corne sa belle carrosserie. Le paysan le toisa d'un regard méprisant, puis il passa son chemin en sifflotant. « Si j'étais cette sorte d'homme, puissant, charpenté, peut-être serais-je plus séduisant ? » Et il en ressentit une forte jalousie. « Je suis souffreteux, je m'épuise si vite. Ma carrure de petit homme n'inspire pas le désir. On ne m'aime que par pitié. »

Puis il roula jusqu'aux remparts d'Aubepas, avec ses alignements de maisons en calcaire jaune. Il consulta sa montre. Dix minutes encore à attendre. « J'aurais dû arriver en retard, se reprocha-t-il. Trop d'empressement nuit à la beauté du jeu. À coup sûr, l'attente me rendra fébrile et idiot. » Il musarda le long des remparts, le regard tourné vers les vallons teintés de bleu. En vérité, sa mise intriguait les passants, tant Lamirot détonnait dans ce paysage campagnard. On s'amusait de son costume de flanelle impeccable. Il ne regrettait pas d'avoir enlevé sa cravate ascot. Elle l'eût rendu encore plus ridicule.

Sans presser le pas, le chapeau à la main, le jeune homme parvint à hauteur de l'estaminet

Salmon à l'élégante devanture fleurie de roses blanches et rouges. Les hampes fournies se déployaient le long de la façade et sur une pergola. Puis il se décida à franchir la porte. Peut-être l'attendait-elle déjà ? Mais il dut se ranger, tristement, à l'idée que Reine serait en retard. À croire qu'elle venait à contrecœur. Il chercha un endroit tranquille dans la vaste salle encombrée de tables et de chaises disparates. Il choisit un recoin, sous une grande fenêtre.

La serveuse s'avança vers lui, un peu intimidée par ce petit-bourgeois en habit de ville. Lamirot demanda ce qu'on pouvait boire dans cet estaminet hormis des vins de pays, âpres et vigoureux. « Quelque chose de délicat », suggéra-t-il. On le toisa. Quatre types entrèrent en parlant fort et garnirent de leurs larges poitrails le comptoir. Le pichet de vin circula de l'un à l'autre, emplissant les verres.

« Quelle drôle d'idée, pensa-t-il, un rendez-vous au Salmon ! Jamais Reine n'aura le courage d'y entrer. Je crains de repartir comme je suis venu. Encore un coup d'épée dans l'eau, misérable petit Lamirot. » Il se mit à rire, seul dans son coin, tandis que les mouches se cognaient aux vitres. Décidément, sale endroit pour conquérir un cœur.

Enfin, la porte s'entrouvrit, poussée par une main hésitante. Reine voulait juste s'assurer que Lamirot était là, tout de même. Les gens du comptoir s'arrêtèrent de parler, les regards posés sur la visiteuse, tout aussi détonnante dans sa robe jaune sable que le jeune homme assis au fond de l'estaminet. Elle ne parut pas s'apercevoir de l'attention dont elle était l'objet. Elle s'avança vers Lamirot, qui se dressa brusquement en repoussant sa chaise. Puis elle s'arrêta net à l'instant où le garçon voulut lui saisir les mains et peut-être l'attirer à lui, comme si une nouvelle histoire allait soudain s'enclencher comme par enchantement, après un si long sursis. Mais Reine demeura à distance, l'observant de ses grands yeux gris avec un demi-sourire.

— Tu n'aurais pas pu choisir un autre endroit ? C'est sinistre, dit-il.

— Je ne voulais pas aller à Saugeline.

— Et pourquoi donc ?

— Je n'ai pas confiance.

Paul-Étienne inclina la tête et ainsi leurs regards, qui ne s'étaient pas quittés, se séparèrent soudain, comme un fil qui se rompt. Et à la seconde, Lamirot comprit qu'il lui faudrait tout reprendre de zéro, comme s'ils ne se connaissaient pas ou, pire encore, qu'ils feignaient d'ignorer ce qui les avait rapprochés autrefois. Et ce sentiment de ne pouvoir renouer naturellement leur relation là où elle s'était interrompue lui procura, soudain, un vif découragement.

— Qu'attends-tu de moi ? demanda-t-elle.

Il se mit à sourire avant de clamer d'un air contrit, comme s'il devait s'en excuser par avance :

— Tout, absolument tout. Toi et moi enfin réunis dans cette fusion amoureuse qui nous a fait défaut jusque-là.

Il guetta sa réaction. Il redoutait qu'elle se détournât, comme chaque fois qu'il fallait franchir le pas. Reine l'observa longuement, sans paraître s'émouvoir, ce qui traduisait chez elle une force peu commune et une certaine maîtrise de soi. Il attendit que ses yeux se fissent plus tendres. Lamirot avança sa main vers la sienne, la coiffa de ses longs doigts, espérant peut-être que celle de Reine se retournât pour se laisser prendre, mais elle resta immobile, faisant preuve d'une indifférence qu'il redoutait comme la mort d'un amour.

— Tu voudrais me posséder à ta guise, faire de moi ta maîtresse. Il faudrait que j'accoure quand Esther vient porter un message à Combeval, n'est-ce pas ? insista-t-elle. C'est ainsi que tu imagines notre avenir ?

Paul-Étienne posa sa dernière lettre devant lui, la fit pivoter pour qu'elle pût relire ce qu'elle lui avait envoyé une semaine plus tôt.

— Est-ce bien toi qui as écrit cela ?

Elle demeura muette, le visage fermé.

— Il y a donc deux Reine, l'une qui pleure un amour impossible dans la solitude de sa chambre et l'autre qui, en face de moi, joue l'indifférente.

Laquelle dois-je croire ? Si tu ne peux te résoudre à vivre sans moi, alors qu'attendons-nous pour devenir amants ?

Reine baissa la tête. Son regard insistant la brûlait intensément. Elle paraissait hypnotisée par la force qui émanait de lui, comme jadis, derrière l'église, lorsqu'il relevait sa jupe, tandis que Faustine Buscat faisait le guet et qu'elle se sentait sans force, prise et reprise, sans défense aucune.

— Je sens que ton désir pourrait me détruire, me défaire, me détacher de ce que j'ai construit ces dernières années. J'ai envie de t'aimer mais je crains que tu me conduises à ma perte…

Elle prononça ces mots d'un trait, sans reprendre sa respiration, comme une colère de vent qui passe soudain dans le calme plat d'une belle après-midi.

— Au contraire, se défendit-il, je te protégerai. De toi, de lui…

Il précisa :

— De l'homme qui t'a épousée contre toute raison. Jamais tu n'auras à te plaindre de moi. Je serai attentif à ce que notre amour demeure caché et ne rejaillisse pas sur toi.

— Rien ne me fera quitter Combeval. Si ce sont là tes intentions, tu peux t'en aller tout de suite, sans un mot de plus.

Il se pencha par-dessus la table pour lui saisir les poignets. Elle n'offrit aucune résistance. Au contraire, elle aimait être prise ainsi dans l'étau de ses émotions. Puis il parut s'en vouloir de cet élan incontrôlé, comme s'il avait fait un geste inconvenant et irréparable. Elle le sentit s'éloigner, la peur dans son regard.

— Tu es fou, Paul. Tu pourrais me compromettre. Qui sait si ces gens au comptoir ne connaissent pas mon mari ? Tu ne dois pas te comporter ainsi. Pour moi, pour moi seulement. Toi, il t'importe peu que l'on découvre ce qui se passe entre nous deux. Ce moment étrange où je pourrais tomber dans tes bras m'attire et m'effraie à la fois.

Lamirot baissa la tête, rouge de confusion. Il n'arrivait pas à imaginer que ces paysans pussent flairer l'adultère dans ce simple geste. Un baiser furtif, peut-être, mais une taquinerie de cette sorte ?

— Tu as peur de Marceau ?

— Je ne voudrais pas le faire souffrir. Comment pourrions-nous être amants, demanda-t-elle, sans qu'il en souffre jamais ?

Il parut déconcerté et fixa le plafond de l'estaminet.

— Le mensonge, il n'est que le mensonge pour protéger les amants.

— C'est une mauvaise chose que le mensonge, non ? interrogea-t-elle, les joues en feu.

— On pourrait ignorer cet aspect des choses, on pourrait se dire que seul notre amour compte, quel que soit le poids de la faute. Je prendrai ma part. Et s'il le faut, un jour, je dirai que ce mensonge n'est imputable qu'à moi-même. Et que tu n'as fait que me suivre, sans résistance aucune, sur ce chemin.

Reine Montagnac se leva la première de table, sans avoir bu une seule goutte du café qu'on lui avait servi, et sortit sous les regards insistants des clients. Puis Lamirot paya les consommations, sans un mot. Sur les remparts, il suivit Reine d'un pas précipité. Elle marchait vite, sans se retourner. Paul la rejoignit au moment où elle s'apprêtait à monter dans sa calèche. Il la retint par la manche en prenant soin de s'assurer que personne ne les regardait.

— Les Montagnac sont connus à Aubepas. Je n'aurais jamais dû te donner un rendez-vous ici. Je suis vraiment stupide.

— Viens donc à Saugeline demain à bicyclette. Vers les trois heures de l'après-midi.

Elle ne répondit pas. Il attendit un acquiescement de la jeune femme mais ne l'obtint pas, à son grand désespoir. Il courut derrière la calèche, mais elle prit trop de vitesse. Souffle coupé, il s'arrêta, plié en deux, et se mit à expectorer comme un vieillard cacochyme. Il fixa la voiture qui s'éloignait, la rage au ventre. « Pourquoi ne se retourne-t-elle pas ? La cruelle ! Que veut-elle me faire payer au juste ? »

Le lendemain, à Saugeline, après bien des découragements et des emballements, il se prépara à recevoir Reine. À l'approche des quinze heures, il ne doutait plus de sa venue. Leur conversation au café Salmon, à mesure qu'il se remémorait chaque mot prononcé, avait, selon lui, scellé la base d'un amour. Il ne lui restait plus qu'à se montrer à la hauteur. Il donnerait à sa maîtresse tout ce qu'elle attendait de lui, quitte à devenir son esclave obligeant, à subir ses caprices, ses fantaisies. « Mon amante me délivrera de ma solitude et, en contrepartie, je lui vouerai une adoration sans limite », avait-il griffonné sur le coin du bureau de son père. Il avait besoin d'écrire pour se prouver que sa noble pensée n'était pas une parole en l'air, une promesse vaine. Ça le rassurait fort de l'avoir posé par écrit comme une parole sacrée. Il se relut à haute voix. Puis il se posta à l'angle de la fenêtre pour surveiller le parc et plus précisément l'allée où elle surgirait.

Enfin, Lamirot descendit les marches quatre à quatre pour l'accueillir, comme il se devait, sur la terrasse. Elle portait un chapeau de paille ample qui cachait son visage et une robe blanche vaporeuse qui lui prêtait, à bicyclette, une allure tout aérienne. Il avança vers elle, lui prit le guidon de sa machine et l'appuya contre un des pilastres.

— Tu croyais que je ne viendrais pas ?

— Je l'ai craint, en effet.

— C'est parfait, dit-elle enjouée. Il me plaît assez que tu aies douté de mes intentions. Avec moi, rien ne sera jamais acquis. Viendra, viendra pas ? Ça me plaît un amoureux bourrelé d'inquiétudes.

Il l'observa gravement, tant la hâte de la prendre dans ses bras l'étreignait.

— M. Lamirot se verrait bien en territoire conquis. Je ne suis pas de cette sorte de femme, celle que tu as connue jadis. La jeune fille effrontée derrière l'église, il te faut l'oublier, Paul, sinon, nous ne pourrons pas faire un bout de chemin ensemble.

— Je serai ce que tu voudras, promit-il.

Il tenait sa main dans la sienne et ne la lâchait plus. Il lui paraissait qu'à la moindre faiblesse, la plus infime hésitation, sa visiteuse s'évaporerait aussitôt.

— Tu es chez toi, ici.

— Non, défendit-elle. Je n'en crois rien. C'est un repaire pour amants, n'est-ce pas ? Avec le mensonge sur nos têtes et le poids du désir qui force les portes. J'entre, je fais le tour du propriétaire et je repars ?

— J'éprouve de l'amour pour toi.

— Du désir, rien que du désir.

— Toi, peut-être, le ressens-tu ainsi. Mais il se trouve, Reine, que j'ai des sentiments pour toi, des sentiments forts.

Ils entrèrent dans le salon, la main dans la main. Mais une fois dans la place, elle s'échappa soudain.

— Quels sentiments ?

— De l'amour, dit Paul en baissant la tête, le rouge aux joues.

Il vint la prendre par la taille. Elle se laissa saisir et se retrouva collée à lui, étroitement. Il la sentait palpitante et fragile dans ses bras.

— De l'amour au moins, dit-elle.

Elle le fixa intensément, lèvres entrouvertes.

— Beaucoup d'amour ? Ou un amour de circonstance ? De cette sorte de passion qu'une seule nuit consume jusqu'à la cendre ? Et au petit matin, plus rien. Que la livide apparence de l'amour, vidée de sa substance. Je ne veux pas, dit-elle en se reculant.

— Ne me fais pas languir. Je suis malheureux chaque fois que tu te refuses. Je crains de te perdre encore, longtemps trop longtemps. Tes lettres ravivent ma douleur. C'est cruel, intensément cruel.

Il la reprit avec force et posa un baiser sur ses lèvres. À peine se laissaient-elles prendre, comme si l'hésitation en entravait encore l'abandon.

— Laisse-toi faire. Donne-toi à moi.

— Je veux savoir ce que sont tes sentiments pour moi.

Il s'assit sur le divan du salon et Reine vint se placer entre ses jambes.

— Je t'aime, dit-il d'une voix tremblotante.

Elle se mit à genoux devant lui pour sonder son regard. Elle voulait savoir s'il mentait ou s'il était sincère.

— Répète donc, Paul. Ai-je bien entendu ?

— Je t'aime, dit-il.

Reine s'abandonna contre lui. Sans force aucune. Elle n'avait plus qu'un seul désir, qu'il fût en elle promptement.

— Moi aussi, je t'aime, Paul.

— Depuis quand m'aimes-tu ?

Elle avait posé sa tête entre ses jambes. Il caressait sa chevelure ondoyante. Il soupirait fort. Pour la première fois, il se sentait enfin en harmonie avec elle. Et cette découverte l'émouvait et le froissait aussi. Il s'en voulait à lui-même de n'avoir été qu'un tiède amoureux, hésitant et timide.

— La dernière fois que je suis venue ici. Tu m'as laissée repartir comme une idiote. J'avais envie que tu me dises ces mots-là. Et nous étions restés à distance, à nous épier. T'en souvient-il ?

— Maintenant, je te le dirai tout le temps, aussi souvent que ta crainte se dressera devant moi. Il ne faut pas laisser la moindre place au doute. Nous nous aimons.

Ils s'embrassèrent longuement, jusqu'à ce qu'ils se rappellent que le temps leur était compté. Paul la prit vivement dans le désordre de ses vêtements. Mais tant de fébrilité écourta leur jeu intime, qu'ils eussent pourtant aimé prolonger au-delà du raisonnable. Lorsque leurs corps se séparèrent, ce fut comme une délivrance, comme s'ils s'étaient enfin affranchis des peurs, des angoisses et des attentes qui avaient paralysé leur désir jusque-là…

— Pour moi, dit Paul, c'était comme la première fois.

— Pour moi aussi, dit Reine.

Ils marchèrent sur le sentier du parc jusqu'à la lisière de la forêt, sans un mot. Jamais Reine n'avait éprouvé un tel bien-être. Elle avait envie de claquer des mains en se répétant : «J'ai enfin un amant, un doux amant… Pourquoi avoir attendu et cédé à la culpabilité ? Ce ne pouvait être que lui et nul autre… »

Il accompagnait son allégresse en la prenant contre lui, en l'embrassant et en lui faisant jurer qu'elle ne se laisserait plus détourner de lui par quelques a priori. Et Reine lui promettait tout ce qu'il voulait entendre, dix fois plutôt qu'une.

— Ton corps me rendra fou, murmura-t-il à son oreille. Je le veux posséder entièrement, en sachant qu'il ne sera qu'à moi. Tu ne lui donneras rien à ton mari N'est-ce pas ? Même le peu qu'il peut te demander ? Sinon, je me sentirai floué rien qu'à l'idée qu'il puisse poser ses mains sur toi. Que t'importe ? Tu n'as voulu ce mariage que par raison.

Paul-Étienne attendit qu'elle lui réponde. Mais sa réaction tarda tellement qu'il se mit à supplier, tombant à genoux devant elle, saisissant sa taille pour la presser contre son visage.

— Oui, finit-elle par susurrer du bout des lèvres. Tu n'as rien à craindre de lui. Il ne peut rien me faire. Et s'il me voit nue quelquefois, ce n'est que pour geindre de rage.

— As-tu fait l'amour avec Marceau avant qu'il ne soit blessé, juste avant qu'il ne parte au front ? Je veux que tu me le dises, même si ça te coûte, Reine…

Devant son insistance fébrile, Reine sentit le trouble l'envahir. Elle se laissa couler dans l'herbe sèche afin qu'il revînt sur elle pour retrousser sa robe.

— Je te veux. Tout de suite.

— C'est ta réponse ? Je ne peux m'en contenter.

— Tu me prends et tu ne me demandes rien de plus. Tu me prends, tu me donnes du plaisir, comme tu sais le faire, avec des gestes attentifs.

Il hésita tandis qu'elle dégrafait son pantalon. Il se laissa aller. Il se savait incapable de résister à ses injonctions. Ainsi le tenait-elle par la force du désir. Car les mots, les aveux ou les mensonges, dans ce jeu passionné, n'avaient plus guère d'importance. Il s'abandonna en elle avec délicatesse, sans froisser son plaisir. Il fallait qu'il fût partagé, cette fois. Ils jouirent ensemble, à l'unisson, jusqu'à ce que le ciel, la terre se missent à tourner dans une ronde effrénée. Puis le silence les habita quelques longues minutes. C'était ce que Reine préférait chez son amant, cette attention qu'il lui vouait par-delà l'orgasme. Elle le retenait de toutes ses forces. Elle eût supplié s'il avait voulu la quitter. Elle avait planté ses petites griffes dans sa chair pour qu'il sentît qu'il ne pourrait se retirer sans qu'elle en fût blessée.

— Je voudrais que ça continue comme ça, longtemps, dit-elle. Et que rien ne nous sépare. Ne bouge pas. Je te veux sentir en moi. Cette force amenuisée me rassure, Paul.

Il lui obéit en fourrant son visage dans sa chevelure en désordre. Elle guettait sa respiration et s'appliquait à la sentir décroître, peu à peu, comme un cœur battant qui s'en revient à son rythme originel.

— Ce serait triste d'imaginer qu'il t'a possédée, ce petit paysan imbécile et médiocre.

— Tu es méchant, Paul.

— Non, tu as raison. Je ne peux le croire. Tu ne te serais pas donnée à lui. Tu n'aurais pu le supporter en toi. Je le sais. Je le sens. Oh, oui, tu me rassures. À tout bien considérer…

Elle posa les doigts sur ses lèvres et lui demanda de ne pas salir ce moment avec des mots indignes.

— Est-ce vrai ?

— Oui, murmura-t-elle. Il m'a suppliée de faire l'amour et j'ai refusé. Pas avant le mariage, ai-je dit.

Il se mit sur le dos pour contempler le ciel. Il n'était qu'un témoin, ce ciel d'azur, pour confirmer cette vérité.

— Et maintenant, c'est trop tard pour lui.

Paul pensa que la guerre avait bien fait les choses, qu'elle ne lui avait ôté que ce qu'il fallait pour qu'il soit heureux.

— Nous avons eu de la chance.

Elle soupira en caressant son visage.

— Tu ne dois pas dire ça, Paul. Ce serait insulter le destin.

— Sinon, il aurait fini par te posséder. Te rends-tu compte ? Marceau vit avec toi et ne peut te posséder. Voilà qui me remplit de joie. Je sais que tu ne m'approuves pas. Mais c'est la vérité. Je ne suis peut-être pas ton mari, Reine, mais je suis ton amant, ton seul et unique amant. Et pour longtemps. Tu obtiendras de moi tout ce que tu désires. Il suffit que tu exiges mes étreintes pour les obtenir, avec cette passion dévorante qui nous tenaille…

— Laisse Marceau en dehors de tout cela, Paul.

— Je ne t'en parlerai plus. Juré.

Elle posa ses lèvres sur les siennes jusqu'à ce qu'il glisse sa langue entre ses dents. Elle se disait : « Je devrais lui couper cette langue qui empoisonne nos désirs. » Et elle la retint dans sa bouche.

3

Bastien Montagnac s'était assis à califourchon sur la vieille chaise cannée de son père pour regarder la pluie dégouliner sur les vitres. Cette occupation le rendait paresseux et rêveur. Derrière lui, à l'angle de la table, Eugénie rapetassait des vieilles nippes. Elle faisait danser l'aiguille sur le tissu, avec l'adresse, paraît-il, de la grand-mère Anaïs, mais Bastien se refusait à croire que chaque activité de l'existence et le goût qu'on en avait se pourraient venir de quelques atavismes familiaux, comme si la bonté et la méchanceté n'avaient d'autre origine que le sang des ancêtres.

— Trois jours de pluie, sans discontinuer. La Blis déborde. C'est Octave qui me l'a dit.

— Vous vous voyez souvent ?

— Oui, dit-elle sans relever la tête.

— Il faudrait songer à te marier, Eugénie.

— Je le crois aussi, répliqua-t-elle en rajustant son dé pour chasser l'aiguille qui peinait à traverser le tissu. Mais ça ne te regarde pas, Bast.

En maugréant, il alla s'installer dans le salon, sous la lampe, avec son journal. Il reprit sa lecture là où il l'avait abandonnée dix minutes plus tôt. Dans *L'Homme libre* d'octobre 1921, il était question encore et toujours des réparations de la guerre après la conférence de Londres. Est-ce que l'Allemagne paierait la reconstruction des villes françaises anéanties, et sous quelle forme ? En marks ou en nature par la contribution des entreprises germaniques ?

Marcelin arriva en claudiquant. Le héros – comme Bastien avait pris l'habitude de l'appeler avec ironie – n'avait plus aucune raison de boitiller de la sorte. C'était devenu une curieuse habitude, surtout lorsqu'il se promenait dans Saint-Hospitalet. Pour se faire plaindre ou pour se donner un genre. Car de l'avis même du docteur Simplon, Marceau était rétabli et se pouvait mouvoir sans la moindre difficulté.

— Toujours dans ces idioties de Clemenceau, marmonna-t-il en relevant le journal. Tu ne t'en lasseras jamais ? Ma pension est maigre. Voici ce que j'aimerais dire au petit pépère-la-victoire. Pourtant, on ne m'a rien demandé. J'aurais préféré me faire porter pâle. D'ailleurs, je n'ai toujours rien compris à cette guerre. Ce que nous défendions et ce que nous faisions…

Il éclata de rire. Un petit rire nerveux et fatigué ponctuait presque chacune de ses réflexions.

— L'Allemagne ne pourra pas s'acquitter des réparations sans provoquer une crise grave, répondit Bastien. Premier effet, il faut cent quarante-sept marks pour un dollar. L'inflation va détruire le pays et les casseurs de Julius Streicher vont s'en donner à cœur joie. Chaque jour apporte sa pierre à un futur bouleversement en Allemagne. Je crains que…

— Moi, je n'en serai pas cette fois. Mon vieux Bast, ce sera ton tour d'aller défendre nos frontières.

Eugénie lâcha son ouvrage pour faire passer un peu de café.

— J'épouserai Octave quand il le voudra, dit-elle à brûle-pourpoint. Et j'irai habiter chez les Lapoujade. Ce sera ma maison. Ma nouvelle maison, précisa-t-elle. Son père est gentil avec moi, je n'y serai pas malheureuse.

Bastien plia son journal et le laissa tomber sur le parquet.

— Tu attendras qu'Alexandrine ait accouché ?

— Oui. D'abord, le futur héritier.

— À condition que ce soit un garçon, précisa Marcelin. Qu'aurions-nous à faire d'une fille ?

— Je lui ferai autant d'enfants qu'il faudra, jura Bastien, jusqu'à ce que nous ayons un petit bonhomme.

— Mais ce sera un garçon, fit Eugénie en revenant avec des tasses.

Elle les déposa sur la table ronde en prenant soin d'écarter les daphnés mauves dans un vase en pâte de verre.

— Tu devrais appeler ta femme, proposa-t-elle à Marcelin.

Il l'observa d'un air lunaire. Parfois, les mots semblaient mettre une dizaine de secondes avant d'éveiller son intérêt. Marcelin avait souvent des absences, des sortes de courts-circuits, les idées tardant à l'atteindre. Mais Bastien croyait aussi, comme pour sa claudication, que ce n'était qu'un jeu, rien qu'un jeu.

— As-tu bien entendu, Marceau ?

— Oui, je vais la chercher.

— Que fait-elle de ses journées ?

Bastien se tourna vers sa sœur qui servait le café.

— Tu le sais, toi ? Ses absences sont de plus en plus fréquentes. Nous aurons besoin d'elle pour effeuiller le maïs. C'est une corvée, j'en conviens, mais…

— Je ne sais pas, moi, ce qu'elle fait à courir à droite à gauche. Peut-être qu'elle cherche à me fuir.

— Pourquoi te fuirait-elle, Marceau ? Tu es gentil avec elle. Tu la traites bien, ta femme. N'est-ce pas que tu la traites comme un mari doit traiter sa femme ?

— C'est assez, releva Eugénie. Tu exagères, Bast. Je ne te reconnais plus. C'est toi qui t'ennuies ici. Et la traites-tu bien Alexa ?

— Deux mois encore avant la naissance…

Il récupéra son journal et le plia convenablement.

— Cette putain de pluie nous fait perdre un temps…, dit-il en s'approchant de la fenêtre.

Marcelin revint avec Reine, un châle chatoyant jeté sur ses épaules.

— Tu n'es pas de sortie aujourd'hui ? demanda Bastien. Tu es comme les jolies chattes, tu as peur de te mouiller.

— Idiot, fit Reine d'un sourire évanescent dont elle avait le secret. Je n'ai pas de compte à te rendre.

— Certes, fit Bastien.

— Oui, renchérit Marcelin, elle n'a pas à te dire ce qu'elle fait de ses journées. Ici, elle jouit des mêmes droits que toi, Bast. Tout le monde est à égalité à Combeval. Chacun a droit à la même part. Et pour le coup, heureusement que j'ai une petite pension d'invalidité. Sinon, j'aurais même pas les moyens de m'acheter mon tabac.

Angèle somnolait près de la cuisinière à bois. On faisait débauche de chauffage, rien que pour le plaisir de maintenir une température confortable. Qu'importe. Personne ne se souciait de ces dépenses. Avec les abattages de Bagarel et du Vieux-Bos, les Montagnac disposaient de trois années de bois de chauffage. C'était rassurant. Au moins, les grandes manœuvres du protégé des Rouveix avaient ce bon côté.

— J'attends que les pluies s'arrêtent pour finir les plantations de pruniers de Rochemorin, répondit Bastien.

— C'est du rocher, l'herbe n'arrive même pas à pousser, prévint Marcelin. Tes plants vont sécher en un rien de temps.

Son frère se mit à sourire.

— Faut-il te rappeler, mon vieux Marceau, puisque tu n'écoutes pas ce que je dis : je vais le faire péter à l'explosif agricole ce tuf. Un trou, un pétard et ainsi de suite. J'ai même trouvé des explosifs qui, en fragmentant la couche dure, répandent de la potasse. Dans cinq ans, nos plantations commenceront à donner.

Il énuméra ses commandes, pour l'heure maintenues en jauge : bavay, reine-claude violette, jaune hâtive… C'étaient les variétés recommandées par Gérald pour la commercialisation. Il y avait ajouté la mirabelle, la petite et la grosse, fort demandée en pâtisserie… Mais pour cette dernière espèce, il n'était pas très optimiste sur la nature des sols de Rochemorin. Aussi Bastien en ferait-il une longue rangée en bordure des vignes de Bagarel, plus propice à cette production.

Ces prises de bec divertissaient Reine. Elle discernait une vitalité peu commune chez son beau-frère, un appétit d'entreprise effréné. Et pour le défendre, elle affirmait que le scepticisme est l'apanage des médiocres. Désormais, elle ne manquait jamais une occasion de l'appuyer, devinant comme par instinct qu'il finirait par gagner la partie. Elle ajoutait souvent, comme pour le rappeler à la réalité : « Tant que nous aurons les Rouveix de notre côté... » Mais le jeune Montagnac ne se froissait jamais de ses petites piqûres de rappel. Pour l'heure, à Combeval, Reine était sa meilleure alliée et, s'il s'amusait de ses fréquentes disparitions, c'était pour se railler de son frère, dont l'aveuglement était maladif.

Reine promit de donner la main pour l'effeuillage du maïs, de préférence à la veillée et dans une grange chauffée. Madame aimait son petit confort. Eugénie s'esclaffa, mais n'osa lui demander si, dans son enfance, à La Garennie, on faisait les manoques de tabac loin des courants d'air. La jeune femme se montrait souvent agacée par ses goûts de luxe, qu'elle avait acquis en entrant à Combeval. Des toilettes extravagantes et fort chères, par exemple. Pour Eugénie, ces dépenses étaient une énigme. L'argent, elle ne le trouvait pas dans le tiroir-caisse des Montagnac et encore moins chez les Clauzel, pauvres comme Job. D'où provenait-il ? De la maigre pension de Marcelin ? Il y avait quelque part une généreuse bourse. Pour autant, elle ne se permettait pas d'espionner sa belle-sœur. Elle eût trouvé la méthode déshonorante et contraire à tous ses principes. Elle imaginait donc que son amie Rose Landray, qui avait épousé un riche marchand de biens à Brive, lui prodiguait ses largesses. Du reste, Reine s'offrait des virées du côté de la place de l'Hôtel-de-Ville, de cabine d'essayage en cabine d'essayage. Sur ce point, Eugénie ne pouvait dissimuler sa jalousie et Reine ne se privait guère de la rabrouer. « Certes, j'aimerais bien te refiler les robes que je ne veux plus porter, mais hélas, nous ne sommes pas fichues pareille. » Et pour appuyer ses dires, elle prenait la taille d'Eugénie afin de lui montrer que ses hanches étaient trop larges. Et de même la poitrine… C'était un supplice chaque fois, ces jeux de femmes entre elles. Ça s'achevait par des portes claquées et des jours entiers sans échanger une parole.

Ainsi dans le train-train quotidien s'abandonnait-on chez les Montagnac, entre frères et sœur et belles-sœurs, à des chicaneries médiocres. On était loin de l'époque où Charles imposait sa loi, sa manière de voir et d'envisager l'avenir. Désormais, on s'accoutumait à ces joutes qui avaient l'avantage d'entretenir une sorte de solidarité de façade. La mémoire du patriarche s'effaçait peu à peu. On avait commencé par décrocher son portrait ; ce regard froid et impérieux dérangeait le nouveau maître. Et on avait mis au rancart tout ce qui, de près ou de loin, rappelait son souvenir. Et sa tombe même ne recevait guère de visites, mises à part celles d'Angèle, qui s'y rendait presque en catimini, comme si elle avait peur qu'on la surprît dans cette idolâtrie. Après tout, on lui répétait à tout bout de champ que Charles ne l'avait pas rendue heureuse, qu'il n'avait du reste rendu heureux personne, jamais, dans la maison.

Il n'y avait que Reine pour constater, de temps à autre, que le vieux Montagnac lui avait toujours témoigné de l'estime. Cette dernière aimait à montrer, chaque fois que l'occasion lui en était offerte, qu'il ne suffisait pas d'être né Montagnac pour dominer la situation. Ces piques avaient l'avantage d'agacer Bastien, qui paraissait toujours sur la défensive devant sa belle-sœur. Il la jugeait trop indépendante, fuyante ou piquante, selon les moments. Et souvent, il disait à Alexandrine ou à Eugénie qu'elle excellait dans un rôle bien trop personnel. « Elle ne sera jamais des nôtres. Et lorsque nous aurons besoin de son appui, elle ne nous l'apportera pas… » Mais ce qui enrageait surtout Bastien, c'était le poids qu'elle avait pris chez les Rouveix. Gérald louait souvent ses qualités, exhortant même son neveu à se reposer sur elle plutôt que sur Marcelin, « un assommé de première, un crétin congénital », ajoutait-il pour parfaire son jugement. Même Léonie trouvait que Reine n'avait pas la place qu'elle méritait dans le domaine. Pourtant qui donc pouvait se montrer plus sévère que Léonie ? Et si elle aussi s'en venait à reconnaître quelques vertus à cette femme, c'était donc que sa duplicité relevait du génie.

Bastien était jaloux de sa belle-sœur. Il l'avait été de Marcelin lorsque le père avait voulu en faire son successeur à la tête du domaine. Mais la guerre en avait décidé autrement. Désormais, il reportait sa jalousie sur Reine, estimant qu'il avait tout sacrifié à Combeval et qu'il n'accepterait pas de devoir partager son autorité.

À la première réflexion sur ses fréquentes absences, Reine s'était réfugiée dans l'alcôve pour déguster seule son café en y trempant quelques biscuits à la cuillère. « Terrain mouvant, pensait-elle. Fuyons, avant que ça dégénère. » Elle sortit d'un tiroir un bloc de papier, un porte-plume et un flacon d'encre verte. Elle commença sa lettre d'un trait vif, sans s'interrompre. Les mots s'en venaient avec régularité. À ses heures, n'avait-elle pas été la reine des pasticheuses en écrivant des lettres imaginaires attribuées à Marcelin, tellement la famille se morfondait de n'avoir aucune nouvelle du front ? Elle racontait à Rose Landray sa dernière visite à Saugeline. Elle y mettait tant de détails intimes qu'on eût rougi pour elle si, d'aventure, ce courrier était venu à tomber entre des mains étrangères.

Paul est un bon amant. Il sait comment faire vibrer une femme. Et moi, ma chère Rose, il n'en faut guère pour me mettre sens dessus dessous. Mais je m'amuse bien dans ces fantaisies que je croyais définitivement enterrées après mon mariage. Il aura réveillé en moi la flamme sommeillante. Et parfois, je me sens prisonnière de ses caresses, tant j'en exige sans cesse, comme si je ne pouvais m'en repaître. Il semble même que le plaisir court en moi, de palier en palier, repoussant sans cesse l'extase. Et si demain il me venait à l'esprit de me séparer de Paul et de ses excentricités, je crois que j'en mourrais. Il me tient ainsi, par le plaisir qu'il me donne. Moi-même, je lui apporte peu en comparaison. Sinon mon corps et le feu de mon âme, dont il dispose à satiété. C'est de moi qu'il use à volonté, lascive et empêtrée dans mes hontes et mes hardiesses. As-tu connu pareille aventure ? Certes pas avec ton vieil amant. Ne dis-tu pas toi-même que ton Langlois n'a aucune imagination ? C'est qu'il est un mari et non un amant. Un amant n'a rien à voir avec un mari. C'est l'interdit, la faute, le péché, le péché même, qui décuplent le désir. Et parfois, en revenant à Combeval pour partager la couche de mon mari, je me surprends à quelques audaces, – certes bien innocentes en comparaison de ce que je commets avec Paul, – que je ne partagerais pas si généreusement si je n'avais été quelques heures auparavant à Saugeline. Finalement, mon mari profite de mes incartades. Il y a quelque chose d'éminemment moral dans cette histoire.

Elle planta sa plume dans l'encrier et jugea qu'elle en avait assez dit pour aujourd'hui. Car Rose n'était qu'un prétexte pour décrire ses sensations. C'était à elle-même qu'elle s'adressait, même si son amie y trouverait sans doute quelque intérêt. Mais ce dernier point n'était pas essentiel à ses yeux. Il lui suffisait juste de se sentir heureuse. Qu'un homme tel que Paul Lamirot fût obsédé par elle la comblait. Elle se disait : « Tu ne seras pas née pour rien, tu n'auras pas vécu en vain, puisqu'un homme t'aime et tire plaisir du corps que tu lui offres. Et en retour, il t'aime, ce bel amant, il s'escrime à te faire jouir. Lui non plus ne sera pas venu au monde en vain. Et aussi donnes-tu quelques satisfactions à ton malheureux mari, alors que selon toute logique tu devrais le négliger. Voici une alliance parfaite des sens et de la raison. »

Lorsque Marcelin surgit derrière elle, Reine, alertée par son pas lourd et claudiquant, fit disparaître sa lettre d'un geste discret. Elle ressentit un pincement au cœur, vif et bref, à l'idée qu'il pût réclamer ce qu'elle avait voulu dissimuler. Mais elle jouait à se faire peur, le risque était improbable. Marcelin était si éloigné de la réalité qu'il n'aurait jamais pu croire à sa trahison. Et quand Bastien, parfois, tentait de semer le doute dans son esprit par des réflexions énigmatiques, Marceau ne les entendait pas.

Mais que savait-il, Bast, des absences de Reine ? Qu'elle avait un amant ? Mais quel amant ? Car Lamirot avait disparu du paysage commun de Saint-Hospitalet. On savait qu'il vivait reclus dans sa vaste demeure, à l'orée des bois de Laplantade. Rien de plus. Un étranger au monde environnant, un misanthrope. Certes, Reine avait été une de ses petites amies, comme Faustine et Rose, mais rien ne laissait deviner que ce lien d'adolescents eût perduré. Si amant il y avait, c'était à Brive qu'il le fallait chercher. À vrai dire, Bastien avait d'autres chats à fouetter. Peut-être s'intéressait-il aux affaires de sa belle-sœur pour la confondre ou s'assurer quelque autorité sur elle, au cas où elle se voudrait la souveraine de Combeval ? Mais pour l'heure, le jeune homme était occupé par ses projets coûteux et torturé par l'angoisse d'échouer.

— Pourquoi te tiens-tu éloignée de Bastien ? Vous passez beaucoup de temps à vous regarder en chiens de faïence. Comme c'est dommage… Mon père aurait mis bon ordre à ces petites chicanes.

Marcelin soupira haut et fort et caressa ses cheveux, délicatement.

— Je n'en ai jamais fini avec toi, murmura-t-il.

— Comment cela ?

— Tu es tendre et amoureuse, tu voudrais te donner. Et je te reçois avec tout l'amour que j'éprouve pour toi, et cela depuis le premier jour, tu le sais bien, Reine, mais c'est tout. Je n'arrive jamais à fermer la parenthèse.

— C'est gentil ce que tu viens de dire, mais ne te torture pas pour rien. Je t'aime tel que tu es. Sans réserve.

Elle baissa la tête, rougissante. Dans ces moments, elle se jugeait coupable. Elle se disait : « Je le trompe, je mens effrontément. Mais comment le rendre heureux, sinon par le mensonge ? »

Reine prit la feuille et la plia en quatre. C'était une manière de jouer avec le feu, comme si, inconsciemment, elle voulait que la vérité éclate. Mais il ne posa aucune question.

— J'écris à Rose Landray, dit-elle. Tu ne voudrais pas savoir ce que je lui dis ?

— Non, ça ne me regarde pas.

— Tu es un bon mari, attentif et doux, le flatta-t-elle.

Et elle passa le dos de la main sur sa joue, un petit geste tendre et amoureux qu'elle ne manquait jamais de lui prodiguer.

— Je voudrais que nous vivions seuls, loin de Combeval et de toute cette agitation. Mais je n'ai pas assez d'argent pour te nourrir. Ma petite pension d'invalidité…, reprit-il.

Mais Reine l'arrêta aussitôt. Elle en avait assez d'entendre parler de cette pension. À chaque occasion, Marceau lui resservait le même plat.

C'était ce qui la désespérait le plus dans le mariage, cette obsession du bonheur à tout prix, comme si ce devoir était inscrit dans l'échange des consentements.

— Moi, je tiens à rester à Combeval, répliqua-t-elle. Je nourris même l'ambition d'en devenir la souveraine. Je crois que ton frère finira par se lasser de ses terres et qu'il partira. Alors, je prendrai la tête du domaine. Je n'ai pas de plus chère ambition, Marceau. Après tout, je ne ferai que suivre les recommandations de ton père. C'est pour cette raison qu'il tenait tant à ce que je t'épouse.

— Je le sais que tu ne m'as jamais aimé pour moi-même.

— Des bêtises, se défendit-elle.

— Et pourtant, je ne pourrai pas t'offrir un héritier. Sans héritier, il n'y a pas d'avenir.

Elle détourna la tête avec agacement. Et il sentit qu'elle le fuyait. Il en fut malheureux. Il la prit dans ses bras, se mit à lui baiser le visage, les lèvres, le cou, avec une passion qui suscitait chez elle une sorte d'indifférence armée.

Puis Reine sortit de l'alcôve, Marceau sur ses pas. Il la suivait docilement, comme un petit chien en quête de caresses. « Se pourrait-il qu'elle se détache de moi ? » se demandait-il. L'anxiété le rendait nerveux, parfois suicidaire. Un soir, Marcelin avait évoqué comment il souhaiterait en finir, lorsque son existence lui deviendrait insoutenable. Mais c'était un état qui emplissait Reine de colère. Elle se disait, la nuit, quand elle ne parvenait pas à trouver le sommeil : « S'il s'en allait ainsi, Marceau, je serais chassée du domaine, comme Léonie autrefois. Sans ménagement. »

Chaque matin, on désespérait de voir enfin la pluie s'arrêter. Bastien et Pichoine faisaient le tour des potagers, allaient se poster sur le bord de la terrasse.

— Ce n'est pas encore aujourd'hui qu'on mettra les bêtes au pré.

— Qu'importe, on dispose de bien plus de foin que nécessaire, fit Bastien avec un bel optimisme.

L'ouvrier eut envie de dire que le vieux Charles, paix à son âme, n'aurait guère apprécié cet argument, lui qui craignait toujours de manquer de nourriture pour les animaux.

— La Blis est sortie de son lit et nos terres sont inondées, ajouta Pichoine.

— Ça ne fait rien. Au contraire, voici qui fertilisera ces terres. Le chaume de maïs finira par pourrir. Ça nous évitera le brûlis. Je déteste le brûlis.

Le mauvais temps, en vérité, comblait le vieux Piche. Il pouvait enfin souffler et se consacrer aux menues tâches quotidiennes dans la ferme. Que cette pluie durât encore une semaine lui convenait parfaitement. On s'occupait des étables, des écuries, de l'atelier : chaulage des murs, rafistolage du matériel aratoire… Biscotin se montrait attentif aux conseils du vieux sage, ce qui ravissait son professeur. « La relève est là », pensait-il en l'observant à l'établi en train de raboter de rudes planches de châtaignier pour remplacer celles qui manquaient au tombereau. Lors du transport des betteraves, on en avait perdu quelques-unes sur le trajet. Et de même les pommes de terre… C'était une misère de voir le matériel se dégrader peu à peu et de courir à droite et à gauche sans prendre le temps de le remettre en état.

Mais le nouveau maître de Combeval ne s'intéressait pas à ces détails. Il disait, devant la vieille futaille noircie et piquée aux vers, qu'il ne servirait à rien de changer les merrains, qu'on achèterait de nouvelles barriques à la tonnellerie François à Brive. Il avait déjà fait ses calculs après une visite rue Cuvier. L'entreprise François était la meilleure de la ville, elle fournissait déjà les vignerons du Médoc en bon chêne corrézien.

— Nous ne voyons plus Mme Alexandrine, s'étonna Pichoine. Rien de grave ?

— Depuis qu'elle a des nausées, elle ne quitte plus sa chambre. C'est une recommandation du médecin.

Il avait paru agacé par la question. Peut-être n'était-ce que de la politesse, mais il ne put s'empêcher de penser que les gens de Saint-Hospitalet devaient s'interroger. Est-ce que le futur héritier – personne ne pouvait croire que ce ne fût point un mâle – arrivera à terme ? Sera-t-il un Montagnac, solide comme un roc, ou un Vergnier, chétif ? L'avenir du domaine reposait sur cette naissance.

— Notez, monsieur Bastien, que ce n'est pas mon affaire mais...

— On en parle au café Barbuze ? Je vois ça d'ici... Mon Dieu, que tout cela est fatigant à la longue. Mon épouse est en bonne santé. Elle prépare l'arrivée de l'enfant, sans faire d'effort inutile.

— Ce sera pour décembre ?

Bastien hocha la tête, puis détourna aussitôt le regard pour suivre les gros nuages noirs courant sur les collines voisines. La pluie s'en revenait, drue et insistante. Ils se mirent à l'abri dans la grange. On chercha dans la toiture s'il ne manquait pas par-ci par-là des ardoises. Les bourrasques des derniers jours auraient pu en décrocher quelques-unes.

— Sur le faîtage peut-être ? nota Pichoine, le nez en l'air.

— Faisons des courants d'air pour éviter que le foin s'humidifie.

— Bien sûr, monsieur Bastien.

Il rit.

— On croirait entendre votre père. Comme quoi, vous avez fini par vous y mettre à la besogne. Mon Dieu, ajouta-t-il en rajustant son béret, dire que vous vouliez être maître d'école... Ce n'est pas comparable, la vie ici. Peut-être que ça aurait été mieux pour vous. Plus de tranquillité, moins de soucis. Avec tous ces travaux que vous avez engagés... En verra-t-on la fin ?

Dans l'atelier du bas, on entendait le feulement sourd d'une varlope épluchant le bois. C'était régulier et appliqué.

— Que fait Boscot ?

— Les ridelles du tombereau.

Bastien hocha la tête.

— Avec des chevilles, pour que ça résiste mieux à la charge. À l'ancienne. On ne sait pas travailler autrement. Les clous en fer, ce n'est pas solide. Ça prend du jeu et ça finit par lâcher.

Montagnac l'écoutait distraitement. Il s'ennuyait en tournant en rond dans les bâtiments du domaine. Tout ce temps perdu ne faisait que lui coûter de l'argent. Et Gérald ne cessait de lui envoyer des notes inquiètes. On s'était montré dispendieux et peu soucieux des rentrées d'argent. Tels étaient pour l'heure les principaux reproches. Il ne répondait pas. Il n'y avait rien à dire tant que le mauvais temps entravait les plantations de Rochemorin. Mais lors d'une récente visite à Brive, Bastien avait expliqué à Rouveix que les naissances

Elle demeura immobile, les yeux grands ouverts sur le plafond.

— Il pleut toujours, dit-elle. C'est dommage pour les plantations.

Puis il y eut un long silence. Bastien ne savait quoi lui dire. Il était inquiet et s'obligeait à n'en rien montrer. Il glissa la main sous la couverture et caressa son ventre.

— Tu le sens bouger ?

Elle le regarda en souriant.

— Oui, dit-elle. Il est vif, n'aie crainte.

Il s'en vint poser son oreille sur le ventre rebondi. Il chercha quelques signes pour se rassurer. Mais il releva sa tête aussitôt, craignant que cet examen ne lui mît des idées noires en tête.

Alexandrine reprit son livre à la page où elle s'était arrêtée. Elle fit mine de lire, mais tant de pensées l'assaillaient qu'elle ne pouvait fixer son attention sur le texte. Bastien ôta l'ouvrage pour poser sur ses lèvres un baiser. Il lui dit qu'il l'aimait, qu'il comptait sur elle pour lui donner cet enfant tant attendu. Elle hocha la tête pour apaiser son inquiétude. « Je dois tout prendre sur moi, songeait-elle, et laisser Bast à ses occupations. » Les femmes sont bien plus fortes et courageuses qu'il ne l'imagine. Elle afficha un sourire vague sur son visage. Puis elle se retourna sur le côté, fixant la pâle lumière du soir qui filtrait du dehors. La pluie faisait des dans le cheptel bovin permettraient de compenser les pertes de la Société agricole de Combeval. Le cousin détestait cette politique au jour le jour, consistant à boucher un trou par un autre.

Plus tard, à la tombée du jour, il trouva Reine auprès de sa femme. Celle-ci était allongée sur le dos, sous une grosse couverture, un livre ouvert posé à côté d'elle. Reine était assise à son chevet et lui tenait la main. Bastien sentit que les deux femmes avaient interrompu leur conversation à cause lui. Il en ressentit de l'étonnement.

— On complote dans mon dos, dit-il d'un ton faussement enjoué.

— Mais, mon cher Bast, les femmes ont des petits secrets.

Alexandrine tourna le regard vers lui. Et il devina, à son insistance, une sorte de détresse. Il avait envie de l'interroger, mais la présence de Reine le lui interdisait.

— Luc Simplon a examiné ta femme, fit Reine. Il ne la trouve pas au mieux.

— Comment cela ?

Il se pencha vers elle, déposa un baiser sur son front. Certes, elle paraissait assez pâle, le visage amaigri. Il fallait qu'Angèle lui fît des reproches pour qu'elle consentît à avaler un peu de viande rouge, qui lui donnait des haut-le-cœur. On ne s'en était pas ému jusque-là, attribuant cette réaction à sa grossesse.

— Tu devrais mieux te nourrir, dit-il, et surtout écouter les conseils de ma mère.

Alexandrine tourna le visage de côté pour ne pas avoir à répondre. Reine prit Bastien par le bras et l'entraîna dans le couloir. Il montra quelque résistance. « De quoi se mêle-t-elle ? se disait-il. Elle n'a pas assez à faire avec Marceau ? » Mais il la suivit jusque dans ses appartements, à l'autre extrémité de la maison. Marcelin était assis devant sa fenêtre, comme d'habitude, somnolent. Elle le fit passer dans la cuisine. Ils s'assirent face à face.

— Je sais ce que tu vas me dire. Encore une fois, je m'occupe de ce qui ne me regarde pas, mais Alexa n'est pas bien. Je crois que sa grossesse pose quelques problèmes. Et le docteur Simplon à l'air de patauger. Il a effectivement constaté qu'elle avait une tension instable, un rythme cardiaque désordonné. Il va faire des analyses pour vérifier que ses reins fonctionnent normalement, une recherche d'albumine et de sucre dans les urines. C'est la moindre des choses. À mon avis, Simplon aurait dû s'inquiéter plus tôt. On recommande de faire ce genre de tests systématiquement.

— Comment sais-tu tout cela ?

— Il a reconnu sa négligence. C'est un homme de bonne volonté, mais un peu sûr de lui. À la vérité, quatre-vingt-dix pour cent de ses parturientes ne présentent aucune anomalie. Il suffit d'une fois, n'est-ce pas ?

— Crois-tu que l'enfant pourrait en pâtir ?

— Et la mère ? Tu ne penses pas à la mère Alexa d'abord ? Les hommes sont incroyabl fit-elle en secouant la tête.

Bastien arpentait la cuisine de long en large.

— Pourquoi le médecin s'est adressé à to Reine ? N'est-ce pas à moi qu'il aurait dû parle en premier ? C'est fâcheux. Vraiment fâcheux, insista-t-il.

— Quelle importance ? Je fais partie de la famille, j'ai beaucoup d'affection pour Alexa. Je ne voudrais pas qu'il lui arrive des misères. Cet enfant, vous l'attendez avec impatience. Il faut lui donner toutes ses chances. Je n'ai fait que suivre mon instinct de femme.

— Cesse donc ce petit jeu, répliqua Bastien. Je vais aller voir Simplon et tirer cette affaire au clair avec lui. Et garde-toi bien d'inquiéter Alexa pour rien…

Reine baissa la tête.

— S'il en est ainsi, je me tiendrai à distance promit-elle.

Bastien retourna dans la chambre. Il s'ass au bord du lit et se mit à caresser le front de femme, délicatement.

— Tu ne dois pas te faire du mauvais sa dit-il. Tout va bien. Le docteur Simplon va ju analyser tes urines, comme il se doit.

larmes sur les vitres. Parfois, ça s'accélérait et l'eau s'en venait frapper la fenêtre. Le vent aussi s'entêtait.

— Je ne sais si nous avons eu raison de rester ici, murmura-t-elle.

— Il est bien tard pour se poser cette question.

— Il n'est jamais trop tard pour s'interroger sur ses actes.

Il s'allongea à demi sur le lit à côté d'Alexandrine.

— Tu regrettes, tu ne te sens pas bien à Combeval ?

— Je crois que nous aurions pu avoir une autre vie. Et que celle que tu as choisie n'est pas la bonne. Mais je ne peux pas t'en faire le reproche, puisque je t'ai suivi, Bast. J'ai tout fait comme tu as voulu. Je me disais que c'était peut-être la solution, qu'il n'y avait rien d'autre à faire. Maintenant, je n'en suis plus aussi sûre.

Bastien se releva pour allumer la lampe.

— Pas trop de lumière, s'il te plaît.

— Tu ne veux pas lire ?

— Je n'ai pas besoin d'autant de lumière. Et puis le soir, pour moi, c'est un mauvais moment. J'ai d'étranges idées.

— Quoi donc ?

— Des craintes, des angoisses.

— Tu devrais essayer de te lever et de dîner avec nous, proposa-t-il.

— Non, je n'ai pas envie. J'ai besoin de rester seule. Pour réfléchir, ajouta-t-elle, la gorge serrée.

— Réfléchir à quoi ?

Il y eut de nouveau un long silence. Bastien revint près d'elle après avoir diminué la flamme de la lampe.

— Autrefois, je me disais : « Tu ne te marieras pas, Alexa. Tu auras assez à supporter de ta propre existence sans y ajouter le fardeau d'un homme. Tu resteras seule. »

— Tu déplores notre rencontre, notre amour, et tout ce que nous avons fait ensemble ?

— Qu'avons-nous fait ensemble ? Cet enfant, tu veux parler de cet enfant ? Bien sûr, je comprends. Tu as eu envie de cette existence avec moi, de ce bébé… Je ne sais pas si c'est la vie que je voulais, moi. Je n'ai fait que suivre le mouvement, me laisser porter, dire « oui » à tout. Mais était-ce moi qui parlais à ce moment ?

Puis Eugénie vint frapper à la porte. C'était l'heure où elle venait lui apporter un peu nourriture sur les conseils d'Angèle. « Tu la forceras à se nourrir, n'est-ce pas ? » disait-elle chaque fois. Elle attendit que son frère fût sorti. Ils se croisèrent dans l'encadrement de la porte sans la moindre parole, ni l'ombre d'un regard. En devenant le maître de Combeval, Bastien avait hérité de toutes les rancœurs du passé. Curieusement, Eugénie, entre sa manière autoritaire de diriger, ses cachotteries sur l'état des finances de la maison et sa froideur, se sentait traitée comme une domestique, bien plus mal qu'à l'époque de son père. Il n'était que Reine pour la soutenir dans la maison. Et quant à son futur mariage, Bastien ne se préoccupait que de savoir où irait vivre le futur couple. S'il y avait encore de la place dans la vaste demeure pour le loger confortablement, Eugénie avait déjà décidé qu'elle suivrait son mari dans la maison des Lapoujade. Ce serait donc de petites mains en moins, une perte supplémentaire qu'il faudrait combler par un surcroît de travail.

Il suffisait que la mère Montagnac dépose la soupière en porcelaine blanche au centre de la table pour que chacun se mît à manger, sans une parole. Après ce rite sacré et la rincée de vin au creux de l'assiette vide, les langues pouvaient se délier. Mais à la mine austère de Bastien, nul ne se sentait encouragé à parler. Marcelin pétrissait entre se doigts des boulettes de mie de pain, selon son habitude. Il les alignait devant son verre, cherchant à ce qu'elles fussent disposées à égale distance les unes des autres.

— Si tu veux bien, Bast, proposa-t-il soudain, tu me confieras les détonateurs pour sertir la mèche. Suffit juste d'ouvrir les bâtons d'explosif et de les glisser dans la charge. On referme le tout avec un petit nœud de raphia. C'est un jeu d'enfant.

— Ce n'est pas à toi de faire ça, Marceau, défendit Reine.

— Je connais les bombes par cœur. On en préparait au front, parfois en raccourcissant les mèches lentes pour que ça pète tout de suite.

— Non, Pichoine s'en chargera.

Marcelin haussa les épaules.

— On veut que je ne fasse rien, que je me tourne les pouces, c'est curieux tout de même. Je suis diminué. Voilà le mot.

Eugénie fronça les sourcils.

— Si mon frère veut aider, je ne vois pas pourquoi on le rejette.

Soudain, elle releva la tête et fixa durement Bastien.

— Tu décides de tout. Ce que l'on doit faire et ne pas faire, la manière dont on doit le faire… C'est un comble.

— Je ne voudrais pas que Marceau y laisse des doigts.

Marcelin se tourna vers Reine et l'observa avec tristesse, comme s'il désirait, pour une fois, qu'elle volât à son secours. Mais elle demeura de marbre. Elle se fichait de tout ce remue-ménage autour des sacro-saintes plantations de pruniers.

— Si l'on sertit l'embout du détonateur trop bas, il peut exploser, prévint Bastien. Pichoine sait exactement ce qu'il faut faire.

— Moi aussi, répliqua Marcelin, jc sais comment m'y prendre. Et puis, ajouta-t-il en dévisageant la tablée, je ne tiens pas à la vie plus que cela. Je me fiche de crever. Si ça doit m'emporter la moitié de la tête, tant mieux. Je n'aurais plus à supporter ce Combeval qui me tue à petit feu. Et tous ces gens de Saint-Hospitalet qui me regardent comme une bête curieuse. Serais-je un animal de cirque ? La femme à barbe, l'homme sans…

Reine lui plaqua la main sur la bouche.

— Calme-toi, Marceau. Tu dis des bêtises. Personne ne te regarde comme une bête de foire. Tu te fais des idées.

— Tu t'occuperas des explosifs, dit Bastien. Ce sera parfait. Il en faudra une cinquantaine, au moins, pour briser la roche vers la crête de Rochemorin. À deux mètres de distance, dans des trous en ligne.

— Et toutes ces manigances, interrogea Eugénie, ça servira à quelque chose ? Est-ce une idée du bon Gérald Rouveix ? De notre généreux bienfaiteur ?

Angèle se mit à ricaner.

— De notre temps, on ne s'intéressait pas à ces bouts de parcelles inutilisables. On les laissait en friche. Bon Dieu, y a bien assez de bonne terre pour les plantations et le reste, sans aller s'enquiquiner avec la trame. Qu'est-ce qu'on a pu y casser comme socs de charrue… Mon pauvre Charles s'en méfiait comme de la peste. Tant d'argent donné au forgeron, c'était du temps perdu.

Bastien se mit à soupirer, profondément. « Mes projets ne seront compris et loués que lorsque l'argent rentrera avec les récoltes », se dit-il. Il se leva, prit la porte qui donnait sur le perron. Il hésita et revint vers la tablée aux visages fermés.

— On est injuste avec Bast, fit soudain Reine. Je crois qu'on lui doit notre confiance. Quant à notre bienfaiteur, comme vous dites, il pourvoit à nos investissements. N'ayez crainte, Rouveix ne le fait pas par altruisme. Il y trouvera son compte. Il se chargera d'écouler nos produits avec son entreprise d'expédition. Les ventes seront d'autant plus intéressantes que Combeval n'aura pas à supporter le coût des intermédiaires : du producteur au commerce de détail. Dans vingt ou trente ans, qui sait, le monde agricole fonctionnera peut-être de la sorte, avec des coopératives, des groupements d'intérêts. Tandis qu'aujourd'hui, sur les marchés d'Aubepas, ce sont les expéditeurs qui font les prix et décident en fonction de l'offre et de la demande. La marge du paysan reste la plus faible. Quelle injustice, alors qu'il fournit la marchandise… Pot de terre contre pot de fer.

Bastien salua ce soutien providentiel en claquant des mains, tandis qu'Angèle continuait à ricaner doucement.

— Comment contrôlerons-nous tout cela ? À la longue, Gérald Rouveix prendra la main sur notre domaine et nous en chassera, comme on a chassé, jadis, Léonie, dit Eugénie.

— Mais il travaille de conserve avec nous. Il est membre de notre société à part entière. Les comptes sont vérifiés, authentifiés par un expert-comptable. Rien n'est opaque. Pour l'heure, évidemment, notre cousin Rouveix y laisse plutôt des plumes. Et il devra récupérer ses investissements, tôt ou tard. Mais sans son aide, qu'aurions-nous pu entreprendre ? Rien. Une banque aurait eu d'autres exigences.

— Pourquoi nous rend-il ce service, alors ? insista Eugénie. Ils ne nous aiment pas.

En contournant la table, frôlant les épaules de Reine d'un petit geste de connivence, Bastien s'arrêta derrière sa sœur, l'obligeant à reculer sa chaise pour qu'elle se retourne et le regarde.

— Sache que j'ai toujours été soutenu par les Rouveix. Lorsqu'il était interdit de prononcer leur nom, ici, dans cette maison, je les voyais en cachette. Je n'ai jamais participé, ni de près ni de loin, à ce dénigrement stupide.

La mère pointa vers son fils un doigt accusateur. Elle avait de petits yeux injectés de rage. Bastien la toisa.

— Tu ne t'es jamais comporté en Montagnac. Tu es différent de nous. Solitaire, sournois, hautain, assuré de ta supériorité, n'est-ce pas, môssieu l'instituteur ? Bien sûr, la fréquentation des Rouveix, c'était du pain bénit. Il aura suffi que Léonie t'embrigade dans ses histoires misérables. Nous l'aurions chassée avec son polichinelle dans le tiroir ?

— N'est-ce pas la vérité ?

— Oui, nous l'avons fichue dehors, boutée hors de cette maison qu'elle aurait déshonorée. Et maintenant, je le sais, crois-tu que je ne l'aie pas compris ? Tu es des leurs, tu travailles contre nous. Tu vas conduire notre domaine à sa perte. Oh, oui, ta sœur Eugénie commence à lire dans ton jeu. Je m'en réjouis. Tout ce qui entravera ta marche funeste est bon et bien pour moi. Je sais que tu finiras par nous abandonner, ici, lorsque le mal sera fait.

Bastien ne baissait pas le regard. Il était au contraire édifié par cette étrange haine qui s'épanchait ainsi, sans retenue. Il marcha jusqu'à Marcelin, lui toucha l'épaule, et celui-ci plaqua sa main sur celle de son frère. Il fixait le creux de son assiette. Il songeait à son père, à tout ce qu'il lui avait dit, du temps des flatteries, quand le patriarche voulait faire de lui son successeur. Maintenant, il se sentait étranger à Combeval. C'était sa maison mais elle était devenue sans attrait. Il n'était que Reine qui puisse le comprendre.

— « L'imbécile heureux », disait ton père en parlant de toi, poursuivit Angèle. Il ne te nommait plus qu'ainsi. Il te déniait le droit de porter le nom des Montagnac. C'est ce qui l'a tué. Le jour où tu as fait défoncer la terre de Bagarel, sans son autorisation… Tu as son sang sur les mains. L'imbécile heureux ! clama-t-elle.

Reine et Marcelin quittèrent la table, en silence. Mais Eugénie resta immobile à contempler le désastre, l'œil vague. Sans une larme. Peut-être, au final, se rangerait-elle du côté de sa mère contre « l'imbécile heureux ». À moins que la raison lui fît entrevoir qu'une autre vie était possible hors de Combeval… Elle rejoignit vivement la cuisine et claqua la porte derrière elle.

Et quand Bastien se retrouva avec sa mère, il s'en approcha à petits pas. Sans brusquerie. Comme pour saisir au collier un chien enragé et s'éviter quelques morsures inutiles.

— Tu es à plaindre, maman.

— Ne dis pas ça. Je te l'interdis. Tu n'as rien à me dire, désormais, plus rien. Jamais.

4

Aux premiers signes d'accalmie, Pichoine et Boscot préparèrent les outils pour la plantation de Rochemorin, qui devait compter sept cents pieds de pruniers. Les ouvriers aiguisèrent sur la meule le fil des houes et des bêches afin de les rendre tranchantes dans la terre siliceuse.

— Le sol n'est pas encore assez essoré, estima Jules. On va patauger dans la gadoue, sale boulot…

Le jeune Biscotin, qui n'avait jamais d'avis sur rien, écoutait l'ancien et suivait son exemple, bien plus que les ordres du patron. Il se rangea donc à ce jugement, ce qui eut pour conséquence une crise de colère de Bastien. Ce dernier prit le temps de la réflexion, puis revint à la charge ; on ne pourrait contester ses ordres impunément.

— Si j'ai bien compris, Piche, faudra commencer par le haut de la parcelle. Sur le tuf, il n'y aura pas ces inconvénients.

Pichoine se mit aussitôt en mouvement avec sa brouette et ses outils, flanqué d'un Boscot grommelant. On lui avait seriné au café Barbuze que, huit francs par jour, ce n'était pas une paie correcte. Mais il n'osait pas pour autant demander au maître une petite rallonge, ne serait-ce que de un franc, un petit franc. « Apprends d'abord le travail avant d'exiger une augmentation », lui conseillait Pichoine. Lui non plus, du reste, n'était pas bien payé. Mais il se consolait en se répétant que son existence était si simple qu'elle ne requérait que peu de besoins : du tabac et quelques litres de rouge, puisqu'il était nourri, blanchi et logé à demeure.

La future plantation avait été soigneusement piquetée par Bastien Montagnac lui-même, avec un espacement de sept mètres entre chaque plant taillé en gobelet, comme il était d'usage dans l'arboriculture moderne. Pichoine prit la houe, cracha dans ses mains et gratta l'herbe sur la surface du trou, puis forma un carré à la bêche et commença à creuser la terre. Elle était si légère en cet endroit, presque sableuse. Il fallait dégager la croûte de tuf à trente centimètres de profondeur. De la pointe de sa bêche, le vieux gratta le rocher en soupirant.

— C'est là qu'il faudra mettre la cartouche, petit.

Pichoine prit la barre à mine et, en ahanant, commença à s'attaquer à la roche à coups répétés. Il s'interrompit pour reprendre son souffle, cracha de nouveau dans ses mains et fit ainsi un trou de trente centimètres, net et précis. Boscot le regardait travailler et cela agaçait le vieux.

— Tu vas rester là longtemps ? fit-il.

Et d'un geste, il lui montra le second jalon du premier rang.

— Fait l'ouverture. Un peu de nerf, garçon.

Biscotin se sentait découragé par l'ampleur de la besogne.

— Plus bas, au milieu de la pente, ce sera du gâteau, bien vrai ?

— Oui, trente mètres plus bas, mon gars. Six rangs plus loin.

— P'têt que je pourrai le faire à la barre à mine ?

— Tu crois que c'est moins fatigant que la bêche ? Chaque fois que je tape, je sens mon palpitant qui s'emballe. C'est plus de mon âge. Je me dis parfois que je mériterais de me reposer, d'aller pêcher dans La Blis ou de piéger quelques lapins de garenne au collet. Mais non. Je vais devoir trimer jusqu'à ce que je crève, bon Dieu !

Bastien avait rejoint son frère dans l'atelier. Il s'était installé à l'établi, après avoir enlevé du tranchant de la main les copeaux de bois. Il avait ouvert l'une des caisses d'explosif agricole Hercules avec un pied-de-biche et sorti les bâtons de dynamite. Bastien vérifia qu'il pinçait au bon endroit la gorge des détonateurs après avoir introduit la section de mèche lente.

— C'est un peu court pour se mettre à l'abri, jugea Bastien.

— Cinquante, c'est parfait. Suffit de reculer à trente pas et d'attendre. Peut-être qu'on peut prendre quelques éclats de roche sur la tête. C'est pas aussi dangereux que les marmites des Boches.

Il se mit à rire. Son frère ne comprenait pas que toutes les réflexions qu'il faisait se rapportaient à la guerre. Il lui en fit la remarque.

— Ça ne s'oublie pas ce qu'on a vécu. Ça reste dans un coin de la tête, prêt à ressurgir. Et des fois, ça me réveille la nuit. Je suis là-bas, dans la tranchée, et ça pue la merde. Parce que tous les types chient dans leur froc. La peur, ça remue la boyasse. J'en ai même connu qui posaient la culotte au moment de l'assaut, avec le canon du pistolet sur la tempe. Les chefs, ils croyaient que la courante, c'était une excuse pour tirer au flanc.

Bastien n'écoutait pas son frère quand il se mettait ainsi à pérorer. « Tourne la page, disait-il. Une bonne fois pour toutes. »

— Tu ne peux pas comprendre, Bast. Bien sûr. Je ne t'en veux pas. J'y ai quand même laissé mes joyeuses.

Il pouffa.

— Il n'y a que Reine qui pourrait s'en plaindre. Mais elle ne dit rien. Jamais. Mais son silence est pire encore.

Il glissa les bâtons d'explosif dans un sac de jute, comme s'il s'était agi de vulgaires carottes, en vrac, sans précaution.

— Qui va les installer ? demanda-t-il.

— Moi, proposa Bastien.

— Sûrement pas. Ni Piche ni le gamin. Il n'y a que moi qui peux faire ça.

— Ce n'est pas aussi dangereux, tout de même.

— Non, tant que ça pète pas. La poudre est sèche. Les détonateurs, je ne sais pas. Et les mèches ?

Il parut réfléchir.

— Des fois, il arrive qu'elle ne brûle qu'à moitié. On croit que c'est à refaire, on va déterrer la charge et paf, c'est à ce moment que ça explose. Le cordeau Bickford, c'est vache. On pense que c'est éteint et ça repart une minute plus tard. Faut attendre un long moment avant de vérifier.

Bastien l'écoutait distraitement. Il n'avait pas envie de lui donner raison. Il le jugeait trop désespéré pour prendre au sérieux ses recommandations.

— Je le ferai, Marceau. Contente-toi de préparer les bombes.

Marcelin se leva pour prendre le dernier paquet de dynamite.

— Sais-tu au moins comment on s'en sert ?

— Pichoine a déjà fait ça

— Quand ? Papa n'a jamais utilisé ces engins-là, tu le sais bien. Pour une fois, Bast, je vais te désobéir. La poudre, c'est mon affaire.

Une fois le repas de midi expédié, Bastien descendit à l'écurie pour atteler la charrette. Puis il chargea les explosifs, trois seaux de sable, une truelle queue de chat et un mandrin en bronze. Et comme Marcelin tardait à venir, il retourna le chercher. Rien ne pressait jamais pour lui, comme si le fait de toucher une petite pension de guerre l'incitait à croire que sa journée était gagnée dès le pied posé à terre.

— Tu souhaites m'aider, Marceau, si je ne m'abuse ? Alors il faut te bouger un peu. Je ne peux pas tout le temps être derrière toi.

Marcelin le suivit. Sans canne pour une fois. Bastien hésita à lui en faire la remarque. Son frère avait cette idée tenace dans la caboche que, sans sa béquille et sans claudication, il perdrait ses droits d'invalide de guerre.

Les ouvriers avaient achevé les cinquante premiers trous, bien alignés et d'une dimension égale. Avec une baguette de noisetier, Bastien mesura la profondeur des forages. Il n'y avait rien à redire ; Pichoine s'était donné de la peine pour faire des forages de trente, au centimètre près.

— La roche est tendre, admit-il. La poudre va la briser comme un rien. J'étais sceptique au départ. Je me disais que c'était encore une lubie de paysan moderne.

Montagnac ne répondit pas. Il était avare de compliments. Le maître, aux yeux de Piche, se gâtait à vue d'œil depuis que la société agricole avait été créée. Il se haussait du col, méprisant les avis de ses ouvriers. Jules insista.

— Je savais manier la barre à mine autrefois, quand j'avais la santé. Une belle santé, précisa-t-il.

Et il se tâta les biceps pour appuyer ses dires.

— Je creusais des puits de huit mètres de profondeur. Pour Jarrige, Lapoujade et même chez Bigorie… J'étais un peu sourcier à mes heures. Je trouvais l'eau avec ma fourche de noisetier. Ah, bon Dieu, oui, j'aurais pu me faire mieux payer pour cette besogne. C'est mon seul regret, avoir vendu ma force et mon savoir pour presque rien. Alors, vos petits trous de mine, c'est du pipi de chat à côté.

Marcelin glissa les charges dans les trous, tandis que son frère emplissait l'espace restant avec le sable. Puis à l'aide du mandrin, Marcelin se mit à le tasser en tapant avec un maillet.

— Avec l'étain, expliqua-t-il, ça risque pas de faire des étincelles. Ce cordeau Bickford s'allume pour un rien.

La préparation achevée, Bastien donna l'ordre aux ouvriers de se mettre à l'abri, à quarante mètres en retrait. Puis il alluma les mèches. Lorsqu'il parvint aux dernières charges, les explosions avaient déjà commencé, soulevant la terre, faisant jaillir la pierraille, exsudant des panaches de fumée blanc et gris à l'odeur âcre.

Les deux frères Montagnac s'étaient installés en lisière de la parcelle, sous un figuier. Marcelin était allongé sur la petite herbe grillée par l'automne et Bastien s'était assis à côté de lui, de biais pour l'observer. C'était la première fois qu'il voyait combien il avait changé depuis son retour. Le visage s'était empâté, de même le torse, devenu lourd et rondelet. Sa peau était blanche, ses joues marbrées de couperose. « Gras comme un chapon », disait-on au café Barbuze. Pour ces gens, le destin de l'aîné des Montagnac restait une énigme. On s'interrogeait : avait-il tout perdu ou seulement la moitié de ses attributs ? « Il n'y a que Reine pour le savoir. Mais ça n'en dit rien. Ça fait silence. Voyez ce que je veux dire », disait Bigorie avec une méchanceté sans mesure.

— Est-ce que tu penses encore à ta guerre, Marceau, ou bien as-tu décidé de reléguer ces horreurs aux oubliettes ? L'apprentissage de l'oubli, voici qui est compliqué, c'est ce que je me dis quand je te regarde vivre.

Marcelin replia ses bras sous sa nuque, les yeux clos. La lumière du ciel était trop violente. Il ne la supportait plus. Quelquefois, lorsqu'il était seul, il allait s'allonger voluptueusement sous les chênes de Lorgnac. C'était son endroit préféré avec ses odeurs de sous-bois, de feuilles décomposées, de mousse et ses fougères chaudes et craquantes…

— J'y pense tout le temps, dit-il. Et je me dis que t'es un sacré veinard, Bast. Tu n'as pas été à Lariflette, comme moi. Et tu vas donner un héritier à notre domaine. J'aurais tellement voulu en faire un à Reine. Je me dis que je ne suis rien, que je n'existe pas. Je me traîne de l'aurore au crépuscule, comme une âme en peine. C'est pourquoi, souvent, je ne suis pas à prendre avec des pincettes. Surtout après une nuit blanche, des nuits que je passe assis devant ma fenêtre à attendre le jour. Ça blanchit d'un coup sur l'horizon, du côté d'Aubepas. Sauf quand il y a du vent, ça flambe au bout du ciel. Un putain d'incendie, rouge sang. Je me dis que c'est pas bon du tout, ce rouge vif. Ça promet des pluies à n'en plus finir, comme ces derniers temps.

Bastien se mit à malaxer le sable dans le seau, y fourrant ses mains jusqu'aux poignets, puis les retirant, les époussetant, puis recommençant, sans cesse. Il n'osait pas interrompre son frère. Il se disait : « Je lui dois bien ça, moi qui n'ai rien connu de la guerre, qui ne fais qu'en parler, ou pire, qui feins de l'ignorer comme si c'était déjà une histoire lointaine, une sale affaire réglée par d'autres, tout en louant le destin de m'avoir épargné. »

Il pensa : « J'aurais envie de lui faire comprendre, mais je ne le peux pas, par décence, que j'appartiens à la nouvelle génération, celle qui ne connaîtra jamais ces horreurs et que les histoires de héros, de morts au champ d'honneur, de blessés, de gazés et de mutilés lasseront. Enfin quoi, me dis-je, on ne bâtit pas l'avenir sur des plaintes et des haines revanchardes. On ne bâtit rien sur ce sable-là. »

— Trois n'ont pas explosé. C'est une bonne moyenne sur cinquante. Faut aller voir ce qui s'est passé, dit Marcelin. Peut-être que j'ai mal serti le cordeau Bickford, ou un coup de mandrin de traviole aura sectionné la mèche. Ça arrive des fois. Comme quoi, putain, j'aurais dû m'occuper de ça aussi. Mais je me fiche des pruniers, de ces plantations à la con. Y a rien qui m'intéresse ici depuis que je sais que je ne pourrai pas offrir de descendance à Combeval. Ça, ça me troue le cul. Et si encore il y avait quelque chose à faire, comme remonter le temps et rejouer la scène de Suippes… Jamais j'aurais dû aller me planquer dans l'église. « Les églises, me disais-je connement, c'est protégé par le bon Dieu. » Quelle idiotie. Les églises ont toutes morflé. Comme quoi, Dieu a dû se faire porter pâle. Il a dû se dire : « Ce sont des querelles d'hommes, laissons-les se démerder. Ils l'ont voulu leur putain de guerre. Bien fait ! »

Bastien se décida à observer les bombes qui n'avaient pas explosé. C'était simple. Il suffisait de tirer sur la mèche et d'arracher le bâton sous sa gangue de sable.

— Non, Bast. Laisse donc, dit Marcelin. Je vais le faire.

Il se redressa et marcha droit vers les trous enfumés et les éclats de pierraille. Ça avait giclé de tous côtés. Mais c'était surtout en profondeur que la roche s'était fissurée ; les racines pourraient s'y développer sans difficulté. De l'avis des spécialistes, c'était la meilleure méthode, peu coûteuse et efficace.

— Si ça se met à fuser d'un coup, Marceau, tu t'en prendras plein la tête.

— Je sais. Inutile de me le rappeler. Bien que le toubib dise que je devrais me remettre à sautiller comme un cabri, j'ai le pas hésitant, comme un vieux chnoque. Mais qu'importe. Si quelque chose devait m'arriver, m'est avis qu'on ne perdrait pas grand-chose. Combeval continuerait bien sans moi. Pas vrai ?

Marcelin s'agenouilla puis, prenant appui sur l'herbe sèche, il dégagea la première charge en retirant délicatement le sable qui la comprimait. Il se saisit enfin du cordon intact. D'un geste décidé, il ramena la bombe à lui, l'examina et parut satisfait. « Une qui sera réutilisable, pensa-t-il, à la condition de changer le détonateur. » Puis il visita les deux autres mines, sans précaution aucune. « Ce sera pas pour cette fois », se dit-il en regardant les nuages au-dessus de sa tête.

— Voilà qui est fait, Bast.

Les ouvriers s'en revinrent après que le maître de Combeval leur en eut donné l'autorisation.

— On mettra une pelletée de fumier dans les trous, un brin de terre par-dessus et il n'y aura plus qu'à installer les pruniers, enterrés jusqu'au collet, expliqua-t-il. On devra tasser le sol autour pour que ça tienne bien, sans tuteur. Et même avec un peu de creux au cas où il faudrait les arroser, si par malheur, en novembre ou en décembre, il n'y a pas assez de pluie.

C'était un conseil bien inutile. Sa vie durant, Pichoine avait planté des arbres de toutes les sortes, des fruitiers, mais aussi de ceux qui ne servent à rien, comme les acacias, les chênes, les peupliers… Des arbres pour faire du bois, pour retenir la terre des talus, pour l'ombre, des arbres qui lui survivraient et sous lesquels il aimerait être enterré, lorsque tout serait fini.

Reine était traversée d'envies subites : quitter Combeval sans délai pour se rendre à Saint-Hospitalet ou à Aubepas. Elle aimait se montrer dans de belles robes ou enveloppée dans des manteaux de velours chatoyants. Elle prenait plaisir à faire tourner son équipage dans les ruelles étroites ou à stationner non loin du magasin de Germaine Delbos. Elle se promenait pour observer l'attention dont elle était l'objet. En vérité, Mme Montagnac s'ennuyait de ne trouver aucune activité digne d'elle. Ses anciennes amies, telles que Rose ou

Faustine, pour n'en citer que deux, avaient quitté le pays pour s'installer à Brive. Et il ne se trouvait, dans les familles de Saint-Hospitalet, aucune personne de son âge qu'elle aurait aimé fréquenter.

Et si Paul-Étienne n'avait existé, elle se fût encore plus ennuyée. À mourir, sans doute. Mais Paul n'était pas toujours à sa disposition lorsque Reine réclamait une visite à Saugeline. Une liaison compliquée et cahotante s'était installée, en toute discrétion, car jusqu'alors rien n'avait filtré. Pas le moindre commérage. Sinon du réchauffé, des rumeurs recuites, qui s'apparentaient plutôt à de la médisance.

Reine ne manquait aucune foire, aucune fête, ne ratait jamais l'occasion de se divertir. Elle aimait à flemmarder dans les jardins communaux de Saint-Hospitalet ou dans le quartier Saint-Victorien d'Aubepas avec ses demeures bourgeoises aux moellons chaulés de l'Ancien Régime. Elle allait aussi flâner sur les remparts, d'où l'on jouissait d'une belle vue sur les collines corréziennes et, au-delà, sur le causse périgourdin des chênes noirs. Sur ces belles terrasses de pierre jaune, elle venait souvent contempler le glissement progressif des saisons. À l'approche de novembre, tout y était dévasté, déplumé, sinistre et froid, dans la brume insistante qui transformait les vallons en lacs suspendus.

Elle rêvait de voyage en soupirant et se disait que, si tout lui souriait à Combeval, la vie y était terne et sans relief, les jours s'enchaînant sans événements notables. Mais Reine parvenait aussi à mesurer le chemin accompli. Elle, la petite pauvrette des Clauzel s'était tirée d'un néant de misère. Elle avait conquis déjà bien des libertés, surtout celles qu'offre l'argent. Elle n'en manquait pas depuis que son amant lui en donnait sans compter, pour ses plaisirs… Certes, ce qui eût paru à tant de jeunes femmes comme une honteuse dépravation était pour elle un affranchissement. Elle pouvait relever la tête, susciter la convoitise et se dire que son destin étrange, un mariage arrangé et sans amour, en valait bien d'autres.

Ce matin, dans les premiers jours de novembre, Reine vint garer son équipage derrière la mairie d'Aubepas, sous les platanes. C'était assez inhabituel. D'ordinaire, elle laissait sa calèche près de l'église et du quartier des Soupirantes. Mais trop d'habitudes tue la liberté. Elle avait choisi de se montrer en d'autres lieux, vers les belles maisons aux façades entourées de murets et de jardinets élégants. Elle fit quelques pas sur le trottoir, cherchant un nom sur les plaques de cuivre gravées. Enfin, Reine trouva ce qu'elle était venue quérir : *Lazare Thibaudat, médecin des hôpitaux de Toulouse*, avec en petits caractères : *Sur rendez-vous*. Elle aurait dû prendre date auprès du docteur, qui avait si bonne réputation dans le pays. Reine s'avança quand même dans l'allée, entre deux murs de lauriers taillés au cordeau, et monta quelques marches pour accéder à une terrasse en demi-cercle. Elle fit tinter à deux reprises la clochette de bronze, sans succès. Alors, Reine se décida à entrouvrir la porte. Elle se retrouva devant une femme en blouse blanche et coiffe d'infirmière.

Le premier contact lui laissa peu d'espoir. On ne la recevrait pas sans rendez-vous, le docteur Thibaudat était très demandé. On venait même de loin pour obtenir une consultation, de cinquante kilomètres à la ronde, lui dit-on. Reine prit l'air le plus étonné du monde, puis implorant. L'infirmière lui proposa une date après avoir ouvert son registre. Mais Reine insista ; il s'agissait d'une affaire urgente.

— Ce n'est pas pour moi, ajouta-t-elle.

— Comment, ce n'est pas pour vous ? Mais pour qui alors ?

— Pour un membre de ma famille. Et il se trouve que cette personne ne pourra se déplacer.

— De quoi souffre-t-elle au juste ?

Reine dit qu'elle préférerait en parler avec le docteur Thibaudat.

— Trop délicat, fit-elle. Comprenez-vous ?

On lui demanda son nom et son adresse. Puis l'infirmière disparut derrière une porte. Elle prêta l'oreille et devina que le médecin hésitait. Mais, singulièrement, elle insista.

— Peut-être s'agit-il d'une affaire urgente, vous devriez la voir, docteur.

— Depuis quand me dérange-t-on sans rendez-vous ? Claire, vous savez bien que j'ai une liste d'attente longue comme le bras.

— Et s'il y a quelque urgence ?

— Demandez-lui donc de quoi il s'agit, nous devons avoir une idée…

L'infirmière rouvrit la porte et Reine s'introduisit dans le couloir. L'employée rattrapa la visiteuse par le bras, puis la pria de sortir.

— Voyons, madame ! s'écria-t-elle. Ce ne sont pas des manières. Forcer une porte, quel culot !

— Je veux parler au docteur. Deux minutes seulement. Et je vous promets de repartir aussitôt.

Finalement, au bout d'une demi-heure, Thibaudat la reçut entre deux patients. L'accueil fut plutôt froid. Il se tenait, avec raideur, les mains jointes à hauteur de son visage, impatient d'en finir. « L'emmerdeuse », comme dirait plus tard Thibaudat en évoquant cette histoire singulière en bonne compagnie, commença par le laisser plutôt indifférent.

— Pour résumer, dit-il en séparant ses mains dans un geste christique, ce n'est pas vous, madame, qui êtes concernée, mais votre belle-sœur, une certaine Alexandrine Montagnac. Elle est enceinte de huit mois. Et selon vous, elle présenterait des symptômes inquiétants qui ne sont pas pris au sérieux par mon collègue Simplon.

Vous souhaiteriez que je l'examine. J'eusse préféré que son mari fît la démarche. Vous me mettez dans une situation compliquée. Je ne puis intervenir sans son accord ou l'accord de la parturiente. Vous dites qu'il y a un risque pour l'enfant ? Je souhaiterais connaître l'avis de ce pauvre Simplon. C'est un bon médecin.

Thibaudat se leva aussitôt pour l'inviter à partir. Reine se retira sur la pointe des pieds, enchaînant les excuses. Puis elle remercia l'employée qui la toisait.

Mlle Claire, l'infirmière, s'en alla aussitôt donner son opinion sur cette intrusion au médecin.

— C'est la nouvelle mode, dit-elle, les gens se piquent d'avoir des avis sur tout : la politique, l'économie, l'instruction publique et, bien sûr, la médecine…

Le médecin remit un peu d'ordre sur son bureau, comme il le faisait généralement entre deux rendez-vous. Il interrompit la logorrhée de son employée d'un geste vif.

— Il me faudra quand même voir cette Alexandrine Montagnac. Ce qu'elle m'a décrit n'est pas anodin. Simplon n'est pas né de la dernière pluie… Et il est toujours scabreux d'empiéter sur le territoire d'un collègue. On dirait de moi que je me prends pour une sommité.

Thibaudat ne manqua pas de tenir parole. Il interrogea son collègue sur sa patiente.

Le docteur de Saint-Hospitalet reconnut que Mme Montagnac devait rester sous surveillance, mais que son état général n'était pas alarmant, qu'il lui fallait du repos et une nourriture saine. « Nous l'accoucherons avant Noël », promit-il. Thibaudat hésita à questionner Simplon sur cette fameuse Reine. Il voulait savoir si cette dame avait tous ses esprits. Était-elle fantasque, mythomane ou affabulatrice ? Le médecin de famille opta pour une réponse plus singulière : « Manipulatrice. » C'est alors qu'il raconta l'histoire de son mari dont la blessure au bas-ventre l'empêcherait à jamais de procréer. Thibaudat et son collègue tombèrent d'accord sur le diagnostic : l'impuissance de son mari la privant d'enfant, Reine Montagnac appréhendait cette naissance dans le couple voisin. Elle y voyait une concurrence, elle qui espérait tant jouer le premier rôle. On se satisfit de cette brillante analyse, puis on topa, comme l'auraient fait des maquignons sur un champ de foire. Chacun repartit tranquillisé en se promettant, avant Noël, de se retrouver au restaurant Bourdieu à Aubepas, établissement fort réputé pour son veau à la marengo et ses salmis de bécasses aux truffes.

À la demande d'Angèle, Reine prit une fourche bêche pour aller déterrer dans le jardin quelques poireaux. Elle les secoua vivement contre le manche de l'outil pour en faire tomber la terre.

— Tu as bien pris ceux du bas ?

Elle ne répondit pas. Ce détail lui passait au-dessus de la tête.

— Je n'ai pas réfléchi. Au hasard, répondit-elle dans une pirouette.

— Évidemment. Tu ne seras jamais une paysanne, une vraie paysanne.

— Comment est-ce, Angèle, une vraie paysanne ?

— Quelqu'un qui a du bon sens, qui sait observer et qui en tire leçon. Toi, tu te fiches de tout.

Elle prit les remarques de la grand-mère Montagnac avec le sourire. C'était sans surprise : elle était par nature une ignorante, une dilettante et un boulet dans la maison. Angèle se mit à préparer sa soupe de légumes. Il fallait peler les carottes, les pommes de terre, couper un chou vert… Tout cela l'attendait sur le coin de la table. Reine prit un couteau pointu mais pour enlever la terre sous ses ongles. « En me parlant sur ce ton, chère commandante, ce serait étonnant que tu obtiennes de moi la moindre aide », se dit-elle en la fixant dans les yeux avec un sourire provocant. Mais la vieille dame était sans illusion. Elle savait que sa belle-fille la détestait autant qu'elle-même détestait « l'imbécile heureux ». C'était une chaîne familiale de haines réciproques. On avait toujours cultivé ce genre de sentiment chez les Montagnac. Et ceux ou celles qui épousaient Combeval, tôt ou tard, étaient contaminés par le virus.

Reine alla chercher un châle dans sa chambre, puis se rendit aussitôt dans l'appartement voisin pour voir Alexandrine. Elle la surveillait comme le lait sur le feu, notait même des indications sur un calepin : sa température matin et soir, les battements de son pouls et quelques autres considérations sur l'état de la parturiente. Bref, elle jouait au docteur sans rien connaître, comme aurait dit Bastien.

Elle s'assit près du lit, l'observa longuement. Puis patiemment, elle attendit qu'elle émergeât de sa somnolence.

— Comment vas-tu aujourd'hui ?

La pâleur de son visage l'horrifia. Elle avait repoussé le plateau du petit déjeuner : tartines beurrées, bol de lait et café noir. C'était devenu une habitude. Elle lui en fit le reproche, mais Alexandrine grimaça et dit qu'elle n'avait jamais faim.

— Si je me forçais, je vomirais tout. Le médecin souhaiterait que je marche un peu, que je sorte dans la cour. Mais je suis sans force. Lorsque je pose un pied par terre, les étourdissements me reprennent.

Reine voulut lui faire boire quelques lampées de lait, mais à la première gorgée, elle eut un haut-le-cœur.

— Je te donne du travail, déplora-t-elle.

— Et l'enfant, tu le sens remuer, oui ou non ?

— Le docteur a posé son stéthoscope sur mon ventre. Il a écouté attentivement, pendant de longues minutes. Et il a dit que tout était parfait.

— Ton mari lui a posé des questions ?

— Non. Il est resté à distance, bras croisés. Après le départ de Simplon, il m'a rassurée. Il m'a dit que je ne devais pas me faire un sang d'encre. À ce qu'il paraît, la délivrance serait proche. Et si elle ne vient pas assez vite, on la provoquera, a dit Bastien. Je ne sais pas quoi en penser. Je ne me sens pas bien, je suis faible.

Une main sur son front, l'autre comptant les pulsations cardiaques, Reine paraissait déconcertée.

— J'ai pris la liberté d'aller voir Thibaudat à Aubepas, annonça-t-elle. C'est un accoucheur hors pair. Du moins, il jouit de cette réputation. Il m'a assurée d'évoquer ton cas avec Simplon.

— Tu as fait ça pour moi ? fit Alexandrine, surprise.

Puis Reine vit quelques larmes s'épancher sur ses joues.

— J'aurais préféré ne pas tomber enceinte. C'est Bast qui a voulu.

— Ce fut une heureuse nouvelle, tout de même.

— Au début, oui. Je me suis sentie fière. Mais pas heureuse. Peut-être est-ce cela qui me pose des problèmes, le fait que je ne désire pas spécialement un enfant.

— Ça n'a rien à voir, dit Reine, avec ton état de santé.

— Une fois que je l'aurai pondu, je ne sais pas si je l'aimerai, ce bébé. Je ne me sens pas prête à devenir mère. Peut-être aurait-il fallu que je me prépare à cette idée avant de tomber enceinte ?

Reine hocha la tête. Elle aussi avait envie de pleurer. Mais elle ne le pouvait pas, décemment. C'eût été ajouter du trouble au désarroi. Elle attendit qu'Alexandrine s'assoupît avant de descendre dans la cour, sans passer par la cuisine, en suivant le couloir du cellier. Elle ne voulait pas croiser Angèle, encore moins Eugénie. C'était une guerre sourde qui se livrait contre elle. Il semblait que le piège se refermait sur elle, comme une toile d'araignée sur une mouche. Peut-être Charles lui manquait-elle, lui qui l'avait toujours soutenue. Désormais, elle se trouvait prise entre les deux mâchoires d'un étau : Angèle et Eugénie d'un côté, Bastien de l'autre. « Non, se disait-elle, je ne serai pas l'arbitre de ce conflit qui ne me concerne pas. »

Elle courut à l'écurie pour s'occuper de son barbe. Il était fourbu, ce vieux Roméo, et tant de soins lui étaient devenus nécessaires.

— Que ferais-je sans toi ? murmura-t-elle en lui caressant les naseaux. Ne me lâche pas. Comment irais-je en ville si tu n'étais plus là ? Nous sommes fringants, tous les deux, avec notre bel équipage.

Elle prit une poignée d'avoine et attendit que sa langue râpeuse recueillît les grains dans sa main. Puis le cheval lui lécha les doigts, encore, bien après sa récompense.

— Sans moi, tu aurais mal fini, mon pauvre Roméo. Nos gens sont sans pitié. Un canasson, qu'est-ce qu'un canasson pour ces sauvages, lorsqu'il ne sert plus à rien, que sa présence dans la ferme coûte plus qu'elle ne rapporte ?

Elle le bouchonna, le pansa, vérifia l'état de ses sabots et lui promit de le conduire chez le maréchal-ferrant de Saint-Hospitalet pour faire remplacer ses fers.

Bastien était entré subrepticement par la porte arrière de l'écurie. En l'entendant marmonner à l'oreille de son cheval, il s'était arrêté. Depuis des mois déjà, il avait l'intention d'expédier ce bourrin à l'abattoir. « Nous n'attendrons pas qu'il crève dans son box », disait-il. Si l'apitoiement de Reine pour ce vieux cheval le faisait parfois sourire, il l'irritait aussi. Car il ne supportait plus de voir passer cette calèche dans les ruelles de Saint-Hospitalet et d'Aubepas, sous le regard amusé des badauds. Ce n'était pas sorcier de deviner ce qu'on disait d'elle au café Barbuze : « La femme de Marcelin prend du bon temps, pendant que les gens de Combeval s'échinent sur leurs terres. L'a-t-on vue à l'œuvre à quelque moment ? Jamais ! »

Il s'avança vers elle à pas de loup. Et quand il fut à sa hauteur, Bastien posa la main sur son épaule. Elle se retourna vivement.

— Tu m'as fait peur !

— À ce point ? s'étonna-t-il.

Il l'aida à étriller l'animal, mais avec une telle vigueur que Reine le lui reprocha.

— C'est mon cheval. Je le traite comme je l'entends, Bast. Sois gentil.

Il se mit à rire en flanquant des tapes sur la croupe du barbe. L'animal s'agitait lorsque le maître s'approchait de lui, comme s'il craignait quelque brusquerie.

— Chasse gardée, prévint Reine.

— Il n'y a pas de domaine réservé à Combeval.

— C'est toi, le maître, nous le savons. N'est-ce pas, Roméo ? releva la jeune femme en repoussant sa chevelure en désordre.

Il se recula pour mieux observer sa belle-sœur dans sa blouse bleue. Dessous, elle portait une robe élégante de velours gris. On ne pouvait la prendre en défaut, même quand il s'agissait de ramasser du maïs ou des pommes de terre. Elle travaillait gantée pour ne pas s'abîmer les mains. Tout le monde s'en amusait, même Eugénie. À croire qu'elle avait fini par oublier d'où elle venait. Et il ne se passait pas une semaine sans que Bastien le lui rappelât, ainsi qu'un couteau qu'on tourne dans une plaie.

Ils sortirent ensemble, l'un derrière l'autre, Bastien la devançant. Soudain, il se retourna pour l'obliger à stopper.

— Tu as été voir Thibaudat ?

Reine ne répondit pas. Il eût voulu, tout le moins, qu'elle baissât la tête.

— Je trouve qu'Alexa n'est pas soignée correctement. Elle s'anémie. Elle se morfond dans sa chambre. Ce n'est pas bon pour elle. Il lui faudrait de l'activité, un peu de marche. Ça précipiterait le travail. L'enfant est à terme, maintenant. Et rester alitée n'est pas une bonne chose.

— Tu m'avais promis de ne point te mêler de nos affaires et tu vas voir le médecin d'Aubepas sans demander mon avis.

— Simplon ne prend pas assez au sérieux l'état général de ta femme, Bastien.

Montagnac haussa les épaules.

— Je crois qu'il s'agit de tout autre chose. Tu es jalouse de cette maternité, parce que tu n'auras jamais d'enfant de Marceau. Tu crains de voir arriver à Combeval un petit héritier, ce qui ruinerait tes plans.

— Quels plans ?

— Tu as des ambitions démesurées. Tu souhaiterais que je parte. Tu aurais le champ libre pour diriger notre domaine. Mais sache que je ne partirai pas. Et tu devras me supporter longtemps, si longtemps que, peu à peu, tu finiras par te décourager.

Elle prit un air grave et un ton détaché pour répliquer qu'elle jugeait ce procès indigne.

— Si j'ai pris la liberté de consulter Thibaudat, c'est précisément pour qu'il n'arrive rien de grave à ta femme et à ton bébé, Bastien. Où as-tu été chercher des idées pareilles ? Cette accusation est tordue. Je m'étonne qu'un garçon intelligent comme toi s'abandonne à de telles élucubrations.

Elle partit sans se retourner. Il l'accompagna du regard jusqu'à l'angle du bâtiment. Puis il se prit la tête dans les mains.

— Simplon sait ce qu'il fait, marmonna-t-il. C'est un bon médecin. Il en fait des centaines, des accouchements. Pourquoi n'en irait-il pas de même avec nous ?

Puis Bastien décida de descendre à grands pas vers Rochemorin. On y achevait les plantations dans la partie basse, où la terre était meuble et aisée à travailler. Il se posta près du figuier pour contempler l'alignement des rangées. Il éprouva de la fierté en songeant à la prochaine visite de Gérald Rouveix. « Notre cher cousin verra, se dit-il, qu'on n'a pas dépensé son argent en pure perte. »

5

Sous la pluie de novembre, le parc de Saugeline était triste. La brume ensorcelait les lieux jusqu'à transformer les arbres décharnés en fantômes inquiétants. Et la forêt de Laplantade était si proche qu'elle y drainait son humidité et sa froidure, alors que, sur la colline de Saint-Hospitalet, la lumière du jour, pâle et diaphane, rendait le ciel translucide, d'un gris clair lumineux. À peu de distance, tout semblait si différent. C'était une des vertus magiques de ce pays. On était en hiver à Saugeline, tandis que les couleurs de l'automne s'éternisaient encore sur les hauteurs.

À bicyclette, Reine, musardant un peu et quelquefois même posant le pied à terre, avait pris le temps d'observer le paysage. Et bien que ce décor lui fût familier, il l'étonnait toujours, comme si elle le découvrait. «Je ne voudrais vivre nulle part ailleurs, se disait-elle. Toute ma vie est ici, sous cet horizon limité, avec ou sans

Combeval. » Mais là, elle n'était pas sincère. Elle aimait le domaine des Montagnac. Elle le voulait tout à elle, dans sa main. Et elle pensait que son beau-père Charles avait compris cet amour qui la possédait. Peut-être n'avait-il pas été un maître admirable et sans reproche, mais Reine ne passait pas une journée sans songer à lui. Il lui semblait quelquefois que le vieil homme lui parlait ou devançait ses pensées. « Prends donc la direction de notre domaine, sans délai, et protège-le d'une poigne ferme contre ses ennemis. » Elle éprouvait bien moins d'affection pour son père errant dans ses vignes délabrées. Reine avait détesté son enfance, dominée par la solitude et l'ennui. Et la petite Clauzel se disait souvent que, lorsque papa Édouard viendrait à mourir, elle vendrait les enclos Clauzel sans état d'âme, ainsi qu'on se défait de ses oripeaux.

Chaque fois qu'elle franchissait le portail de Saugeline sur son vélo, à vive allure, Esther accourait avec sa coiffe blanche de gouvernante et son habit gris aussi austère que celui d'une nonne.

— Monsieur vous attend dans son bureau du premier, disait-elle en remettant son petit tablier blanc à dentelles.

— Je ne suis pas trop en retard ?

— Paul-Étienne s'impatiente toujours. Vous le savez, n'est-ce pas ? Au moindre retard, il désespère et me demande : « Croyez-vous, Esther, qu'elle viendra, mon amoureuse ?» C'est beau l'amour, tout de même.

Reine se mit à sourire en voyant apparaître sur le visage de la gouvernante le rose délicat de la pudeur, comme si cette situation la troublait à un point tel qu'elle en inhalait à distance le parfum enivrant. La visiteuse se délesta de sa cape et la tendit à Esther, découvrant sa toilette d'un rouge velours, petit corsetage à boutons dorés et jupe ajustée aux hanches qui s'évasait délicatement jusqu'aux genoux.

— Chic, n'est-ce pas, Esther ?

Celle-ci ne répondit pas.

— Pourquoi ne me complimentez-vous pas ? C'est ainsi que Paul me désire, dans cette bengaline rouge. Peut-être est-ce trop pour lui ? Vous le connaissez, capricieux et sensible, un écorché à fleur de peau. Je ne voudrais lui déplaire. Il est si amoureux… Je respecte votre discrétion, Esther. Néanmoins, je devine ce que vous pensez de moi.

— Oh, madame, assurément rien. Je ne me permettrais pas.

Reine s'approcha d'elle et lui toucha le bras.

— Vous me jugez extravagante et proprement licencieuse, n'est-ce pas ?

Esther baissa le regard. Et sans attendre, Reine monta l'escalier d'un pas vif.

Paul-Étienne l'attendait, les pieds posés sur le bureau de son père. Il se leva aussitôt et la prit dans ses bras.

— Où en sommes-nous depuis la dernière fois ? C'était il y a deux jours, deux petits jours. La vie est dévastée sans toi.

Elle s'abandonna en tressaillant de tout son être.

— Rien ne pourrait briser notre amour. Tu as gagné, Paul. Je suis à toi, tout entière. Et si parfois je cède à quelques caprices, c'est pour conquérir un petit espace de liberté dans notre intimité. J'ai deviné que tu me voulais comme une esclave, à tes pieds, alors que j'ai besoin de prendre quelquefois l'initiative. L'amour est une bataille permanente. J'ai besoin de m'y confronter sur ce champ-là, sans trop perdre la face. Tu voudrais me contraindre par tes insistantes suppliques. Bien sûr, Marceau n'est rien pour moi. Je ne l'ai jamais aimé. Combien de fois devrai-je te le dire ? Et parler de lui, chaque fois que nous faisons l'amour, nous gâte l'âme, à l'un et à l'autre. Je n'ai ni regret ni culpabilité. Je vis au fil du temps, de passion et de plaisir.

— Avec moi ? Moi, seulement ?

— Bien entendu. Que pourrais-je lui donner ? Ta jalousie est stupide. Elle me lasse, à la longue. Tu ne voudrais pas que nous devenions comme tous ces couples adultères que leur trahison désespère.

Après qu'Esther eut quitté son service, ils descendirent et s'installèrent devant la cheminée du salon. Le foyer répandait sa douce chaleur et ses lueurs. Ils n'allumèrent point les lampes pour rester prisonniers de leur nuit. Ils prirent le temps de s'observer nus, dans l'incandescence du feu qui lustrait leur peau d'une soie tendre. Ils s'aimèrent longtemps, se prirent et se reprirent, pour ne se séparer qu'à regret, comme si les heures travaillaient contre eux. Hors de leurs étreintes, il n'était qu'espace ennemi, fait d'éloignement, de fuite, entre les soupirs de la raison et les promesses fades.

Reine surveillait l'heure à la pendule Régence du salon. En justifiant son absence par un rendez-vous avec Faustine Buscat, elle s'était promis de ne pas dépasser les onze heures du soir. Paul-Étienne suivait ses fréquents coups d'œil vers l'horloge et soupirait déjà de la voir partir.

— M'accorderas-tu plus un jour, Reine, que ces intermèdes ?

Elle ne répondit pas. Elle se sentait triste, mais rien ne se pourrait composer autrement dans sa vie. Il voulut la serrer contre lui, mais elle paraissait déjà ailleurs, aux portes du salon. Il s'empara d'elle avec la vigueur du désespoir, pour qu'elle lui cède encore et reculer ainsi le moment de la séparation.

— Que vas-tu faire en arrivant à Combeval, te glisser discrètement dans le lit de ton mari ou lui jouer la comédie ? Lui dire, par exemple, que tu regrettes de rentrer si tard, mais que tu as pensé à lui tout ce temps.

— Tu fais fausse route, Paul. Lorsque je rentre tard, je vais dormir dans l'alcôve pour ne pas déranger.

— Le mari ne t'appelle-t-il pas, d'une voix suppliante, dans la nuit, pour que tu viennes lui tenir compagnie ? J'imagine ce qu'il peut te dire dans ces moments-là.

Elle l'arrêta en posant les doigts sur ses lèvres.

— Tu n'es pas drôle, Paul. Tu te fais mal pour rien.

Il voulait qu'elle lui redît encore et encore qu'elle ne l'aimait pas, qu'elle n'avait aucun désir pour Marcelin Montagnac. Et qu'un jour elle déciderait de faire chambre à part et de n'être plus, pour lui, qu'une épouse indifférente, chassant résolument ses doigts caressants ou ses lèvres badines. Il l'imaginait bien, à Combeval, portant une chasuble de nuit stricte, fermée au col et tombant jusqu'aux pieds. Mais il savait qu'elle agissait tout autrement, qu'elle se déshabillait devant lui pour lui être agréable, par pitié, par compassion. Et peut-être s'amusait-elle avec lui.

— Je voudrais obtenir ce que tu m'as refusé implicitement jusqu'à maintenant, une escapade amoureuse, pour passer au moins une nuit entière avec toi. Plusieurs même, ajouta-t-il. Il te suffirait d'inventer un mensonge pour échapper à

Combeval. Par exemple, un fort désir de voyager. Nous irions sur la Côte d'Azur, à Menton. Nous descendrions dans un grand hôtel, le Winter-Palace ou le Carlton.

Reine rajustait sa jupe devant le miroir, après avoir allumé la lampe. Il l'observait en silence. Et chaque bouton qu'elle refermait sur sa chair lui faisait mal. Il la voyait peu à peu se métamorphoser en épouse. Elle paraissait s'éloigner de lui, refaisant son maquillage, se recoiffant et se mirant sur toutes les faces, comme s'il s'agissait d'effacer le désordre de l'amour. Elle mit un peu de crème sur ses suçons, là où l'amant avait insisté, à la base du cou. Pourtant, elle l'avait prévenu : il ne devait pas laisser la moindre marque.

— Comment ton mari peut-il croire que tu lui es fidèle ?

Elle se retourna, le fixa quelques secondes avec un léger sourire et baissa le regard.

— Il n'est que le sentiment de la faute pour te rendre si belle. Et tu l'emportes avec toi, ce trouble étrange… Il se voit comme le nez au milieu de la figure. Pourquoi ne devine-t-il rien ? Est-ce qu'il s'aveugle à ce point ou le feint-il seulement ?

— Je ne sais pas, dit-elle.

Craignant qu'elle ne s'en irrite, il se retint d'ajouter qu'elle portait l'amour sur son visage et que, malgré tous ses efforts, elle ne pourrait pas le dissimuler. Elle ajustait ses gants. Il voulut l'embrasser une dernière fois, mais Reine le repoussa.

— Je dois m'en aller, Paul.

— Laisse-moi t'embrasser.

— Ne fais pas l'enfant.

— Je suis encore tout émoustillé. Je vais souffrir de ton absence, dans cette grande maison, où tu auras laissé un peu de ton parfum.

Il la suivit jusqu'à la porte pour la retenir quelques minutes de plus.

— Tu devrais le quitter, ton mari, fit-il. Je t'emmènerai loin d'ici. Je suis même prêt à vendre Saugeline.

Il ajouta :

— Si je reste, c'est pour toi.

Elle fit mine de ne pas l'entendre. « Promesse d'amant, pensait-elle. Pieux mensonge… » Mais elle n'eut pas le cœur à lui jeter à la face sa méfiance. Selon elle, Lamirot, comme tous les hommes, était enclin à la duplicité et le mensonge était comme sa seconde langue maternelle. « Ils apprennent cela avant de marcher », se dit-elle.

Une fois sur son vélo, Reine comprit qu'elle ne quitterait jamais Combeval pour une liaison. Elle ne s'enfuirait pas, même pour un homme qui lui promettait une vie confortable. Et dans cet étrange sentiment de n'appartenir qu'à elle-même, quelle que fût la force du désir qui la tenaillait quelquefois, résidait sa part de liberté.

Conquérir le domaine. Jamais elle ne mettrait en péril ou en balance cette décision avec quelque autre promesse. « Peut-être Paul-Étienne finira-t-il par se lasser de moi en voyant que je ne veux accéder à ses volontés ? Qu'importe. J'userai la corde jusqu'au bout. Et s'il m'aime autant qu'il le prétend, alors une vie ne nous suffira pas. »

À la table des Lapoujade, aucun repas ne commençait sans une courte prière, silencieuse, balbutiée du bout des lèvres. Il n'était pas nécessaire de s'interroger. La prière était réservée à François, leur fils tombé au champ d'honneur. Puis Vigorine emplissait les verres.

— C'est le meilleur du pays, celui des Bigorie, dit Auguste. Nous ne buvons rien d'autre, par fidélité à nos chers voisins.

— Comprenez-vous cela ? demanda Vigorine en se tournant vers Eugénie Montagnac. Comme si le monde, à Saint-Hospitalet, se partageait entre ceux qui nous sont proches et les autres que nous méprisons. Ce n'est pas très chrétien. On doit aimer son prochain, quel que soit le clan auquel il appartient. On a souffert de ça, ici.

Elle baissa la tête. Eugénie posa une main sur celle de la vieille dame assise à côté d'elle. Elle portait une robe bleue à pois blancs, avec un col Claudine.

— Je sais de quoi vous parlez, Vigorine, reprit Eugénie. Nous en avons souffert aussi. Savez-vous qu'à chaque repas nous avions droit à un petit couplet sur votre famille. Ah, les Lapoujade, que n'ai-je pas entendu sur vous !

Auguste, en bout de table, hocha la tête.

— C'était la même chose chez nous, Eugénie. Je passais mon temps à dire le plus grand mal de ton père. Ce pauvre Charles, mon Dieu, il nous a quittés si vite… J'aurais voulu que la vie nous laisse le temps de régler ces vieilles histoires. C'est un de mes regrets, de n'avoir pu lui parler, pour qu'il ne parte pas avec le sentiment que je le haïssais. Bien sûr, je ne le détestais pas, Charles.

— Mais alors pourquoi jouiez-vous à ça ? demanda Octave. C'est stupide.

— Oui, reconnut Vigorine. Ton père aimait cette querelle. Elle l'incitait à se dépasser, comme si nos deux domaines étaient engagés dans une course sans fin. Qui achèterait le plus de terre, qui produirait plus de tabac ou de maïs ou de blé, ou que sais-je encore ?

Auguste baissa la tête. Puis il se décida à prendre son verre, à le lever et à clamer d'une voix émue :

— À la mémoire de Charles.

La tablée se leva, sauf Auguste, qui finit par faire de même. Il paraissait ému, quelques larmes coulaient sur ses joues amaigries.

— La dernière fois que je l'ai vu, ton père, c'était dans le Vieux-Bos. Il visitait sa forêt, parlait aux arbres, surtout au vieux chêne Prévost, dont on dit qu'il aurait plus de deux cents ans. Je traquais un sanglier qui s'en venait boire à La Blis. Je l'ai tiré deux ou trois fois, sans succès. À la vérité, je n'avais pas envie de le tuer. C'était l'occasion de marcher au bord de notre rivière, à la pointe du jour. Charles ne m'a pas paru dans son assiette. Il était très fatigué. Il faisait peine à voir. Et je crois que c'est à la fin du jour qu'il est mort, sur la parcelle Mézard qu'il voulait acheter.

Eugénie effaça ses larmes avec la serviette de table blanche. Et Octave fit les gros yeux à son père pour qu'il se tût. Mais rien ne pouvait interrompre ce souvenir.

— Charles n'avait pas besoin de cette terre sans intérêt, mais il savait sans doute que ses jours étaient comptés. Ça le rassurait, cette promesse de vente. Ça le tenait en vie de croire à cette acquisition. Et je crois qu'il craignait plus que tout que je l'achète, rien que pour l'embêter. Oh, bon Dieu, non, je ne l'aurais pas fait. Je crois que toutes ces bêtises m'avaient passé, à la longue, et que c'était comme pour le sanglier, le seul plaisir de le traquer en le laissant sauf.

— Et les bornes, père, que nous nous amusions à déplacer à La Blis ? C'était honteux. Il n'y avait que le pauvre François pour croire au bien-fondé de nos prétentions. Car nous sommes allés jusque devant le juge, tout de même, avec le rapport de Miraille. Une expertise fort favorable, honteusement favorable, précisa Octave.

— Et pour cause, reprit Vigorine, ton père a acheté ce sale bonhomme. Mille francs pour produire un faux.

Marie, dans son tablier blanc, apporta le velouté dans une grande soupière en porcelaine. Elle servit chacun, comme le voulait l'usage à la table des Lapoujade.

— Je dois dire, fit Marie, ce qu'Eugénie n'ose…

Vigorine lui demanda de s'asseoir à sa place. Mais Marie resta debout près de son père, décidée à intervenir.

— Que n'ose pas nous dire Eugénie ? interrogea Vigorine. Elle est la bienvenue, nous nourrissons à son égard les meilleurs sentiments du monde. Ne sommes-nous pas de bons chrétiens ? L'abbé Floirac pourrait le confirmer.

— Bien sûr, rétorqua Marie, mais je voudrais me faire son interprète, si cela est possible : elle compte épouser mon frère. Et je m'en réjouis.

— N'est-ce pas un peu précipité ? s'éleva Vigorine.

— Nous allons célébrer ce mariage ici même, ajouta Marie. Ce sera l'occasion de rassembler nos deux familles. Et Eugénie viendra vivre sous notre toit. Nous serons unis, pour l'avenir de nos terres et de celles de Combeval.

Auguste opina de la tête. Il se leva en desserrant sa cravate. Il avait peine à respirer tant l'émotion le submergeait.

— J'y consens, dit-il. De tout cœur.

Eugénie se leva à son tour, puis Octave.

— Nous nous marierons dans deux mois, annonça-t-il.

Il prit Eugénie dans ses bras. Celle-ci ne montra aucune émotion particulière. Vigorine évoqua quelques soucis d'organisation, mais personne ne l'écouta. On se fichait de ces détails.

— J'avais envisagé de quitter Saint-Hospitalet en cas de refus de votre part, ajouta Octave. Car j'ai senti, chez maman en particulier, quelques réticences.

— Bien sûr que non, mon petit, se défendit Vigorine.

— J'ai perdu François, je ne voudrais pas te perdre aussi, Octave, jura Auguste.

— Ce qui signifie, fit Octave en se tournant vers sa mère, que si François était revenu sain et sauf de cette maudite guerre, on n'aurait pas accepté ce mariage ?

La réflexion du fils jeta le trouble dans la famille. Et Marie déplora qu'on eût évoqué la question sous cet angle. Elle fit les gros yeux à son frère, qui parut s'en amuser.

— Nous sommes là pour tout nous dire, reprit-il. Et surtout, je tiens à affirmer qu'Eugénie sera un membre à part entière de notre famille et non une domestique ni une pièce rapportée. Je connais les sales habitudes d'ici. On se méfie des brus, des belles-filles, on se plaît à les rabrouer. Je ne veux pas de cela.

Le père fit signe à Marie d'apporter le rôti. On se servit en silence. Vigorine prétexta n'avoir aucun appétit pour refuser qu'on emplisse son assiette.

— N'aie crainte, Octave, jura Marie, je veillerai à ce que ta femme soit bien traitée.

Eugénie éclata de rire. Elle annonça qu'elle n'avait besoin de personne pour la défendre et que, du reste, elle n'éprouvait aucune inquiétude sur son avenir ici, au sein de la famille Lapoujade.

— Si la bonne entente devait se dégrader, précisa Octave, nous irons voir ailleurs.

Le père Lapoujade avait l'habitude de ces conversations. Il ne les craignait guère. Il avait appris, ces dernières années, chagrin aidant, que l'orgueil légendaire de la famille était devenu un défaut bien inutile.

— Nous n'avons plus rien à prouver, ni à nous-mêmes ni aux autres, répondit-il d'une voix lasse. Ce mariage est une chance pour nous tous. Et votre mère, si elle se montre réticente, elle le doit à son caractère. Un fier caractère.

— Je t'en prie, Auguste, tu ne peux pas dire cela de moi ! Je ne suis pas une mégère, tout de même.

— Aurais-tu changé d'avis, maman ? s'étonna Marie. Hier encore, tu redoutais ce mariage.

— Je te reproche juste, rétorqua Vigorine d'un ton pincé, d'avoir préparé cette union dans le plus grand secret. Tu aurais dû nous dire ce qui se passait entre ton frère et Eugénie. Je crois savoir que tu as servi de boîte aux lettres. Tu as agi dans notre dos. C'était mettre la charrue avant les bœufs.

Auguste pria alors sa femme de taire ses préjugés. Et ce mouvement d'humeur eut pour effet de raidir Vigorine dans une pose outragée.

— Autrefois, se justifia-t-elle, les mariages se décidaient entre familles conciliables.

— Ne le seraient-elles point ? releva Marie. Que reproches-tu aux Montagnac ? De n'avoir été de notre clan, jadis ? Est-ce que cette vision surannée a quelque chose à voir avec les temps nouveaux ?

Vigorine hocha la tête, tandis que le regard insistant d'Auguste la priait de faire amende honorable. Elle résistait à sa façon, par une moue forcée qu'elle ne parvenait à dissimuler.

— S'il était encore de ce monde, mon père désapprouverait cette union aussi, confia Eugénie. Voici qui pourrait vous rassurer. Mais Bastien et Marcelin l'approuvent. Peut-être, ma mère ne la voit-elle pas d'un bon œil… Ma mère, en vérité, ajouta-t-elle, a repris le flambeau des haines ancestrales, comme si papa avant de disparaître lui avait confié cette mission, veiller sur notre devenir en perpétuant nos ressentiments, quoi qu'il en coûte.

Après le repas, dans un recoin de la cuisine, Eugénie tenta d'amadouer sa future belle-mère. Elle le fit en songeant à Reine qui avait échoué avec Angèle. Elle comprit que son entreprise serait aussi difficile, même si, de prime abord, Vigorine lui avait prodigué quelques paroles avenantes. Mais le mot « mariage », ce mot sacré et redoutable à la fois, avait révélé les craintes les mieux enfouies au fond de son âme.

Vigorine lui montra ses conserves alignées sur les étagères. Un mur entier était couvert de bocaux soigneusement étiquetés. Il y avait toutes les confitures imaginables, de la cerise au melon d'Espagne, des diverses variétés de pêches au miel de pissenlit, de gratte-cul… Pourtant, lui dit-elle, chez les Lapoujade, l'on n'appréciait guère le sucre.

— Je fais des confitures par habitude, reconnut-elle, pour ne pas perdre les fruits. Nous aussi, hélas, nous avons des plantations de toutes sortes.

Eugénie reçut la petite pique avec le sourire. Les projets de Bastien faisaient parler dans le pays. Certains avaient du mal à croire que la production intensive de fruits pouvait rapporter.

— C'est un produit fragile, qui se gâte d'un jour à l'autre et, pour tout dire, difficile à écouler. Car quand nos arbres produisent en abondance, ceux de nos voisins aussi. Comme disait Auguste, autrefois, lorsqu'il avait encore le sens de l'humour, il faudrait que les gelées n'affectent que nos concurrents.

Puis elle passa aux conserves de légumes, de confits de porc, de foie gras, de canards, à ses pâtés truffés et à ses bocaux de cèpes... C'était sa manière de montrer à sa future bru que les Lapoujade avaient des trésors cachés, qu'ils pourraient tenir un siège.

— Pourquoi tant de défiance à mon endroit ? Me direz-vous, Vigorine ? Je ne comprends pas. Ne suis-je pas assez bien pour Octave ? Qu'espériez-vous pour votre fils ?

— Ah, se défila-t-elle, l'amour ne se commande pas. Autrefois, nous nous aimions par intérêt. Auguste, reconnut-elle, je l'ai épousé parce qu'il avait une situation comparable à celle de ma famille. Nos pères ont discuté de dot, de trousseau. Ce que chacune des parties apportait à l'autre était de rapport égal. Mais, Eugénie, qu'apporterez-vous ? La société agricole que vous avez fondée à Combeval est une mise en commun des biens avec force dettes, si je ne m'abuse ? De celle-ci, ma chère enfant, vous ne tirerez aucune dot. Et pour démarrer dans la vie, vous n'aurez que les sentiments. C'est fort romantique, mais ce n'est pas ainsi que naît un bon mariage. Il faut quelque intérêt à s'épouser, sinon cela se peut défaire. Voici ma crainte. Mais après tout, je me range à l'avis d'Auguste. Je lui serai obéissante, comme toujours. Notez bien, ajouta-t-elle avec un petit sourire perfide, que je ne reconnais plus mon mari. Lui, d'ordinaire, si dur en affaires, est tout entier sous votre charme, Eugénie. C'est la faiblesse des hommes. Ils partent en guerre avec les meilleures volontés du monde, puis débandent tout aussi vite.

Elle parut réfléchir en rangeant sur ses étagères les pots de confiture afin qu'aucun ne dépasse. Elle possédait cette maniaquerie étrange d'ajouter à l'abondance de biens l'esthétique des couleurs ; les fruits rouges ensemble et l'opaline ou l'ambre des prunes et de la rhubarbe assorties de concert. « Rien ne se conçoit sans ordre », disait-elle en admirant ses placards.

Eugénie la complimenta, avec insistance, bien que cette lubie ménagère la laissât de marbre. Elle se disait : « Voilà une femme qui s'est beaucoup ennuyée dans sa vie. » Et elle ressentit comme un vertige en s'imaginant bien des années plus tard, elle aussi, sèche comme un fruit ridé, dans sa robe bleue à pois blancs. « Peut-être que le domaine des Lapoujade me métamorphosera au fil du temps ? »

Puis Vigorine lui ouvrit ses placards avec leurs batteries de cuisine en cuivre, leurs plats en argent et leurs porcelaines en abondance, soigneusement entretenues et protégées de l'usage et du temps. Il y avait aussi des pièces rares que l'on ne sortait jamais dans la crainte des accidents. Les plus précieuses étaient disposées sur des présentoirs. Vigorine en profita pour lui glisser dans le creux de l'oreille qu'elles étaient d'un prix inestimable. Car tôt ou tard, dans la conversation la plus anodine, on en arrivait à évoquer la valeur des choses, et de celle-ci il fallait prendre conscience pour mériter d'entrer dans la maison.

— Le goût, c'est inné. C'est une qualité qu'on possède mais qu'on n'acquiert jamais, confia-t-elle.

Ces trésors se devaient d'être montrés, même au plus profond des cuisines, lorsque la maîtresse de maison faisait faire le tour du propriétaire. Une attention rare. Il n'était que peu de gens dans le pays dignes de visiter ces lieux. Et Vigorine fit comprendre à Eugénie qu'elle lui faisait un honneur. Une preuve de confiance.

Eugénie maniait le compliment avec complaisance pour arrondir les angles, dans l'espoir insensé que Vigorine finisse par l'apprécier.

Puis les deux femmes revinrent au salon. Elles prirent place dans des fauteuils près d'un guéridon. Vigorine posa son regard sur Eugénie, l'examinant en détail, comme elle ne l'avait jamais fait jusqu'alors. Enfin, elle reconnut à la douceur délicate de son visage, à sa physionomie élancée, que son Octave avait finalement bon goût.

— On dirait que vous me voyez pour la première fois, s'étonna Eugénie.

— Je l'avoue, reconnut Vigorine, jusqu'à présent, je ne vous avais jamais regardée. Pourquoi l'aurais-je fait, grand Dieu ? Nous avions pris l'habitude de ne pas voir les Montagnac.

— Nous étions des créatures maléfiques, plaisanta Eugénie.

Vigorine se défendit de ce jugement, puis trouva un mot plus juste : l'indifférence.

— Ce qui ne nous touche pas en propre nous est indifférent, ajouta la maîtresse de maison.

Eugénie considéra la repartie cruelle et peu chrétienne. Elle s'en amusa sans forcer le trait. Chez les Lapoujade, il fallait marcher sur des œufs. On se devait accepter les réflexions assassines et encaisser sans se plaindre. Elle se promit dans l'instant de combattre cette manie outrancière. « Ah, pensa-t-elle, faut-il que je sois amoureuse pour supporter tout ça sans me rebeller. »

Par-delà un long silence, de regards et de sourires maîtrisés, Vigorine se prit à énoncer quelques principes dans l'espoir, encore, d'ajourner le projet de mariage. Elle se disait qu'en mettant la barre très haut, la petite Montagnac se découragerait d'elle-même.

— En entrant dans notre maison, vous serez tenue, ma chère petite, à quelques obligations, celles du parti des Lapoujade. Vous serez une Lapoujade à part entière. C'est le prix à payer.

— L'amour que je voue à votre fils seul m'oblige, répondit la jeune fille. Et ce n'est pas un sacrifice, croyez-le bien.

— J'entends, dit Vigorine. Vous formerez un beau couple. Ce qui ne manquera pas d'attiser des jalousies, même dans notre camp.

Car Vigorine ne pouvait se départir de cette vision du monde saint-hospitalien selon laquelle on était Lapoujade ou rien. Et être Montagnac, c'était ne pas exister, ne pas compter.

— Vous nous donnerez des enfants. Certes, un héritier, à tout le moins. Car ce serait tragique que notre domaine demeure sans descendance. Marie n'est pas intéressée par les hommes. Je crains qu'elle ne se marie jamais. Même si nous y mettons, Auguste et moi, de la bonne volonté. Il y aurait bien quelques bons partis du côté d'Aubepas, mais ceux-là ne veulent pas de notre fille.

— Comment pouvez-vous dire cela ? Marie est si charmante, si douce et avenante.

— En d'autres temps, nous en aurions fait une religieuse. Voilà ce qui lui aurait convenu, la vie de couvent. Une contemplative, vous dis-je. Et les hommes d'aujourd'hui ne prisent guère les contemplatives…

Elle soupira en énonçant ces mots, tandis qu'Eugénie cachait son sourire derrière ses mains.

— Bref, les hommes ne l'attirent pas, c'est ainsi. Je le déplore. Et le pire serait que notre Octave quitte Saint-Hospitalet. Me promettriez-vous de ne jamais l'inciter à partir d'ici ? Ce serait une tragédie. Et pour tout vous avouer, chère Eugénie, c'est ce qui me fait craindre ce mariage, que vous vous preniez à rêver du monde de la ville… Et que par amour Octave vous suive là où vous auriez la maladresse de l'entraîner.

Octave vint s'enquérir de sa future épouse. À la mine d'Eugénie, il comprit qu'elle venait, la pauvre, de passer un sale moment. Il la prit par le bras.

— Je ne veux pas que tu l'accapares, dit-il à sa mère.

Ils sortirent de la maison. La ferme Lapoujade était enfermée dans un mur d'enceinte et tous les bâtiments – grange, écurie, étable, hangar et porcherie – étaient disposés en carré. On accédait au domaine par un porche ouvragé dont on disait dans le pays qu'il datait des Templiers. À vrai dire, le style massif des murs paraissait dater de cette période, bien qu'ils aient été modifiés au XIXe siècle. Les ouvertures, portes et fenêtres, avaient été agrandies sans goût aucun, avec l'élimination des croisées de fenêtre en pierre sculptée.

— N'attache pas trop d'importance à ce que peut dire ma mère, prévint Octave. C'est une âme torturée par la religion.

— Oh, répondit négligemment Eugénie, je n'ai rien remarqué.

Ils allèrent dans la cave, où Auguste aimait à se retrancher. La température sous les voûtes de pierre était tempérée, ce qui présentait bien des avantages pour la conservation des vins Bigorie, pour les réserves de pommes de terre et de betteraves, rangées sur des claies.

Lapoujade aimait à caresser ses tonneaux et surveiller la maturation des vins. Il fit quelque étalage de son savoir, en pure perte, car Eugénie ne paraissait guère intéressée.

— Nous faisons de l'agriculture à l'ancienne, prévint Auguste, telle que nos pères nous l'ont enseignée. Ici, pas d'idées novatrices. Le temps est figé. Et cela nous a permis de grandir. C'est vrai, je le reconnais, j'ai acheté de la terre avec rapacité, à mesure que les petites fermes périclitaient. J'ai assaini ces nouvelles possessions en supprimant les haies inutiles, les talus encombrants, en creusant, lorsque c'était nécessaire, des canaux pour irriguer nos maïs et nos tabacs. Et j'ai toujours eu le souci de ne point épuiser la terre par des méthodes intensives car le sol a besoin de se reposer entre deux cultures. En ce sens, ma chère Eugénie, je suis un archaïque. Et pour être plus précis, je suis un anti-Bastien. Je ne crois pas à ces plantations où les arbres sont les uns sur les autres. S'il faut en multiplier le nombre pour obtenir une production convenable, cela exige du travail pour rien. Mes fruitiers sont de plein vent. Avez-vous remarqué, Eugénie ? Mes cerisiers, par exemple, ont besoin de lumière et je veille à ce que rien ne vienne les contrarier. Il suffit que je les observe pour savoir ce qui leur manque. Car nos arbres émettent des signaux. Si on ne les comprend pas, ils nous le font payer au centuple.

Octave allait et venait dans l'immense cave voûtée, le nez en l'air pour observer les colonies de chauve-souris accrochées dans les anfractuosités. « Un donneur de leçons, pensait-il en écoutant les propos de son père. Un radoteur de première. » Et il avait hâte d'emmener Eugénie dans son repaire, situé dans l'aile gauche du bâtiment où, jadis, existait une petite chapelle. Mais celle-ci avait été démolie au temps du grand-père Lapoujade vers 1860. Et avec les moellons, on avait reconstruit une dépendance confortable où les deux fils s'étaient installés. À la mort de François, Octave avait hérité de la totalité de l'espace. C'était là, en vérité, qu'il projetait d'aménager un appartement décent et indépendant pour Eugénie. « Nous ne vivrons pas trop près des parents, lui avait-il promis. Tu ne supporterais pas ma mère très longtemps et cette promiscuité finirait par ruiner notre ménage. » Tant de lucidité avait rassuré la petite Montagnac sur son avenir. « Nous aurons notre monde à nous... », avait-elle répondu avant de lui accorder ses faveurs.

— Papa, intervint-il, nous avons compris. Les changements à Combeval ne te plaisent pas. Mais il faudra nous y faire. Peut-être Bastien parviendra-t-il à ses fins ? Et alors, nous ne pourrons que nous en féliciter.

Le vieux Lapoujade resta silencieux. Rien ne le ferait changer d'avis. C'eût été remettre en cause quarante ans de sa vie, admettre qu'il n'était plus qu'un vieil homme obstiné. Et sans doute, à ce moment de son existence, se sentait-il plus proche de Charles que de son fils. Il éprouvait les mêmes craintes, des déboires financiers, des échecs retentissants. Et ceux-ci ne pouvaient le laisser indifférent, maintenant que son nom et son prestige se trouvaient accolés à celui des Montagnac.

— Tu ne suivras pas ses conseils, dit-il. Promets-le-moi.

Octave se détourna avec agacement.

— Nous verrons bien, finit-il par lâcher.

Auguste le toisa avec insistance.

— Dieu fasse que je vive encore quelques années…

Ils sortirent ensemble pour visiter les dépendances, Eugénie et Octave, bras dessus bras dessous. Quand le père ne pouvait les voir, les tourtereaux en profitaient pour s'embrasser, furtivement. C'était une étonnante comédie qui se jouait là, entre deux générations inconciliables. Peut-être Auguste ne soupçonnait-il pas que « les enfants », comme il disait, étaient déjà amants et que, pour l'heure, ils avaient hâte de se retrouver seuls dans une chambre. Et le vieux père eût encore été plus édifié de découvrir qu'Eugénie était, dans les jeux de l'amour, une délicieuse effrontée.

— Bastien Montagnac, poursuivait Auguste en ouvrant la marche vers ses terres, ne sera jamais un paysan, un vrai paysan. Il n'en a pas l'esprit. Sans doute aurait-il mieux réussi dans le métier auquel il se prédestinait.

Le jeune couple s'amusa qu'Auguste en parle au passé, comme si cette question-là était tranchée.

— Moi, je pense le contraire : Bastien réussira. Et tu seras jaloux, mon vieux papa, de découvrir que le temps a changé la donne.

Mais Auguste ne prit guère au sérieux la réflexion de son fils. Pour lui, ce n'était rien d'autre que de la provocation. « Histoire de me mettre dans tous mes états », se dit-il. Il se retourna vers « les enfants », les prit tous deux par les épaules et les serra contre lui. Octave discerna dans ce geste une bien curieuse condescendance.

Du four à chaux, on jouissait d'une vue d'ensemble sur les cinquante hectares. Il suffisait de tendre le bras pour en mesurer l'importance. Et aucune haie, aucun arpent rouge et ocre après labour, aucun taillis, aucun pacage n'avait plus de secret pour Auguste. Il en connaissait les avantages et les défauts, la rudesse de certains sols et la richesse de quelques autres, et comment remédier aux fondrières, remonter les terres là où les orages les avaient ravinées.

6

Lorsque le docteur Simplon venait ausculter Alexandrine, en général en tout début d'après-midi, Reine se retirait discrètement. Elle voulait ainsi faire mentir l'opinion désastreuse que le médecin avait d'elle. Elle s'enfermait dans sa chambre ou, si elle était dans le jardin, elle s'enfuyait derrière les lauriers. Ils avaient un avantage énorme, les lauriers : leur feuillage était persistant. Elle pouvait s'y cacher confortablement en toutes saisons, par exemple pour lire les messages de Paul ou fumer les cigarettes que Rose lui ramenait de Brive, des Gold Flake qui apaisaient ses sautes d'humeur. C'était son refuge, le lieu où l'on ne venait jamais la chercher, lorsque tout devenait pesant autour d'elle : les misérables réflexions d'Angèle, les railleries de Bastien ou les larmoiements de Marcelin.

Ensuite, l'alerte passée, Reine s'en revenait nonchalamment vers la maison. On ne lui demandait jamais où elle était, ni si elle s'était entretenue avec le médecin. Elle jouait l'indifférente. « Comment cela, tu ne t'inquiètes pas de ce qu'a pu dire le docteur Simplon, toi qui as fait des pieds et des mains pour imposer Thibaudat ? C'est à n'y rien comprendre », disait Eugénie.

Cette fois, Bastien avait assisté à la consultation. Il en était sorti fort préoccupé. Et quand il s'approcha de Reine pour lui parler, celle-ci prit la fuite. Elle monta dans son appartement pour mettre un peu d'ordre dans la lingère. Angèle lui avait fait remarquer le matin même que cet entassement à la diable de draps et de couvertures n'était pas digne d'une maîtresse de maison.

— On ne vous a rien appris à La Garennie ? C'est vrai, ma petite, que vous avez des circonstances atténuantes. Une mère disparue si précocement, c'est un manque irréparable dans l'éducation d'une jeune fille.

Sur l'instant, Reine avait reçu la réflexion de sa belle-mère comme un uppercut à l'estomac. Mais elle s'en était bien vite relevée. Et pour montrer que cette méchanceté ne l'avait guère touchée et qu'elle voulait rendre coup pour coup, elle se mit à chantonner quelques airs du moment, dont un qui lui revenait sans cesse aux lèvres : « Sur cette Terre, ma seule joie, mon seul bonheur, c'est mon homme… » Elle y ajoutait quelques intonations gouailleuses, imitant Mistinguett. La chansonnette avait l'avantage de mettre hors d'elle Angèle, surtout lorsqu'elle forçait le trait avec une insistance provocatrice : «J'ai donné tout ce que j'ai, mon amour et tout mon cœur, à mon homme…»

Au repas du soir, Bastien s'arrangea pour s'asseoir à côté de sa belle-sœur.

— Tu as raison, Reine. Alexa n'est pas bien. Et elle s'étonne que tu ne viennes plus la voir.

— Non, elle ne va pas bien, répéta-t-elle avec tristesse.

— Elle ne sent plus le bébé.

— Que dit le médecin ?

— Il souhaiterait déclencher l'accouchement. Peut-être demain… Pour l'heure, il lui a demandé de rester alitée.

— Je ne sais pas quoi penser. D'abord, la perte des eaux, les contractions… Et ensuite, il faut procéder à la délivrance. C'est ainsi, normalement, jugea Reine en chuchotant. Mais là, je crains le pire.

— Comment cela ?

— Il se peut que l'enfant soit en danger.

— Voudrais-tu que je fasse revenir Simplon ?

Reine resta muette. Mais Bastien insista pour connaître son avis. Elle rétorqua d'un ton pincé qu'elle n'était pas docteur.

— Je crois que nous aurions dû t'écouter et faire venir Thibaudat.

Elle hocha la tête avec insistance.

— Dire qu'on m'a reproché d'être jalouse de cette maternité. Comment peut-on croire, une seule seconde, à ces sornettes ? À la vérité, Thibaudat m'a prise pour une hystérique. Les femmes ne sont-elles pas toutes des hystériques lorsqu'elles viennent s'occuper de ce qui ne les regarde pas ?

Bastien quitta aussitôt la table. Reine le suivit, puis Eugénie.

— Je vais chercher Simplon, dit Bastien. Et nous allons en finir.

— Ce sera le mieux, approuva Reine.

— Que craignez-vous enfin ? s'exclama Eugénie. L'enfant est à peine à terme et elle ne souffre pas. Elle dit qu'elle ne sent rien. C'est que le travail n'a pas commencé.

Puis elle se tourna vers Reine.

— C'est toi qui lui as mis cette idée en tête ?

— Non, mais je crois que, pour le coup, Bast a raison de s'affoler.

Eugénie prit sa belle-sœur à part.

— Qu'est-ce que tu en penses ? J'aimerais te l'entendre dire, Reine.

— Il se pourrait que l'enfant soit en danger. Si ce n'est pas trop tard…

— Voilà que ça recommence. Tu es terriblement méchante. Quel esprit tordu que le tien… C'est effarant.

— Je ne sais pourquoi tu m'adresses tous ces reproches, Eugénie. Je voudrais que l'accouchement se déroule normalement et qu'Alexa nous donne un beau bébé.

Une heure plus tard, le médecin arriva au volant de sa berline. Il paraissait assez sûr de lui en répétant que, depuis vingt ans au moins, il avait mis au monde tous les enfants de Saint-Hospitalet sans la moindre difficulté.

— Mais chez les Montagnac, rien ne se fait comme ailleurs.

Il traversa la cuisine sans un mot, puis monta directement à l'appartement. Eugénie l'accompagna, fébrile.

— Vous croyez, docteur, que nous allons vers une délivrance ?

Il se retourna vers elle, la toisa avec agacement.

— Apportez-moi des serviettes propres et une bassine d'eau chaude. Ce sera plus utile que de tourner dans mes jambes.

Quand ce fut fait, il exigea d'être seul avec Alexandrine. Il la trouva fiévreuse, son pouls rapide et irrégulier, sa tension élevée. Puis le médecin indiqua à Alexandrine ce qu'il allait faire avant de lui prodiguer quelques conseils pour aider la manœuvre.

Pendant ce temps, Eugénie se tenait près de la porte de la chambre. Le docteur, lorsqu'il l'aperçut, lui fit signe de se retirer. Elle hésita, voulut savoir si l'on avait besoin d'elle. Mais Simplon ne répondit pas, alors elle quitta la pièce, à petits pas, en se retournant à plusieurs reprises. Et il ferma la porte vivement en poussant un grand soupir.

Les Montagnac se réunirent dans le salon, où Reine avait ajouté des lampes. Marcelin se tenait près de la cheminée. Avec un pique-feu, il attisait les braises.

— On ne pourra pas dire que le bois de chauffage nous fera défaut.

Bastien haussa les épaules.

— C'est une obsession. Tu n'arrêtes pas de parler de ça, le bois de chauffage.

Reine s'était assise à côté de lui, sur le rebord de pierre. Et comme elle ne voulait parler à personne, elle s'attachait à contempler la danse des flammes courant sur les rondins.

— Ce sera une longue veille, dit Angèle.

Marcelin la regarda avec amusement.

— As-tu prié au moins ?

Elle le rabroua aussitôt en disant que ce n'était pas dans ses habitudes.

— Et pourquoi prier ? demanda Eugénie. Un accouchement est un événement heureux.

Reine releva le châle sur ses épaules. Elle avait froid et rien ne lui semblait plus triste que ce moment. Elle songeait à Lamirot, à ses derniers messages suppliants. Elle se disait que vivre ainsi, dans le mensonge permanent, était usant à la longue. Mais elle ne pourrait jamais se défaire de lui, tant il avait de l'emprise sur elle, et ce sentiment de lui être nécessaire la remplissait d'une douce mélancolie. Elle prit la main de Marceau et la caressa avec tendresse. Il la regarda faire puis ferma les yeux. « Combien de temps encore nous supporterons-nous ? » pensait-il.

— Comment le nommerons-nous cet enfant ? demanda-t-il.

— Claude, répondit Eugénie, que ce soit un garçon ou une fille…

— Il n'y a jamais eu de Claude dans notre famille, nota Marcelin.

— Je vais faire du café, dit Angèle en se retirant dans la cuisine.

— Sans mettre de chicorée, conseilla Marcelin. Je déteste la chicorée.

Reine vint appuyer sa tête contre ses genoux. Et il se mit à lui caresser les cheveux d'un geste doux et lancinant. Il la sentait inquiète et cette impression qu'elle tentait de dérober la faisait trembloter.

— Tu as froid ? demanda-t-il.

— Non, j'ai peur, lui souffla-t-elle.

— De quoi donc ?

Elle planta ses ongles dans son mollet. Et il parut comprendre, à retardement, comme d'habitude, ce qu'elle avait voulu dire. Mais lui, aucune crainte ne le possédait plus, aucune frayeur, sinon dans ses rêves parfois. Les sentiments, dans les rêves, ne se contrôlent pas. Ils se nourrissent des frayeurs souterraines, des angoisses, des prémonitions.

Et soudain un cri terrible bouscula le silence de la nuit, traversa toute la maison, d'un bout à l'autre. Puis le silence s'en revint, alors que tous les regards convergeaient vers le premier étage. Bastien se précipita dans l'escalier. Sa sœur le retint.

— C'est fait, je crois, dit-elle.

— Je veux savoir.

Il gravit les marches quatre à quatre et vint buter contre la porte de la chambre.

— Tout va bien, docteur ?

Mais celle-ci resta close, si terriblement close qu'il se mit à hurler. Eugénie la rejoignit alors que Bastien posait et reposait inlassablement la même question.

— J'ai un pressentiment, murmura Bastien. Ce n'est pas naturel qu'on ne me laisse pas entrer.

— Ne sois pas impatient, le rassura sa sœur.

Mais, blême, elle tremblait aussi. Elle s'était adossée au mur et paraissait vaciller. Bastien vint près d'elle.

— Je ne pensais pas que ce serait aussi terrible, dit-il.

Plus tard, Simplon émergea de la chambre et dit à Bastien Montagnac qu'il n'avait pu sauver l'enfant.

— Comment cela ? interrogea Eugénie.

— J'ai dû sortir le bébé aux forceps, dit-il. Il était déjà mort depuis un jour ou deux, au moins. Je sais que c'est difficile à entendre.

— Et mon Alexa, comment va-t-elle ? Dites-moi vite. J'ai besoin de savoir.

— Ce fut une épreuve. Je n'ai pas osé lui annoncer qu'elle l'avait perdu. Il faut un peu de temps, comprenez-vous ?

Bastien voulut entrer dans la chambre, malgré les réticences de Simplon. Il força la porte. Les draps étaient maculés de sang. Et sur le parquet, il y avait de grandes auréoles. Il se pencha sur elle, embrassa son front. Elle ouvrit les yeux.

— Je ne veux plus jamais tomber enceinte, murmura-t-elle.

Il l'assura aussitôt que cette première tentative serait la dernière. Puis elle se mit à pleurer avec de petits gémissements.

— Je ne voulais pas. Pourquoi m'as-tu mise dans cet état ? Je t'en veux, Bastien. Tu ne peux pas savoir combien je t'en veux…

Montagnac se mit à larmoyer à son tour. Puis il se rassit au bord du lit pour l'observer. Mais il la trouva si faible qu'il eut un sursaut de frayeur. Son visage présentait une pâleur qu'il ne lui avait jamais vue, son regard paraissait chaviré. Alexandrine bascula la tête sur le côté. Elle ne voulait pas qu'on la vît dans cet état.

— A-t-elle posé des questions sur l'enfant ? chuchota Eugénie.

Le médecin fit «non» de la tête. Et il ajouta qu'après l'avoir retiré du ventre de la mère et procédé à un rapide examen, il s'était décidé à envelopper le petit corps dans une serviette.

— Nous ne dirons rien pour l'instant, prévint Bastien. On attendra qu'elle se remette de cette épreuve. Sinon, ce serait trop terrible. Tant de souffrances pour accoucher d'un enfant mort, ajouta-t-il, les lèvres tremblantes.

Ce soir-là, le docteur Simplon décida de passer la nuit auprès de sa patiente. Il voulait attendre qu'elle fût tirée d'affaire avant de se retirer, ce qui était, au vu de l'examen clinique, loin d'être le cas. Et pendant ce temps, les Montagnac étaient tous au salon à siroter le café. Ils se rassuraient l'un l'autre en disant que la petite se remettrait vite sur pied avec un bon bouillon de poule. Bastien avait commencé à servir la gnôle de prune pour se remonter le moral. Reine refusait que Marceau en prît, car selon elle il n'y avait rien à fêter qu'un malheur. Sa réflexion jeta un froid. Toute conversation s'interrompit. Angèle voulut réveiller Alexandrine au bout d'un moment :

— C'était un garçon, selon le docteur. Un petit garçon. Comme c'est triste. Nous lui donnerons quand même une sépulture digne.

— C'est assez, trancha Bastien. Je m'en veux de tout ça, j'enrage. Peut-être qu'Alexa n'est pas faite pour avoir des enfants.

— Tu dis n'importe quoi, mon pauvre garçon ! s'écria Angèle. Il y a parfois des choses qui se passent dans les familles, on ne peut pas les expliquer. Quelque chose qui serait sur nous.

Bastien implora sa mère de se taire. Alors elle alla s'asseoir au coin de l'âtre.

— J'ai beaucoup prié, dit-elle. Pourtant, ce n'est pas mon fort. Mais parfois, il faut faire fi de ses préjugés. Floirac viendra le baptiser. Ce n'est pas correct d'enterrer un petit ange comme ça, sans baptême. Floirac ne nous refusera rien. Quand on pense qu'il a accepté de prononcer une messe pour Charles, alors que Charles, je peux en parler en connaissance de cause, c'était un mécréant de première.

Eugénie soupira fort. Elle ne supportait pas le soliloque de sa mère. Et Bastien se cachait au fond de la pièce pour cuver sa douleur en cachette. Il avait honte de se voir ainsi diminué par le destin, un fils perdu, une descendance qui ne serait pas. Tant de rêves, dans sa tête, s'éteignaient peu à peu. Puis il sortit prendre l'air de la nuit. Un petit vent agitait les lauriers. Cette musique lui tordait l'estomac de douleur, tant la tristesse était vive partout autour de lui. La lune disparaissait puis réapparaissait derrière les nuages, à mesure que ceux-ci couraient d'un bord à l'autre du ciel. Il ne voyait plus les choses qu'en accéléré, comme sa vie, soudain, elle-même, s'était accélérée, alors que l'après-midi même, à la première visite du médecin, il jubilait devant la proche arrivée de l'enfant. « Sans doute était-il déjà mort dans son ventre, pensa-t-il. Peut-être ne l'avons-nous pas désiré assez, Alexa et moi, ce futur Claude ? Peut-être ne fais-je, depuis mon installation à Combeval, que me jouer la comédie, la naissance de l'enfant prodige étant le dernier acte… Il n'y en aura pas d'autre. Le destin ne veut pas que je dirige ce domaine. Il est des forces qui jouent contre moi, qui piétinent mes rêves », se disait Bastien en marchant de droite à gauche, sans but. Au bord de la terrasse, il pissa dans le vide, sur la nuit qui forcissait alors que les nuages obstruaient le cercle lunaire. Il se sentait bien dans le noir absolu, avec le feulement du vent et ses caresses froides.

Il songea alors que son père avait eu raison de le traiter d'imbécile heureux. « Que suis-je d'autre ? Moi qui ne parviens pas à faire un enfant à ma chère épouse… Quelle ironie. Nous sommes deux frères diminués. Marceau ne donnera rien à Reine et, moi, rien à Alexa. Car la messe est dite, jamais elle ne voudra recommencer la triste expérience. »

Des pas dans la cour attirèrent son attention. Il se retourna et vit une lumière danser entre les tilleuls. Aussitôt il reconnut les parents d'Alexandrine. René et Irène se tenaient par le bras. Bastien les serra dans ses bras en pleurant.

— Il est arrivé malheur ? hurla Irène.

— À l'enfant, l'enfant seulement, répondit Bastien.

Irène traversa le salon sans même prendre le temps d'embrasser les Montagnac. Elle trouva sa fille tellement changée, après cette épreuve, qu'elle poussa un cri de surprise. Puis elle se pencha pour lui murmurer à l'oreille de douces paroles apaisantes. Le médecin sortit aussitôt pour laisser Mme Vergnier avec sa fille. Et lorsque Irène ressortit, elle interrogea Simplon. Il lui donna quelques explications qui parurent la rassurer. Il avait omis de mentionner l'inquiétude grandissante qui le possédait depuis plus d'une heure déjà. Le docteur ne parvenait à juguler l'hémorragie. Lentement, Alexandrine perdait son sang, sans qu'on y pût rien. Pourtant, deux heures après la délivrance, un petit espoir s'était manifesté. Mais à la vérité, celui-ci avait été de courte durée.

— Comment va ma fille ? insista Irène.

— Il est encore trop tôt pour se prononcer, dit le médecin.

Elle parut ne point saisir le désarroi de Simplon. C'était la première fois, dans sa carrière, qu'il se trouvait confronté à un accouchement aussi difficile. Puis il pria Mme Vergnier de rejoindre la famille Montagnac, car il avait besoin d'être seul avec la malade, sans qu'on vînt lui poser des questions inutiles et empiéter sur ses décisions.

Au petit matin, Simplon fit appeler Bastien pour lui annoncer que son épouse s'était éteinte doucement.

— Pourquoi ne m'avez-vous pas appelé ? J'aurais voulu être auprès d'elle pour son dernier souffle.

Le médecin lui expliqua qu'elle avait perdu connaissance depuis déjà longtemps et qu'il avait tout tenté pour la ramener à la vie.

— Mourir en mettant au monde un enfant mort, murmura Montagnac, c'est l'ironie suprême. Croyez-vous que je m'en relèverai ? Ce sera une douleur vive qui m'accompagnera ma vie durant. Nous nous aimions, Alexa et moi, comme des fous. Et j'ai voulu lui faire un enfant, reprit-il, un enfant qu'elle ne désirait pas plus que cela, plutôt pas du tout, du reste. Je crois qu'elle avait un pressentiment. Ces derniers jours, elle m'en a fait le reproche. Non, insista-t-il, décidément, non, je ne m'en remettrai pas.

Il sortit aussitôt pour annoncer aux deux familles dans le salon la terrible nouvelle. Ce fut instantanément une explosion de douleurs, de cris, de larmes. Bastien marcha dans la cour, donnant du poing contre tout ce qui lui opposait une résistance : les murs, les arbres et le ciel, le ciel qu'il se mit à maudire en vociférant. Reine le rejoignit pour apaiser son chagrin. Elle le suivait pas à pas, tentant parfois de l'agripper pour qu'il cessât enfin de se mortifier de la sorte.

— Nous savions bien que tout ça, c'était trop beau ! Notre bonheur, s'écria-t-il, ne pouvait durer ! À peine quelques années ensemble et tout s'est envolé.

Reine le prit dans ses bras et contint cette fureur qui le possédait.

— Elle était si heureuse de vivre. Mais il ne faut pas être aussi heureux que nous l'étions. Soudain, sans qu'on y prenne garde, ça attire la malédiction. Comme une poisse qui descend sur nous. Je ne l'ai pas vue venir. J'avais confiance dans le destin. Je me disais : « Elle me fera un enfant pour Combeval. » Mais je n'avais pas le droit d'espérer un enfant pour satisfaire mon orgueil.

Marcelin était sorti à son tour. Il paraissait calme et silencieux, peu affecté en vérité.

— Je le savais, moi, depuis Suippes, que Dieu nous a oubliés sur cette Terre. Dieu n'aime pas les Montagnac. Père le disait aussi, que le ciel était contre nous. Il disait que la terre nourricière est aussi notre fin, au sein de laquelle nous finirons poussière.

D'un geste, Reine lui fit signe de se taire, mais il ajouta :

— Il suffit que la mort frappe à notre porte pour soudain découvrir que nous aussi, grand Dieu, nous sommes mortels.

Angèle et Irène avaient déjà investi la chambre pour préparer la morte. Elles le faisaient avec des gestes mécaniques, sans penser à rien. Car le temps des prières et des suppliques n'était pas encore venu. Du reste, la dépouille les rassurait. On la trouvait bien reposée, désormais, le visage calme et serein. Et plus on l'observait, plus on lui prêtait la grâce des anges. Libéré du poids de la vie, de ses souffrances et de ses tourments, le corps semblait s'accorder au silence. Puis on alluma des cierges, voila les miroirs et les fenêtres sous des draps blancs.

Enfin, Irène se sentit apaisée de voir sa fille dans l'apprêt de la mort. Au moins elle ne serait point inhumée à la sauvette et sans veillée funèbre, comme le fut Gérard. On avait déposé la caisse en bois blanc scellée par des cachets de cire dans l'église, avant de le conduire au cimetière, sans cérémonie. Était-ce bien leur fils dans le cercueil ou un soldat inconnu qu'on avait livré à la famille ? Elle s'interrogeait encore.

— J'ai perdu mes deux enfants, murmura-t-elle. Il ne me reste plus rien. Maintenant, la vie va s'écouler dans le chagrin, jour après jour. Fasse Dieu, ajouta-t-elle, que notre existence ne dure pas trop longtemps.

Elle se signa, puis Angèle aussi. Les deux femmes ne s'appréciaient guère. Le malheur qui les avait frappées ne changerait rien entre elles deux. L'habitude des jours les recouvrirait d'un gris moiré, dans cette accoutumance du deuil qui ne s'estompe jamais.

III

L'ŒIL DORMANT DE LA GREFFE

Printemps, été 1925…

1

Lorsque Reine Montagnac tardait à venir à Saugeline ou qu'elle prétextait des travaux urgents, Paul-Étienne Lamirot prenait son automobile. Son absence, d'une semaine ou deux, rarement plus, lui pesait terriblement. Il avait l'impression que sa vie était dévastée, qu'il sombrait peu à peu dans une mélancolie maladive. C'était le manque d'elle, de son corps, de son sourire et de la douceur de sa peau, de l'excitation qu'elle exprimait effrontément lorsqu'il la possédait. Il avait d'elle une infinité d'images, si obsédantes qu'il passait ces journées et ces nuits à les ressasser en tournant en rond dans sa grande maison. Il avait tout tenté pour l'éloigner de Combeval, pour l'en extraire et partir avec elle, loin, dans un pays inconnu où personne ne les retrouverait jamais. Mais elle s'était toujours défilée, bien que, parfois, découragée aussi par des petits riens sans lien avec leur amour, elle s'écriait : « Emmène-moi, Paul, dans des villes où le temps est suspendu, dans des palaces somptueux, sur une île peut-être, ou nous pourrions vivre notre amour au grand jour en toute liberté... » Mais l'heure suivante, elle se défendait d'avoir tenu de tels propos. Elle disait qu'il profitait de ses faiblesses, de l'amour qu'il savait si bien lui faire avec des mots doux susurrés à son oreille, mais qu'elle ne partirait jamais de Combeval. « Pourquoi ? demandait-il. Qu'est-ce donc qui te retient là-bas, dans ce trou infâme ? » Reine ne répondait pas. Elle prenait un air grave, passablement indifférent, et il sentait, la rage au cœur, que dans cette foudroyante métamorphose, elle lui échappait, corps et âme. Il voulait poser sa main sur elle, caresser ses seins ou effleurer ses longues jambes, mais elle le repoussait discrètement, comme si tout contact n'était plus que brûlure sur sa peau. Un feu qu'elle ne voulait ranimer, après en avoir épuisé toutes les ressources. Il se disait : « Maintenant qu'elle a obtenu son comptant de plaisir, elle n'a plus besoin de moi, jusqu'à ce que ses sens se réveillent de nouveau et qu'elle vienne me chercher. »

Lamirot avait voulu en faire son esclave, la posséder par le plaisir et lui faire perdre le sens de la réalité au point de la ravir à son quotidien, et c'était lui, paradoxalement, qui subissait ses humeurs, son silence, jusqu'à son retour et les nouvelles exigences attachées à ses réapparitions. Chaque fois, Paul-Étienne se promettait qu'un jour il partirait sans laisser d'adresse pour lui échapper. Elle écoutait ses menaces, amusée, presque joyeuse. Pour elle, c'était le signe que leur histoire était vivante et si alambiquée qu'elle ébranlait ses certitudes, son confort. Le pire ne serait-il pas que leur passion se diluât dans l'habitude, en ne suscitant qu'ennui et lassitude ? Sur ce terrain, Paul-Étienne Lamirot avait perdu d'avance. Il savait que personne au monde ne lui serait plus précieux que Reine. Et elle-même avait compris que Paul-Étienne ne s'éloignerait jamais d'elle, qu'il était sans doute plus attaché qu'elle à cette histoire.

Dans ses lettres, elle s'escrimait à compenser son absence par des serments langoureux et passionnés. Il souffrait de ne pas la voir, de ne pas la serrer dans ses bras et les mots qu'elle lui écrivait étaient plus voluptueux encore que ceux qu'elle aurait prononcés s'ils avaient été l'un l'autre dans la chambre de Saugeline. Lamirot répondait, laconique, un : « Viens vite ! Je ne peux plus attendre. J'ai besoin de toi. Sinon je meurs… »

Ce jour-là, il gara sa berline sous les chênes de Masdupuy. La vue était imprenable sur le domaine de Combeval. De ces hauteurs, on pouvait suivre les allées et venues des uns et des autres. Il s'accouda à la portière, vitre ouverte, les mains bien calées pour que ses jumelles ne tremblassent point. Il cherchait Reine. Et il finit par l'apercevoir sur la terrasse. Elle fumait une cigarette, admirant le paysage ou on ne sait quoi. Peut-être rêvassait-elle de lui ou à l'infortune de sa situation. Car il ne la croyait pas heureuse avec son mari, un homme simple, rude, peu enclin à tourner les compliments que les femmes prisent tant. Il ne lui apportait rien qui pût satisfaire une âme si complexe avec ses bouillonnements de passion et de fureur. Il l'imaginait dans la retenue, effacée par nécessité et, par-delà, quelque colère souterraine prête à sourdre.

Lamirot tenta de régler ses jumelles pour mieux distinguer son visage. Il parvint à deviner, à ses mouvements, qu'elle était en proie à l'agitation. « Le volcan sommeille, se dit-il. Et ça ne manquera pas de jaillir, tout feu tout flammes. » Puis il vit Marcelin s'approcher d'elle. Il la prit par le bras, elle se défila vivement. Et Lamirot poussa un mugissement de plaisir, comme s'il jouissait de les voir ainsi, dans cette petite guerre quotidienne. « Elle ne va point tarder à me revenir », pensait-il en posant le front sur son volant, yeux clos.

L'homme de Saugeline redémarra et roula jusqu'aux abords du domaine, se fichant bien qu'on aperçût sa berline. Il n'était dans le pays aucune autre Levassor que la sienne. Il longea les bâtiments et la cour arrière, puis le muret des granges et des communs. Et soudain, l'envie le prit d'entrer dans la cour, de surgir de sa voiture comme un diable de sa boîte. Mais il ne fit pas, par lâcheté ou par lucidité. Car cette visite surprise eût à jamais ruiné leur relation. Souvent, Reine lui avait fait promettre de ne jamais mettre les pieds à Combeval. « Mon mari est un homme stupide, certes, mais jaloux comme un pou. Et s'il venait à deviner notre liaison, je crois qu'il me rendrait la vie intenable… — Tant mieux, avait répliqué Lamirot. Ainsi serais-tu tout à moi. — Ne fais pas cela, Paul, je t'en conjure. Cette humiliation me blesserait. — La sienne d'humiliation, reprit Lamirot, elle te blesserait aussi ? C'est incompréhensible. — Je me sens liée à lui. Non par amour, mais par… » Elle ne sut trouver le mot pour justifier sa réaction. Il n'avait pas insisté.

Alors, Paul appuya sur l'accélérateur et s'éloigna de Combeval, sans jeter un regard dans le rétroviseur. Les larmes coulaient sur ses joues. Il se sentait si abandonné et si seul qu'il roula longtemps, sans but, vers Aubepas, un bras négligemment sur la portière. Il songeait alors que son père lui avait laissé une petite fortune le mettant à jamais à l'abri du besoin. C'était sans doute ce qu'il avait fait de pire, le vouer à l'ennui et au dilettantisme. « Tu ne saurais trouver de quoi t'occuper, lui avait un jour dit son père, puisque rien ne t'intéresse dans la vie. Le goût des livres et de l'art, certes… Mais ça ne tient pas assez en éveil pour se réaliser, lorsqu'on n'a aucun talent particulier. En vérité, tu n'aurais pas dû naître. Je te prie de m'en excuser, avait ajouté le conseiller planificateur. Ta mère et moi avons fait une bêtise car il ne suffit pas de donner la vie, quand on n'a point le pouvoir de l'ôter. Sans doute décideras-tu d'abandonner cette existence inutile et pesante. C'est un geste douloureusement tragique qu'il te faudrait accomplir. Car la vie ne se supprime pas sans brutalité. À la vérité, tu ne saurais pas même comment t'y prendre pour en finir. Alors, prends patience. Il se peut que le corps décide à la place de l'âme. La nature est bien faite. L'ennui tue aussi sûrement qu'un cancer, qu'une tuberculose ou une maladie du cœur. »

Lamirot rentra à Saugeline en passant par les cuisines, discrètement. Il agissait ainsi lorsque le spleen le possédait. Mais Esther accourut. Elle lui posa quelques questions d'ordre domestique. Il attendit, indécis, avant de lui demander de préparer la chambre nuptiale. C'était la plus belle pièce de la maison, celle où sa mère Milienne avait rendu l'âme. Chaque fois, le mot « nuptiale » la faisait sourire. La gouvernante savait que cette chambre était dévolue, désormais, aux visites de Reine Montagnac. C'était leur île d'amour, leur temple des passions, leur repaire d'amoureux. Esther veillait à ce qu'il ne manquât rien : draps de soie, napperons brodés, vases fleuris, encens de rose, et même des kimonos japonais que les amants aimaient porter en buvant du champagne Salon et en dégustant sur un plateau d'argent des tétons de Vénus, si tendres et moelleux, à la noix de coco.

Pendant que Paul-Étienne Lamirot se désolait des absences de sa maîtresse, Combeval était sens dessus dessous. On attendait l'arrivée des Rouveix. « Ils viennent inspecter le domaine…, disait Angèle en ricanant son aise. Et notre petit Bastien, ajoutait-elle, est dans ses petits souliers, comme un enfant dans la crainte des remontrances. »

Depuis le mariage d'Eugénie et le rapprochement avec les Lapoujade, la mère se sentait abandonnée à son sort. Le domaine lui paraissait avoir changé du tout au tout. On n'y reconnaissait plus rien, ni le jardin, ni les pacages, ni les troupeaux. Les limousines avaient remplacé les salers et toutes les terres en friche étaient devenues des plantations de fruitiers. Ces longues rangées d'arbres tassés et domestiqués lui faisaient horreur. Elle évitait du reste de franchir la crête de Lorgnac, de peur de se perdre. Les anciennes sentes où fleurissait le millepertuis avaient été rayées du paysage au profit d'un large chemin empierré, praticable pour les charrois. La fontaine où, jadis, une eau claire se déversait avait été remplacée par une serve où l'on captait les eaux pour irriguer les plantations. Le domaine, en moins de trois ans, avait été façonné pas l'agriculture nouvelle. Rien ne se pourrait exister à Combeval qui ne fût utile au progrès. C'était le mot-clé de Bastien qu'il aimait répéter à l'envi, comme une vérité immuable. Angèle se cantonnait donc à sa cuisine qui, elle, n'avait subi aucune modification. Pourtant, on en avait voulu à sa cuisinière à bois, avec ses garnitures de cuivre et de laiton. Mais non, elle avait refusé. Et de même, elle avait imposé de conserver un coin de jardin pour y faire les légumes à sa fantaisie, sans engrais, sans sulfate ou poudrage. « C'est dans mon idée, disait-elle en tapant sur son tablier du plat de la main, que tout ça, ce n'est pas bon pour la santé. » Pour les tomates, Pichoine faisait tout de même usage de la bouillie bordelaise, sans lui demander son avis. Mais Angèle voyait d'un mauvais œil « le bleu des vignes », comme elle disait. Il lui importait peu qu'on empoisonnât le vin, puisqu'elle n'en buvait pas, mais ses tomates, bob. Aussi courait-elle les essuyer avec un chiffon en maugréant contre le vieux domestique.

Gérald et Léonie arrivèrent en début d'après-midi au volant de leur torpédo. De sa petite fenêtre, Angèle les observait d'un air rogue. Elle avait décidé de ne pas les saluer, ces étrangers de Brive qui s'en venaient piétiner ses terres sacrées.

« Ah, si mon Charles était là, il les chasserait à coups de fusil. » Elle alla s'asseoir dans un recoin, entre le buffet et la maie, face à la pendule qui égrenait les secondes. C'était sa place favorite. Lorsqu'elle sonnait les heures, elle levait les yeux vers elle et soupirait en pensant que le temps était bien long.

Parfois, elle avait envie de partir. Lorsque Simplon venait lui prendre sa tension et tâter ses mollets, elle lui disait invariablement : « Vous croyez, docteur, que ça va être long ? – Quoi donc ? – La vie. » Il haussait les épaules. Il ne savait que répondre, car de toute évidence, la vieille dame était en bonne santé. Elle ajoutait, juste avant qu'il ne se retire avec sa sacoche : « C'est mal fait. J'aurais dû partir avant cette pauvre petite. Notre Alexandrine… Je n'oublierai jamais le moment où on l'a mise en boîte avec son enfant. C'est une image qui me revient quand je ne dors pas. Je pense à eux deux. Je me dis qu'ils sont peut-être heureux là où ils sont. Qu'en pensez-vous, docteur ? »

Désormais, les Rouveix avaient leur habitude. Ils entraient dans la maison comme en pays conquis. Léonie allait dans le salon, sans même un regard vers la cuisine. Elle savait que la vieille dame ne voudrait point la saluer. Ça la navrait, mais elle n'insistait pas.

Reine alla leur chercher du café. Léonie attendit qu'on la serve sur un plateau. Elle disait que, désormais, le domaine était bien tenu et qu'elle avait désespéré, autrefois, de le voir changer et revivre.

— Les pruniers commencent à donner en abondance. Nous aurons de la reine-claude de qualité. Bastien n'a pas fait d'erreur, le sol leur convient parfaitement. Drainé et léger comme il faut. Nous n'aurons pas dépensé en vain. Je craignais au départ que nous soyons obligés d'attendre plus que de raison avant qu'ils se mettent à produire. Les tailles ont été faites avec art.

Elle se prit à décrire la technique dont elle avait suivi la mise en œuvre.

— Première taille avec trois branches de trente centimètres, puis l'année suivante six ou sept nouvelles pousses taillées elles aussi à trente, mais au-dessus des premières pour que l'arbre forme un évasement. Et ainsi jusqu'à une dizaine de branches. C'est suffisant pour une tête solide et bien équilibrée.

Léonie tapa dans ses mains.

— Je doutais de vous, Reine, je le confesse. Eh bien, j'avais tort. Vous vous y êtes mise.

— Notre Bruno Cachin est un ouvrier hors pair. Il greffe et taille à merveille. Il lui suffit de regarder un arbre pour décider de la forme qu'il va lui donner. C'est essentiel. Une tige ôtée sans raison et c'est un an de perdu, n'est-ce pas ?

— C'est comme dans la vie, ma chère Reine. Nos familles croissent de la sorte. Il suffit qu'un enfant disparaisse et tout est déstabilisé. Je pense à ce petit bonhomme mort-né. Quelle tristesse…

— Bastien n'en parle jamais.

— Il fréquente au moins ?

— Je ne crois pas.

— Il lui faudrait une nouvelle femme. De préférence de la campagne. Vous n'en connaîtriez pas une, vous, qui pourrait faire l'affaire ?

— C'est compliqué.

— J'ai été un peu marieuse dans ma jeunesse. Mais pour moi, je n'ai pas fait preuve de clairvoyance.

Elle éclata de rire. Léonie prenait de plus en plus l'habitude de se critiquer. Au fur et à mesure qu'elle avançait dans le temps, elle se rendait compte de tout ce qu'elle avait raté dans sa vie. Et ça l'horrifiait.

— Je n'ai pas su bien diriger ma vie, poursuivit-elle. Rouveix m'a épousée quand personne ne voulait de moi et de ma petite fille chérie. Ce ne fut pas le mariage que j'attendais. Mais qu'importe, il me fallait un homme avec de l'argent, débrouillard. C'est tout ce que j'exige des hommes, moi. Qu'ils soient séduisants m'importe peu. Il suffit qu'ils soient propres de leur personne, un brin futés et surtout pas violents ou buveurs, ou coureurs, ou querelleurs…

Elle pencha la tête pour s'assurer que Gérald était à distance.

— Il n'y a jamais eu d'amour entre nous deux, déplora-t-elle. C'est comme avec votre mari, Reine. Gérald a tout ce qu'il faut en revanche, mais il ne s'en sert pas, si vous voyez ce que je veux dire…

Elles rirent ensemble.

— Et vous, ma chère, avez-vous trouvé de quoi vous satisfaire ?

— Je ne répondrai pas.

— C'est de la timidité. Entre femmes… on peut tout se dire.

Reine secoua la tête.

— Je vous comprends. Ce sont des choses que l'on fait et dont on ne parle pas.

Léonie se pencha vers Reine et lui fit signe d'approcher.

— J'ai eu deux amants. Juste après la disparition de ma fille. J'ai espéré que l'un de ces types me fasse un enfant. Mais non. Je n'ai pas insisté. À cause de Gérald. Ça l'aurait humilié. Aujourd'hui, nous sommes à l'aise. Nous avons de l'argent et nous ne savons qu'en faire. Heureusement qu'il y a Combeval. C'est un gouffre à fric idéal, comme dirait Gérald. Nous nous fichons de ces dépenses. D'autant que, avec le nez qu'il a, ce bonhomme serait bien capable d'arrondir encore le pécule. J'ai confiance dans notre société agricole. Sur ce point, je vous mets à l'aise, Bastien et vous… Je ne cite pas Marcelin, votre petit mari. C'est un zombie, n'est-ce pas ? Un malheureux zombie… Quel courage vous avez, Reine. Je vous admire. Tachez tout de même de vous réserver quelques plaisirs. La vie s'écoule si vite.

Léonie s'approcha de la cuisine.

— Vous ne voulez toujours pas me parler, Angèle ? Je suis le diable en personne. On ne parle pas au diable, sauf à vouloir s'inviter au sabbat.

Elle éclata de rire.

— Savez-vous ce que je me disais, récemment, en pensant à vous : Angèle Montagnac est le dernier vestige combevalien. Après Charles, il ne reste plus que vous. Vous avez hérité de tous ses travers.

— Je ne veux pas vous parler. Ne m'obligez pas à vous dire ce que je pense ! clama Angèle en faisant des grands gestes.

— Mais je le sais, ce que vous pensez de moi. Une fille perdue.

Léonie s'éloigna en s'esclaffant. Reine l'observait avec une certaine admiration. Elle l'appréciait de plus en plus, et dans le fond, elle n'aspirait à rien d'autre que lui ressembler. Ce détachement vis-à-vis des aléas de la vie, cette façon de manier l'ironie, comme si toute situation ne se pourrait régler que par un pied de nez…

Léonie sortit prendre l'air au bras de Reine. Elle tenta encore de la cuisiner sur son existence monotone et ennuyeuse, selon elle, à Combeval.

Mais Reine savait que cette frontière ne se pouvait dépasser sans se découvrir dangereusement.

Comme chaque fois que Rouveix s'en venait à la campagne fouler les terres des Montagnac, il s'habillait en explorateur : pantalons courts, guêtres de toile sur brodequins cloutés, chemises coloniales pain brûlé et chapeau de même style. Les ouvriers agricoles se cachaient pour en rire, mais Bastien, lui, conservait un sérieux de façade.

— Cher oncle, suivez-moi dans les nouvelles plantations. Je veux vous montrer comme nous avons bien travaillé.

Gérald posa la main sur l'épaule de son neveu.

— Tu n'as rien à prouver, Bastien. Je te fais confiance. Nos arbres commencent à produire.

— Il y a eu quelques gelées au fond. Dommage…

— Il aurait peut-être été préférable de ne pas planter en ces endroits ?

— Le printemps ne nous sera pas toujours aussi défavorable. Cette année, les arbres sont partis en fleur très précocement…

Rouveix n'écoutait plus les explications. Ce lui rappelait trop celles de ses courtiers pleurnichant sur l'éternelle misère du temps.

— On fera avec, dit-il.

Bastien fut étonné par sa réaction, comme si ses difficultés lui passaient au-dessus de la tête.

— Avec l'abondance, les cours s'effondrent. En revanche, la rareté les fait grimper au-delà du raisonnable. En un mot, nous sommes gagnants à tous les coups. N'oublie pas, mon petit Bastien, que la vente aux grossistes se fera sans intermédiaire. Et le bénéfice remplira les poches de la société. Autant dire les nôtres. C'est ainsi, désormais, qu'il faut envisager l'agriculture. Nous sommes des précurseurs. Et dans les années à venir, nous devrons acquérir d'autres terres pour planter et encore planter, n'est-ce pas ? Je songeais aux Lapoujade. Qu'en penses-tu ?

Bastien n'avait pas envie de répondre à cette question. Depuis que sa sœur avait épousé Octave, elle paraissait voir Combeval comme un domaine rival du sien. Rouveix insista. Cet homme avait une idée par minute, toutes dédiées aux affaires. Et il ne cessait, dans son bureau de la rue Lachambaudie, d'échafauder des projets.

— S'ils ne veulent pas nous céder du terrain, il faudra les intégrer dans notre société.

— Vous y songez sérieusement, mon oncle ?

— Oui, bien sûr. Notre association a besoin de nouveaux membres. Je me chargerai de leur présenter les avantages d'une telle alliance, chiffres à l'appui, à condition que tu m'ouvres le chemin, mon petit Bastien. Tu fais le premier pas dans leur direction et je m'occupe du reste.

Pour le coup, Bastien doutait qu'il pût être de quelque utilité dans une telle démarche. Sa sœur ne l'écouterait assurément pas, tant leurs relations s'étaient dégradées ces derniers mois.

— Vous ne vous parlez plus ? Ce serait un comble. Parfois, mon garçon, il faut faire passer ses états d'âme au second plan.

Comme Pichoine, Boscot et Cachin s'étaient approchés, la discussion s'interrompit net. On se serra la main et, après quelques mots de politesse, Gérald leur dit tout de go de vaquer à leurs occupations.

— Motus, fit-il en posant un doigt sur ses lèvres. Le personnel ne doit rien savoir. C'est comme dans mon entreprise, mon cher, je ne supporte pas les indiscrets. Ça jacte, ça brode, ça cancane, jusqu'à nous pourrir la vie.

Ils descendirent au milieu des plantations pour examiner les fruits. Les branches chargées parurent rassurer Rouveix. Il connaissait son neveu, il le savait pessimiste de nature, comme tous les paysans de Corrèze. On passait son temps à regarder le ciel et à prier pour que les dieux épargnent les cultures.

— Je préférerais en parler d'abord à Octave. Ce n'est pas un agriculteur dans l'âme. Lui aussi, le destin l'a cloué à sa terre.

Rouveix l'arrêta aussitôt. Les pleurnicheries sur la guerre lui hérissaient le poil.

— On ne regarde pas derrière soi. On fixe l'avenir, et rien d'autre. Comme l'œil dormant de la greffe qui prépare la renaissance d'une variété. Nous sommes, répéta-t-il, l'œil dormant de la greffe.

Il se mit à rire. Et Bastien en profita pour l'assurer que tous les cognassiers mis en terre avaient été greffés durant l'hiver avec des scions de williams, de duchesse d'Angoulême et de beurré clairgeau.

— Et la passe-crassane ? Aurais-tu négligé cette variété ? Elle est très demandée. C'est une poire qui fait du poids. Un peu tardive, mais résistante.

Le jeune homme lui promit d'en faire un carré d'une centaine de pieds à l'automne, vers Lorgnac. Un sol frais et humide.

— Alors sur cognassier, insista Rouveix. Le cognassier fera un bon porte-greffe pour ce terrain. Évitons ici le franc.

Bastien opina de la tête. Il connaissait son affaire aussi bien que Rouveix. Et ce dernier fut rassuré de le constater. Une erreur et le pourridié dévasterait en un rien de temps les arbres.

— Quand ça blanchit du pied, cette saloperie de champignon fait plus de dégâts que le mildiou sur la vigne.

Montagnac voulut entraîner son oncle vers les fonds. Mais Rouveix s'essoufflait vite et il demanda à rentrer.

— Je vois que notre affaire se présente au mieux.

Ils remontèrent vers la crête de Rochemorin à petits pas. Quand ils purent jouir d'une vue d'ensemble sur Combeval, Rouveix se mit à hocher la tête.

— Il y a encore de la friche. Certes, c'est bien que la terre se repose, mais moi, mon petit Bastien, je la préfère en activité. Des pommiers, par exemple. Faudrait faire de la reinette dorée, de la canada et de la gravenstein. Ce sont les goûts du moment. Ne perdons pas de temps. J'ai de la demande en Belgique et en Angleterre. Ce sont des pays de mangeurs de pommes.

— Je compte en planter cet automne aux Grandes-Terres. Mais il y aura un peu de déboisement à faire. Et ça coûte cher.

Gérald se mit à sourire.

— Nous ouvrirons une ligne de dépenses dans nos registres pour un petit millier de pieds.

— Un millier ! s'exclama Bastien. N'est-ce pas trop ?

— On ne doit pas voir petit, répliqua Gérald. Mais c'est une proposition que l'on pourrait faire à Lapoujade, des pommiers et des cerisiers. Qu'en penses-tu ?

— Je ne sais quoi vous dire, Gérald. Comment pourrais-je décider à leur place ?

— En leur faisant des propositions sérieuses. On les prend dans notre société et on leur offre d'investir. Ils sont riches, à ce qu'il paraît.

Peut-être pourra-t-on négocier fifty-fifty. Sans intéressement, on ne fait aucun effort. C'est le nerf de la guerre. Je peux, moi, leur servir de banquier. Comme pour Combeval.

Rouveix parlait d'un ton saccadé, comme s'il lui fallait reprendre sa respiration entre chaque bribe de phrases.

— Je n'ai pas de terre adaptée pour les cerisiers, déplora Bastien.

— Je le sais. Notre sol est trop humide. Et ce qui pourrait convenir aux cerisiers a déjà été converti à la vigne.

— Bagarel ?

— Oui, Bagarel.

Ils atteignirent enfin la terrasse par le sentier des figuiers. Rouveix cueillit au passage une feuille et en fit exsuder la sève blanche, qu'il se mit à humer.

— J'aime cette odeur, fit-il. Ça me rappelle mon enfance. Avec mon petit frère Alcide, nous nous gavions de courcourelles. Ce sont les meilleures.

— Celles-ci, ce sont des figues blanches d'Argenteuil, charnues et peu sucrées. Nos pères en ont planté quelques pieds, bien à l'abri du froid, rien que pour la décoration et les confitures. Quelquefois, nous y mettions des ruches. Les abeilles se plaisent au milieu des figuiers.

— Il faudra en installer, conseilla Rouveix, pour la pollinisation de nos fruitiers.

— Nous possédons cinq ruches pleines d'abeilles noires, répondit Bastien. Pichoine est un apiculteur hors pair.

— Ah, Pichoine ! s'exclama Gérald. Que ferait-on sans lui ? Mais il se fait vieux, notre pauvre Pichoine.

Montagnac expliqua que son savoir était précieux. Il avait beaucoup appris de lui et ne comptait point s'en séparer, quoi qu'il advienne, l'homme avait voué les meilleures années de sa vie à Combeval.

— Sur ce point, nous ne nous sommes jamais disputés avec mon père.

— Et Marcelin, suggéra Rouveix, ne pourrait-il pas s'occuper des nouvelles colonies d'abeilles ?

Bastien haussa les épaules.

— Je ne lui demande jamais rien. Il erre sur nos terres comme une âme en peine. À croire qu'il ne se relèvera jamais de ses blessures.

— Il grossit comme un chapon, fit Rouveix. Le travail lui ferait le plus grand bien.

— Je lui ai offert un chien, un bâtard gris et noir. Il l'a surnommé Nivelle.

Ils achevèrent leur promenade sous les tilleuls. Reine avait apporté des verres et une bouteille de vin bouché, un blanc sec de Bigorie. Elle emplit les verres, sauf celui de Gérald. Il l'avait refusé en plaquant sa main sur le sien.

— Le cœur y est.

— Nous avons décidé de planter du pommier, annonça Bastien.

Reine se fendit d'un sourire. Elle savait que Rouveix n'avait que des bonnes idées en matière d'agriculture.

— J'ai proposé une mission à Bastien, ajouta celui-ci en lui prenant la main.

Gérald se sentait naturellement attiré par la beauté éclatante de Reine. Et ce geste plus qu'amical surprit Montagnac.

— Si j'avais vingt ans de moins et sachant ce que je sais…, fit-il en guise de compliment.

Mais Reine demeura stoïque. Elle avait l'habitude que les hommes, tous les hommes, quel que soit leur âge, la courtisent. Elle s'en amusait en leur faisant croire que leurs avances pouvaient l'intéresser.

— Mon pauvre Gérald, marmonna Léonie en faisant un clin d'œil à Reine. Quelle mission ?

— Convaincre les Lapoujade d'entrer dans notre société agricole.

Il y eut un lourd silence. Léonie n'avait pas d'opinion sur le sujet.

— Je ne sais pas encore si je suis l'homme de la situation, déplora Bastien. Ma sœur se méfie de moi et Octave… Que sais-je de ce garçon ?

— Alors, intervint Reine, il faut me la confier, cette mission. Eugénie m'adore et Octave me trouve à son goût. C'est une belle entrée en matière.

— Parfait, dit Gérald. Je vous vois bien dans ce rôle.

Il prit une mèche de ses cheveux et la laissa filer entre ses doigts.

— Qu'en penses-tu, Bastien ?

Ce dernier tarda à répondre. Léonie lui fit un petit signe de tête, comme pour l'inciter à prendre une décision au plus vite.

— Pourquoi pas, admit-il à contrecœur.

— Affaire conclue. Nous pourrions nous retirer, tous les deux, au salon pour aiguiser nos arguments, reprit Gérald.

Reine le suivit dans la maison.

— Comment va Marcelin ? lui demanda-t-il.

Reine détourna les yeux. Rouveix posa une main sur son genou, mais la jeune femme la retira, délicatement.

— Sans vous offenser, monsieur Rouveix.

Il éclata de rire.

— Nous sommes de la même race, vous et moi. Ici, vous représentez tout ce qui manque et qui a toujours manqué à Combeval : la finesse, la beauté, la grâce.

Puis il lui présenta son projet en quelques mots. C'était assez simple. Elle parut s'y intéresser et lui promit de parvenir à ses fins.

— Si un jour Bastien nous fait défaut, vous serez là pour relever le gant, n'est-ce pas ? dit-il.

Reine se mit à rougir comme une pivoine. Il trouva sa réaction fort excitante, car il venait de comprendre que la jeune épouse de Marcelin était ambitieuse. Et rien ne le grisait plus dans l'existence, tant le contraire le désolait.

À la tombée du jour, on prit une collation, de la viande froide agrémentée de cornichons. C'était une manière de finir la soirée, sans mettre les petits plats dans les grands. On servit le vin rouge de Bigorie et, à la fin, quelques alcools maison : poire, prune, etc. Léonie prit Bastien à part avant de s'en retourner à Brive, rue Alex-Daudy.

— Vas-tu demeurer dans le chagrin ?

Il détourna la tête, agacé.

— Ma tante, ça ne te regarde pas.

— Je crois te connaître assez pour percer le fond de ton âme. Tu as renoncé à tout pour Combeval. Tu as voulu un enfant et le destin en a décidé autrement. Qu'est-ce qui te retient ici ? Les folies de Gérald ? C'est un monsieur fort autoritaire, il ne faut pas l'écouter aveuglément. Si tu te morfonds dans ces sombres perspectives, la terre et ses cruelles exigences, le bonheur s'éloignera de toi. Ça me peine, en vérité.

Bastien soupira en clamant que Combeval était son seul avenir et qu'il s'y consacrerait corps et âme.

— Stupide ! s'exclama Léonie. Rien ne mérite un tel sacrifice. Ton grand-père a mis fin à ses jours, ton père a tourné la carte et toi, que deviendras-tu lorsque tu réaliseras enfin que Combeval n'en valait pas la peine ?

Le jeune Montagnac sonda le regard de sa tante. Il ne comprenait pas que les Rouveix pussent avoir à son sujet des vues si discordantes, entre Gérald qui voulait faire de lui son alter ego et elle qui tentait de le détacher du domaine.

— Si tu désires rester ici, alors il te faut trouver une femme et oublier Alexandrine. Mais si tu veux t'évader, il serait temps de venir plus souvent à Brive, de renouer avec L'Aède et avec les belles soirées du Plaisance. Certes, Ariane a épousé son bellâtre, mais je la connais, la belle Lamarkan, elle porte mal le fardeau conjugal. Elle n'est pas heureuse. Elle folâtre, elle aussi, sans savoir quelle direction doit prendre sa vie. Je la soupçonne de s'ennuyer. La tristesse se lit dans ses yeux, avec ses ombres, comme des désirs inavoués.

Bastien baissa la tête. Pour rien au monde il n'aurait reconnu que jamais il ne s'était consolé d'Ariane, de cet amour, certes platonique, qui les avait liés un temps sans qu'il trouve le courage de se déclarer, se jugeant sans doute indigne d'elle.

— Est-ce le souvenir douloureux d'Alexandrine qui t'oblige à cette immobilité ? Crois-tu que, par-delà la mort, tu lui dois fidélité ? Mon Dieu, ce serait trop triste.

Soudain, sans qu'il pût contenir ses larmes, Bastien lui confessa qu'il en voulait à Alexa d'être partie si vite avec son enfant. Peut-être même lui en voulait-il inconsciemment de lui avoir volé sa descendance. Il admit enfin que sa mort passait au second plan.

— Comment cela ? J'ai besoin de comprendre.

Montagnac hésita à répondre. Cet aveu lui déchirait l'âme.

— Elle ne voulait pas de cette maternité. Elle m'a reproché de l'avoir mise enceinte, elle me disait : « Moi, je ne l'ai jamais voulu. Je n'ai fait que t'obéir. » Et je crois qu'elle n'a pas fait tout ce qu'il fallait pour protéger le bébé dans son ventre. Peut-être voulait-elle mourir avec lui… Est-ce possible ? Ou bien suis-je un monstre de penser cela d'elle ?

Léonie avait plaqué les mains sur son visage. Elle n'osait le regarder, ce jeune homme qui ressemblait tellement aux Montagnac, à Émile, à Charles… La noirceur de ces terres, de ce domaine, de ces murs, de ces souterraines haines avait déteint sur lui. Ainsi se perpétuait-elle, comme une fatalité.

— Tu dois fuir, mon petit, loin de tout ça, de ces tombes, de ces serments, de ces promesses, de ces fantômes. Tu dois tirer un trait et partir sans te retourner, d'un pas résolu, comme je l'ai fait pour ne pas devenir, moi aussi, une ombre malfaisante de Combeval. Je vois désormais, poursuivit-elle, ce qu'ils ont fait de toi. Tu étais si différent lorsque tu venais nous voir à Brive…

Elle se leva péniblement, appuyée sur sa canne. Il la suivit.

— Je ne voulais pas te faire de la peine, ma tante.

Elle poussa un juron en lui enserrant le poignet, jusqu'à y planter ses ongles. Il y avait de la violence en elle. Tout s'en revenait en boomerang : ses souvenirs, la colère des gens de Combeval, les anathèmes proférés… Fille perdue.

— Oui, triste constat, ajouta-t-elle, ils ont réussi à faire de toi un fils perdu… Tu es aussi mutilé que ton frère, côté âme.

Il s'éloigna dans la nuit. Il songeait à la belle Ariane, à tous ses renoncements et à la fatalité de son destin.

2

Marcelin refusait obstinément, et presque par devoir, de participer aux travaux du domaine : la fenaison, les moissons, la cueillette des fruits, les vendanges. Pour tout, il s'était défilé sans vergogne, prétextant le déclin de sa santé. Il parlait de lui comme si ses jours étaient comptés et qu'une obscure maladie allait l'emporter, en un mot, parachever ce que la guerre n'avait réussi à terminer.

Désormais, il faisait de longues promenades, souvent d'un pas alerte, au point que Reine s'interrogeait. « Ne nous joue-t-il pas la comédie ? » Et lorsqu'on l'interrogeait, il répondait : « Je fais voyager Nivelle. Il s'ennuie. Ensemble, nous parlons souvent du bon vieux temps. » Nivelle, c'était son chien, un corniaud aimable et obéissant, « mais con comme la lune », disait souvent Marcelin à voix basse pour ne pas vexer l'animal, comme si la malheureuse bête eût pu comprendre la conversation.

Si Bastien n'attachait guère d'attention à la métamorphose du grand malade, Reine, elle, s'en inquiétait. Elle y voyait le signe d'un ramollissement cérébral. Et parfois, elle disait à Rose Landray, par trop excédée : « J'aurais préféré qu'il prenne sa bombe sur la tête plutôt que dans les roupettes. Au moins, l'affaire aurait été classée d'emblée. »

Marcelin promenait Nivelle par monts et par vaux. Parfois des journées entières. Il lui parlait de sa guerre, lui reprochait les tueries du Chemin des Dames d'avril 1917. Et au passage, il lui fichait quelques coups de pied, comme pour le punir. « Salopard, disait-il, tu en as envoyé de la chair fraîche à l'abattoir. Sans hésitation, sans regret. Tenir, coûte que coûte avec la peau des autres, et le sang des bons chrétiens. Tiens, v'là la réponse ! » disait Marceau en le saisissant par le collier. Le bon chien ne se rebiffait point. Trop fidèle, trop docile. Et après, Nivelle se rapprochait de son maître pour lui lécher les mains. « T'es con de faire ça. T'es pas dans le bon rôle, mon chien. Tu devrais m'mordre le jarret, crevure. »

Puis Marceau reprenait sa marche jusqu'à La Blis, par le chemin Royal. Il allait lentement, sa cape traînant jusqu'au sol. Il zigzaguait d'un bord à l'autre du passage, s'arrêtait, le nez en l'air, pour contempler la cime des chênes. « Jour calme, pas une attaque en vue. On va attendre. M'est avis que le clairon va finir par sonner, puis les abeilles nous piqueront en bande. Par tirs croisés. Pas de tranchée, faudra vite se planquer si on veut pas se faire trouer la peau.» Et machinalement, il plaquait ses mains sur son ventre. «Ça ne va pas recommencer, nom de Dieu! hurlait-il. Je les ai perdues une fois, ça ne peut plus m'arriver. Qu'est-ce que t'es con, Montagne. Hé, barbu, toi, l'épouillé aux mille punaises. Kervadec, tu me cherches? Des poux sur la tête et dans la tête… T'vas finir en bouillie. Restera plus rien qu'un tas de barbaque. Je parierais un canon que la guerre finira sans nous, pasque les Fridolins nous auront réduits en marmelade. Nivelle, rapplique par ici! Je veux te faire la peau. Comment qu'on tue son général? Je sais plus. Et la punition? Manque la page du fascicule dans le livret militaire où tout ça est expliqué noir sur blanc. Le conseil de guerre, la sentence et le peloton. Article 223 : voies de fait envers son supérieur. Ranplanplan!»

Il s'asseyait dans le fossé, adossé contre le talus d'herbe sèche. Ça chantonnait dans sa caboche, de vieilles ritournelles, de celles qu'on n'oublie jamais et qu'on emporte avec soi dans la mort. Des comptines de guerre. «Un Français doit vivre pour elle, pour elle un Français doit…»

Marcelin rentrait à la nuit. On savait qu'il était de retour lorsqu'on apercevait Nivelle. Le bâtard s'engouffrait dans la cuisine, où Angèle lui avait préparé sa ration, remuant la queue et gémissant. « Pourquoi ce chien l'accompagne-t-il partout ? se disait-elle. Ce n'est pas bon pour mon fils, ce n'est pas dans nos habitudes. » Angèle se souvenait surtout de Mascotte, qu'on n'avait jamais pu mettre derrière le cul des vaches pour les faire avancer.

— C'est vrai, dit-elle à Reine qui emmenait les plats dans la salle à manger, nous n'avions que des chiens fainéants. Mais ce Nivelle bat tous les records de stupidité. Regardez-le faire. Il court dans toutes les pièces, s'agite, s'ébroue, s'épuce. Il sent la vase. Je parierais que Marcelin l'a emmené à La Blis. Pourquoi toujours à cet endroit où mon pauvre Charles a rendu l'âme ? C'est un lieu maudit. Et Marcelin ne pense qu'à ça, La Blis. Vous l'avez interrogé, Reine, sur cette manie ?

— Et pourquoi le ferais-je ? Marceau va où bon lui semble. Je n'ai rien à dire.

— Vous ne trouvez pas qu'il a changé, Reine ?

Angèle tremblotait du visage et des mains. Elle faisait chuter des verres, des assiettes, échappait les ustensiles de cuisine, parfois les marmites.

Reine évitait les longues conversations avec sa belle-mère. Celles-ci finissaient toujours par dévier sur ses absences répétées. La belle-mère s'interrogeait. « Toujours en vadrouille, notre chère bru, disait-elle. Comme si on ne se plaisait pas ici. C'est vrai qu'il n'y a plus de famille comme autrefois. On se regarde en chiens de faïence, on s'observe, on se critique. » Et Reine ajoutait : « On ne s'aime pas. »

Ce soir-là, Bastien chassa le chien de la maison. Il ne l'aimait pas, ce corniaud. Il rendait Marcelin gâteux et violent. Il semblait passer sur lui toutes ses colères. C'était une mauvaise idée de l'avoir amené à Combeval pour distraire son frère.

Marcelin entra dans la cuisine, détacha sa cape, la suspendit au portemanteau, mais en l'accrochant si mal qu'elle chuta sur les chaussures en vrac. Il s'assit à sa place et attendit qu'on le serve. Il ingurgita son potage en un rien de temps, tête baissée, comme un coureur cycliste. Reine passa la main sur ses épaules. Cette brève caresse lui fit remuer la carcasse, comme si elle l'incommodait.

— Tu fais chambre à part, maintenant. Ça me rappelle des souvenirs, Reine.

— J'ai le sommeil léger. Je me réveille deux ou trois fois par nuit et je lis. Je ne voudrais pas t'incommoder.

— Qu'est-ce que ça peut faire, je ne dors pas de toute façon.

Elle haussa les épaules.

— Qu'est-ce que tu lis ? Des romans, je parie. Des histoires stupides pour bonnes femmes.

Reine observa Bastien et ne vit sur son visage aucune expression, comme s'il était sourd à tout ce qui se passait autour de lui. Mais Marcelin insista. Il voulait savoir ce qu'elle lisait.

— Tu entends, Angèle ? Des amourettes.

Angèle éclata de rire. Ça lui ressemblait bien, à sa bru, les histoires d'amour.

— Mieux vaut les lire, ces cochonneries, que de les faire.

— Rien n'empêche de les faire aussi, maman. Au contraire, on les lit pour se donner des idées.

Bastien releva la tête. Son regard s'attarda sur Reine. Il lui adressa un sourire complice. Il n'aimait pas que Reine serve de souffre-douleur. Marcelin lui-même s'y mettait, à croire que ce mariage lui pesait, qu'il avait envie de la mortifier, de l'humilier, sa chère Reine.

— Je lis *Tess d'Urberville*, l'histoire d'une femme qui me ressemble. Elle cherche un peu de bonheur sur cette Terre. Serait-ce trop demander ?

Angèle se remit à ricaner, sournoisement.

— Trouve-t-elle un bon mari ou se réfugie-t-elle dans les bras d'un amant pour se consoler ?

Reine baissa la tête.

— Tu n'es pas obligée de répondre, Reine, fit Bastien. On lit pour élargir son horizon, non pour le compromettre.

Il éclata de rire, Reine aussi. Puis ils se levèrent ensemble et sortirent dans la cour.

— Je comprendrais que tu quittes Combeval, lui dit-il.

— Pourquoi quitterais-je le domaine ?

— Mon frère a beaucoup changé. Je crois qu'il frise la folie. Peut-être est-ce sa blessure qui influe sur son caractère. Il voudrait te rendre responsable de cette débâcle. Comme moi, hélas, déplora-t-il.

— Comment ?

— J'en veux à Alexandrine d'être partie avec mon enfant. C'est absurde mais je ne peux m'en empêcher.

Reine prit alors conscience que la solitude de son beau-frère lui pesait plus qu'elle ne l'avait soupçonné.

— Tu devrais renouer avec les belles choses de ton passé.

— Et toi, partir, fuir Combeval à toutes jambes.

— Non, je resterai auprès de Marceau, quoi qu'il advienne.

Montagnac parut décontenancé. Il avait cru naïvement que Reine avait besoin de sa bénédiction pour se retirer sur la pointe des pieds. Ils marchèrent en silence jusqu'aux étables. C'était l'heure de s'assurer que les deux vaches prêtes à vêler n'en étaient pas encore à la délivrance. Il les fit lever et sembla rassuré.

— Je vais pouvoir passer une nuit tranquille. Et Pichoine aussi.

Le lendemain, Reine décida de suivre son mari, à distance. Elle voulait savoir ce qu'il faisait durant ses promenades avec Nivelle. Et elle vit avec horreur la manière dont il traitait son chien.

À La Blis, Marcelin s'assit sur la berge, les pieds sur le sable, là où l'écume s'en venait mourir. Il vociférait, appelait ses compagnons d'autrefois. Parfois, elle avait le sentiment qu'ils se trouvaient à côté de lui, ceux qu'il nommait Tête d'obus, Kerva, Pipe, Landeau, Vétry, Novice. Il les abreuvait d'insultes ou d'éloges, selon l'humeur du moment. Des ombres, des fantômes, des vivants et des morts, tous s'en revenaient dans la conversation jetée au vent qui passe.

Néanmoins, Reine s'interdit de l'approcher. Elle avait compris que le surprendre en cet instant où la conscience exultait ses colères et ses haines, comme une purulence de l'âme s'épanchant dans l'onde claire du jour, l'eût blessé cruellement. Cette histoire lui appartenait en propre. Elle imagina alors que ses soliloques étaient le prolongement éveillé de ses cauchemars et que le temps passé sur le chemin des horreurs se perpétuait, indestructible, comme une folie qui s'installe.

Le soir même, Reine décida de dormir auprès de lui.

— J'attendais ce moment, dit-il, les mains plaquées sur son visage pour dissimuler ses larmes. Je ne veux pas que tu me regardes.

Elle tourna la tête lorsqu'il se glissa nu sous les draps.

— J'ai le corps d'une statue mutilée.

Il l'invita à venir près de lui, maintenant que le lin blanc le recouvrait. Reine ôta ses vêtements dans l'angle de la chambre. À force de faire chambre à part, elle avait acquis une sorte de pudeur. Ça ne lui ressemblait guère, mais elle ne voulait point embarrasser son mari. N'était-ce pas lui qui avait exigé, un soir, après une crise de désespoir, qu'elle cachât son corps dans une camisole de rayonne blanche, longue et flottante, pour lui éviter des souffrances inutiles ? Et comme celle-ci était par trop transparente, il avait demandé à ce qu'on éteignît.

Elle s'approcha du lit, attendant qu'il se retournât. Mais il resta à l'observer en silence dans la lumière ambrée des lampes posées de part et d'autre du lit. Elle hésita, mais il tapota de la main la couche. Elle prit le drap pour s'en recouvrir. Mais il le lui interdit. Reine avait noué sa chevelure avec un lacet de soie rouge. C'était la seule habitude qu'elle avait conservée de ses escapades à Saugeline, le cordon de soie. Paul-Étienne la désirait ainsi, le visage dégagé, le corps nu et la peau enduite d'onguent.

— Je voudrais te voir, supplia-t-il.

— Comment cela ?

Elle feignait de ne pas comprendre. Elle se sentit aussi démunie et embarrassée qu'une jeune fille. Ils avaient renoncé à tous les jeux d'autrefois. Elle n'en avait guère souffert. C'était ce qu'il exigeait d'elle, qu'elle ne fût plus qu'une épouse pudique. Il posa la main sur son corps, la laissa aller sur ses seins, son ventre. Elle voulut la repousser, comme si ce moment d'égarement n'était qu'une comédie de plus. Mais il insista par des caresses tendres. Et déjà, elle sentit à sa respiration, accélérée, qu'il était submergé par un singulier désir.

— Me voir ? Tu veux me voir ? Mais tu m'as déjà vue. Jadis. Je ne voudrais pas te faire souffrir. N'est-ce pas toi qui m'as reproché ma pitié ? Je n'ai jamais ressenti de pitié pour toi.

— Pourquoi te refuses-tu alors ?

Elle s'adossa à la tête de lit, les mains jointes et posées au creux de son ventre. Que voulait-elle protéger ? Ce qu'il ne pourrait jamais atteindre ? Elle prit son visage contre elle et se mit à le caresser du bout des doigts. Elle pensait à la scène de La Blis et se demandait si c'était le même homme qui était à côté d'elle. Y avait-il un autre Marcelin ? Un qui était emporté par sa folie destructrice et un nouveau Marcelin qui espérait quelque offrande d'elle ? Un chapelet de soupirs. Un déluge de caresses.

— Je ne pourrai jamais réparer ce qui est cassé en toi, dit-elle. Tu le sais, Marceau, depuis le premier jour.

— M'interdiras-tu de te regarder ?

— Non, mais… je crains que tout cela ne provoque que des cris et des larmes. Je ne veux pas être la méchante créature qui t'égratigne l'âme.

— Une dernière fois, murmura-t-il.

Reine fut soudain saisie d'effroi.

— Comment une dernière fois ? Veux-tu que je quitte cette chambre à jamais, que je m'éloigne de toi ? Si cela doit t'apaiser, j'y consens.

— Notre absurde amour ne me sauvera pas. Je sais maintenant comme il me coûte de te savoir si belle, si vivante et désirable pour le reste de la Terre.

Elle attendit que sa main se retirât de son corps. Et par quelques contorsions, elle retroussa sa camisole, puis l'ôta, l'expédiant sur le parquet de la chambre.

Assis de si bon matin sous les tilleuls, Bastien lisait *Le Temps* en buvant du café et en fumant une cigarette. Le journal était grand ouvert devant lui, parfois chahuté par le petit vent du sud. Dans son édition du 23 juillet, on évoquait les derniers développements concernant la conférence de Locarno, dont l'évacuation de la Rhur.

— Voici qui met un terme aux penchants belliqueux des grands pays européens. Voir les Anglais, les Français et les Allemands assis à la même table pour discuter de l'avenir de l'Europe, je ne croyais pas cela possible. Alors, dit-il en se tournant vers Reine, notre guerre était une guerre pour rien. Briand a-t-il raison d'être optimiste ? Ou bien tout cela, cette belle conférence de Locarno, avec Chamberlain et Stresemann, n'est-il qu'une illusion ?

— Tu veux dire, Bast, qu'on pourrait connaître un nouveau conflit avec l'Allemagne, malgré la zone de démilitarisation mise en place par le traité de Versailles ?

Elle s'approcha pour emplir de nouveau sa tasse. Il aspira une longue bouffée de cigarette, puis expira le nez en l'air en suivant du regard les volutes bleues.

— J'apprécie qu'on sorte la porcelaine pour le petit café du matin, plutôt que de la garder dans les placards.

— Angèle a résisté, mais j'ai eu le dernier mot.

— Tu agis ici comme une souveraine, ma chère Reine. Rien ne te résiste. Et nulle parole ne parvient à te blesser. C'est toi qui devrais diriger Combeval. Y as-tu songé ?

Elle se mit à sourire en détournant la tête pour qu'il ne puisse déceler sur son visage quelque jubilation intérieure. Sans doute Bastien ironisait-il, en imaginant que sa belle-sœur était aux anges depuis que Rouveix lui avait confié une mission.

Il lui fit signe de s'asseoir à ses côtés pour lui montrer combien sa compagnie lui était précieuse, et pour cause, Reine était la seule personne du domaine qui fût digne d'une conversation. Et c'était ce dont il souffrait le plus, la solitude, alors que son existence se cantonnait à surveiller les travaux, donner des ordres aux domestiques et tempérer les foucades d'Angèle.

— Je crois qu'Eugénie va finir par céder, fit-elle en battant des mains.

— Les Lapoujade entreraient donc dans notre société agricole ? Est-ce possible ?

— Parfaitement. Il suffit que Gérald Rouveix vienne établir les engagements des deux parties pour finaliser l'accord.

Et comme elle se sentait en verve, Reine commença à évoquer les difficultés qu'elle avait rencontrées. Il soupira, peu curieux des détails. Maintenant qu'on tenait la réponse, il n'y avait plus aucun suspense.

— De prime abord, prévint-elle, j'ai essuyé un refus net de ta sœur. Celle-ci, je puis te dire, mon cher Bast, qu'elle est vite entrée dans le moule des Lapoujade. C'est elle qui porte la culotte. Et le petit mari, à côté, fait pâle figure. Si bien que j'ai cru notre affaire perdue. Puis j'ai repris espoir lorsqu'un timide soutien est venu, contre toute attente, du côté d'Auguste. J'ai compris qu'il me fallait jouer cette carte. Surtout, quand il s'est exclamé dans un vif éclat de rire : « Si l'on m'avait dit un jour que nous pourrions nous entendre avec un Montagnac, je ne l'aurais pas cru ! J'aurais même juré que c'était la dernière chose à faire. Mais voilà, le vent a tourné. » Octave a interrogé Eugénie du regard. « Non et non », a-t-elle jeté d'un ton ferme. Comme quoi, ajouta Reine, on n'est jamais si bien desservi que par les siens…

— Et qu'a-t-elle donné comme argument ?

— Selon elle, les gens de Saint-Hospitalet ne comprendraient pas qu'après tant d'années de ressentiment on puisse se rabibocher de la sorte. Et que si elle s'était mariée avec un Lapoujade, ce n'était pas pour retomber dans le bourbier. Elle s'imaginait déjà dans une situation intenable, partagée entre deux familles. À croire qu'elle craignait qu'on ne marche sur ses plates-bandes. C'est elle, tout de même, qui a fait le grand saut.

La réflexion de Reine le fit sourire.

— Guste a compris tout l'intérêt d'une telle association, reprit-elle. Et il a estimé qu'on ne pouvait laisser Eugénie décider seule. Il a examiné le projet chiffré de Rouveix dans le détail, puis il a relevé la tête, s'est tourné vers sa femme en hochant la tête. « Ça ne concerne que des terres en friche, a-t-il dit. Celles que j'ai acquises pour ne pas laisser les autres en profiter, comme une annexion de territoire. Peut-être en ferons-nous enfin quelque chose d'intelligent. » Puis il s'est tourné vers son fils et lui a dit : « Tu devrais réfléchir à la question. Les plantations de cerisiers et de pommiers, je crois que c'est l'avenir. Nous ajouterions une corde à notre arc. » Octave a demandé à Eugénie ce qu'elle en pensait. Mais elle est restée de marbre. J'ai compris à ce moment qu'elle se sentait débordée. Puis Vigorine s'est levée et a été dans sa cuisine. J'ai cru que dame Lapoujade était contre nous. J'ai songé alors à la suivre jusque dans ses retranchements.

Bastien appuyait son front contre ses mains jointes, comme si cette histoire l'ennuyait. Mais après un court silence, il la pria de poursuivre en refermant le journal.

— Vigorine m'a assuré qu'elle serait du côté de son mari, bien qu'elle ne porte pas les Rouveix dans son cœur. J'ai fini par comprendre que c'était surtout Léonie qui lui posait un problème. Elle la déteste. Léonie a jadis défrayé la chronique de Saint-Hospitalet. Je lui ai dit que tout cela était fort ancien et que nos jugements pouvaient changer.

Montagnac hocha la tête.

— Tu as bien joué, ma chère.

— Eugénie a répété qu'elle se rangerait à l'avis d'Octave. À ce moment, le fils Lapoujade a paru s'inquiéter. « Ça nous fera du travail supplémentaire, y as-tu réfléchi, papa ? » Et seigneur en diable, comme à son habitude, Auguste a balayé d'un geste cette réserve en affirmant que les ouvriers agricoles étaient faits pour ça. Je me suis peut-être trop avancée en disant que nous pourrions leur prêter les nôtres ?

— Tu as eu raison, affirma Bastien en lui prenant la main. Bravo. Moi, je n'aurais pas pu obtenir aussi facilement leur accord. À cause d'Eugénie… Je ne sais pourquoi nos relations se sont dégradées de la sorte. Peut-être n'ai-je pas été à la hauteur avec Alexandrine ? Il faut bien que je paie pour ça, d'une manière ou d'une autre.

« Comment tuer son chien ? » se répétait Marcelin en marchant sur le sentier de Bagarel. Il regarda les belles rangées de vignes et se mit à ricaner. Il n'aimait pas, en vérité, ce qu'on avait fait de son Bagarel, jadis un endroit réputé pour la chasse à la perdrix. Le spectacle le rebutait, chaque fois. Il détestait les terres domestiquées par les cultures durables. Il leur préférait la jachère et les rotations de semis, tantôt blé, tantôt maïs, comme on le lui avait appris, jugeant que le sol a besoin de se régénérer par une couverture végétale naturelle composée de plantes adventices. Il alla se soulager entre deux rangs, accroupi, le pantalon sur les chaussures.

— Et dire, marmonna-t-il, que je ne peux plus pisser comme un homme, debout, pour contempler le jet et me dire que plus il va loin, plus l'homme est fort. Je fais comme les femmes.

Et lui revint l'image de Reine, nue, allongée à côté de lui, la douceur soyeuse de sa peau, la fermeté de ses seins, les aréoles qu'il lui avait suffi de pincer pour la faire gémir. Mais de quoi donc ? De plaisir ou de dégoût ? Et le reste, cette intimité qu'il avait tenté de visiter, en vain, ça le faisait hurler de colère. « Bon Dieu, c'est par là qu'on les possède. Pourquoi me reste-t-elle fidèle ? Du moins, c'est ce qu'elle prétend… N'est-il pas quelque part, un homme, un vrai, qui puisse la prendre ? »

Il effraya un lapin qui grignotait une pointe de carotte sauvage. Il le suivit des yeux alors que Nivelle le coursait en jappant. Puis le chien était revenu en arrière pour flairer sa piste.

— Corniaud tu es, corniaud tu resteras, dit-il en le voyant désappointé. Sans flair aucun. Comment tuer son chien ? se répéta-t-il, tant cette obsession grandissait dans sa tête.

Et il comprit à ce moment que ses pas, de nouveau, le guidaient vers La Blis.

Et quand il atteignit le chemin Royal, après les ruines de Marzelle, où les corneilles nichaient dans les vieilles pierres dévorées par le lierre, il se sentit prêt à passer à l'acte.

— Tuer son chien ou se tuer soi-même, ou se tuer avec son chien, disait-il en rajustant son chapeau de paille.

Le fond de l'air, ici, était frais et réparateur. On avait envie de se vautrer dans les hautes herbes comme dans un lit, à tourniquer sur soi-même, telle une couleuvre. Il s'assit pour humer l'odeur de la menthe sauvage, de la chanvrine et du fenouil. Il posa son chapeau sur un papillon qui dansait à côté de lui. Puis il le libéra, avant de le recouvrir de nouveau, jusqu'à ce qu'il fût à sa merci. Et il le prit par les ailes et l'acheva en l'écrasant.

Nivelle s'était approché, flairant ses bottines. Il lui ficha une tape sur la tête. « Ça ne peut pas le rendre plus abruti », pensa-t-il. Et il recommença. L'animal tenta de l'amadouer avec ses grands yeux empreints de tristesse. Mais Marcelin ne se laissait pas attendrir si aisément. Il y avait trop de haine et de colère en lui. Et chaque fois qu'il l'observait, il se disait : « Je vais le tuer, ce chien, comme je vais me tuer. Lui d'abord et moi ensuite, c'est la règle. Le maître après l'esclave. » Nivelle voulut s'éloigner, mais il le rappela. L'animal revint la queue basse, hésitant, comme s'il s'attendait déjà à quelques sévices. Il posa son museau contre sa cuisse, histoire d'amadouer son maître. Mais Marcelin lui prit les oreilles et les tira avec force, jusqu'à ce que le chien se mît à gémir.

— Tu es comme Montagne (c'était ainsi qu'on le surnommait dans la 12e compagnie d'infanterie), tu vas te faire caresser par la mort, sans que personne puisse rien pour toi. Tu seras aussi con que moi, à pisser et à déféquer de trouille dans le trou des équipages avant de monter en ligne. Il n'y a plus rien d'humain dans cette marée de chiens dociles. Obéissance et sacrifice.

Montagnac marcha sur la digue, sans se mouiller les pieds ; le niveau était assez bas en cette saison. Le chien refusait de se laisser conduire. Mais le maître le tenait ferme, au collier.

— Certes, dit-il, j'ai de la pitié pour toi, mais quand faut y aller, faut y aller… J'y suis allé, moi, et chaque fois qu'on m'en a donné l'ordre. Ce n'était pas de gaieté de cœur. Et je ne saurais dire pourquoi, tous sont tombés autour de moi sans que mon tour arrive. Ça donne une étrange impression, que la vie n'a pas le même prix pour tout le monde. Jusqu'à ce que… une grosse marmite fasse ribouldingue. Et bien placée. En plein dans le mille.

Il s'assit les pieds dans l'eau. Le courant rasait le môle en faisant de minuscules clapotis. Marcelin se prit à la contempler, La Blis, en cet endroit où la rivière était assez profonde, vert et gris, vaseuse et sans fond perceptible. Marceau serra le chien contre lui. L'animal se mit à lui lécher les mains, sans parvenir à apaiser ses tremblements.

— Tu n'aimes pas l'eau, Nivelle ? Moi non plus. Et bien sûr, crétin de clebs, tu te demandes ce que tu fais ici, avec moi.

Il le caressa et murmura :

— Tu as un avantage sur moi, Nivelle, tu ne comprends pas la méchanceté et la dégueulasserie humaine. Mais qu'importe, tu ne seras pas sauvé. J'ai besoin de toi pour savoir, enfin, si c'est dur de mourir dans cette soupe.

Il alla chercher une pierre sur le bord de la digue, là où les enfants venaient jouer, charriant des tas d'objets inutiles. Puis il l'attacha au collier de l'animal, serra fort pour qu'elle ne pût se détacher lorsqu'il viendrait à se débattre.

— M'est avis que trois minutes seront suffisantes, marmonna-t-il. Au-delà, ce serait trop douloureux pour moi. Mourir, certes, mais sans souffrir plus que de raison.

Car il estimait que sa mort se devrait venir vite, d'une manière élégamment brutale et décisive. C'était juste ce qu'il voulait vérifier, que la suffocation était la meilleure des solutions.

Soudain, Marcelin jeta Nivelle à l'eau. Sans la moindre hésitation. L'animal tentait désespérément de s'en revenir vers le môle, mais chaque fois Montagnac le repoussait avec vigueur du pied. Nivelle partait vers les fonds obscurs, puis s'en remontait, puis s'enfonçait de nouveau. « Moi, se dit-il, je me laisserai descendre. Je m'abandonnerai. Mais qui sait, peut-être essaierai-je de rejoindre la digue en me disant : “Trop tard, mon vieux, fallait y réfléchir avant. Autant passer de l'autre côté au plus vite.” »

Avec force bouillonnements, Nivelle fut emporté. Marcelin consulta sa montre. Quatre minutes déjà. Des bulles d'air s'en vinrent crever en surface, nombreuses au début et s'amenuisant peu à peu. Puis plus rien. « Ça y est, se dit Montagnac, tremblant de tous ses membres, c'est fait. Mais cinq minutes, c'est trop pour moi. ».

Il retourna sur la rive et se mit à compter le temps qu'il lui faudrait pour rendre l'âme. « Peut-être qu'un fusil, canon en bouche, ça ferait mieux l'affaire. » Mais cette idée l'horrifiait, que sa tête partît en morceaux, comme celle de Novice. Le sang, la cervelle et toute cette bouillie qu'on laisse en spectacle. Et Montagnac ressentit à son endroit une singulière pitié. Il éprouva aussitôt quelque honte d'avoir sacrifié son chien. « Peut-être aurais-je pu lui éviter cette fin. Qu'avait-il à voir, Nivelle, avec mes petites angoisses ? Tuer son chien pour découvrir que le suicide par noyade n'est guère une solution confortable, c'est d'une si vilaine cruauté. N'aurais-tu rien appris de la guerre ? » se reprochait-il en titubant parmi les herbes hautes, secoué de hauts-le-cœur.

De retour à Combeval, Pichoine lui demanda où était Nivelle. Il ne répondit pas. Mais l'ouvrier insista, intrigué par l'embarras de son maître.

— Perdu, fit-il.

Pichoine haussa les épaules.

— Ce n'est pas la période des chaleurs, pourtant.

— Peut-être aura-t-il voulu suivre une biche.

— Nivelle ? s'exclama l'ouvrier en ricanant. C'est pas le genre. L'aurait même peur d'une chèvre, ce clebs.

— Ou un sanglier ? ajouta Montagnac. Peut-être bien qu'un sanglier l'aura éventré d'un coup de dents…

Pichoine et Boscot se regardèrent, incrédules.

— Faudrait sarcler les tomates. Il y a de la traînasse, dit Pichoine, sans te commander.

Marcelin s'éloigna sans répondre. Il ne supportait plus qu'on le traitât de la sorte, comme un domestique. « Ne suis-je pas aussi important que Bastien ? Lui, personne ne se risquerait à lui donner un ordre », pensa-t-il en faisant un bras d'honneur. Les ouvriers éclatèrent de rire. C'était devenu monnaie courante, ces ricanements dans son dos. « C'est peut-être Piche que j'aurais dû foutre à l'eau. Ça aurait été une satisfaction », se dit-il.

— Tu sais bien que je ne supportais plus Nivelle, fit-il à Reine quand elle le rejoignit dans le foin où il s'était allongé.

Il contemplait son long corps élancé sous le fin voilage de sa robe.

— Si j'en avais, je te…

— Tais-toi donc, Marceau. Tu te fais du mal inutilement.

— Je ne veux plus te voir dans ma chambre.

— Je ferai ce que tu veux.

— Tu es trop obéissante. Ça cache quelque chose. Surtout avec ton sourire de typesse.

Elle lui fit répéter ce vilain mot. Il le lui jeta de nouveau au visage.

— Tu es ignoble, Marceau.

— Ce que j'ai fait à Nivelle, c'est un moindre mal.

— Qu'as-tu fait à cette pauvre bête ? Tu n'aurais pas, quand même… Oh, mon Dieu, c'est horrible ! Tu es un monstre.

— J'aurais voulu le faire à toi aussi, mais je n'ai pas ce courage.

Reine repartit aussitôt. La lumière de l'été lui blessa les yeux. Elle rajusta son chapeau de paille pour s'en protéger. Depuis que Paul lui avait fait passer un message, elle se sentait heureuse. Désormais, il n'était plus que ces idées-là, vilaines et scandaleuses, qui lui trottaient dans la tête, tant elle éprouvait le désir que son corps servît à quelque chose.

3

Durant l'année 1927, la production de fruits à Combeval connut un pic sans précédent. Les camions Berliet à bâche verte frappée des initiales *GR*, puis *Négociants en fruits & légumes*, faisaient la navette, tous les jours, entre la propriété de Saint-Hospitalet et la rue Lachambaudie. Bastien ou Reine veillait au chargement. Les lots de caisses étaient comptés et pesés au départ et de même à l'arrivée. En affaires, Rouveix était tatillon en diable, passant ses colères sur les cueilleurs lorsqu'il découvrait dans les caisses des feuilles, des brindilles et, pire encore, quelques fruits marqués ou pourris. Mais d'une manière générale, il pestait contre l'absence de « farine », comme il disait, sur les prunes, cette pruine qui, selon lui, augmentait la valeur marchande du produit, en indiquant que les fruits avaient été cueillis et conditionnés avec délicatesse, du bout des doigts.

Du côté de Combeval, Bastien et Reine avaient engagé sept cueilleurs, afin de ne rien laisser sous les arbres. Et depuis la disparition brutale de Joseph Pichoine, Boscot était chargé de diriger l'équipe. Il s'acquittait de cette tâche avec zèle, contre toute attente. Si Bastien Montagnac avait jugé, de prime abord, l'ouvrier agricole je-m'en-foutiste, Reine l'avait défendu avec autorité. Et cette fois encore, elle avait vu juste. Car le jeune homme, fier de son petit grade de chef d'équipe, s'était révélé dès le premier jour. Il tançait les ouvriers avec rudesse, chaque fois que l'un d'eux secouait une branche pour faire chuter les fruits ou cueillait sans discernement des prunes « bâtardes », chétives ou racornies. D'autres, parfois, à force de tirer sur les rameaux, mutilaient les arbres.

— La taille, c'est pour l'hiver !

— Oui, chef.

— Et en remplissant les caisses, évitez de passer la main sur les fruits. Soyez précautionneux, je vous en prie.

À distance, Reine s'amusait de la métamorphose de Boscot. Quelques mois plus tôt, il n'était pas le dernier à bousculer la cueillette des cerises. La délicatesse lui était venue comme par miracle pour deux francs de plus par jour sur sa paie.

Le dernier camion repartit avant que la grêle ne se mît à tomber et que les bourrasques ne s'ébattent dans les ramures.

— On ne perdra rien, dit Reine. Voici une affaire rondement menée. Mais je crains pour les poires. Les grêlons vont les marquer à coup sûr. Surtout la williams. Ça me ferait de la peine. Elles sont si parfaites…

— On aura tout le temps de pleurer après coup. Le pire n'arrive pas toujours. Il se peut que l'orage dévie vers Aubepas.

— Ton père disait, ajouta Reine, que les intempéries n'étaient jamais aussi utiles que lorsqu'elles s'abattaient chez le voisin.

Bastien éclata de rire en précisant que le vieux Charles avait toujours quelques aphorismes d'un goût douteux en tête. Puis il prit le bordereau que sa belle-sœur venait de remplir. Par habitude, il le cosignait pour rappeler que Combeval fonctionnait avec deux têtes.

— Combien nous les paiera-t-on ? s'inquiéta-t-il. Je me dis parfois que, sur le marché d'Aubepas, nous en aurions tiré peut-être dix centimes de mieux au kilo…

Reine poussa un long soupir en découvrant, une fois encore, que Bastien n'avait pas la passion de l'arboriculture chevillée au corps. Il ne voyait que les inconvénients et se lamentait, dix fois par jour, sur les conditions de l'entente commerciale avec Rouveix.

— Gérald fera une moyenne et nous paiera fort honorablement. C'est un système que nous avons tous approuvé, n'est-ce pas, de lui confier notre production pour qu'il en tire le meilleur revenu ?

— Amputé des charges, dont celles du conditionnement, du transport et des pertes. Quoi qu'il arrive, Rouveix tirera son épingle du jeu tandis que nous subissons sa loi sans rechigner. Pourquoi ai-je renoncé à l'école normale ?

Elle écoutait distraitement sa litanie habituelle, celle de ses vieux rêves perdus. Elle consigna dans le registre la sortie des reines-claudes, volume en quintaux et prix estimés à raison de quatre-vingts centimes le kilo. Elle fit un rapide calcul, la somme était coquette. Peut-être celle-ci, comme le prétendait Bastien, serait-elle moindre en raison des aléas du négoce, mais elle ne pensait pas Gérald Rouveix malhonnête. Après tout, il était partie prenante dans les affaires de Combeval, il y avait investi lourdement. Qui plus est, même les Lapoujade s'étaient réjouis des recettes sur la vente des cerises. Avec des exportations vers la Belgique, l'Angleterre et les Pays-Bas, ils avaient écoulé leur marchandise en un temps record chez les grossistes, le tout par voie ferrée. Sans Rouveix, il y aurait eu plus de perte. C'était une évidence, l'avenir de leur négoce reposait précisément sur la distribution, celle qui leur permettait d'accéder à des marchés lointains qui, sans l'expéditeur de Brive, leur passeraient sous le nez.

— Nous commençons à voir les bénéfices de notre travail, affirma Reine. Tu ne dois pas faire montre d'un esprit chagrin. Allons, Bast, ça ne te ressemble pas. Ou alors tu te cherches de bonnes raisons pour déserter Combeval ?

Montagnac agrippa la ridelle au cul du camion. Il jeta un coup d'œil à l'intérieur et trouva le spectacle des caisses de prunes entassées, solidement arrimées par les ouvriers, réconfortant.

— Ces vergers, on te les doit, Bast, reprit Reine, qui s'était approchée du véhicule. Tu avais raison. Tu as fait entrer le domaine dans l'ère moderne. Je ne comprends pas tes réticences. Maintenant que nous avons engagé Combeval sur les bons rails, tu chipotes, tu rechignes, tu ergotes comme un vieux ronchon. On croirait entendre Marcelin.

Il rabattit la bâche sur le chargement et descendit saluer le chauffeur.

— Je dois arriver avant le coucher du soleil, annonça l'homme. Les ouvrières prépareront le chargement pour Nantes et Paris dans la nuit. C'est comme ça. Chez Rouveix et Compagnie, on ne compte pas les heures. La prune, ça ne doit pas traîner. Les grossistes n'aiment pas les fruits flétris.

Bastien alluma une cigarette et lui en tendit une.

— Et toi, Reine, tu ne fumes pas ?

Elle s'approcha pour se servir dans le paquet de Bastien.

— J'aime bien venir à Saint-Hospitalet, reconnut le conducteur. Y a de l'ambiance. Tout a repris comme avant guerre. On travaille dur mais on gagne de l'argent, de quoi fairc vivrc sa famille. Six cents par mois. Plus des primes de cinquante, voire de cent, quand il faut donner un coup de collier. Rouveix n'est pas chien, c'est un bon patron. Je dis ça entre nous, parce que, si le syndicat m'entendait, il me chierait sur la gueule. Y a pas de bon patron, selon Caminade.

— C'est qui Caminade ? demanda Bastien.

— Le chef du parti.

— Un communiste ?

Le chauffeur hocha la tête.

— On voudrait faire la révolution, mais on n'est pas sûrs que ça serait mieux après. Rouveix dit que, chez les Soviets, les ouvriers marnent comme des esclaves. Je ne sais pas. Je ne connais pas assez le monde pour avoir une opinion définitive sur le sujet. Mais le Cartel des gauches ne nous a pas beaucoup aidés ces dernières années. Avec la hausse des prix, il faut de sacrées primes pour bien vivre. Et parfois, je me dis qu'à m'échiner jour et nuit, je ne vois plus ni ma femme ni mes enfants. On a l'impression que la vie, la vraie vie, celle des bienheureux, n'est pas pour nous, les ouvriers.

Reine fit tomber sa cendre du bout des doigts. La fumée lui brûlait les paupières. Elle observait la scène, les yeux mi-clos. Elle pensait à Paul-Étienne qui ne savait comment dépenser son argent. À l'entendre, lui aussi était malheureux. Mais ce n'était pas le même malheur.

— Je crois que tout est dit, fit Reine.

Elle s'impatientait.

— Si j'étais instituteur, je gagnerais mille francs par mois, ajouta Bastien. Ici, peut-être arriverai-je à neuf cents, une fois tout payé : les dettes, les arriérés, le personnel… Et toi, Reine, combien te faudrait-il pour être heureuse ?

Elle baissa la tête. Lamirot était généreux avec elle. Il lui glissait souvent quelques billets dans son sac à main en lui disant : « Achète-toi une belle robe en organdi. Ça me fait tellement plaisir de te voir en bourgeoise avec de beaux dessous en soie. Et des chaussures fines à hauts talons. Et quelques parfums parisiens. Et si ça ne suffit pas, demande-moi. C'est le prix que j'attribue à mon bonheur : te voir m'appartenir et t'appartenir. Je laisse un message et tu accours. Je crois que nous sommes si bien ensemble, disait-il Lamirot en la prenant dans ses bras. Pourtant, il faut qu'on se cache des autres. Tous les autres sont nos ennemis. Heureusement que Saugeline est une forteresse de verdure. Tout y est dissimulé. À ma fantaisie. »

Bastien la sentit rêveuse, il se demanda ce que cachait son délicat sourire.

Au moment où le Berliet quitta le quai de Combeval, la pluie se mit à tomber à verse. On rentra dans la grange pour se mettre à l'abri. Bastien ausculta les nuages noirs.

— Nous n'aurons pas de grêle, prédit-il.

— As-tu repris contact avec Ariane ? lui demanda Reine à brûle-pourpoint.

— Curieuse ! Et toi, ma belle, où cours-tu l'après-midi ?

— Je me distrais un peu.

— En tout cas, nous te retrouvons radieuse et épanouie.

— Je te souhaite le même bonheur que le mien.

Il lui prit le bras et l'attira contre lui. Elle se laissa faire avec une froide indifférence. Il déposa un baiser sur son front.

— Je ne pourrai jamais te faire du mal, avoua-t-il. Nous nous complétons. Moi, j'ai peut-être apporté des transformations décisives à Combeval, mais toi, tu lui donnes de la grâce et de la beauté. Sans toi, je mourrais d'ennui, entre Angèle et Marcelin.

La pluie s'accrut dans le flash des éclairs et le roulement du tonnerre. Ils s'assirent sur le bord du quai, face au déferlement. Et lorsque le vent se mit à gronder dans la toiture d'ardoises, ils se sentirent rassurés par la solidité des bâtiments aux murs épais et à la charpente robuste.

— C'est toi que j'aurais dû épouser, murmura-t-il.

— Ne dis pas de bêtises, Bast. Tu ne m'as jamais aimée.

— Qu'en sais-tu ?

— Je ne t'aurais pas rendu heureux. Je suis tout ce que tu exècres…

— Quoi donc ?

— La frivolité.

Il se prit la tête dans les mains.

— Ariane est aussi frivole que toi.

— C'est pourquoi tu ne l'as pas séduite. Tu l'as fuie. Tu as eu peur de cet amour.

Bastien reconnut qu'elle avait raison et en parut, soudain, extrêmement peiné.

— Je suis passé à côté, comme un imbécile.

— Est-il trop tard ? Peut-être pourrais-tu changer pour elle ?

Il sortit pour prendre un peu d'eau sur le visage. Elle le regarda en riant. Elle se disait que cet homme-là n'avait jamais su comprendre la vie.

— Tu t'es battu contre ton père et tu as fini par gagner. Mais ce combat t'a épuisé, il a ruiné tes rêves. Finalement, c'est Charles qui a eu le dernier mot. Maintenant, tu ne dois rien à personne. Te voici désœuvré et ce vide t'effraie, parce qu'il réclame de toi quelque vérité…

— Quelle vérité ?

— Tu peux désormais recommencer à vivre une histoire d'amour, une belle passion. Et tu ne fais rien. Tu attends. Mais rien n'arrivera si tu ne bouscules pas tes certitudes. Peut-être qu'Alexandrine aurait fini par te sauver de toi-même ? Par amour. Les femmes, certaines femmes, sont prêtes à tout donner pour sauver l'homme qu'elles aiment. Tu vas vieillir lentement, t'étioler dans une colère froide.

— La guerre est arrivée au mauvais moment dans ma vie.

— Ne te plains pas, Bast. Surtout pas. Tu es passé entre les gouttes, sans dégât. Mais tu n'as rien appris de cette chance.

Bastien ajouta que Léonie Rouveix lui avait tenu, jadis, un discours similaire. Reine ordonna sa chevelure que le vent avait chahutée. Elle rajusta son chapeau de paille et se mit à virevolter sur elle-même d'un pas dansant. Elle prisait fort le regard blessé que Montagnac posait sur elle. Il songeait qu'un amour aurait pu naître entre eux deux, mais qu'il avait été empêché par quelques souvenirs d'enfance, lorsque la jeune adolescente s'abandonnait aux garçons sans discernement. Il l'avait à jamais classée dans la catégorie des filles légères. Et pourtant, Alexandrine aussi avait été légère à ses heures, lorsqu'elle fréquentait François Lapoujade ou Pierre Rue... Mais elle, qu'importe ce qu'elle avait été, Bastien avait su l'aimer ensuite sans que ces petites histoires s'en vinssent contrarier ses sentiments. Cette réflexion le rendit si triste qu'il s'enfuit soudain, sous la bourrasque.

À l'automne, avant que ne commencent les vendanges de Bagarel, il fut décidé que Marcelin passerait un bon mois dans une maison de repos à Lacordette.

— Combeval sera en effervescence, tu ne nous seras d'aucune utilité, plaida Bastien Montagnac, qui ne supportait plus les humeurs de son frère, ses soliloques interminables et ses fugues.

Reine ne s'en mêla point. Elle avait compris qu'on finirait tôt ou tard par lui reprocher d'avoir tout fait pour éloigner son mari du domicile conjugal. Néanmoins, elle n'était pas étrangère à cette solution. C'était elle qui l'avait suggérée, insidieusement, à son beau-frère. Bastien posa la question à Marcelin en soulignant qu'en tant qu'invalide de guerre il bénéficiait de certains droits, outre ses allocations d'ancien combattant.

— Et si ça ne suffit pas, nous paierons, proposa Bastien. Nous te devons bien ça, Marceau. Un peu de bon temps loin du marigot où tu croupis, entre La Blis et le café Barbuze.

La maison de repos était située dans le département voisin, en Dordogne, au milieu d'une forêt de résineux, sur les bords d'un lac dans lequel le ciel se mirait. On y soignait, outre les grands blessés, des poitrinaires, des déficients mentaux, des gueules cassées. Et de nombreux anciens soldats, parmi lesquels on comptait beaucoup de pithiatiques.

Angèle s'était érigée contre cette idée, ne voyant dans l'état général de son fils aîné rien à redire. Mais qui se souciait encore de ce que pensait la grand-mère ? On l'écoutait pérorer son aise, médire, maudire, en attendant qu'elle finît par s'enfermer dans un silence apaisant.

Marcelin, dans l'attente de son départ pour Lacordette, revivait à des années de distance les mêmes émotions que la veille de son départ en août 1914.

— Je vais donc repartir ? Bon Dieu, j'avais cru que c'était fini cette histoire et voilà que ça recommence.

— Mais non, le rassura Reine, ce sont juste des vacances au bord d'un lac, dans une paisible et confortable résidence où tu seras choyé par un personnel compétent.

— Cette fois, insista Marcelin qui refusait d'entendre toute autre explication, je n'en reviendrai pas. Je serai tué à la première offensive.

Bastien se prit la tête dans les mains. Il prenait conscience que son frère était bien plus malade qu'il ne l'avait cru.

— La guerre est finie, dit Reine.

— Ah, oui, la guerre est finie, répéta Marcelin, mais je dois repartir. C'est un signe, non, que tout recommence.

Il parut rassembler ses souvenirs en se calant les reins dans un fauteuil, à l'ombre des tilleuls où il aimait finir ses journées. Il aimait regarder les journaliers s'échiner en se tapant sur le ventre. Il se disait en lui-même que, maintenant, on n'exigerait plus rien de lui, pas le plus petit travail.

— Ce soir, tu m'ouvriras la porte de ta chambre, Reine ? Cette porte que tu m'as refusée lors de mon premier départ.

Reine se tenait derrière lui. Elle posa ses mains sur ses épaules et se mit à les masser doucement. Il se laissait faire, abandonné, la tête dodelinante de droite à gauche.

— Oui, promit-elle. Tu viendras me rejoindre, si c'est ce que tu désires.

— La dernière fois, j'aurais voulu te faire un enfant… juste avant de partir pour la guerre. Mais tu n'as pas voulu.

Il réfléchit quelques minutes.

— Peut-être n'ai-je pas su m'y prendre, ce soir-là ? Car j'ai gratté à ta porte en vain. J'aurais dû te dire que je voulais te faire un enfant… Tu m'aurais laissé entrer, n'est-ce pas ?

Reine ne répondit pas. « Non, songea-t-elle, le regard perdu au loin, je ne lui aurais pas ouvert la porte de ma chambre. Je ne le désirais pas. Ni lui ni un enfant de lui. Après son départ, il m'est arrivé de souhaiter sa mort dans les tranchées. Puis après son retour, malgré la détestation, je me suis raisonnée. Je me suis dit que, finalement, j'avais de la chance. Je retrouvais la moitié d'un homme, un petit homme inoffensif. Alors je l'ai pris en pitié et je me suis promis de lui accorder le peu qu'il exigera de moi. Tu seras bonne et compatissante, pour Combeval. Le domaine de Combeval, tu le mérites bien. Tu t'es sacrifiée pour lui. Sans Combeval, serais-tu restée ? Certes, non. »

Elle s'inclina pour déposer un baiser sur son front. Un sourire de ravissement éclaira son visage.

— Après le souper, je serai à la porte de ta chambre, Reine. Tu m'ouvriras, n'est-ce pas ?

— Oui, répétait-elle avec une patience d'ange.

Et il exultait dans son fauteuil, face aux tilleuls dont l'ombre épaississait l'atmosphère autour de lui.

— Tu voudrais un enfant de moi ?

— Bien sûr, murmura Reine. Je voudrais tellement… Mais tu sais bien que ce n'est pas possible.

Il se mit à geindre doucement.

— J'ai tué Nivelle pour voir comment ça ferait de mourir, dit-il près de son oreille.

— Ne dis pas ça, Marceau. Tu me fais mal.

— J'aurais voulu dormir, moi aussi, dans La Blis. Mais je n'ai pas eu le courage. Je suis un lâche.

— Tu as besoin de te reposer, de voir d'autres gens, des têtes nouvelles. Et de prendre un peu de bon temps. Je ne sais plus comment te rendre heureux, Marceau. Je me dis parfois que tu finiras par me haïr. Il faut rompre le cours de nos habitudes. Avec un peu de chance, tu me reviendras dans la peau d'un autre homme.

Il se mit à rire en hoquetant. Il se retourna pour la bien observer dans sa robe rouge vif. Il lui dit qu'elle était belle, trop belle pour un homme comme lui.

— Même si je n'avais pas été blessé, je n'aurais pas su t'aimer, Reine. Le comprends-tu ?

Elle se retira sur la pointe des pieds. Il tendit le bras pour qu'elle revienne vers lui, mais elle disparut dans la maison. Elle avait envie de se cacher jusqu'à ce qu'il parte. Elle redoutait le moment où il viendrait frapper à la porte de sa chambre.

Après le départ de Marcelin, Reine essuya une nouvelle colère d'Angèle. La grand-mère la tenait pour responsable du départ de son fils à Lacordette. À la vérité, la vieille dame craignait que sa belle-fille eût manigancé quelque arrangement avec le docteur Thibaudat. C'était lui, le curé Floirac le lui avait dit, qui avait trouvé une place pour son fils à la maison de repos Les Mille Pins. Et ainsi Angèle avait-elle appris que cet établissement accueillait surtout des poitrinaires, même si un quartier avait été aménagé pour les blessés de guerre.

— Garce ! Traînée ! jura Angèle en prenant Reine par le col de sa robe. Marcelin va y gagner la phtisie. C'est tout ce que ça lui vaudra, ce séjour idiot…

Reine tenta de la raisonner, en pure perte. Même Eugénie, qui ce jour-là se trouvait à Combeval, prit la défense de sa belle-sœur.

— Marceau ne va pas bien, maman, lui dit-elle. Il a voulu se supprimer.

Mais la mère n'en croyait rien. Son amour pour son fils l'aveuglait. Elle ne voyait en lui qu'une copie de Charles.

— Il nous reviendra en meilleure condition, promit Eugénie.

— Avec la tuberculose, oui. C'est une maison où l'on soigne les tubards. Ou plutôt, où on les prolonge un peu avant qu'ils ne rendent l'âme.

Et quand Reine se fut éloignée, Angèle expliqua à sa fille à mi-voix qu'elle avait ensorcelé Thibaudat pour faire disparaître son mari. Eugénie trouva alors que sa mère aussi méritait d'aller dans une maison de repos, qu'elle commençait à répéter sans fin les mêmes litanies, jusqu'à confondre les lieux, les gens et aussi les époques. Dans son esprit dérangé, tout semblait se dérouler en même temps : les mariages, les départs et les retours de guerre, les saisons hautes et basses, elles-mêmes se chevauchant, avec leurs orages violents, leurs gelées dévastatrices, leurs pluies incessantes et leurs sécheresses interminables. Ainsi avait-elle perdu le fil des jours, jusqu'à renoncer à l'ordre de ses armoires et de ses placards. Elle craignait la présence de quelque voleur. Elle se levait la nuit pour y chercher le jour et ainsi entretenait-elle avec les ombres du cimetière des conversations interminables.

Le départ aux Mille Pins de son aîné n'avait fait que précipiter la débâcle. Et Floirac, qui venait la visiter une ou deux fois par semaine, la découvrait chaque fois de plus en plus fatiguée, elle dont l'intelligence était si vive naguère. Mais Bastien ne s'en inquiétait guère. Lui, il avait fait le deuil de sa mère depuis longtemps, depuis l'époque où Charles nommait son fils « l'imbécile heureux » sous ses ricanements.

— Qu'elle reste dans sa cuisine et n'en sorte jamais ! disait-il en interdisant aux domestiques de lui adresser la parole.

Il redoutait que ses propos délirants n'alimentent les conversations au café Barbuze.

Trois jours après le départ de son mari, Reine prétexta une grande fatigue pour quitter le domaine quelques semaines.

— Je vais voyager un peu, confia-t-elle à Bastien. Ça me changera les idées.

— Si je comprends bien, ma chère, nous ne pourrons pas compter sur toi pour les vendanges ?

Elle proposa alors que son père y participe à sa place. Édouard Clauzel était un vigneron fort réputé dans le pays et, malgré ses soixante-quinze ans, il avait toujours bon pied bon œil.

Bastien chercha à percer les projets de Reine, mais celle-ci refusa de lui répondre. Elle s'accorderait un mois d'absence, sans rien justifier de ses faits et gestes. Et il comprit alors que sa mère n'avait peut-être pas tort lorsqu'elle affirmait que

Lazare Thibaudat avait agi sous l'influence de Reine.

Mais après mûre réflexion, il comprit que ses réactions étaient dictées par une misérable jalousie. Tandis que lui demeurait prisonnier de Combeval, elle, sans états d'âme, s'en affranchissait à sa convenance. Mais ce sentiment envieux le peinait fort. Il s'en voulait de céder à des impulsions aussi médiocres qui, au passage, le diminuaient à ses propres yeux. Lui-même n'était pas loin de penser qu'un éloignement, même assez court, du domaine, un ou deux jours par semaine, ne lui serait que bénéfique. En vérité, il songeait à Ariane, à la distance qui s'était installée entre eux deux et à la manière dont il pourrait se rapprocher d'elle.

Reine n'avait d'autre projet que de vivre de longues semaines auprès de son amant. Elle avait compris que de courts intermèdes ne suffiraient pas à fortifier leur amour, d'autant que Paul-Étienne se montrait de plus en plus exigeant. Il ne cessait de répéter : « Quand donc m'offriras-tu une nuit entière ? »

Elle se fit conduire en calèche à la gare d'Aubepas avec deux grosses valises. Là, elle fit mine d'attendre le train de neuf heures cinq pour Brive, le temps que Boscot, son cocher, parte. Elle ressortit de la gare par les hangars de marchandises, où Lamirot l'attendait au volant de sa voiture.

Reine s'approcha en hésitant, tournant la tête de droite à gauche pour vérifier que personne ne pût la voir, puis elle s'y engouffra en rabattant sa voilette sur son visage.

— Jusqu'à quand vas-tu te jouer cette comédie ? s'amusa Paul-Étienne. Il te faudra bien un jour admettre que nous nous aimons et clamer cet amour aux yeux du monde.

Elle baissa la tête, la mine grave. Le mensonge, la trahison paraissaient pour la première fois atteindre son amour-propre. Alors que ce sentiment lui était inconnu lorsqu'ils se retrouvaient pour une après-midi à Saugeline. Il suffisait que son amant posât ses lèvres sur les siennes pour se retrouver, soudain, dans la peau d'une autre femme.

— Tu ne me comprends pas, lui dit-elle, parce que tu es un homme libre, sans attache, sans entrave. Tu ne réponds de tes actes que devant toi-même.

Il ne lui répondit pas, fixant la route qui les conduisait à Saugeline. Il posa juste une main sur ses genoux. Elle resta à distance, comme si elle ne voulait pas encourager son désir, tant celui-ci sourdait, fort, impérieux, chaque fois que leurs corps se rapprochaient.

— Je viens de prendre une terrible décision.

— Je le sais, dit-il. Il te coûte de partir de Combeval, même pour une courte période.

— Rien ne sera plus comme avant. Je devrais lui dire la vérité, à Marceau. Lui dire que j'aime un autre homme et que rien au monde ne m'y fera renoncer.

— Tu devras le lui dire ainsi. Et ajouter que cet homme t'apporte ce que lui ne peut te donner. Tu le lui diras ainsi ?

— Oui, affirma-t-elle.

Elle s'abandonna sur son épaule. Il la sentait au bord des larmes. Maintenant, Lamirot avait hâte que sa voiture s'engage dans l'allée de Saugeline pour, enfin, la prendre dans ses bras et la porter jusqu'au salon. Ce geste aurait à ses yeux une dimension symbolique, comme une jeune mariée franchissant le seuil de la chambre nuptiale.

Deux jours plus tard, les amants descendirent à Nice et s'installèrent dans une des suites de l'hôtel Régina, sur la colline de Cimiez. Reine fut surprise de découvrir que son amant connaissait le personnel de l'établissement et qu'il y avait séjourné l'été précédent. Elle comprit alors que, pour elle, Lamirot était un étranger, qu'elle ne savait rien de sa vie en dehors de leurs rendez-vous à Saugeline.

— Tu es venu seul ou accompagné ? s'inquiéta-t-elle.

Sur le coup, il fut flatté de cette pointe de jalousie et en fit un jeu en s'inventant mille conquêtes tumultueuses, des visites au casino et de longues promenades sur l'Estérel. Il la conduisit dans un grand magasin de la place Masséna pour lui offrir quelques toilettes. Cette attention parut atténuer sa suspicion. Et à leur retour, ils se firent monter un buisson de homards et une salade d'oranges au rhum. Plus tard, installé sur le balcon pour admirer la baie, Lamirot commanda du Roederer. À la vérité, Reine ne se laissait guère impressionner par ce déluge de luxe et de volupté. Et bien qu'ils eussent fait l'amour un peu sauvagement, comme il en avait la fâcheuse habitude lorsque le désir était trop fort en lui, elle ne se débarrassait point du spleen qui la possédait.

— Demain, nous ferons une excursion sur la route côtière, promit-il. Voici qui devrait nous égayer un peu.

Elle se défendit d'être gagnée par la tristesse.

— Je n'ai pas su t'aimer, se reprocha-t-il. Peut-être crois-tu qu'il n'est que ta beauté et ta légèreté qui m'intéressent ? Ce n'est pas vrai. Je m'ennuie lorsque tu n'es pas auprès de moi. Mon existence perd tout son sens.

Il demanda son indulgence en tombant à ses pieds. Elle le pria de se relever, l'assurant qu'elle ne lui en voulait pas.

— J'aime faire l'amour avec toi… je le confesse. C'est noble et beau, à la condition d'y apporter quelque attention. Je ne voudrais pas que tu viennes en moi en songeant à autre chose. Ou à quelqu'un d'autre...

Il lui avoua alors se sentir prisonnier de son charme, de cette félinité qu'elle dégageait, lorsque, perdant tout contrôle, elle lui griffait le dos. Il tentait d'étouffer ses cris parfois.

— Pourquoi ? Craindrais-tu mes débordements ?

Et il voulut évoquer par quelques détours son mari, sans doute pour l'humilier. Mais elle l'arrêta net.

— Faisons comme si rien d'autre n'existait dans nos vies respectives. Est-ce que je te pose des questions sur tes maîtresses ? Celles que tu as conduites, peut-être, dans cette chambre.

Il fronça les sourcils.

— Le maître d'hôtel t'a proposé la 302. Comme d'habitude, non ?

Elle éclata de rire devant sa mine déconfite. Il se mit à jurer comme un beau diable que sa vie était sans histoire, qu'elle était la seule femme qu'il aimait. Et cette fois, ils se prirent avec délicatesse, elle-même refrénant ses gestes, le contraignant à repousser l'explosion du plaisir, afin qu'ils fussent accordés l'un à l'autre.

— Pourquoi tant de hâte ? Ce corps t'est acquis, tu peux en disposer...

Ces mots avaient l'art de réveiller ses sens. Mais elle ne supportait pas qu'il s'y abandonnât avec rage, comme un enfant capricieux. Elle espérait plus que de la mesure, une complicité. Celle-ci, lui promit-il, s'en viendrait après quelques nuits passées ensemble… Il lui accorda cette opinion, que l'amour est une longue patience, qu'il exige humilité, que la jouissance de l'un est différente de celle de l'autre.

Il voulut faire monter une seconde bouteille de Roederer, mais elle le prévint qu'il la boirait seul. Alors, il renonça en fumant une cigarette sur le balcon dans la douceur satinée de la nuit.

Le lendemain, ils descendirent en voiture à Saint-Raphaël pour y chercher une petite plage discrète. Après quelques hésitations, Lamirot finit par en dégoter une à Aiguebonne.

— Je ne me baigne pas dans la mer, prévint Paul-Étienne. Ma santé ne me le permet pas. Je suis poitrinaire.

Reine observa son amant, incrédule. Elle ne voulait pas voir que la moindre concession à ces jeux pourrait lui coûter la vie.

— Encore une coquetterie, dit Reine en se délestant de ses vêtements. Regarde, il n'y a personne. Tu peux te mettre nu, comme moi.

Il s'assit près d'une haie haute et dense d'arbousiers et il la suivit des yeux. Elle nageait avec aisance, comme elle le faisait dans La Blis. Ce lui rappelait les heures passées avec Rose Landray, lorsqu'elles allaient piquer une tête dans la rivière.

Lamirot se souvint qu'il avait eu l'occasion de les observer, toutes deux, nues et gracieuses comme des naïades. Peut-être s'était-il agi de ses premières émotions érotiques. Il se demanda même si ce n'était pas, précisément, à cette époque qu'il était tombé amoureux de Reine, pour ensuite refouler ce désir. Maintenant qu'elle lui appartenait, qu'il pouvait jouir de sa beauté, ces émois lui paraissaient loin. « Comment ai-je été assez stupide pour la mal juger en ce temps-là ? songea-t-il. À médire sur elle et à la considérer comme une fille facile ? » Ne disait-il pas à François Lapoujade ou Pierrot Rue : « Même si elle me suppliait, je ne coucherais pas avec elle… » ? Il pensa : « Alors que c'était elle, et personne d'autre, que je désirais posséder. Combien d'années aura-t-il fallu pour que je me décide enfin à la séduire ? »

À la tombée du jour, Reine et Paul-Étienne allaient flâner dans les jardins du Régina. Ils aimaient observer les toilettes des jolies femmes qui peuplaient ce havre de paix et de verdure dominant la ville. Puis ils suivaient les allées bras dessus bras dessous, longeant le terrain de badminton et de croquet. Parfois, il la prenait dans ses bras et c'était une étrange sensation qui le submergeait. Elle se laissait faire, sans montrer d'émotion particulière, comme si ces gestes étaient devenus familiers pour elle. « Mais oui, répondait-elle, je sais que tu m'aimes. »

Paul-Étienne se demandait quelquefois si Reine ne s'ennuyait pas en sa compagnie. Alors, il montrait quelque frénésie à la vouloir prendre. Elle se laissait entraîner dans ces jeux interminables, sans rien lui interdire, comme si ce corps dont il jouait à satiété était détaché d'elle. Elle faisait l'amour en ne pensant à rien. Elle feignait le bonheur, l'allégresse, le ravissement. Ce détachement blessait Lamirot, qui s'interrogeait. Étaient-ils faits l'un pour l'autre ? Peut-être feraient-ils mieux de se contenter de quelques épisodes par mois à Saugeline, comme avant leur fuite ?

Au milieu de la nuit, souvent, Reine allait sur le balcon pour fumer. Elle aimait sentir le vent de la mer sur sa peau. C'était comme des caresses qui la faisaient frissonner.

— Nous ne pourrons jamais devenir mari et femme, dit-il en venant la prendre par la taille, tant qu'il sera là… Et il vivra longtemps encore. À la vérité, je suis bien plus fragile que lui. Un jour, je partirai sans crier gare et tu te retrouveras seule avec lui et nos souvenirs.

Elle tirait de longues bouffées, expirant des volutes comme un soupir.

— Tu es trop passionné pour qu'il t'arrive quelque chose, murmura-t-elle en abandonnant sa tête contre lui pour qu'il pût lui prendre le cou et le serrer doucement, jusqu'à relever sa lourde chevelure emmêlée.

Il aimait à lui mordiller le lobe de l'oreille, lui susurrant quelques mots dans l'espoir qu'elle l'entraînerait vers le lit.

— Je ne veux plus que tu me touches, dit-elle soudain.

Paul-Étienne fit mine de ne point comprendre.

— Tu as bien entendu, insista-t-elle. Je ne veux plus que nous fassions l'amour.

— Pourquoi ? Je t'aime. C'est ma manière de te montrer que je tiens à toi, plus que tout au monde.

— Certes. Je crois, en effet, que tu m'aimes.

De fait, les jours suivants, Reine prit ses distances avec Lamirot. À quelque moment, il se montra entreprenant, mais sans succès. L'interdit que sa maîtresse avait lancé le mortifiait.

— Je voudrais de toi un enfant, dit-elle un soir au bar du Régina.

Il resta de marbre. C'était la dernière chose à laquelle il s'attendait. Ensuite, ils allèrent danser dans le salon bleu, la valse, la java, le fox-trot. Paul-Étienne n'était pas très armé pour la danse. Surtout pour le charleston. Mais Reine apprit vite avec quelques cavaliers de circonstance.

Sur la terrasse du Régina, plus tard, Lamirot lui demanda pourquoi elle désirait un enfant de lui. Elle parut surprise par sa question ; celle-ci lui semblait tomber sous le sens.

— Si ce n'est pas toi, qui me le fera, cet enfant ?

— Je ne veux pas te faire un enfant que je ne verrai pas grandir et qui deviendra l'héritier de Combeval. C'est une idée insupportable, je ne serai dans cette affaire qu'un géniteur. Un géniteur, répéta-t-il avec un accent de mépris pour lui-même. Tout cela pour satisfaire tes ambitions.

Et soudain, Paul-Étienne se mit à lever les bras au ciel.

— Et comment expliqueras-tu ta grossesse ? Marcelin deviendra fou de jalousie et de haine. Contre cet enfant. Il ne l'acceptera jamais. Et Bastien aussi, peut-être. Tout le monde sera contre toi, ma pauvre Reine. Y as-tu songé ? Je ne voudrais pas qu'il t'arrive malheur. Je t'aime trop.

Elle resta silencieuse à arpenter d'un pas lent la terrasse. De la salle de bal, on entendait monter un air de valse. Lamirot observait les lampadaires du parc, halos jaunes noyés dans la verdure. Il se sentait vieux, aussi vieux que la statue de Silène trônant au milieu du jardin.

— Pourquoi ne me ferais-tu pas cet enfant ? Que t'importe ? dit Reine en revenant à la charge.

— Procréer, c'est mourir. Mourir pour moi… voilà le symbole. Une fois que je t'aurais engrossée, fit-il d'un air dédaigneux, tu n'auras plus aucune raison de venir me voir. Tu auras obtenu ce que tu désirais. Alors que je te veux rien qu'à moi. Va donc demander le divorce. Ton pauvre mari te l'accordera. Ensuite, nous partirons ensemble, loin, loin de tout ça, de cette putain de terre qui s'est emparée de toi. Et je t'épouserai. Mais pas d'enfant. Ma mère qui s'appelait Milienne, oui, Milienne, a regretté de m'avoir mis au monde. Et mon père, le conseiller planificateur en disponibilité, ironisa-t-il, s'en est toujours voulu lui aussi. Un moment de relâchement spermatique. Après coup, on aurait bien aimé me perdre dans la forêt de Laplantade, me livrer aux sangliers pour qu'ils me bouffent tout cru, s'il n'y avait eu la gouvernante, Josépha.

Il se mit à rire, un rire grinçant, saccadé et entrecoupé de silences, comme il le faisait chaque fois qu'il s'agissait d'évoquer son histoire. Sur l'instant, Reine se sentit prise de pitié pour le jeune homme. Puis il se mit à tousser, sans parvenir à expectorer les glaires qui encombraient ses voies respiratoires. Pour que ce désordre se manifestât, il fallait une forte émotion. Et celle-ci s'en était venue rappeler à Reine combien Lamirot était malade. La jeune femme comprit à son catarrhe qu'elle ne le garderait pas longtemps auprès d'elle et qu'il lui faudrait obtenir ce qu'elle désirait sans tarder.

— Faisons un marché, Paul, proposa-t-elle d'une voix mielleuse en le serrant contre elle. Je me donnerai à toi aussi souvent que tu le désireras, en contrepartie, tu me feras cet enfant. C'est la seule revanche que j'attends de la vie.

— Conquérir Combeval avec un enfant, un héritier. Il se pourrait que ce soit une fille.

— Alors nous recommencerons, jusqu'à ce que je donne naissance à un garçon.

Elle voulut toper, avec cette farouche énergie qui la possédait jusqu'à la rendre un brin folle, Reine Montagnac. Les traits de son visage parurent se crisper en un rictus infernal. Pour la première fois, Lamirot comprit ce qu'était Reine, et il sentit son désir décroître.

Les jours suivants, ils demeurèrent de longues heures sans se parler, ni se sourire, ni se prendre par la main. Mais Reine demeurait confiante, connaissant la faiblesse des hommes. Il lui suffirait juste d'attendre. Et un jour, sans doute, elle le retiendrait en elle et il lui donnerait enfin ce qu'elle attendait de lui. Ensuite, qu'importe qu'il en souffrît ou non de cette naissance, qu'il la regrettât ou qu'il s'en jugeât coupable ou indigne…

4

Le sénateur Aubertier se tenait debout sur le marchepied de sa voiture, la portière ouverte, et d'un vigoureux coup de chapeau saluait les gens autour de lui. C'était sa seconde nature, la sympathie qu'il dégageait, malgré tant d'aléas. Ce style populaire lui avait bien réussi. Il avait été réélu sous maints cabinets, de lá gauche à la droite, entre Union sacrée, Cartel des gauches et radicaux. Sa fougue républicaine l'avait assurément préservé, et son réseau d'affidés, toujours prêts à battre les estrades. Le chauffeur vint le rejoindre, un petit homme en uniforme gris et casquette vernissée.

— Monsieur le sénateur, n'avez-vous ici que des amis ? demanda-t-il avec un œil soupçonneux.

— Il n'y a pas de communistes. Pas un pour nous montrer les crocs. Soyez rassuré, Armand. Je sais où je mets les pieds.

Il descendit du marchepied d'un pas leste et ouvrit les bras.

— Charles Montagnac est-il là ?

— Mon père nous a quittés en 1920, dit Bastien en serrant la main du sénateur.

Aubertier prit un air affecté et se saisit de Montagnac par les épaules pour une accolade.

— Je connaissais bien votre père. Parfaitement, insista-t-il. Un de ces hommes qui ont fait la Corrèze d'aujourd'hui. Un novateur dans son genre. Et courageux.

Le sénateur se tourna vers son chauffeur et lui dit de prévoir un arrêt au cimetière de Saint-Hospitalet.

— J'irai me recueillir sur sa tombe, promit-il.

Bastien hocha la tête. Il connaissait Félix Aubertier, par les Rouveix. Léonie disait de lui qu'il avait mangé à tous les râteliers. Aussi Bastien devinait-il que le politicien se fichait de Charles Montagnac comme de sa première chemise. Puis Reine s'avança pour le saluer. Machinalement, le vieil homme se lissa les moustaches, de belles bacchantes républicaines. Il voulut lui baiser la main, mais la jeune femme la retira discrètement.

— Combeval, bien sûr, Combeval ! s'écria-t-il. J'y suis allé avant la guerre. J'ai même partagé le repas de battage. Un grand moment de fraternité. Inoubliable.

Bastien l'emmena visiter le domaine, au pas de charge. Aubertier passa devant les domestiques en hochant la tête, soupçonneux. Il aimait bien, en vérité, distribuer les poignées de main, mais depuis le congrès de Tours, la naissance du parti communiste et l'audience croissante des « rouges » en Corrèze, toute main, de surcroît les petites mains, n'était pas bonne à prendre. Mais ces ouvriers-là lui parurent trop intimidés pour tenter quoi que ce fût de déshonorant à son encontre, comme le fameux jour où une faction révolutionnaire avait envahi sa permanence de Brive, rue de la Fontaine-Bleue, pour réclamer l'élargissement de la loi de 1910 sur les assurances sociales.

— La main-d'œuvre ne vous manque pas, c'est bien, dit-il en faisant un clin d'œil à Bastien. Mais attention, n'accordez rien de plus que ce que préconise l'usage. Ça ferait naître des ambitions. Et nous avons besoin de préserver notre agriculture traditionnelle, n'est-ce pas ? Sinon, nous finirions par voir nos terres envahies par cette mauvaise herbe qu'est la guerre sociale, classe contre classe.

Il éclata de rire. Le mot lui plaisait bien. Il le servait à chacune de ses visites. C'était un succès garanti.

— Des plantations, dites-vous ? Et un système de distribution perfectionné, avec Rouveix. C'est un sacré bonhomme, Rouveix. Une personnalité à Brive. Il nous faudrait beaucoup plus d'hommes comme lui. Mais hélas, en Corrèze, on regarde vers le passé. Et dès qu'il faut prendre un risque pour une nouvelle entreprise, on se cabre comme ces ânes bâtés. Alors que le progrès est là, à portée de main.

Bastien montra ses collines avec fierté, les vignes de Bagarel, les plantations de Rochemorin. Mais le sénateur ne paraissait guère les observer, ni de près ni de loin, tant il était prisonnier de ses discours sur l'avenir. Au fond, Combeval lui paraissait être peu évolué en comparaison de l'idée qu'il se faisait, lui, dans ses officines, de l'agriculture moderne. Montagnac tentait de le convaincre, lui suggérant d'accorder des aides aux productions céréalières. Sans conviction, en vérité ; Rouveix avait prévenu Bastien : les politiciens n'étaient d'aucune utilité.

Puis le sénateur consulta la breloque pendue à la chaîne de son veston et annonça que le temps lui manquait pour visiter les plantations de Rochemorin.

— Il me souvient, dit Aubertier, d'avoir accueilli votre père à ma permanence de Brive, en 1914. Il voulait que nous ajournions le départ de votre frère.

— Je sais, dit Bastien en lui prenant la main. Mon père a proposé que je parte à sa place. Mais trop jeune, n'est-ce pas ? Heureusement, sinon Combeval n'aurait pas connu ce développement.

Aubertier hocha la tête.

— Alors j'ai eu raison de ne donner suite à sa demande ?

Bastien se mit à sourire.

— En quelque sorte.

— Et votre frère ? Un grand blessé, si je ne m'abuse ? Je suis désolé. La patrie avant tout, n'est-ce pas ?

On revint sur la terrasse. Reine apporta le vin rosé de Bagarel. M. le sénateur le goûta avec hésitation ; il s'attendait à un tord-boyaux, comme on en servait partout en Corrèze depuis que la maladie avait détruit les plus belles vignes, et pire encore, le savoir-faire ancestral. Toutefois, il vanta les qualités du vin, puis laissa un fond de verre à son chauffeur en prétendant qu'Armand était fin connaisseur.

— Ce pays cache des ressources insoupçonnées, ajouta le sénateur.

Il regarda sa montre et parut, soudain, pressé d'en finir. Néanmoins, il s'approcha de Reine et lui demanda des nouvelles de son mari. Elle répondit du bout des lèvres. M. le sénateur ne craignait rien en la matière, puisque le mot « patrie » justifiait toutes les horreurs de la guerre.

— Sans les épouses, sans les femmes de l'arrière, nous l'aurions perdue, cette guerre, n'est-ce pas ?

Puis il prit Reine à part et la conduisit au bord de la terrasse. De ce lieu, on percevait, selon lui, ce qu'est la France profonde, éternelle.

— Si vous avez besoin de quoi que ce soit, chère madame Montagnac, n'hésitez pas à me solliciter. Mes bureaux de Brive vous sont ouverts.

Il se lissa de nouveau les moustaches, effleura la main de la jeune femme. Elle la retira une seconde fois, discrètement.

— Vous ne ressemblez pas du tout aux femmes d'ici, nota-t-il. Qu'est-ce donc qui vous retient ici ? L'amour de la terre ? Je ne le crois pas.

Elle éclata de rire, puis se déroba d'un petit pas de côté.

— Je ne vois pas, monsieur le sénateur, ce que vous pourriez faire pour moi. J'aspire à diriger Combeval. Ce domaine m'apporte toutes les satisfactions possibles.

Il parut surpris par sa réaction.

— Comme on peut se tromper dans la vie…, dit-il d'un ton las. J'avais cru comprendre que ce pays était, pour vous, d'un ennui assommant. Il suffit d'un grain de sable dans les rouages pour que tout se détraque. Et dans ces extrémités, on n'a que les amis, les vrais amis, pour se sortir de la panade.

Elle posa sa main sur le bras généreux du sénateur, puis se laissa reconduire vers la table dressée sous les tilleuls avec des pâtés et des terrines pour se restaurer, et de larges tranches de pain blanc.

Aubertier se fendit d'un discours passe-partout, comme il en prononçait dix fois par semaine dans ses pérégrinations. En toutes situations, il se sentait comme un poisson dans l'eau. Que sa carrière politique eût survécu à la chute du Cartel était un exploit en lui-même. Il avait tout donné à cette gauche qui avait tellement déçu ; désormais, avec Raymond Poincaré, le sénateur ne parlait plus que de la santé du franc et du retour de la confiance dans les milieux d'affaires.

Après son départ, Bastien poussa un soupir de soulagement. À ses yeux, Aubertier représentait ce qu'il y avait de pire dans la classe politique. Sur ce point Rouveix et lui nourrissaient la même opinion, que cette sorte d'homme n'offrait un parapluie que par beau temps. En revanche, Reine jugeait le sénateur séduisant et qu'il valait mieux le compter parmi ses soutiens.

— J'aurai une bonne nouvelle à t'annoncer, Bast, dit-elle soudain.

— Laquelle ? fit-il en la regardant droit dans les yeux.

— Peut-être est-ce prématuré, ajouta-t-elle en s'éloignant dans une pirouette.

Marcelin avait attendu que le sénateur fût parti pour sortir de la maison, tant il détestait faire la conversation.

— Il te fait peur, ce grand homme ? demanda Bastien d'un ton ironique.

— Il t'a sauvé la vie et il a massacré la mienne, répliqua-t-il vivement.

Le cadet des Montagnac hocha la tête. C'était le genre de réflexion qu'il convenait de ne point relever. Reine fit mine de ne pas avoir entendu.

— Comptes-tu repartir en goguette ces prochaines semaines ? s'enquit Bastien.

— Certes, non, répondit-elle. Et toi, as-tu revu Ariane ?

Il haussa les épaules. Dans la situation nouvelle qui se dessinait à Combeval, Reine apparaissait de plus en plus assurée. Il semblait qu'elle avait gravi un échelon supplémentaire depuis qu'Angèle perdait la tête. En vérité, elle avait hâte de se retrouver face à Bastien, à la même hauteur et dans les mêmes dispositions, d'égal à égal, deux têtes pensantes. On ne savait plus du côté des Lapoujade à qui l'on devait s'adresser, à l'un ou à l'autre, tant les décisions se prenaient de concert. Et quelquefois, il y avait comme un hic, lorsque l'un contredisait l'autre. « Attendez, disait Reine, nous allons accorder nos violons… » Et de fait, c'était toujours Reine qui avait le dernier mot. Bastien n'était pas assez pugnace pour s'engager dans une bataille frontale. Il préférait le compromis à la querelle. Sans doute, au fil du temps, ne se sentait-il pas aussi enthousiaste à l'idée de transformer Combeval. Il se disait qu'il y avait une autre vie en dehors du domaine, au-delà de Bagarel ou de Rochemorin. Quelle femme partagerait sa couche et lui apporterait un peu de bonheur ? Voici une question qui le taraudait si fort que son engagement pour Combeval s'émoussait peu à peu. Il refusait de payer de mille sacrifices son rôle sur les terres des Montagnac.

Certes, Reine avait cerné, déjà, son dilemme. Elle savait combien l'homme était fragile depuis la disparition d'Alexandrine et la mort de l'enfant. Ce mauvais tour du destin lui avait porté un coup fatal. Et sur ce point, elle se sentait d'autant plus à l'aise qu'elle avait tout tenté pour empêcher ce malheur.

Aux premiers frimas, la situation se détériora à Combeval. Soudain se produisit ce qu'on craignait et qu'on n'osait nommer : le naufrage d'Angèle.

Un matin, avec force cris et larmes, la grand-mère se mit à vider la grande armoire Empire, une lingère imposante dans laquelle se trouvaient les trésors qu'elle avait entassés année après année : des draps en lin de bonne facture, des manteaux de fourrure, des ribambelles de chemises et de camisoles brodées… Elle en fit un inventaire et jugea qu'on l'avait volée. De l'argent manquait et des titres. Une coquette fortune qui lui venait des Forcroix, plus de cent mille francs. Elle accusa Reine, puis « l'imbécile heureux », puis Eugénie, puis les domestiques… Fabien fit son enquête et finit par comprendre que cet argent était le fruit de son imagination dérangée.

— Tu as payé tes folies avec mon argent, misérable ! dit-elle à son fils. Je veux appeler les gendarmes pour qu'ils t'emmènent en prison.

Reine tenta d'apaiser Angèle, en vain. Elle hérita de deux ou trois gifles. Marcelin vint à sa rescousse. La malheureuse croyait que tout Combeval s'était ligué contre elle pour la voler, la spolier et, enfin, porter atteinte à sa vie même, en lui faisant ingurgiter des potions scélérates.

Le diagnostic tomba comme un couperet.

— Nous avons là un cas ordinaire de démence sénile. Comme quoi, mes chers enfants, ajouta Simplon, il ne faut pas vivre trop longtemps. Sans quoi, quel triste spectacle offrons-nous ! Les peurs et les craintes du passé s'en reviennent sous la forme de fantômes et nous assaillent de tous côtés. Rien ne pourrait la raisonner, votre chère mère. Il faut attendre l'issue fatale en la maintenant, la pauvre femme, dans l'isolement. Je puis certes lui administrer quelques tranquillisants afin que ces ombres s'éloignent et la laissent un peu en paix. Mais ce sera comme un cautère sur une jambe de bois.

À la veille de Noël, on mit Angèle en terre, sans grande pompe. L'opinion des gens de Saint-Hospitalet n'était guère favorable aux Montagnac. Il circulait même quelques rumeurs fâcheuses selon lesquelles la vieille dame de Combeval avait été poussée à la mort par sa belle-fille. Reine aurait fait main basse sur ses économies, ce qui aurait précipité Angèle dans la folie. La jeune femme traitait ces allégations avec mépris. Elle attribuait cet acharnement aux envieux de tous crins qui rêvaient à sa perte, même si celle-ci, au bout du compte, ne les eût point rendus plus fortunés. Qu'une Clauzel fût parvenue à régner sur Combeval leur était assurément insupportable. Marcelin, en revanche, récoltait les louanges. On ne voyait de lui que le héros malheureux, floué par un mauvais mariage, un homme dont la guerre avait dévasté l'âme. On faisait des gorges chaudes de son infortune, les uns versant dans l'apitoiement, les autres ironisant sur la cruelle farce du destin.

Après la disparition d'Angèle, Eugénie décida de s'installer à Combeval avec son mari. La ferme des Lapoujade et celle des Montagnac ne faisaient plus qu'une. Les cultures de l'une et de l'autre se complétaient sans jamais se concurrencer. Édouard et Vigorine approuvaient cette fusion. L'âge avançant, ils ne voyaient d'avenir à leur descendance qu'à la condition d'enterrer les querelles anciennes. Sinon, ils eussent perdu la confiance de leur fils et, avec l'enfant qui allait naître deux mois plus tard et qui porterait le prénom d'Édouard, un Édouard II, en somme, – à supposer, bien sûr, que ce fût un garçon –, l'avenir semblait tout tracé. Les Lapoujade-Montagnac, ainsi unis par le destin, monteraient, dans les prochaines décennies, l'affaire la plus florissante du pays d'Aubepas.

Mais il aurait été naïf de croire que, par-delà la belle union de façade, toutes les rivalités se fussent éteintes d'un claquement de doigts. Et si une compétition entre les deux familles dominantes de Saint-Hospitalet n'était plus d'actualité, Eugénie voyait d'un mauvais œil la place que sa belle-sœur avait prise à Combeval. Elle avait compris que Bastien n'y jouerait pas longtemps le rôle de contre-balancier. Il s'était épuisé dans les transformations du domaine, jusqu'à ne plus voir son avenir que comme une lourde croix à porter.

— Je reviens pour prendre le relais, dit-elle à Bastien, en s'installant dans l'appartement de ses parents, au rez-de-chaussée. Maintenant, Bast, tu vas te reposer un peu, je suis là. Je ne laisserai pas Reine décider de tout. Ce n'est pas une Montagnac.

Bastien prit la main de sa sœur et la serra avec force. Il la dévisageait avec des larmes dans les yeux. Il tentait de percer le fond de sa pensée. Il n'avait jamais soupçonné cette puissante ambition qui l'habitait. Il se mit à sourire en pensant qu'une Montagnac restait une Montagnac, quelles que soient les injures du temps. « Nous perdons pied, nous glissons, nous tombons mais, au dernier instant, quelque chose nous porte vers le sommet », pensait-il avec attendrissement.

Il posa les mains à plat sur le ventre d'Eugénie.

— Comme tu as de la chance, ma chère sœurette ! Cet enfant nous redonne espoir.

En pétrissant sa chair rebondie, il songeait à Alexandrine et la frayeur le gagna un instant. Il murmura près de son oreille :

— Le sens-tu vivre ? Prenons garde cette fois à ne pas…

Eugénie hocha la tête et il parut rassuré. Il reconnut alors qu'il n'avait pas assez prêté attention à Alexandrine et qu'il s'en voudrait toujours. Mais n'était-ce pas là l'expression inutile et cruelle d'une malheureuse pensée ? Pourquoi remuer le passé lorsque le ciel vous sourit enfin ? Depuis que ce petit être grandissait dans son ventre, elle se sentait forte, indestructible et, pour une fois, en plein accord avec elle-même et l'homme qui lui avait offert ce cadeau. Même si Eugénie n'avait pas envie d'en parler, il lui semblait qu'une ère nouvelle allait s'ouvrir à Combeval. Et Bastien était pénétré par la même évidence.

Eugénie confia à son frère qu'elle n'aurait pas voulu mettre au monde cet enfant ailleurs que dans la maison mère et que l'idée d'accoucher à Saint-Hospitalet, chez les Lapoujade, ne l'avait même pas effleurée. Bastien, en quittant sa sœur, fut de nouveau saisi par un pressentiment, une sombre pensée qui le taraudait depuis que Reine lui avait dit avec un sourire énigmatique : « J'aurai une bonne nouvelle à t'annoncer… » Celle-ci tardant à venir, il avait fini par croire que cette nouvelle n'était pas si importante qu'il l'avait cru. « Voudrait-elle quitter Marcelin pour se remarier, puisque leur union n'a pas été consommée ? Ou veut-elle fuir Combeval et retrouver sa liberté, sans projet précis ? Son séjour loin de Saint-Hospitalet l'aurait-il décidée à lâcher prise ? » À chaque occasion, Bastien prenait plaisir à l'aiguillonner dans l'espoir de percer ce mystère.

Souvent, Reine rendait visite à Eugénie pour lui prodiguer ses conseils. N'avait-elle pas veillé sur Alexandrine, alors qu'on lui reprochait quelques sombres manœuvres ? Eugénie n'aimait guère la voir traîner autour d'elle et encore moins palper son ventre arrondi. Elle craignait que ces attentions ne portent malheur à l'enfant. Octave s'amusait de ses peurs. Lui tenait Reine pour une alliée précieuse. Parfois même, il se sentait attiré par elle. Son autorité et sa pugnacité étaient à ses yeux des qualités rares chez une femme. Sans doute eût-il aimé qu'Eugénie fût aussi volontaire dans la vie. « Un homme pourrait aisément se reposer sur l'épaule d'une telle compagne », se répétait-il. Alors, son regard se posait sur Marcelin, avec compassion. Et il pensait, à la vue de son œil vague, triste et repu d'ennui, que cette jolie femme ne lui servirait jamais à rien, sinon à désespérer.

Après la naissance d'Édouard II, un beau bébé de quatre kilos, robuste et vif, Reine engagea quelques rapprochements tactiques avec son mari. Le dimanche, elle l'obligeait à la suivre dans ses pérégrinations en voiture à cheval. L'ancien attelage avait été remplacé par un tilbury flambant neuf, fort confortable, tiré par deux chevaux bien dressés, jeunes et vigoureux, parfois même trop impétueux pour leur maîtresse.

Ils faisaient des périples dans l'arrière-pays de deux heures environ et d'une quinzaine de kilomètres sur des chemins parfois malaisés, souvent dépourvus de poteau indicateur. Reine prisait fort l'aventure, surtout lorsqu'elle se mettait en tête d'arrêter le tilbury dans l'allée d'un sous-bois, cernée d'une abondante végétation, pour faire quelques pas dans l'épaisseur des fougères et écouter le tumulte du vent dans les frondaisons des chênes.

Marcelin quittait rarement le siège de la voiture et préférait attendre que son épouse se lasse de ces excentricités. Pourtant, Reine ne cessait de le harceler pour qu'il marchât avec elle, à son rythme. Lui qui avait été si actif avant sa blessure abhorrait l'effort et chaque geste superflu lui paraissait une punition. Reine n'avait pas la cruauté de lui reprocher son embonpoint, mais en engraissant à vue d'œil, il devenait la risée de Saint-Hospitalet. « Il est gras comme un chapon, ce pauvre Marcelin », disait-on dans son dos au café Barbuze, où il allait traîner de temps à autre pour écluser des verres de Picon. Et le mot « chapon » n'était pas utilisé par hasard. Il était le plus souvent accompagné de réflexions désobligeantes sur son infirmité. « T'en reste-t-il un petit bout ou rien du tout ? Dis voir, Marceau ? » Aucune voix ne s'élevait pour rappeler que la guerre était cause de ce malheur… Les héros de 1914 n'intéressaient plus personne et les récits héroïques des anciens combattants barbaient l'assistance. Pour en être quitte, il avait suffi d'ériger des monuments et d'y graver la longue liste des morts.

À Verganson, le couple Montagnac fréquentait le restaurant La Belle Antoinette, réputé pour sa cuisine bourgeoise. Lamirot avait fait connaître à Reine cette auberge installée dans les vieux murs de la cité avec terrasse ombragée et petites salles aménagées pour recevoir en toute discrétion. L'établissement foisonnait de recoins, d'alcôves et de niches, propices aux rendez-vous amoureux, mais bénéficiait aussi de vastes salles ornées de tapisseries et de tentures vieux siècle. Le pourpre, le rose poudré, le bleu de nerprun faisaient bon ménage avec l'éburnéen et l'ivoirin des banquets officiels pour les mariages, les communions, les baptêmes…

Dans les premiers jours de décembre 1929, Reine invita son mari à l'hôtellerie d'Antoinette Godineau. Étant une habituée, elle avait pris soin d'exiger au préalable la discrétion sur ses allées et venues fréquentes en compagnie de Lamirot.

On les installa au premier étage, dans la niche des « Passagères ». Les gens de La Belle Antoinette avaient l'art des noms : « Les Régulières », « Les Inconstantes », « Les Sages Bourgeois »... C'était devenu un jeu pour la bonne société qui aimait se mettre au vert que d'essayer chacune des alcôves, étant entendu que les menus proposés variaient en fonction.

— Comment connais-tu cet endroit ? s'étonna Marcelin en passant machinalement la main sur l'assiette pour jauger de la qualité de la porcelaine

Il la porta à hauteur de son visage. Était-elle ornée à la main ou en décalque ? Et de même les fourchettes et les couteaux, de l'argent pur ou de l'étamage ?

Reine ôta sa capeline et vérifia dans un miroir de poche si son rouge à lèvres avait résisté. Elle aimait le rouge vif et le bleu délicat sur les paupières, juste estompé pour éviter le vulgaire. Elle défit son col de soie, laissant les brides de dentelle flotter jusqu'à découvrir la naissance de ses seins.

En la voyant prendre ses aises, Marcelin faillit s'étrangler de surprise.

— Allons, c'est un jeu, se défendit-elle. Tu ne peux pas me reprocher de vouloir être belle. Au contraire, tu devrais te sentir flatté, Marceau, d'être en ma compagnie. Pour une fois, j'ai envie qu'on me regarde, qu'on dise : « Cette femme a du charme et l'homme qui l'accompagne a bien de la chance. »

Elle éclata de rire en posant ses doigts sur son visage, juste une brève seconde, comme pour en chasser le sombre regard de son époux.

— Tu ne m'as pas répondu…, insista Marcelin.

— Je viens souvent ici, toute seule, comme une grande, fit-elle avec des inflexions de voix enfantines.

— Je ne te crois pas. As-tu un amant ?

Reine détourna les yeux, gravement.

— Chaque fois que je viens ici, je déjeune à la table des « Inconstantes ». Ça me ressemble.

Marcelin répéta le mot plusieurs fois, comme pour y trouver une correspondance avec quelque situation dont le sens lui aurait échappé. À la réflexion, rien ne pourrait lui faire plus mal que l'idée d'être cocu. Et n'est-ce pas la nature même de l'épouse adultère que d'être inconstante ? Inconstante dans son couple, dans ses désirs, encore plus dans le secret des chambrettes anonymes. Il se sentit pris de honte et se mit à fureter du regard alentour. Il ne vit que couples paisiblement installés, devisant avec tranquillité, sans s'inquiéter de leurs voisins.

— Une femme seule ici, quelle étrangeté ! jugea Marcelin. Tu serais vite abordée. Peut-être l'as-tu été et tu ne m'en as rien dit. Et par quelle sorte d'hommes ? Des hommes portés sur les femmes de passage ? « Les Passagères », fit-il, évidemment. Tous ces noms sont des signes adressés à l'aguicheur. Je sais désormais ce qui t'attire à La Belle Antoinette.

Sur le registre des jalousies, Reine avait tout entendu, tout subi : les menaces, les plaintes, les accès de violence, les pleurs et même les supplications. Et chaque fois, sans qu'elle eût à épiloguer ni à se défendre, Marcelin butait sur cette évidence : il n'était pas un mari comme les autres. Certes, elle avait la délicatesse de n'en rien montrer, mais cet état bien particulier s'imposait de lui-même.

Le maître d'hôtel vint lui demander s'il pouvait servir ce qu'elle avait commandé.

— Tu décides de tout, marmonna-t-il après qu'il se fut éloigné. Et j'imagine que tu régleras l'addition.

Elle hocha la tête. Sans un mot de plus.

— D'où vient-il l'argent que tu dépenses ? Un tilbury neuf, deux chevaux anglo-arabes, des toilettes extravagantes et des dessous de soie, dit-il en haussant la voix, croyant sans doute que cet étalage public pourrait l'impressionner.

Au contraire, Reine garda son calme, comme elle le faisait avec le frère, Bastien, et maintenant la petite sœur, Eugénie.

— Je ne te répondrai pas.

— Des Rouveix, sans doute, dit Marcelin. Tu es dans leurs petits papiers depuis que nous avons fait alliance avec les Lapoujade. Tu as doublé

Bastien, n'est-ce pas ? C'est toi qui as négocié la fusion des deux propriétés. Tu les as bien embobinés, les Lapoujade. Et Octave, je le vois bien, ce misérable, il rêve de te mettre dans son lit.

Soudain, Reine afficha une certaine gravité.

— Pour qui me prends-tu, Marceau ? Je ne vais pas coucher avec mon beau-frère, tu délires complètement. Sois gentil, veux-tu ?

Il se mit à hocher la tête, surpris par la vigueur de sa réaction. Et de fait, il reconnut que son propos avait dépassé sa pensée.

— Mais l'argent, tout de même, il vient bien de quelque part ?

À la vérité, la version de son mari lui paraissait préférable. Car l'argent, l'argent qu'elle dépensait sans compter, lui venait évidemment de Paul-Étienne Lamirot.

En découvrant le menu, les interrogations tournèrent court dans la tête de Marcelin. Il était subjugué par le nombre des plats que le maître d'hôtel allait servir. Et sa gourmandise l'emporta sur toute autre considération. Il lisait le menu en salivant et ne cessait de louer le bon goût de sa femme et la générosité dont elle faisait preuve avec lui, alors qu'il n'était pas toujours aimable avec elle.

— Écrevisses à la bordelaise, énuméra-t-il d'une voix enjouée, carbonnade de mouton, piquées, chicorée, pâté froid de jambon, perdreaux grillés, sauce tartare, choux à la crème…

— Et les vins, ajouta Reine. J'ai commandé du sauternes pour les écrevisses, du chambertin pour les carbonnades et du saint-péray pour les perdreaux.

Au moment de déguster la Chartreuse verte – Reine était une amatrice de cette délicate liqueur –, elle posa sa main sur celle de Marcelin et lui dit, droit dans les yeux, sans ciller :

— Je veux avoir un enfant.

Marcelin bascula la tête en arrière et poussa un soupir bruyant.

— Mais ce n'est pas possible.

Elle lui reprit la main et, cette fois, la serra avec force.

— Bien sûr que si, c'est possible. Il suffit que tu m'en donnes l'autorisation.

— Mais c'est monstrueux, ce que tu me demandes. Que je te donne l'absolution pour copuler avec un homme de ton choix ? Mon Dieu, et c'est pour obtenir ça que tu m'as invité ici, à La Belle Antoinette ? Tu as pensé qu'avec un bon repas, des vins fins et quelques sourires énamourés, je dirais « oui » ? Mais oui, mille fois oui !

Elle se dressa sur son siège, le regard insistant, les poings serrés.

— Je veux un enfant et je l'aurai. Pour l'avenir de Combeval.

— Un héritier pour cette putain de terre, sorti de ton ventre et fabriqué par la semence d'un autre ? Je n'en veux pas, répéta-t-il en tapant du poing sur la table. Que tout ça, Combeval et le reste, meure de sa belle mort, voilà tout !

Après un long silence et bien après que Reine eut tenté d'accrocher le regard de Marcelin, sans succès, elle commanda une seconde Chartreuse. Elle avait besoin d'un remontant pour se donner du courage. Car elle ne pouvait imaginer qu'on lui refusât cet enfant et que son mari se montrât assez obtus pour ne point accepter cette solution. Pour Combeval, assurément…

Elle reposa sa question dix fois. Patiemment, elle attendait que, de guerre lasse, Marcelin se laissât infléchir.

— Je me suis mariée avec toi, Marceau, pour que tu me donnes un enfant. Et cet enfant, tu ne peux pas me l'offrir. Alors, je dois trouver l'homme qui me le fera.

Il se prit la tête dans les mains, le feu aux joues.

— Mon Dieu, s'exclama-t-il, mais qu'en penseraient les gens de Saint-Hospitalet ?

Il ricana, faisant tressauter sa lourde carcasse.

— Nous serions la risée du village, je n'oserai plus mettre le nez dehors.

— C'est cela qui t'importe, Marceau, l'avis des gens de Saint-Hospitalet ? Sur ce point, navrée de te le dire d'une manière aussi directe, mais nous le sommes déjà, toi et moi. Qui a compris que nous nous soyons mariés, ce que nous vivons ?

Qui ne dit pas, dans notre dos, que notre union est une page blanche sur laquelle rien ne s'écrit ?

Il voulut se lever et quitter la table, tant l'atmosphère de La Belle Antoinette lui pesait. Mais Reine le retint en proférant quelques menaces : la séparation, le divorce... Peut-être était-ce ce qu'il craignait le plus, désormais, que Reine partît de Combeval. Mais il n'était pas encore prêt à accepter l'humiliation pour la garder. Il regrettait amèrement de n'avoir point mené son projet à terme à La Blis. « Comment tuer son chien ? se demanda-t-il alors du bout des lèvres, des mots inaudibles à peine murmurés. Tuer son chien et se tuer après. Pourquoi le courage a fait défaut ? Nivelle n'a souffert que trois ou quatre minutes. Qu'est-ce trois ou quatre minutes de détresse dans une vie ? Et pourtant, se reprocha-t-il, tu n'en as pas eu le courage. »

Reine répéta d'une voix blanche qu'elle voulait un enfant et qu'elle l'aurait, quoi qu'il en coûtât.

— Je sais pourquoi tu veux un enfant, c'est à cause d'Eugénie. Maintenant qu'elle a le sien, Édouard, le petit héritier, il t'en faut un aussi. L'héritier Montagnac contre l'héritier Lapoujade pour que la guerre continue. Inlassablement. Comme au bon vieux temps. Charles, mon pauvre père, aurait été de cet avis. Ne serait-ce pas lui, le fantôme de Charles ou son esprit, que sais-je, qui t'aurait soufflé cette lumineuse idée ?

Reine se défendit bec et ongles contre cette assertion, jurant que la naissance d'Édouard ne changeait rien à sa décision. Elle affirma que celle-ci datait de l'époque d'Alexandrine, lorsqu'elle avait compris qu'il n'y aurait pas de Montagnac pour assurer la succession de Combeval.

— Qui d'autre que moi peut assurer cet avenir ? Personne. Et malheureusement, il me faut chercher un géniteur ailleurs que dans notre maison. Sinon, le nom des Montagnac disparaîtra.

— À moins que Bastien trouve une femme pour lui offrir ce que la malheureuse Alexandrine n'a pu lui donner…

Reine s'installa légèrement de côté, jambes croisées, amusée par le tour de la conversation.

— Bastien se fiche de nos terres et de notre propriété. Je le sais depuis toujours. Depuis que nous nous connaissons. Il est mal dans sa peau, il est dévoré par le doute et les regrets les plus vifs. Il a gâché sa vie parmi nous. Et chaque jour, chaque heure, il s'interroge sur la manière de réparer son erreur. Et je l'aiderai à le faire, j'estime ton frère.

— Tu veux être la souveraine de Combeval. La seule, l'unique. C'est ce qui motive chacun de tes actes, régner sans partage. Pour cela, il te faut un héritier, qu'importe le père, un fils bien-aimé pour la Reine de ce domaine. Vieux siècle, vieille époque, vieille histoire, asténa-t-il.

5

Au début du printemps de l'année 1930, Bastien et Reine descendirent à La Sauve par les vieilles vignes de Lorgnac. Au passage, le jeune homme prit soin d'examiner les ceps. À genoux, il se mit à gratter les fines lamelles d'écorce jusqu'au bois.

— Cette vigne est trop vieille, les pieds sont malades. Elle meurt d'apoplexie, jugea-t-il.

Certains pieds présentaient même des nécroses profondes, au point que la sève n'arrivait plus à circuler. Il nomma cette maladie l'esca. Et Reine se mit à applaudir devant autant de connaissances. Il se releva vivement et se mit à chahuter avec elle, ébouriffant sa chevelure. Puis Bastien décida d'installer de nouveaux plants. Il avait envie de faire du blanc. Et il énuméra les variétés que les lieux, fort bien exposés, pourraient abriter avec sa terre friable et sableuse : chardonnay, ugni, sauvignon… Puis il se ravisa, soudain, en se rappelant les propos de Gérald Rouveix. La crise se profilait à l'horizon avec une baisse des cours due à la surproduction. « Soyons prudents pour les trois années à venir…, avait-il dit. Mettons un bémol à nos projets : pas d'achats de terre, pas d'extension de culture. Appliquons-nous à bien négocier ce que nous avons présentement. » Ce genre de discours rassurait Reine. Sans oser le dire, elle trouvait, elle aussi, que les investissements finissaient par alourdir la dette de Combeval.

— Et qu'en pense Octave ? demanda Bastien. Tu le vois régulièrement… Je crois même qu'il est un peu amoureux de toi. Parce que, ricana-t-il, Eugénie, ma chère sœur, n'est pas très intéressée par la chose.

Elle lui jeta une motte de terre pour le punir de cette réflexion désobligeante.

— Le vieux Lapoujade est prudent pour deux, reconnut-elle. Certes, Auguste n'intervient plus beaucoup dans les affaires, mais chaque fois qu'il le fait, c'est à bon escient.

— Tant mieux.

— Faut-il renvoyer quelques-uns de nos journaliers ?

Bastien ne répondit rien. Il savait que le personnel n'était pas en surnombre, mis à part le petit Jappe qu'on avait engagé pour contenter sa famille.

À La Sauve, on dénombra les ratés des greffes à œil dormant pratiquées en août dernier sur la nouvelle plantation de poiriers. À peine cinq pour cent. Bastien exulta devant ce succès. Il jugea alors, non sans ironie, qu'on pourrait le nommer greffeur en chef, tant sa technique était au point, bien qu'il fût novice en la matière. Reine en profita pour le complimenter.

Soudain, elle le prit par le bras, le conduisit vers la petite cabane de vigne où l'on préparait les sulfates.

— Je peux enfin t'annoncer la nouvelle…

— Celle dont tu as refusé de me parler à Noël dernier ?

— En effet.

Il attendit en la détaillant de pied en cap. Et à sa mise soignée, il imagina quelque décision l'éloignant à jamais du domaine. Elle ne ressemblait guère à une paysanne. Elle n'en avait pas les manières et encore moins les préoccupations.

— Je suis enceinte, dit-elle.

— De qui donc, grand Dieu ?

Bastien s'assit sur le banc devant la cabane. À la pâleur de son visage, à l'émotion que son annonce venait de susciter, elle mesura alors le peu de soutien qu'il lui accorderait.

— Mais de qui ? Je veux savoir.

— Tu n'as pas à le savoir. J'ai trouvé quelqu'un pour me faire un enfant, voilà tout. Enfin, nous aurons un héritier. N'est-ce pas ce que tu voulais ?

Bastien fixait la pointe de ses chaussures. Il n'osait soutenir son regard, tant il se sentait mal et tant il redoutait les drames à venir à Combeval.

— Marceau est au courant ?

— Je lui ai dit que je voulais un enfant. Il a refusé d'être trompé par un étranger. Forcément.

— Je le connais, mon frère, il n'acceptera pas cette naissance. Voici qui va finir par le rendre fou. As-tu réfléchi aux conséquences ? Il se peut que Marcelin devienne violent…

— Et alors ? se défendit Reine. Il ne pouvait me le faire, j'ai été chercher ailleurs. Un père ? Un géniteur plus qu'un père.

Bastien énuméra plusieurs noms, tous plus fantaisistes que les autres. Lorsqu'il évoqua Octave, elle éclata de rire.

— Il naîtra en novembre. Si tout se passe bien.

Mais Montagnac se rassura en envisageant que ce ne pourrait être qu'une fille, à ses yeux un moindre mal. Il lui demanda alors de mettre Marceau au courant, sinon il le ferait lui-même. Reine lui intima de ne rien dire, que c'était à elle, rien qu'à elle, de gérer cette affaire.

— Je croyais, ajouta-t-elle, que tu ne réagirais pas comme ton frère… Toi aussi, tu te soucies du qu'en-dira-t-on, des moqueries et de tout le reste, la médiocrité des gens d'ici se complaisant dans les ragots…

— Je me fiche bien de cela, dit-il. Dans le fond, en y réfléchissant bien, peut-être n'est-ce pas une mauvaise nouvelle.

Reine parut étonnée par son soudain revirement.

— Qu'est-ce donc qui te fait penser cela ?

— Mon désintérêt croissant pour Combeval. Inconsciemment, j'attendais peut-être ce moment, où l'on n'aurait plus besoin de moi au domaine. Le temps n'est-il pas venu ? Cette greffe-là a pris corps. Tu veux t'imposer sur nos terres, tu en rêves sans doute depuis ton enfance, comme une revanche prise sur le destin.

La jeune femme resta sur la défensive. Elle n'exulta pas. Les états d'âme de son beau-frère ne l'intéressaient pas.

Ils s'en revinrent en marchant côte à côte sans échanger la moindre parole. Bastien semblait las. Ce monde pour lequel il avait tant donné semblait se détacher de lui, peu à peu.

Et le soir même, seul, enfermé dans sa chambre, Bastien commença une étrange correspondance. Il voulait qu'Ariane sortît de ses rêves pour prendre corps.

Combeval, le 14 mars 1930

Chère Ariane,

Pourquoi n'ai-je plus de vos nouvelles ? Qu'est-ce donc qui a dévasté notre amitié ? Vous ? Moi ? Vous et moi, d'un commun accord ?

Ce qui a été saccagé par le temps, l'insouciance ou la lâcheté ne se pourrait-il recomposer ? J'ai le désir de voir renaître notre histoire, afin de la reprendre là où elle s'est provisoirement – j'aime à le penser – interrompue. Mais je suis perplexe. Il faut être deux pour renouer des liens. Vous me voyez, tel que vous l'imaginez sans doute à cette seconde, avec le visage de Thalès Fielding dans le portrait qu'en a fait Eugène Delacroix, un regard ailleurs qui n'ose se tourner sur vous… Comme si, déjà, je craignais une fin de non-recevoir.

Croyez en mon amitié, chère Ariane.

Bastien Montagnac.

Brive, le 24 mars 1930

Bastien Montagnac,

Vous existez encore ? La guerre n'a pas eu raison de vous, comme de tant d'autres jeunes hommes de votre génération ? Vous êtes un chanceux. Je m'en réjouis. Ni vous ni moi, pour reprendre votre formule, n'avons aimé cette affaire. Peut-être lui devons-nous, à mon cœur défendant, la raison de notre éloignement…

J'ai épousé un homme qui plaisait surtout à mon père. Et je me suis installée, progressivement, dans la vie d'une petite fille de bonne famille. La mode actuelle est à « la femme rangée ». Mon cher mari aurait voulu me faire un enfant, mais la maternité ne me tente pas. On est rangée mais pas stupide, tout de même.

De vous, je ne sais rien de plus que ce que m'en a dit Léonie Rouveix. Alors j'ai le plus grand mal à vous imaginer, même dans le portrait que vous me faites. Vous avez raison, Bastien, d'être perplexe, car notre histoire, à ce que je crois, aurait bien du mal à reprendre. J'ai été un peu amoureuse de vous, jadis, au temps où j'étais amoureuse de tout le monde. C'était ma manière de faire des offrandes aux hommes qui passent. Nous avons besoin de nous rassurer. Mais une femme rangée ne se compromet pas. Peut-être aurais-je quelque raison de vous revoir. Au Plaisance, par exemple ? Ne nous faisons pas d'illusion, le temps égaré ne se rattrape pas. Avez-vous écrit de nouveaux poèmes ? Je les lirai bien volontiers.

Ariane Pierrelin.

Combeval, le 4 mai 1930

Chère Ariane,

J'ai craint un temps de ne recevoir aucune réponse de votre part. Et bien que vous soyez devenue une « femme rangée », pour reprendre votre expression, vous êtes restée assez fantasque. Des sentiments contradictoires bouillonnent en vous. On ne tue pas ses rêves aussi aisément. Les miens ne sont pas morts, tout juste enfouis sous une terre grasse. Je puis les reprendre quand je voudrais. Et peut-être ce jour n'est pas si lointain où je les déterrerai.

Rien ne nous oblige. Vous voir, certes. Mais quand ?

Je ne puis venir frapper à votre porte et me faire annoncer comme un intrus qui viendrait réclamer quelques générosités. Je ne voudrais point vous mettre dans l'embarras ni provoquer des malentendus.

Alors, dites-moi ce que je dois faire.

Bastien Montagnac.

Brive, le 7 mai 1930

Bastien M.,

Étrange, ce ton suppliant. Je m'interroge assez ces temps-ci, depuis que nous nous écrivons, sur le sens de notre histoire. Peut-être ma mémoire me fait-elle défaut, mais que m'avez-vous donné jadis ? Et que vous ai-je concédé ? Il ne s'est rien passé… Une amitié naissante est toujours sur un fil tendu. On ne sait de quel côté on va tomber. Suis-je toujours sur le fil, selon vous ? Immobile et statufiée depuis tout ce temps ? Voici qui me donne le vertige, tout à coup.

Notre connaissance commune, Léonie Rouveix, que j'ai croisée récemment, m'a brossé de vous un portrait presque flatteur. Mais elle vous apprécie fort et peut-être est-elle complaisante à votre égard.

Je crains que la terre de votre Combeval vous ait changé au point que je ne reconnaisse plus le garçon timide et rêveur d'autrefois.

Ariane P.

Combeval, le 9 mai 1930

Mon drame, c'est de ne pas avoir été un héros. Je suis né trop tard pour la mobilisation. Et lorsque j'ai atteint l'âge requis, des amis, des amis communs en vérité, m'ont recommandé pour que je ne parte pas. À croire que j'étais trop précieux à l'arrière pour me mêler au troupeau…

Ensuite, je me suis rattrapé sur la terre de mes ancêtres. J'ai entrepris une guerre personnelle contre les archaïsmes de l'agriculture à la papa. J'ai semé l'hostilité autour de moi, dépensé l'argent des Rouveix, parfois en pure perte, désespéré les miens par l'audace de mes entreprises. Mais voici, quelques années plus tard, que le vent a tourné en ma faveur. J'ai gagné cette guerre-là.

Mais la paix ne m'intéresse pas. J'ai envie d'autres combats. Car la terre – dont vous dites, Ariane, qu'elle aurait pu me changer – m'ennuie. Sauvez-moi. Votre amitié peut me tirer d'affaire. À moins que vous ayez mieux à faire que de chaperonner un petit campagnard…

Bastien Montagnac.

Brive, le 15 mai 1930

Cher Bastien,

Vous êtes en colère contre vous-même. Ce n'est pas bien. La colère consume le cœur lentement. J'ai vu, déjà, ce dont un homme enragé est capable. Cependant, je n'ai pas de jugement tranché sur la question. Peut-être que votre colère est légitime. En ce cas, on pourrait vous la pardonner.

À travers nos quelques lettres échangées, je distingue nettement des sujets de conversation captivants. C'est déjà un point. Cela nous évitera de nous regarder dans le blanc des yeux. C'est assez de subir les silences de Pierrelin. J'ai besoin d'entendre la musique des émotions, le battement des cœurs et le grain de la voix lorsque le trouble l'altère. Pourriez-vous me donner tout cela à notre premier rendez-vous ? Et rien de plus. Pas de gestes intempestifs, de déclarations tonitruantes ni de promesses inutiles.

À la vérité, je ne crois pas vous aimer. Tout juste m'intriguez-vous. Comme la première fois, du temps de Delphine. Vous souvenez-vous de Delphine Lacroix ? Elle n'est plus de ce monde, hélas. J'ai versé beaucoup de larmes. Nous étions très proches. Bien trop à mon goût. Car entre l'amitié et l'amour, il n'y a – contrairement à ce que les imbéciles croient – qu'une feuille de papier à cigarette. Il suffit d'un rien pour que les sentiments changent de nature. J'ai peur des sentiments. Ce sont des vents contraires qui nous font chavirer, surtout lorsqu'on ne sait pas naviguer dans la vie. Voyez-vous ce que je veux dire ?

Mais avec vous, Bastien, je n'ai rien à craindre. Vous êtes un garçon simple, sans histoire, et vous m'amusez beaucoup avec votre «terre des ancêtres». Je croirais entendre mon père parler. Il n'y a que les gens qui n'entreprennent rien dans la vie qui sont supportables dans les conversations ordinaires.

Ariane P.

Après cette dernière missive, Bastien Montagnac se rendit au café Barbuze et but plus que de raison. Cet état second, qu'il atteignit assez vite en compagnie des affidés du quartier de Saint-Hospitalet dont le métier quotidien consiste à s'arsouiller patiemment, lui procura quelque lucidité, contrairement à ce qu'il avait espéré.

Désormais, il lui semblait que leur correspondance s'interromprait d'elle-même, comme un vent qui passe. Il se disait que l'Ariane qu'il avait connue, si fine, si délicate et effrontée en diable, n'existait plus. Femme rangée... Mais de quoi donc? À croire qu'elle avait fini, elle, par renoncer à tout pour entrer dans le moule de la petite bourgeoise. Et même si son Pierrelin passait ses soirées à l'ennuyer, lui, au moins, faisait partie de sa société. Un homme identifiable, reconnaissable à cent lieues à la ronde. Elle ne l'avait pas choisi et épousé sans raison. «Les gens, d'une manière générale, se disait-il, ne vivent pas ensemble par hasard.»

De retour à Combeval, il s'imagina englué à vie dans cette terre. Il avait essayé d'en sortir avec quelques lettres jetées sur une histoire ancienne. Mais quelle histoire ? Une amitié sans lendemain, des gestes, des mots et des non-dits à la pelle, mais rien de solide.

Au milieu de la nuit, Bastien rendit visite à la tombe d'Alexandrine. Il parla à sa chère disparue, les yeux mouillés de larmes. Tout ce qu'il n'avait jamais eu le courage de lui dire fut jeté au vent et à la nuit. Sa disparition lui était insupportable et, en tentant de renouer avec Ariane, il avait cru commencer une nouvelle vie.

Cinq jours plus tard, Montagnac reçut un petit bristol. En portant le carton à ses narines, il en devina instantanément l'origine. Un délicat parfum de chèvrefeuille dont Ariane usait déjà du temps de L'Aède.

Samedi 26 à 15 heures, au Plaisance, premier étage. Demandez-moi, Bastien, et l'on vous ouvrira. Pronto ? Pronto…

Ariane P.

Léonie Rouveix l'avait prévenu que Le Plaisance ne ressemblait plus à l'établissement d'avant-guerre. La façade, rénovée, était surchargée de corniches opulentes, de moulures extravagantes, de faux balconnets, de rosaces et de frises. Le tape-à-l'œil du modern style faisait fureur à l'intérieur avec ses vitraux ambre et jade et ses ornements floraux stylisés à l'excès, comme si l'architecte avait encore un pied dans le vieux monde et un autre dans le nouveau.

Un portier l'autorisa à accéder à l'étage. Dans une enfilade de pièces, des cercles, des clubs et nombre d'associations s'étaient donné rendez-vous : les joueurs de bridge, les musiciens amateurs, les peintres du dimanche, les académies d'histoire locale et de science naturaliste...

Bastien jeta un regard distrait aux plaques sur les portes. Il crut avoir fait fausse route et demanda à un visiteur qui fumait un cigare devant une fenêtre ouverte sur l'avenue de Paris où se trouvait L'Aède. Le bonhomme ne savait pas. Lui ne s'intéressait qu'aux jeux de société. Et pour montrer qu'il n'était pas l'idiot de service, il énuméra tous les divertissements auxquels on pouvait prétendre au Plaisance. Montagnac l'arrêta net en rajustant son nœud papillon.

— Un cercle poétique, précisa-t-il, où l'on vient déclamer ses œuvres. Et si celles-ci se révèlent assez bonnes, on les publie généreusement dans une revue, *L'Aède*.

— L'Aède, quésaco ?

— Un poète de l'Antiquité, grec, qui chante des ballades...

Le bonhomme pouffa.

— Je vois, ce sont les folles que vous cherchez…

Il l'accompagna jusqu'à la porte, puis se retira en reculant pas à pas avec une grimace. Bastien remit son panama et frappa les trois coups avant d'entrer en scène. Il avait imaginé son arrivée plus théâtrale. Pour le coup, il fut plutôt déçu en trouvant, derrière une table, une vieille dame à chignon dans une tunique grise constellée de brillants. Elle portait de grosses lunettes rondes et fumait comme un pompier.

— Vous avez rendez-vous, jeune homme ? dit-elle d'une voix grave.

Bastien fut si intimidé par la vigueur et la brutalité du ton qu'il se trompa de nom. Une Lamarkan ? On ne connaissait pas, ni d'Ève ni d'Adam. Il se reprit :

— Ariane Pierrelin.

— Ariane, bien sûr. Une de nos contributrices. Vous connaissez nos livraisons ? Nous en sommes au trentième numéro.

Elle désigna les piles d'ouvrages sur les étagères, classés par dates de parution. Il se crut obligé d'en prendre un et de le feuilleter.

— Pierrelin, non, affirma-t-elle, vous ne trouverez rien à ce nom-là ! Notre Ariane signe d'un pseudonyme : Mytilène, Ariana Mytilène. Comment cela ? Vous ne connaissez pas ? Mais alors, vous n'entendez rien à la poésie moderne. C'est un style libre et anticonformiste qui s'apparente à bien des égards à celui de Nancy Cunard. *L'Infamante*, vous ne l'avez pas lu ce sulfureux recueil ? Ça a fait scandale dans certains milieux.

Lestement, elle dénicha une revue dans l'une des piles. Mais le visiteur hésita à s'en emparer.

— Pas d'argent entre nous. Ici, on la donne, on l'offre, la poésie. Et Ariana, pour tout dire, se fiche bien de cela.

La vieille dame faisait des moulinets avec ses bras pour relever ses manches trop longues qui retombaient sur ses mains. Mais plus agaçant encore, la bimbeloterie qui ornait ses poignets. Cela sonnait comme des clochettes et de même les bagues à chaque doigt. Montagnac détourna le regard. Il songeait au temps où Le Plaisance était encore un salon de thé, avec ses salons confortables où il faisait bon s'attarder dans des fauteuils profonds. Cette découverte le rendait nostalgique, tandis qu'il feuilletait le recueil de Miss Mytilène.

La porte s'entrouvrit et elle entra enfin, un long fume-cigarette au coin des lèvres.

— Mon petit paysan ! s'écria Ariane.

D'un geste, elle repoussa une mèche brune. Son visage se dévoila avec un fard excessif, comme toujours : du bleu libellule sur les paupières, du noir aux lèvres, très brillant, et des paillettes sur les pommettes. Elle portait une robe charleston avec des franges. Elle s'approcha de la vieille dame, se fit baiser la main et déposa ses cendres dans une coupelle.

— Je vous présente Gabrielle, gardienne du temple des muses.

Puis son regard se porta sur le livre que Bastien tenait à la main.

— Gabrielle, s'exclama-t-elle, vous distribuez mes œuvres au premier venu ? Est-ce que vous vous intéressez encore à la poésie, Bastien ? J'attends toujours les poèmes que vous deviez m'adresser. C'est une affaire d'initiés, non ?

Montagnac baissa la tête, la mine défaite. Il se demandait s'il lui fallait rester ou disparaître au plus vite.

— Vous avez changé, Ariane.

Elle le dévisagea, un petit sourire aux lèvres.

— Vos lettres me paraissaient plus amicales… Changé comment ?

— Vous êtes plus belle que jamais.

— Flatteur. Tous les hommes bien élevés sont des flatteurs. Mais moi, je ne suis pas dans la flatterie. Les hommes me font peur. Vous comprenez cela ?

— Oui, dit-il, mais vous aussi…

— Comment, moi aussi ?

— Vous faites peur.

— Serions-nous timides, l'un et l'autre ? Voici qui va devenir intéressant. Compliqué mais captivant.

— Jouons cartes sur table, jeta Montagnac d'un ton faussement détaché. J'ai désiré vous voir après toutes ces années. Pourquoi, me direz-vous, aujourd'hui plus qu'hier ? J'ai besoin de votre amitié.

— Combien cela va me coûter, cette amitié ? Des jours et des nuits. Et qui sait encore ? Des crises de nerf, des colères froides, des larmes… Comment éponger cette matière gluante et empoissée des sentiments ?

— Je veux être votre ami.

Elle fit signe à Gabrielle de sortir du bureau, et celle-ci passa devant Montagnac en poussant un grand soupir.

— Ce n'est pas seulement Ariana Mytilène qui m'intéresse. Je veux rencontrer l'autre Ariane, celle dont j'ai gardé le souvenir dans mon cœur.

Ils n'eurent que trois petites rues à parcourir pour atteindre Les Nouveautés. C'était un cinéma de quartier installé au fond d'une cour. Bastien Montagnac se laissait guider, à l'aveugle, sans poser de question. Il lui plaisait qu'Ariane eût pris la situation en main, presque d'une manière autoritaire. Il s'interrogeait déjà : « Qu'est-ce donc qui avait changé en elle ? Des traits plus affirmés. Et dans le regard, une sorte de vague tristesse avait pris place. Nous perdons quelques-unes de nos illusions, sans y attacher de l'importance sur le coup, mais celles-ci, à la longue, impriment leur marque», se disait-il en s'asseyant dans la petite salle.

Elle se pencha vers lui pour lui murmurer à l'oreille que c'était la troisième fois qu'elle venait voir ce film et qu'elle ne s'en lassait pas. Pour elle, c'était une découverte majeure, Dreyer. Montagnac avait compris qu'il s'agissait d'une Jeanne au bûcher. L'actrice était d'une beauté époustouflante, le regard possédé d'une grâce divine.

Il lui prit la main, elle la retira. Pourtant, l'intimité de la salle plongée dans le noir les protégeait de toute indiscrétion. Il se sentit vexé et regretta son geste. Pourtant, comment savoir si l'on ne tentait rien ? Dès lors, il s'interdit de bouger. Ce sentiment de perdre la partie l'attristait fort. Il lui en voulait de ne pas accéder à son désir, ou d'en jouer effrontément. Mais à la réflexion, le jeune homme n'en voulait qu'à lui-même, d'avoir raté ce rendez-vous, gaspillé cet amour à force d'imaginer qu'Ariane était à sa place dans la ville, confortablement installée dans son confort bourgeois, et de croire que lui aussi était à la sienne, sur ses terres, à rêver à elle de temps à autre. Déjà se préparait-il mentalement à disparaître le plus honorablement possible, sans proférer de misérables justifications. Au sortir du cinéma, après la mort de Jeanne, la lumière emplirait la salle, il l'accompagnerait jusque dans la rue. Il n'essaierait pas de la prendre par le bras. Au contraire, il demeurerait à distance, derrière elle. Sans un mot. Puis il annoncerait : « Nous n'avons plus rien à nous dire, Ariane. » Et il s'en irait.

Mais c'est elle, cette fois, contre toute attente, qui vint poser sa main sur la sienne. Il la serra avec force. Un soupir profond lui échappa. Elle dit, tout contre son oreille :

— Je veux que tu viennes me voir, Montagnac, que tu descendes de ta montagne le plus souvent possible. Je n'ai jamais cessé de penser à toi. Mais, comme tu le sais, je suis mariée...

Il voulut l'interrompre pour un baiser, une étreinte. Mais non, elle ne voulait pas stopper son flot de paroles chuchotées.

— Nous serons l'un à l'autre, pour le plaisir et la poésie. Es-tu capable, Montagnac, de m'offrir tout cela en même temps, l'amour et la poésie ?

Il dit « oui » et posa un baiser sur ses lèvres.

— Tu me donneras généreusement ce que j'ai perdu depuis la disparition de mon amie Delphine. Tu seras tendre et attentionné, n'est-ce pas ?

Il dit « oui » à nouveau en l'embrassant longuement.

— Parfois, prévint-elle, il te faudra supporter mes caprices de petite fille gâtée. Peut-être aussi accepter des propositions d'une indécence coupable... Je n'ai jamais été maîtresse de mon corps, seulement de mon esprit. Le corps, qu'importe... Il a été conçu pour s'avilir, se mortifier, se punir, se repentir. Ce que je suis, en vérité, est dans *L'Infamante*... Lis-le donc et tu comprendras.

Elle se mit à lui mordiller le lobe de l'oreille. Le rythme de sa respiration l'émouvait, comme si le désir la submergeait tout entière et qu'elle ne parvenait à se contenir dans l'obscurité de la salle qui autorisait toutes les audaces. Leurs enlacements empressés finirent néanmoins par attirer l'attention et quelques visages se tournèrent vers eux. Elle ne parut guère y attacher de l'importance.

— Tu ne pourras peut-être pas m'accepter telle que je suis, dit-elle.

Et elle s'abandonna contre lui, cherchant sa main pour obtenir, furtivement, ce qu'elle attendait depuis cinq minutes au moins. Une éternité pour elle, une éternité de désir. Ensuite, après un long soupir, une infime plainte, Ariane sut qu'elle garderait longtemps cet homme auprès d'elle.

6

L'homme qui entra dans la cour de Combeval, un matin d'automne, sombre et gris, portait encore la vareuse bleu horizon avec ses deux médailles accrochées sur le large col, un béret, un sac à dos, des guêtres de cuir sur des brodequins à clous. Il s'arrêta, s'appuyant sur sa canne. Il caressa sa moustache, la lissa du bout des doigts. Tournoyant sur lui-même, il essayait de reconnaître le domaine que Montagne lui avait décrit à Mourmelon en 1915, juste avant l'offensive de la 12e compagnie. Ce dernier en avait fait un croquis sommaire que le visiteur sortit de sa poche. Tout y figurait : les deux granges, la maison familiale, les étables et les écuries. Même la terrasse. Montagne avait expliqué que, lorsqu'on s'asseyait au bord, les pieds dans le vide, on se sentait envahi par un sentiment de plénitude. Ce n'était alors que silence et tranquillité. Il marcha donc jusqu'à la terrasse et s'assit au bord, comme le faisait Montagne, ce brave Montagne, pour contempler les collines dans le gris perlé du jour. Il ôta son béret pour sentir la caresse du vent sur son visage, se délivra des brides de son havresac et déboutonna sa vareuse. Les talons de ses chaussures s'en venaient cogner en rythme le soutènement fait de pierres jaune et gris, du calcaire, comme on en trouvait dans son pays natal de Chauvigny. Il tira de sa poche une pipe en buis, la fourra d'un tabac gris, si sec et cassant qu'il essaima des brins sur sa grosse chemise de coton à carreaux rouge et noir.

Eugénie aperçut l'intrus dans son jardin. Elle sortit, sans se hâter, un peu hésitante. Elle fut rassurée en reconnaissant sur les épaules de l'inconnu la vareuse bleu horizon des poilus.

— Qui êtes-vous ? demanda-t-elle.

L'étranger se releva en prenant appui sur sa canne. Puis il poussa son sac du pied pour se faire un peu de place.

— Regardez, fit-il. J'ai reconnu les lieux grâce au dessin de Montagne.

Il lui montra son croquis. Elle y jeta un regard furtif.

— Nous sommes des Montagnac. Pas des Montagne, précisa-t-elle.

L'homme passa la main dans sa chevelure que le vent chahutait. La sueur et la crasse poissaient son visage aux traits creusés par la fatigue.

— Marcelin, s'exclama-t-il, nous l'appelions Montagne dans la 12ᵉ compagnie d'infanterie.

C'était notre habitude de donner des surnoms. Là-bas, les noms, les prénoms, ça n'avait plus aucune importance. Nous n'étions que des matricules, des numéros. Comprenez-vous, madame Montagnac ? Dans le troupeau, il n'y avait que des matricules voués au carnage, jour et nuit.

Il parut réfléchir. Son regard gris erra un moment sur la façade de la ferme. Ce Combeval paraissait plus riche qu'il ne l'avait imaginé. Un domaine imposant, comme il en existe peu dans la région. « Maintenant, je comprends pourquoi Montagne avait la nostalgie de ses terres. Se faire tuer pour des nèfles et perdre tout ça, c'est pire que tout », se dit-il.

Eugénie s'approcha pour mieux observer le visiteur. Elle lui demanda d'où il venait.

— Vétry, fit-il, je m'appelle Albert Vétry. Je viens de Chauvigny, dans la Vienne. À côté de Poitiers, si ça vous dit quelque chose, madame.

— Je suis la sœur de Marcelin, Eugénie.

Alors ils se serrèrent la main, longuement.

— Il m'a parlé de vous.

Elle hocha la tête, puis le pria d'entrer.

— C'est Marcelin que vous voulez voir ?

— Oui, mon vieux Marcelin. Un ami, un bon ami, un frère d'armes, comme on dit. Mais depuis le temps… ça fait con de dire ça. Les armes, on les a posées. Sans regret. Lui, prématurément, à cause de sa blessure. Comment va-t-il ? Je suis resté sans nouvelles et j'ai imaginé le pire… Comprenez-vous, madame Eugénie ? Deux possibilités : le revoir en chair et en os ou au cimetière…

— Il s'est remis de sa blessure, même s'il en conserve des séquelles sérieuses.

— Je sais, dit-il. Bon Dieu, oui, une sale histoire… Moi, j'ai perdu mes deux frères, l'un au Chemin des Dames et l'autre à Vimy. L'un est revenu dans une boîte et l'autre, on n'en a rien retrouvé.

Eugénie ne sut quoi répondre. La guerre lui paraissait si loin.

Elle le présenta à Reine. Cette dernière accueillit froidement le visiteur.

— Vous trouverez Marcelin dans l'atelier, lui dit-elle pour s'en débarrasser. Il sera content de revoir un vieil ami, je n'en doute pas.

Eugénie fit les gros yeux à sa belle-sœur. Depuis qu'elle avait annoncé sa grossesse, une petite guerre larvée sévissait au sein de la famille Montagnac. Marcelin sombrait et Bastien s'éloignait de plus en plus du domaine.

Eugénie l'accompagna pour lui montrer le chemin.

— Dans son malheur, dit Vétry, Montagne a bien de la chance d'avoir une si jolie épouse. Je sais tout d'elle. Avant de prendre cette putain de marmite sur la gueule, dans l'église de Suippes, il me parlait souvent d'elle. C'était beau comme tout, cette passion. Mais j'ai cru, après sa sortie de l'hôpital de Châlons, que cet amour demeurerait sans suite, sans lendemain. Vous comprenez ce que je veux dire ?

La jeune femme ne répondit pas, jugeant cet Albert Vétry bien impertinent. L'amitié, aussi forte soit-elle, ne peut tout justifier. Devant la porte de l'atelier, elle le laissa en plan, après lui avoir désigné la porte. Marcelin était occupé à raboter des planches de chêne à la varlope. Il en tirait de fins serpentins qui tombaient à ses pieds. Puis il passait le plat de la main sur le bois pour en vérifier la finesse. Comme il restait quelques aspérités, il revenait sur son ouvrage.

— Montagne, mon vieux Montagne ! s'écria l'ancien combattant. Ah, bon Dieu, quel bonheur de te voir en vie !

Marcelin resta quelques secondes interdit, puis se jeta dans les bras de son ami. On se mit à larmoyer, en silence.

— Tu as changé, Montagne.

— J'ai grossi. Normal, fit Marcelin, je m'ennuie. Je me sens inutile. J'ai même voulu en finir.

— Comment ça ? T'es fou ou quoi ? protesta Vétry. Avec une si belle femme à tes côtés, te rends-tu compte ? En finir, ce serait une idiotie, oui, une sacrée ânerie.

Montagnac recula d'un pas pour cacher sa détresse.

— L'aurait mieux valu que je sois tué, comme Novice. Pourquoi cette putain de bombe m'a épargné ? Pour me faire souffrir inutilement ? Dieu ne voulait pas de moi. Il s'est dit : « Laissons-le sur Terre avec ses joyeuses en marmelade, pour qu'il se fasse chier le restant de sa vie… » Voilà ce qu'il s'est dit, Dieu.

Vétry le saisit par les épaules et le secoua vivement. Du front, il avait gardé les manières, l'habitude des effusions viriles, parfois violentes. Ça le tiendrait jusqu'à ses derniers jours. On ne saurait jamais plus parler autrement à ses vieux copains. Surtout Montagne. Il fallait le faire marcher droit, le tancer, le sermonner, comme chaque fois qu'il devait escalader la berme pour se jeter dans la fournaise, jusqu'aux premiers barbelés et le chant des abeilles. Ziiip, zip, ziiiip…

— Tu déconnes ou quoi ? Dieu n'existe pas. On le sait, nous, que Dieu n'existe pas. Sinon, putain, il n'aurait pas laissé faire. Cette boucherie, cette ignoble saloperie… Par contre, je crois que le diable existe, lui. On l'a croisé sur le champ de bataille, nos baïonnettes plantées dans la tripaille, t'souviens ? On s'embrochait à qui mieux mieux. Bim, boum, flac ! Ça giclait de partout, des torrents de sang et de boyasse répandus dans l'argile jaune. Putain, le diable était là. Et alors que tu t'en es sorti, Montagne, tu voudrais te tuer, lui donner raison à ce

Belzébuth ? C'est notre victoire, tout de même, d'en être revenus.

Marcelin l'écoutait en branlant la tête, sa main passant et repassant sur le bois lisse.

— Tu fais de la menuiserie ? Ça occupe...

— Je fais ça sans penser à rien. Je ne sais pas pourquoi je rabote du bois. Ça sent bon. Le chêne surtout.

Il obligea Vétry à la humer sa planche, façonnée à coups de rabot insistant.

— Tu finiras par l'user pour rien.

— Je m'en fous. Je le ferai jusqu'à ce qu'elle soit parfaite, sans défauts, sans irrégularités. C'est l'idée que je me fais du bonheur : un monde lisse, sans échardes, sans nœuds.

Il parlait avec une telle lenteur qu'Albert Vétry s'en montra surpris. Était-ce son infirmité qui le rendait mou du bulbe ou, peut-être, ne s'intéressait-il plus à rien ? Ces retrouvailles le conduisirent à réfléchir sur lui-même. Était-il, lui aussi, si différent ? Sa femme Germaine disait souvent qu'il tournait au ralenti, qu'il mettait longtemps à percuter, que sa pensée vagabondait sur des sentiers perdus. Ça lui prêtait un genre particulier, celui d'un homme qui marchait à côté de son existence. « Mais non, se rassura-t-il, je n'en suis pas encore là, à raboter une planche sans but, rien que pour occuper mon temps. »

— Je crèche au Coq Rouge. Une petite chambrette sympa. J'ai dit à la patronne que j'étais un héros, elle m'a fait un prix. « Allez, monsieur, on vous doit bien ça. Sans vous, on parlerait tous boche à l'heure qu'il est… »

Il se mit à rire en tripotant ses breloques : médailles militaires, croix de guerre. Et encore, il évitait de parler de ses citations, dont une concernait la prise de trois petits connards de frisés dans une tranchée voisine…

— Tu les mets de temps en temps, les tiennes ?

— Je m'en fous, rétorqua Marcelin. J'aurais préféré être un lâche et garder mes roustons.

Ils s'esclaffèrent. Puis Vétry alla fermer la porte de l'atelier pour qu'on n'entendît pas ce qu'il avait à dire.

— T'souviens, Montagne, le jour de visite à l'hosto de Chalons ? Y avait moi et Gilleton, le gars de la butte Montmartre qui jouait de son accent parigot…

Marcelin hocha la tête, doucement. Il se sentait si loin de tout ça. Il écoutait Vétry comme s'il lui parlait de choses étranges qui ne le concernaient plus.

— On t'avait rendu une petite visite et, ce jour-là, Montagne, on a bu un coup, un sacré coup même en l'honneur de tes chers disparus. Les deux infirmières se sont effacées aussitôt, par pudeur. Elles ne voulaient pas assister à notre conversation sur tes *cojones*, t'souviens ? insista Vétry en bourrant sa pipe de merlot. Après, on s'est sentis cons tous les deux et on est repartis sans rien te dire. Peut-être qu'il n'est pas trop tard pour m'excuser ?

Marcelin prit sa varlope et se remit à la tâche. Le visiteur l'observait en silence. Il ne savait plus quoi dire. Il sortit de l'atelier, fit quelques pas dans le jardinet voisin, puis revint, les mains au fond des poches, tirant sur sa bouffarde.

— Tu ne voudrais pas qu'on se retrouve dans ton bled, nous deux seulement, pour discuter le coup ? À Saint-Hospitalet, y a pas un troquet ?

Montagnac proposa le café Barbuze, où il avait l'habitude de boire des canons, seul dans son coin. Vétry prit rendez-vous pour le lendemain, sur les coups de midi. Comme Marcelin ne répondait pas, il insista :

— Pas besoin d'amener ta femme. Une discussion entre hommes, n'est-ce pas ? On a tant de choses à se dire.

Aussitôt, il se retira d'un pas décidé en faisant sonner ses brodequins sur le pavage, sac à dos ajusté et pipe en avant.

Avant de retrouver Montagnac, Albert Vétry fit le tour de Saint-Hospitalet, visitant les moindres recoins, s'attardant sur le marché de la place

Victoire, mais négligeant le monument aux morts dressé face à la mairie. Sa vue lui aurait donné des aigreurs. Dans ce bourg de Corrèze, on avait encore du respect pour les poilus. On saluait tout homme portant médailles, on lui tenait la porte des magasins et on osait parfois quelques petits mots de gentillesse.

Il entra le premier dans le café Barbuze. Un instant, l'idée l'effleura que Montagne pourrait se défiler. Et il se promit alors de ne rien tenter pour le revoir.

— Marceau, fit le patron de l'établissement, c'est un taciturne. Il s'assoit tout seul au fond de la pièce, ne salue personne. Et si on lui adresse la parole, il ne répond pas. Un ours, vous dis-je.

Puis Pierre Barbuze voulut savoir comment il l'avait rencontré. Mais Albert ne lui répondit pas. C'était une histoire qui ne regardait personne, encore moins quelqu'un d'ici.

Enfin, Marcelin entra par la porte de côté, appuyé sur sa canne. Vétry l'observa, intrigué. Il pensa alors que ce n'était plus l'homme qu'il avait connu à la 12e compagnie. Ils se saluèrent en s'embrassant, puis prirent place près du comptoir à une table ronde. Vétry proposa un coup de blanc, un sauvignon par exemple. Marcelin hocha la tête. Peu lui importait pourvu que les verres fussent emplis à satiété.

— Notre folie, notre seule folie, ce fut de croire qu'après la guerre nous pourrions reprendre une vie normale, dit Albert. Retrouver nos familles, nous installer, reprendre notre existence là où nous en étions restés, avec l'espoir que tout cela n'aurait été qu'une parenthèse. Mais non. À la démobilisation, je suis revenu à Chauvigny. Je me suis rendu compte que ma femme avait pris un amant pour ses longues soirées de solitude. Moi, j'avais cru pendant tout ce temps que ses lettres étaient sincères, qu'elle m'aimait et que cet amour la retenait sagement à la maison. Mais je me suis trompé. Elle s'amusait avec un embusqué, un de ceux qui auraient eu l'âge d'offrir leur poitrine à la mitraille. Alors je me suis mis en colère. Je lui ai demandé de partir. Elle m'a supplié de rester. J'ai dit non, que je ne pouvais plus la supporter et que, chaque fois qu'elle entrerait dans mon lit, je penserais à l'autre. J'ai voulu l'étrangler, lui planter un couteau dans la poitrine et que sais-je encore. Mais là, mon camarade, j'ai réfléchi. Le tribunal me condamnerait à vingt ou trente ans de prison. Tout ça pour une femme qui m'a trahi. Je me suis dit que ça n'en valait pas la peine. Alors je l'ai priée de partir et, pour que ça aille plus vite, je lui ai même donné la main. C'est alors qu'elle m'a avoué qu'elle me voyait déjà mort. Elle avait peur de rester seule, sans argent, sans soutien. Et cet homme-là, qu'elle avait fréquenté pendant toute la durée de la guerre, avait fini par la prendre pour femme, comme si je n'avais jamais fait partie de sa vie, comme si nous n'avions jamais été mariés. Mais la guerre n'a pas eu ma peau. Je suis revenu et là, sans demander son reste, le bonhomme l'a quittée. Il avait peur de moi, peur que je l'estourbisse. Pas courageux, les planqués de l'arrière. Sauf pour baiser nos femmes.

Ils burent un gorgeon sec, le bras passé dans celui du voisin, comme on le faisait au front avec le quart de gnôle pour montrer qu'on était copains jusqu'à la mort. Puis Marcelin commanda une tournée. Et comme on tardait à la servir, il tapa du poing sur la table.

— Tout de suite ! ordonna-t-il. Et que ça saute, nom de Dieu ! On n'a plus de munitions.

Albert tenta de le calmer, car sa colère subite paraissait bien disproportionnée. Peut-être avait-elle une autre origine ?

— T'es bien énervé, Marceau. Quelle mouche t'a piqué ? s'étonna Barbuze en remplissant leurs verres de blanc.

Montagnac se jeta sur le sien et l'avala cul sec. Vétry fit signe au patron, le pouce tendu vers le bas, de le servir à nouveau. Dès lors, Pierre Barbuze se plaça à l'angle de son comptoir pour ne rien perdre de ce qui se disait entre les deux hommes. Comme tout bon bistrotier qui se respecte, il laissait ses oreilles traîner lorsque cela en valait la peine, pour alimenter les conversations sur les uns et sur les autres, histoire de plaire à la clientèle avide de vilaines petites histoires et de croustillants commérages.

— Je crois que la mienne, soutint Montagnac, m'a été fidèle durant la guerre. Sinon, mon frère m'en aurait parlé.

— Ton frère ? s'amusa Vétry devant tant de naïveté. Pourquoi ton frère t'aurait mis au parfum ? C'était pas dans ses intérêts de mettre la pagaille entre vous.

— Je sais qu'elle m'est restée fidèle, insista Marcelin. Sinon, elle ne m'aurait pas épousé. C'est elle qui a insisté. Moi, après ma blessure, je ne voulais plus qu'on se marie.

— Ta Reine, mon gars, d'après ce que j'en ai vu, c'est une sacrée garce. Elle doit te mener par le bout du nez avec sa manière de se dandiner. Belle femme, certes. P'têt trop belle, en définitive. Celles-là, on les garde pas. Comment leur en vouloir ? Et intelligente, précisa-t-il.

— Je vois qu'elle t'a tapé dans l'œil, salopiot !

Ils se mirent à rire, puis à lichetrogner tranquillement, à mesure qu'Albert versait le sauvignon.

— Comment sais-tu qu'elle est intelligente, Vétry ? T'l'as vue qu'une fois entre deux portes.

— À la manière dont elle m'a expédié, fit Albert. Ma visite, pour tout te dire, mon bon Montagne, ça ne lui a pas fait plaisir. Un éléphant dans un magasin de porcelaine. Allons, réfléchis un peu… Elle imagine déjà que je vais te fourrer de drôles d'idées dans la tête, des idées qui pourraient la contrarier.

Marcelin avait chaud au crâne. Il sentait la migraine le gagner, puis le monde alentour se brouiller, danser, flotter.

— Par exemple, mon gars, elle a croisé les bras sur son ventre, parce que j'avais vu ce qu'il ne fallait pas voir.

— Quoi donc ?

— Elle va te faire un lardon, ta femme, et tu n'es pas au courant ? Ce n'est tout de même pas aussi con que ça, un homme. Tu me désespères.

Montagnac redressa la tête, l'œil torve.

— Elle m'a demandé de lui faire un enfant. Oui, elle me l'a demandé. Tu vois, ce n'est pas ce que tu penses. Mais je lui ai dit que c'était pas possible, que je n'avais plus les outils pour ça.

Vétry se recula sur sa chaise, fixa le plafond de l'estaminet avec sa rosace blanche poivrée de chiures de mouche. Les tables se remplissaient peu à peu alentour. Ça parlait fort, dans une langue qu'il ne comprenait pas.

— À l'hosto de Chalons, ils ne t'en ont pas laissé un petit peu ?

Marcelin se mit à sourire, un sourire navré.

— Si j'avais pu le lui faire, ce bébé, crois-tu que j'aurais craché dessus ? Je me serais empressé, bon

Dieu. P'têt même que j'lui aurais pas demandé l'autorisation. Mais voilà…

Vétry posa sa main sur le bras de son ami.

— Alors, qui donc l'a fait, ce gnard ? Sûrement pas le Saint-Esprit.

Marcelin réclama encore une tournée de blanc, mais cette fois Vétry refusa.

— On est gris. C'est assez.

— J'aurais voulu que ça n'existe pas tout ça. Maintenant, je regrette de m'être marié. Eh bien que j'aime Reine, je lui en veux de m'avoir forcé la main. Elle a insisté en me disant qu'elle dégoterait un géniteur.

— Belle explication, dit Vétry. Elle te prend pour un imbécile.

— Reine est ainsi. Elle veut un héritier pour Combeval. Par tous les moyens, quitte à me faire souffrir, à m'humilier. Finalement, elle aura fini par décider quelqu'un à lui faire cet enfant. Mais qui ? s'interrogea-t-il en se tapant le front du poing.

Puis il fixa Albert si intensément que ce dernier éprouva un sentiment de malaise.

— Peut-être que je ne le saurai jamais.

Vétry détourna les yeux. « Il est des moments, dans une situation scabreuse, où on finit par se sentir de trop et, sans hésitation, on doit prendre congé », pensait-il. Pourtant, il demeura assis, immobile, avec cette bon Dieu d'idée qui lui trottait dans la tête : trouver le nom de ce géniteur. « Mais en quoi cette histoire te concerne-t-elle ? se dit-il. Voici qui est bien dégueulasse, tout de même, de vouloir faire cette enquête… »

— Et tant mieux si je ne connais jamais le nom du type qui a garni ma femme, reprit Marcelin. Assurément, un salopard. Ça m'évitera de faire des bêtises.

— Je peux m'y coller, moi ? proposa Vétry.

Albert ne pouvait plus voir le monde alentour sans y projeter sa propre histoire. Et là, tout à coup, il trouvait matière à poursuivre son petit combat personnel contre les femmes infidèles. Qui plus est, s'agissant d'un ami, l'honneur était sauf.

Mais Marcelin poursuivait son idée.

— Sans cet enfant, Reine fuirait le domaine. Ce serait une catastrophe pour nous tous parce qu'il se trouve qu'aujourd'hui le seul héritier de Combeval est un petit Lapoujade, Édouard, l'enfant d'Octave et d'Eugénie. Ça nous livrerait tout entier au clan ennemi.

Sa réflexion le conduisait, peu à peu, la mort dans l'âme, à accepter sa défaite. Reine devenait donc la souveraine de Combeval et, en songeant à toutes les péripéties qui l'avaient conduite à cette situation, il se sentait fier pour elle. Tout compte fait, il préférait un bâtard à un rejeton Lapoujade. À croire que la guerre pour ces lopins de terre n'en finirait jamais, génération après génération.

Albert tapota la joue de Marcelin.

— Je vais le trouver, moi, son amant. Tu peux me faire confiance. J'ai une sacrée expérience avec les escaladeuses de braguettes.

— Je m'en fous.

— Tu me remercieras un jour, insista-t-il, de t'avoir apporté ça sur un plateau.

Reine somnolait dans une méridienne qu'Esther avait installée sur la terrasse, face au parc, à l'ombre des tilleuls. Paul-Étienne Lamirot était assis à côté d'elle, sirotant un gin-fizz.

— Tu peux me faire goûter ? demanda-t-elle en tendant la main.

— J'ai remplacé l'eau gazeuse par du champagne. Parfois, j'ajoute un jaune d'œuf battu. Mais ça ne te plairait pas, ma chère.

Elle goûta, fit la grimace et répondit que c'était parfait.

— Tu dirais n'importe quoi pour me faire plaisir. Je crois que tu détestes l'acidité du citron.

— En ce moment, j'ai des envies de sucre.

Il claqua des doigts et Esther accourut aussitôt.

— Apportez une orangeade pour ma Reine.

« Ma Reine », ce surnom faisait sourire la gouvernante, tant il lui paraissait approprié. Soignée comme une reine, et plus encore. Chacun de ses caprices satisfaits sur un claquement de doigts. « La garderiez-vous, monsieur, cette Mme Montagnac, si vous n'étiez pas aussi riche ? » lui disait-elle d'un ton, moqueur. Et Lamirot répondait non. « Elle ne vous aime pas, c'est votre argent qu'elle adore... » Il souriait en baissant la tête, car rien ne l'obligeait à répondre aux impertinences de son employée. Mais Lamirot était trop classe, tout de même, pour laisser entrevoir ses failles. Il préférait en rester à son rôle de bourgeois gâté, à qui l'on ne peut rien refuser. « Je me fiche de ce que pensent les gens de Saint-Hospitalet, ma chère Esther. » L'employée savait alors que ses propos étaient superfétatoires et qu'aucun avertissement ni conseil ne lui seraient de la moindre utilité.

Lamirot se pencha sur Reine et déposa un baiser sur ses lèvres.

— Pourquoi ne puis-je pas te faire l'amour ?

— Je n'ai que des envies de sucre, répéta-t-elle avec un sourire contrit.

— Je voudrais être un sucre d'orge pour que tu me dévores tout entier, là, doucement, sur le fil de ta langue, avec cette bouche gourmande qui m'engloutirait peu à peu.

Il aimait son rire, ses gestes offensés lorsqu'une main courait sous sa robe. Cette fois, il vint câliner son ventre arrondi.

— J'ai hâte de venir t'embêter dans la salle de bains, de te voir nue. Si belle avec ton ventre qui enfle jour après jour. Je me dis alors que tu n'as jamais été autant à moi. Même si je songe, aussitôt, que je ne le verrai pas grandir cet enfant.

— Pourquoi ne le verrais-tu pas grandir ?

— Je vais mourir bientôt. Mes poumons se dégradent bien plus vite que je ne le pensais. C'est une sensation étrange. Je voudrais aspirer la vie et je la sens qui se refuse à moi. Comprends-tu ?

Reine ne répondit pas. Il vint poser la tête contre son ventre. Elle caressa ses cheveux noirs, avec douceur et tendresse. Et dans ces instants d'intimité, Lamirot se persuadait sans difficulté qu'Esther était une mauvaise langue. Il ne parvenait pas à croire que Reine ne l'aimait que pour sa fortune.

Plus tard, à la montée du soir, Paul-Étienne enveloppa délicatement sa maîtresse d'une couverture pour qu'elle ne prît pas froid. La forêt voisine de Laplantade charriait des floches de brume et de fraîches exhalaisons d'humus et de mousse. « Des odeurs de mort, se disait Lamirot en contemplant l'orée du bois et ses zones incertaines de nuit précoce. J'aurais dû vendre Saugeline et m'installer sur les hauteurs, vers Verganson », se reprochait-il, sachant que le destin ne lui en laisserait pas le temps. Il voulut évoquer ce regret devant Reine, mais se ravisa.

Il lui devait quelques notes d'optimisme à un moment où il se devait de la rassurer sur eux-mêmes.

Après avoir erré sur la terrasse, il revint d'un pas las, s'assit à même la pierre, à ses pieds. Esther avait pris soin d'allumer les lampes extérieures. Les halos jaunes donnaient quelque accent de fête à ce début de soir. La gouvernante apporta le champagne bien frappé et des pickles à l'aigre-doux. Mais Lamirot but seul le Ruinart 1920. Il se servit coupe sur coupe, allègrement, jusqu'à ce qu'il sentît le spleen le quitter, bientôt remplacé par une allégresse bienfaisante.

— Parfois, déplora-t-il, lorsque les femmes enfantent, elles se détournent des hommes.

Reine répliqua qu'elle ne voulait pas que cet amour qu'elle ressentait pour lui devînt une corvée, un rite, une obligation. Et il reconnut alors que sa frénésie était maladive, qu'elle lui venait de l'angoisse qui le possédait chaque jour, au crépuscule. Elle le prit contre elle, se mit à le bercer comme un enfant qui pleure. Il lui dit qu'elle aura été la chance de sa vie et que, sans elle, insista-t-il avec des trémolos dans la voix, il serait passé à côté de son existence.

— Avant toi, je n'ai rien vécu. Que des simulacres de sentiment, des bribes de plaisir, quelques violents accès de jouissance. Rien, en somme, résuma-t-il.

La jeune femme resta sans voix. Elle voulait l'assurer qu'elle aussi était fort amoureuse et qu'elle espérait, malgré ses craintes, que leur histoire perdurerait jusqu'à la fin de leur vie. Mais elle craignait, en vérité, qu'il partît le premier, et que ces promesses ne soient que des dessins tracés sur le sable.

— J'ai déposé un testament chez maître Allarie, à Brive, par lequel je reconnais être le père de ton futur enfant et qu'à ce titre je lègue tous mes biens immobiliers, mes titres et mes valeurs bancaires à toi et à l'enfant que tu portes. Fais donc en sorte, ma bien-aimée, que ce soit un fils, qu'il soit beau et intelligent et qu'il connaisse notre histoire lorsqu'il sera en âge de comprendre les infinis détours que la vie nous réserve.

En l'écoutant égrener ces mots d'une voix lente et grave, Reine fondit en larmes. Elle parvint enfin à lui dire qu'elle ne désirait rien de plus de lui que l'enfant qu'il lui avait donné et qu'un amour comme le leur était en dehors des contingences matérielles.

— Que je sois le père, en vérité, affirma Lamirot, ne se pourra contester par ton mari. Et que je te lègue ma fortune apparaîtra naturel. Après ma disparition, tu feras ce que bon te semble de l'héritage. Qu'il serve à conforter Combeval m'importe peu. Si tu désires régner sur ces misérables terres, tu le pourras, comme une princesse, fit-il en lui enveloppant le visage de ses deux mains ouvertes.

Puis il rejoignit le salon, comme un fuyard, pour ne point entendre les protestations de sa maîtresse. Et quand elle fut, elle aussi, entrée dans la maison, il se retourna vivement et lui dit d'une voix pleine d'autorité :

— Tu n'as plus rien à dire, Reine. Le testament est enregistré et personne ne pourra le mettre en question. Je suis un enfant unique, abandonné par une mère malade et maltraité par un père qui ne m'a jamais aimé. Jamais, insista-t-il. Dans ce parc où ils reposent tous deux, je ne rends visite qu'à ma chère maman, Milienne, et à Dostoïevski.

Ils sortirent de l'amour comme des lutteurs venus épancher leur frénésie dans une joute mémorable. L'amant portait des traces de griffure sur les épaules et de morsure sur sa poitrine. Bastien se renversa sur le côté, le regard au plafond où s'agitaient des ombres diffuses. Après un long silence, entrecoupé de soupirs et de petits cris, il tendit la main vers son amante, comme s'il craignait, soudain, qu'elle eût disparu. Elle reposait à côté de lui, immobile.

— Je t'en veux, murmura-t-elle.

Il se tourna vers Ariane, cacha son visage dans sa chevelure en désordre.

— De m'avoir donné tant de plaisir, ajouta-t-elle.

Il se redressa sur un coude afin de mieux l'observer.

— Je crois que je t'aime. C'est arrivé d'un seul coup, comme la foudre.

— Ne dis pas ça, Bastien Montagnac, tu me fais peur.

— Pourquoi ? C'est la vérité.

— Je ne veux pas que tu m'aimes.

Il se remit sur le dos. « Décidément, Ariane Mytilène appartient à un monde étranger au mien, pensa-t-il. Et l'on voudrait me laisser à la porte qu'on ne me parlerait pas autrement. » Il se mit à éternuer à cause de l'encens qu'elle avait fait brûler dans une coupelle sur le guéridon voisin. Il se leva pour entrouvrir la fenêtre sur le brouhaha du boulevard de Puyblanc. Et revenant auprès d'elle, il prit le temps de contempler son long corps nu, abandonné lascivement. Il posa sa main sur sa cuisse et la sentit tressaillir. Rien n'était achevé, en vérité. Un rien suffirait à réveiller en elle l'envie de jouissance. Et il la retira doucement, alors qu'elle commençait à s'agiter pour aller à sa rencontre. Mais il s'éloigna pour éviter de la toucher. Elle tendit le bras, cherchant d'un geste suspendu à le faire revenir vers elle.

— Tu veux ? Tu me veux encore ? Je crois que tu finirais par me faire mourir…, dit-elle, résignée. Laisse reposer les eaux jusqu'à ce qu'elles redeviennent limpides et bleues comme la mer douce et claire des lagons. Je suis une sirène entre deux eaux. Je voudrais jeter sur toi un sortilège pour te garder auprès de moi.

Puis d'un pas aérien, elle s'enfuit dans la salle de bains. Elle voulait faire disparaître de son corps rompu toutes les traces que l'homme y avait laissées. Il l'entendit chantonner et ce murmure d'ange le rassura, lui qui avait cru, après que leurs corps se furent détachés, à quelque reproche. Sur l'instant, il sentit grandir en lui un orgueil de mâle démesuré, comme s'il venait de remporter une grande victoire sur lui-même et sur toutes les femmes. Mais son ravissement fut de courte durée. Car Ariane revint enveloppée d'une serviette de bain blanche qu'elle laissa choir négligemment à l'instant de replonger dans le lit. Elle s'y lova en chien de fusil, ses genoux contre ses hanches, les bras fermés sur ses seins. Elle le regardait avec ses grands yeux bleus, intensément. Il frôla du bout des doigts son visage.

— Jamais un homme ne m'a possédée de cette façon.

— De quelle façon ?

— Trop de douceur et puis, parfois, quelque élan animal. Je dirais des impulsions d'une brutalité sans nom.

Il dissimula son sourire. C'était aussi ce que lui reprochait, autrefois, Alexandrine, qu'il ne restât pas maître de lui-même dans le paroxysme de l'amour. Il se perdait ainsi, en solitaire.

— Tu voudrais m'assujettir, mais je suis rétive, prévint-elle. Un temps, cette suffisance masculine m'a éloignée des hommes. Je me sentais prisonnière de leur désir. Pourtant, tu es doux, mon bel amant, doux et lisse, comme la tendresse lorsqu'elle revient enfin après tant de gesticulations inutiles. As-tu senti que j'existais entre tes bras, que je pouvais me fondre en toi ?

— Oui, dit-il.

— Voici qui me rassure. Je ne voudrais pas devenir un objet de plaisir. Je viens, je prends, je repars. Et derrière, il me reste quoi ? La solitude, la peur que tu ne reviennes jamais.

Bastien déposa mille baisers sur ce corps. Ceux-ci lui firent l'effet de caresses chatouilleuses dans des replis secrets. Elle aimait ce qu'il lui faisait. Un peu, beaucoup, puis raisonnablement, distinguant dans ce jeu ce qu'elle lui reprochait quelques secondes plus tôt.

Plus tard, ils s'installèrent dans le salon, au milieu des fauteuils et des guéridons, dans l'univers feutré des tentures et des tapisseries. L'appartement contenait toute la gamme des apparats bourgeois. C'était le charme de l'argent que ce déluge d'objets hétéroclites. Chacun y avait déposé ses trouvailles, la conscience tranquille, au fil des modes, jusqu'à l'abondance qui nuit à la beauté.

Ses réflexions désobligeantes amusaient Ariane. Elle n'aimait pas non plus cet étalage de luxe. Mais elle appartenait à ce monde et ne savait comment s'en défaire sans en perdre les avantages.

— Tu me diras ce qu'il faudra jeter, suggéra-t-elle avec un sourire angélique. Je t'obéirai.

— Mais n'est-ce pas l'appartement de ton mari ?

Elle le toisa.

— Non, ici, je suis chez moi. Et je te ferai une place.

— Et si Pierrelin vient à apprendre notre liaison ?

— Alors, il te faudra choisir entre l'épée et le pistolet.

Elle éclata de rire en démêlant sa chevelure à vigoureux coups de brosse.

— Épargne-moi tes stupidités d'amant craintif. Es-tu lâche ? Il se peut que tu ne sois pas le chevalier servant dont je rêvais dans mon enfance. Mais si cela devait arriver, repartit-elle, je te conseille le pistolet. C'est un engin à un coup et de maniement facile. On arme et on tire, vois-tu ?

Elle mima le geste.

— Pierrelin ne saurait toucher un éléphant dans un couloir. Tu aurais toutes les chances de l'emporter, mon amour.

Elle vint se lover contre lui. Il la serra dans ses bras jusqu'à ce qu'elle s'abandonnât.

— D'où te vient cette insouciance ? Tu l'as épousé, cet homme.

— Oui et alors ? Lui ou un autre… Lui, en vérité, plaisait à papa. Un docile bourgeois devant l'argent. Voici une qualité que tu ne possèdes pas. Grand Dieu, oui. Je t'aime doublement d'être rebelle à ces choses qui nous enivrent et nous ennuient mortellement. Pour le reste, sans vouloir dire le moindre mal de mon mari, c'est un garçon élégant, poli jusqu'à l'obséquiosité. Peu ardent, en vérité. Plutôt indifférent. Nous faisons l'amour en quatrième vitesse, lorsqu'il se souvient de son devoir conjugal.

Bastien l'écoutait en fumant un cigare. Il y en avait des boîtes entières dans une commode : Por Larranaga, Upmann, Calixto Lopez, Partagas… Était-ce ceux de Pierrelin ou de quelques autres hommes de passage ? Bastien se demanda alors s'il n'allait pas être ajouté à une longue liste. Et rien, en vérité, ne l'embarrassait plus que de devoir se conformer à ce décor.

— Nous verrons-nous ici ou ailleurs ? s'inquiéta-t-il.

— Ici, bien sûr, s'étonna Ariane. C'est confortable. Où voudrais-tu que nous nous aimions ? Sur tes terres ? Dans les fossés ? Parmi les fougères ? Oh, non. Je te veux sur les miennes, de terres, sur mon domaine et nulle part ailleurs.

Bastien éclata de rire.

— Reçois-tu beaucoup boulevard de Puyblanc ? Organises-tu des cocktails, quelques sauteries ? À l'avenir, en serai-je ? Ou me tiendras-tu à l'écart de cette bonne société ? Il se pourrait que je ne fusse pas présentable ?

Elle lui fit remarquer combien ses questions étaient détestables. Et sa réaction fut si vive qu'il cessa net et lui adressa des excuses. Mais elle en conserva un pincement au cœur et, bien qu'Ariane fût de nature conciliante, elle se montra plus distante avec lui.

Plus tard, ils sortirent pour dîner en ville, à La Truffe Noire. L'établissement fondé par la famille Cotton était fort réputé dans le pays pour ses viandes rôties en cheminée. Ils se régalèrent de sarcelles flambées au cognac, arrosées d'un château-filhot. Il voulut régler la note, mais elle le lui interdit ; elle avait table ouverte dans ce restaurant. Alors, il insista pour lui offrir une Chartreuse verte. Ainsi se jugeait-il quitte.

— Mais de quoi as-tu peur, Montagnac, que je t'entretienne ? Je me fiche de tout ça. Nous sommes amants, nous nous aimons.

Ils rentrèrent à l'appartement et firent l'amour pour la seconde fois. Ariane le trouva en progrès. Elle l'assura même qu'il apprenait vite et qu'il gagnerait encore à attendre son plaisir avant de s'égarer lui-même.

— Pourquoi ne sommes-nous pas devenus amants plus tôt ? lui reprocha-t-elle. Lors de ta première visite à L'Aède, je me disais, anxieusement : « Va-t-il enfin me conquérir, ce jeune homme, ou va-t-il me laisser en perdition dans les bras de Delphine ? » Et plus tard, lorsque j'ai annoncé à Léonie Rouveix que j'allais convoler en justes noces avec Pierrelin, je me suis mise à espérer de nouveau. Mais non, le petit paysan m'a boudée en se disant, sans doute, que je n'étais pas pour lui. Les hommes sont assez stupides lorsqu'ils renoncent à faire des efforts. Il aurait fallu que je vienne te relancer sur tes terres de Combreviel ou de Combrevel, je ne sais plus. Mais c'eût été m'humilier, n'est-ce pas ? Même pour une belle histoire d'amour, on ne se résout pas à jouer les filles faciles. Sinon on perd son honneur. Et Léonie t'a aimablement écrit une lettre dans laquelle elle te recommandait vivement de tenter ta chance. Tu ne l'as pas fait. Quelle déception !

— J'étais marié avec Alexandrine, nous attendions un enfant…

— Et alors ? L'amour, tout de même ! L'amour renverse tous les obstacles.

— C'est le destin qui m'a précipité dans tes bras, dit-il. Et chacun sait que le destin n'a pas de morale. Il s'ingénie à bousculer les ordres établis. Mais est-ce utile de remuer tout ce passé ?

— Tu ne t'y sens pas à l'aise ? Tu hais les examens de conscience par lesquels se révèlent nos failles intimes. Et moi donc ! s'exclama-t-elle. Crois-tu que je n'ai pas regretté ton silence, pleuré sur ton indifférence ?

Le lendemain, Ariane lui apporta le petit déjeuner au lit. C'était une délicate attention à laquelle il n'était guère accoutumé. Puis ils décidèrent d'aller au marché du Civoire et s'attardèrent dans un misérable estaminet de la rue Basse si bien nommé La Tour de Nesle. Elle expliqua que la nuit, dans ce coupe-gorge, il y avait des filles qui vendaient leurs charmes. Elle fut étonnée qu'il ne sût rien de ces endroits de perdition. Ariane lui avoua qu'elle y venait souvent pendant la guerre avec Delphine. Il l'interrogea sur son amie, voulut savoir comment elle avait disparu, mais Ariane refusa de répondre, tant son souvenir était resté douloureux malgré les années.

— Et toi, te garderai-je ? interrogea-t-elle. Serais-tu prêt à quitter ton domaine pour venir vivre avec moi ?

Il détourna la tête ostensiblement. Son silence la désespéra tellement que quelques larmes apparurent au bord de ses paupières.

— Tu voudrais que j'abandonne tout pour toi ? Que je vienne vivre boulevard de Puyblanc, à la barbe de Pierrelin ?

— Je le quitterai, s'il le faut, promit-elle.

Sur l'instant, il prit cette déclaration pour des paroles en l'air. Il ne parvenait à imaginer que la belle Ariane puisse sacrifier son mariage bourgeois pour un paysan.

— Tu n'aimes pas la terre. Et elle ne t'aime pas non plus.

Il baissa la tête. Il ne savait que répondre sans trahir son intime conviction.

— Que ferai-je de mes journées à Brive, demanda-t-il, et comment gagnerai-je ma vie ? Sinon à me placer sous ta dépendance. Je ne serai pas heureux et notre amour en souffrira avec le temps.

— Jadis, lui rappela-t-elle, tu voulais être instituteur. À ta dernière visite au Plaisance, en 1914, tu paraissais heureux de faire l'école normale. Je ne peux croire que ce fort désir se soit envolé à cause de quelques misérables lopins de terre. Le domaine familial a fini par dévorer toutes tes ambitions. J'ai pensé alors qu'un jeune homme aussi intelligent ne se pourrait satisfaire de la charrue et du cul des vaches, que tu te réveillerais et que tu échapperais à cette servitude.

— En effet, admit-il. C'était ma vocation.

— Alors, suis ta voie. Je t'aiderai.

— J'ai trente-deux ans. Je suis trop âgé pour entreprendre des études à l'école normale. La partie est perdue pour moi.

— Balivernes. Je t'y ferai inscrire grâce à mes relations.

— Aux relations des Lamarkan, précisa Bastien.

— Je connais personnellement le sénateur Aubertier. Il ne peut rien me refuser.

— Moi aussi, dit Bastien. C'est grâce à lui, indirectement, que j'ai échappé à la conscription de 1914.

— Heureuse circonstance, jubila Ariane. Sinon ton nom serait inscrit sur le monument de ton village.

Bastien retourna à Combeval le lendemain. Avant le départ du train pour Saint-Hospitalet, Ariane lui fit jurer de mettre de l'ordre dans sa vie et de reprendre le cours de son destin là où il s'était interrompu.

7

Cette nuit de novembre au ciel chargé de nuages, si empli qu'on ne voyait plus aucune étoile, Marcelin fit un long voyage, un de ceux qui nous mènent en enfer. La carriole brinquebalait son aise sur ces chemins tout juste éclairés par deux pâles falots au-devant des montures. À l'embranchement Masdupuy, elle s'engagea sur la route de Mazelles, puis s'arrêta à hauteur du calvaire. Marcelin descendit pour obliger son attelage à faire demi-tour. C'est alors qu'il aperçut une ombre à la lisière du bosquet. Il fit quelques pas dans sa direction et finit par rattraper Marie Bassa.

— Que fais-tu là, sorcière ?

— Je veille, dit-elle en agitant un index crochu à hauteur de son visage.

— Tu veilles sur quoi, espèce de folle ?

— Il se prépare quelque chose.

— Quelle chose ?

Elle s'enfuit aussitôt derrière la croix du calvaire. Marcelin se mit à maugréer. Il s'en voulait d'avoir raté la croisée des chemins et rencontré Marie Bassa. C'était hautement fâcheux pour lui qu'elle l'eût vu à cette heure avec sa carriole.

Marcelin siffla la sorcière, les mains croisées devant la bouche. Il en sortit un aigrelet chant de hulotte. Puis il recommença en ajustant ses doigts. Et cette fois, le chant retentit avec force. Il attendit en se demandant si Marie Bassa avait compris son message. Il marmonna en lui-même : « Si elle a entendu la hulotte, la vilaine ensorceleuse saura pour quoi je suis ici et qu'il faut qu'elle se taise à jamais. Sinon… » Il reprit les rênes et poursuivit sa route sans se hâter. Rien ne pressait, en vérité. Sa détermination ne risquerait point de s'émousser au fil des heures. La force qui le possédait pourrait le conduire n'importe où dans cette contrée ensorcelée par la nuit épaisse de novembre. Il lui suffirait d'éteindre les deux petites flammes de ses falots pour que l'on ne distinguât plus rien du monde. « Je navigue comme un fantôme. Vivant encore, mais si peu », pensa-t-il.

Près d'Aubepas, dont on distinguait les faibles lueurs, si faiblardes qu'il fallait forcer sa vue, Marcelin s'arrêta de nouveau et rassura ses chevaux par des caresses sur les naseaux et l'encolure. Ça n'aimait guère trotter dans le noir, ça prenait peur pour un rien : un passage de renard, une biche fuyant dans les sous-bois ou le bruissement des ailes de ramiers perchés dans les hautes branches des chênes. Il parla à ses bêtes, il leur dit que la sorcière ne pourrait rien contre eux, qu'elle ne faisait commerce qu'avec les vivants et les morts. « Et moi, dit-il, je suis dans l'entre-deux, à moitié vivant et à moitié mort. »

L'homme partit à pied, comme un éclaireur, laissant son attelage sur la route. Il voulait réfléchir à son plan avant que ce ne fût trop tard. Et il se dit que, cette fois, il n'aurait que diable avec lui, Dieu l'ayant abandonné à Suippes, dans l'église. Il se mit à gémir sur son sort, car une fois l'acte accompli, plus rien ne s'en reviendrait comme avant. Il serait voué aux enfers, plus seul que jamais, la mort inutile de Nivelle sur la conscience. Les chiens ont une âme et celui-ci, si innocent et craintif, avait subi sa foudre sans se rebeller, sans mordre ni prendre la fuite. Il s'adossa à un géant des bois, contempla ses hautes ramures bruissant sous le vent.

« Je sais que tu ne m'approuveras pas, cher papa, mais je ne puis me résoudre à ce déshonneur. Qui a semé la honte sur moi trouvera le glaive. Tôt ou tard. Que sais-je ? Il se pourrait peut-être que je renonce par lâcheté, comme sur la digue de La Blis. Tout aurait pu finir ainsi, comme grand-père Émilien, avec un saut dans le vide. Ce serait donc de famille, cette manière brutale de sortir de la vie ? La fatalité de Combeval ?

Qui l'aime trop, cette terre, finit par en crever, me dis-je. Car elle apporte la folie. »

En poussant un hennissement, l'un des barbes le rappela à l'ordre. Il ne fallait pas s'attarder dans la nuit froide. Des bois, encore des bois à traverser, sans âme qui vive, c'était le seul chemin qui lui restait à accomplir jusqu'à Saugeline. Il remonta sur la banquette et fit avancer la carriole. Les bougies s'épuisaient peu à peu derrière les verres enfumés des falots. Il s'assura d'en avoir assez pour revenir. Et il songea qu'il ne serait peut-être pas nécessaire de faire le chemin en sens inverse, qu'il s'arrêterait là et que le diable ne lui accorderait pas ce sursis. Mais il chassa de son esprit cette sombre éventualité. Il désirait plus que tout voir l'aube se lever sur sa vengeance accomplie. Une pâle aube d'hiver. Ce serait désormais sa saison favorite, celle qu'il ne quitterait plus dans ses rêves.

Marcelin traversa le parc en longeant le muret. Ce fut un instant de grande solitude que celui où il s'en vint déranger les merles et les grives dans la haie de lauriers et de charmes. Il s'arrêtait à chaque bruissement d'ailes. Il reprenait son souffle, avançait de nouveau, sans se hâter. Quand Marcelin fut sur la terrasse, il se retourna pour vérifier si Marie Bassa ne l'avait pas suivi. Alors, les mains devant la bouche, il poussa trois cris brefs de hulotte. Seul le silence, le pesant silence, lui répondit. Et il parut rassuré. « Les esprits obscurs sont avec moi, se dit-il. Alors tout est bien. »

À la porte de la demeure, Marcelin tapa trois coups brefs avec le manche en corne de son couteau de chasse. Puis il attendit en replaçant le poignard dans sa guêtre de cuir, entre le tissu du pantalon et la molletière. C'était un geste du front, il fallait toujours conserver une lame à portée de main en ultime recours.

Enfin, la porte s'entrouvrit sur le couloir. La lumière lui blessa les yeux et il prit le temps de s'y accommoder. Rien ne pressait, en vérité.

— Marceau ! s'exclama Lamirot. Qu'est-ce que tu fous ici à cette heure ?

— Si tu ne le sais pas, animal, c'est que tu n'as encore rien compris à la vie.

Paul-Étienne éclata de rire.

— Que devrais-je comprendre ?

Marcelin s'avança dans le salon sans y avoir été invité, d'un pas conquérant.

— Je sais qui tu es. Je sais que c'est toi qui as fait l'enfant à ma femme.

Lamirot alla chercher une bouteille de cognac et lui proposa un verre. Marcelin le laissa aller et venir en le suivant patiemment du regard.

— Depuis quand êtes-vous amants ?

Paul-Étienne réprima difficilement un bâillement.

— Il est tard, Marceau. Je vais tout t'expliquer et, ensuite, tu rentreras gentiment chez toi.

Ils s'assirent l'un en face de l'autre, sans un mot, les yeux dans les yeux. Lamirot ne baissa pas la garde ni Marcelin. C'était la première joute. Et le sentant si résolu, Paul-Étienne montra quelques signes d'inquiétude. Jusque-là, il avait pensé qu'un homme castré serait sans ressources, comme ces bêtes de somme, ainsi hongrées, réduites à l'obéissance, à la servilité, aux tâches domestiques.

— J'ai toujours eu un faible pour Reine. Ça remonte à l'enfance. Nous n'y pouvons rien, toi et moi. Lorsque j'ai su qu'elle allait t'épouser, j'en ai éprouvé une vive souffrance. Car je ne la voyais pas, cette délicieuse petite, faire sa vie avec un type comme toi, un rustre sans éducation, sans instruction. Alors j'ai compris qu'elle avait épousé Combeval, vos terres, votre domaine et tout son passé, avec ses minables querelles entre les Montagnac et les Lapoujade. À la vérité, je n'arrivais pas à croire qu'elle puisse sacrifier son existence pour cette médiocrité paysanne. Et lorsque tu es parti à la guerre, j'en ai fait ma maîtresse. Elle ne voulait pas se donner à toi avant le mariage. Mais une femme de cette beauté a des exigences que tu ne peux comprendre, mon pauvre Marceau. Cette liaison a été de courte durée. Elle avait des états d'âme en t'imaginant au front. Et puis vous

vous êtes mariés à ton retour. Mais tu n'étais plus capable de lui apporter du plaisir. Et plus tard, après ta convalescence, elle a souhaité me revoir. C'est à ce moment-là que nous sommes devenus des amants réguliers. Au printemps dernier, elle m'a demandé de lui faire un enfant. Comment aurais-je pu le lui refuser ? Je l'aime si intensément. Et notre complicité n'a cessé de grandir. Un enfant… Pourquoi un enfant ? C'était son idée. Elle voulait un héritier pour devenir la souveraine en son domaine. Parfois, si cela peut te rassurer, je me demande si elle ne m'a pas aimé pour que je lui fasse un enfant, rien que pour ça. C'était un plan mûri de longue date. Épouser un Montagnac pour accéder à Combeval et séduire un Lamirot pour avoir un héritier… Y as-tu songé un seul instant ? Nous sommes à égalité. Tous deux, mon pauvre Marceau, nous avons été utilisés pour satisfaire son ambition. Peut-être n'aime-t-elle rien qu'elle-même. Sa jouissance suprême, ce serait de régner sur le domaine. Et je crois qu'elle y est parvenue. Allons, buvons un coup.

Lamirot leva son verre.

— Quoi, tu n'aimes pas le cognac ? C'est un Hine 1918, grande champagne.

Marcelin jeta le verre au sol. Lamirot éclata de rire.

— Décidément, mon pauvre Marceau, tu auras toujours été un bouseux de la pire espèce. Ce ne sont pas les couilles que tu aurais dû perdre, mais ta cervelle, ton inutile cervelle. Et sans regret. Elle ne t'a servi à rien, ta vie durant.

Montagnac se leva péniblement, la force lui manquait à ce moment. Il se sentait sur le point de vaciller. Et il fit appel aux mauvais esprits pour qu'ils le portassent jusqu'au seuil de la folie. Rien ne serait plus excusable à ses yeux et à la face du monde que celle-ci, la même qui avait poussé, jadis, le vieil Émilien à se pendre. Il traversa le salon, se dirigea vers la cuisine et trouva ce qu'il cherchait au râtelier. Puis il revint, calme et décidé. Il pointa le Mauser sur Lamirot, puis se rendit compte qu'il n'avait pas vérifié le chargement. Il le fit en deux mouvements.

— Tu irais jusque-là, Marceau ?

Lamirot baissa la tête. Il tremblait un peu. Il pensait que sa vie ne tenait qu'à un fil et que mourir maintenant ou dans six mois ne changerait pas grand-chose.

— J'ai encore une faveur à te demander. Ce sera la dernière. La cigarette du condamné.

— Quoi donc ?

— Comment as-tu appris notre liaison ?

Marcelin hésitait à répondre. Mais il ressentait trop de fierté en lui pour se passer de cette revanche.

— Un copain de tranchée, Vétry.

— Connais pas. Ce doit être un homme généreux, ce Vétry. Un redresseur de torts, un moraliste de première.

Lamirot se mit à rire, nerveusement. C'était la seule contenance qu'il pourrait tenir jusqu'à la dernière seconde. Tant d'aplomb effrayait Montagnac.

— Dans le fond, tu me rends un sacré service. Je suis malade de la caisse. Six mois, un an tout au plus. C'est pour cela, mon pauvre idiot, que je ne suis pas allé au front. Au moins, j'aurais gardé mes couilles intactes jusqu'au bout, fils de pedzouille et pedzouille toi-même !

Marcelin s'assit en face de Lamirot, abaissa la crosse de l'arme jusqu'au sol, ajusta la pointe du canon sous le menton, et appuya sur la détente. La suite lui rappela de bien tristes souvenirs, le sang giclant en purée chaude.

Avant d'entreprendre quoi que ce fût, Bastien Montagnac avait besoin de l'aval de Rouveix. C'était de lui que tout était parti : les grands travaux, les premières récoltes fructueuses et aussi les quelques déboires avec la crise.

L'atelier de conditionnement de la rue Lachambaudie bruissait d'activités. C'était l'époque des noix. On avait besoin de petites mains pour emplir les sachets en cellophane jaune. Les uns les garnissaient, les autres les pesaient et les derniers emplissaient des cartons. Rouveix paraissait dominer la situation en allant et venant entre les claies et les tables. De temps à autre, il ouvrait un fruit pour vérifier la qualité du cerneau.

— La marbot est une des noix les plus fiables.

Il n'avait trouvé que deux pour cent de déchet. C'était la preuve que ses courtiers de Dordogne avaient surveillé le travail des producteurs ou que le triage, avant le passage au soufroir, conduit par Joffrine, la contremaître en chef des expéditions import-export Rouveix, avait été efficace. Mais Gérald n'aimait pas distribuer les compliments à la légère, de crainte d'être obligé, le jour suivant, de se dédire. Ainsi, suffisait-il qu'il hochât la tête pour que son personnel comprît sa satisfaction.

En apercevant son neveu, Rouveix se précipita dans le bureau. Il rangea à la hâte les dossiers et les classeurs ouverts et descendit les stores métalliques. Il s'assit derrière sa table, tassé dans son fauteuil pivotant. C'était un luxe suprême pour lui de faire ainsi joujou avec cet objet confortable qui le faisait osciller de droite à gauche. Ainsi se résumait sa vie, son œuvre, ses amours : une perpétuelle oscillation entre deux contraintes.

— Bonjour, mon oncle, dit Bastien timidement en tendant une main molle.

— Comment ça, malappris ? Tu ne viens pas embrasser tonton Gérald ?

— Je vais bien vous décevoir… Alors, je marche sur des œufs, voyez-vous. Allez-vous me jeter dehors avant que je vous apporte quelques explications ?

Rouveix croisa les doigts, pensif. « Se pourrait-il que quelque chose d'essentiel m'ait échappé à Combeval ? Les comptes ? Certes, non. Je les ai épluchés il y a une semaine. Rien de mirobolant, mais la période est aux vaches maigres. Au domaine Montagnac comme ailleurs, se dit-il. Une rupture en vue avec les Lapoujade ? » Ce n'était pas Octave qu'il craignait, mais Eugénie… Ah, Eugénie ! Ce n'était pas la fille de Charles pour rien. Il se mit à rire. À la vérité, il en fallait des embrouilles pour mettre un Rouveix en colère. Rien ne lui paraissait plus grave qu'un trou dans la comptabilité. Un trou sans raison apparente, voici qui le mettait en rage.

— Tu auras dépensé sans compter au moins, comme au temps des glorieuses années d'après guerre ? Nous regrettons déjà Poincaré.

Il se mit à réfléchir.

— Encore qu'il y ait eu deux Poincaré, celui, dispendieux, du franc fort et l'autre, le Poincaré de toutes les crises. Désormais, on croit qu'un pays se mène avec de la psychologie. Comment rétablir la confiance quand tout part à vau-l'eau ?

Montagnac n'appréciait guère cette diversion alors qu'il avait quelque difficulté à lui annoncer une nouvelle dont il devinait qu'elle allait entraîner une vive réaction. Si Bastien n'avait jamais craint son père, l'oncle Gérald lui paraissait un bloc indestructible contre lequel nulle force et nul argument ne pourraient peser.

— Non, se défendit-il, ce n'est pas cela dont il s'agit, mais de moi.

— De toi ? Que viens-tu m'apprendre ?

Rouveix plongea son regard dans le sien. Et sur le coup, Bastien resta sans voix.

— Je vais partir, dit-il, laconique. Quitter le domaine.

— Pour aller où ? À quel endroit serais-tu plus à ta place qu'à Combeval ?

— Ma vie va devoir bifurquer, prendre une tout autre direction.

Rouveix hocha la tête. Il réalisa que, sur ce point, Léonie avait vu juste. Il l'observa avec une sorte de tendresse étrange, puis d'admiration.

— Tu veux devenir instituteur ?

— Oui, dit-il. Maintenant, je vois clair en moi. Et ce que je veux me paraît à portée de main. Ma présence à Combeval n'est plus nécessaire.

— Bien sûr, ajouta Rouveix d'un ton placide, presque indifférent, tu n'es pas indispensable. Tu as bien mené la barque jusque-là et je ne te louerai jamais assez pour ton opiniâtreté face à Charles. Tu lui as montré que tu n'étais pas l'imbécile heureux qu'il voyait en toi. Ce qui nous rend fort dans l'existence, ce sont les obstacles qu'on abat ou que l'on contourne lorsque nulle autre solution s'offre à nous. Tu as payé cher cette désobéissance. Elle t'a minée durant des années. Tu as triomphé des adversités. Alors, ajouta-t-il en lui tendant la main par-dessus le bureau, tu as bien mérité notre reconnaissance. Tu peux écrire ta vie en suivant la seule voie qui t'importait depuis le premier jour.

Bastien serra la main de Rouveix. Il y mit quelque colère car, paradoxalement, ce l'eût rassuré sur lui-même qu'il le réprimande. Son détachement lui parut soudain gommer ses années de sacrifices à la société agricole, en lui signifiant que le domaine se porterait aussi bien sans lui.

— Je n'ai pas fait grand-chose en vérité et…, affirma Montagnac avec de l'aigreur dans la voix.

— Ne sois pas amer, mon garçon. Assume ta décision. Ainsi qu'on tourne une page. Ce serait se gâter l'âme que de partir avec de la nostalgie. Après tout, tu n'as jamais aimé le domaine. Tu t'en es senti prisonnier. Ta tante a toujours prétendu, du reste, que tu n'avais pas l'étoffe d'un paysan.

Un long silence s'installa entre les deux hommes, jusqu'à ce que Rouveix ressentît le besoin d'y mettre un terme. Il n'aimait pas les états d'âme, les angoisses existentielles, les médiocres repentances.

— Quoi ? dit-il soudain en élevant la voix. Qu'attends-tu, Bastien, une médaille ? Certes, non.

— Je suis tombé amoureux d'Ariane Lamarkan.

Il avait dit « Lamarkan » car il lui écorchait l'esprit de la nommer « Pierrelin ». Et Rouveix n'eut pas l'indélicatesse de lui rappeler que la jeune femme était mariée et qu'il n'avait rien à attendre d'elle sinon quelques distractions. Cette jeune femme de bonne famille ne renoncerait jamais à ses privilèges, à son confort bourgeois pour une aventure incertaine. Mais ce silence fut assez disert entre eux.

Gérald quitta son siège, les mains glissées au fond de ses poches, allant et venant derrière sa table de travail.

— Nous avons une solution de rechange. Voilà la raison pour laquelle je ne m'inquiète pas. Reine fera très bien l'affaire. Elle a le goût du pouvoir. Cela fait des années qu'elle rêve de diriger Combeval. Là voici dans la place, forte de ma confiance.

— Voudriez-vous me faire comprendre, mon oncle, que vous avez déjà négocié avec elle dans mon dos ?

— J'ai étudié cette option. Et finalement, le destin me donne raison. Dès notre rencontre, j'ai compris quelle ambition elle nourrissait. Elle n'est restée avec son mari que pour le domaine.

Marcelin, invalide ou pas, n'aurait jamais fait l'affaire. Je ne lui aurais jamais concédé le moindre sou. C'est un Montagnac sans envergure. Et l'erreur de Charles, précisément, ce fut de croire que son fils aîné deviendrait un géant. Il l'a compris trop tard.

Puis Rouveix attendit que son neveu se retirât sur la pointe des pieds. Il ne le raccompagnerait pas, comme il avait l'habitude de le faire, avec de petites tapes amicales sur l'épaule.

— Adieu donc, fit-il avec un geste d'éviction. Et bonne chance.

Plus tard, Montagnac rejoignit Ariane dans son appartement du boulevard de Puyblanc. À Brive, c'était un jour de grande activité, comme tous les vendredis, jour de gras. La place Gambetta, voisine du boulevard, était tout entière mobilisée par le marché d'hiver, qui donnait un avant-goût de Noël. Les paysannes des alentours y faisaient étalage, sur des nappes blanches et dans des panières en osier, de leurs précieuses marchandises produites dans les fermes de basse Corrèze : paletots d'oie et de canard, de foies et de carcasses se dressaient en tas savamment agencés pour que la clientèle pût faire son choix dans les meilleures conditions. Les transactions s'opéraient au terme de quelques marchandages en patois. Et il y avait aussi, dans un coin réservé, quelques pannetons de truffes. On les pesait avec délicatesse avant d'annoncer le prix. Le long du boulevard, les marchands de marrons faisaient griller sur leur brasero les châtaignes dont la peau était à peine écorchée. Il les vendait dans des cornets de papier journal. D'ordinaire, ça se dégustait sur place, juste avant de se rincer le gosier au bistrot du Consulat.

Par curiosité, Bastien traversa la place, se faufilant entre les étalages. Il portait un chapeau de feutre noir dont le large bord dissimulait son visage. Sa crainte était d'être reconnu par quelqu'un de Saint-Hospitalet ou d'Aubepas. Peut-être se faisait-il quelque illusion sur sa notoriété ? Car personne ne l'interpella. Et il quitta la place un peu déçu, attristé par le sentiment que, désormais, son avenir se déroulerait loin de Combeval. Il se consola en imaginant que cet adieu à la terre aurait dû être fait quinze ans plus tôt, mais que, tout de même, à force de temps, il avait pu se séparer à l'amiable de la terre de ses ancêtres.

À l'étage, il sonna deux fois, comme il était convenu avec Ariane. Elle vint ouvrir et l'enserra vivement dans ses bras.

— Tu commences ta formation d'instituteur à l'école normale le 3 janvier, lui annonça-t-elle.

Il hocha la tête, toujours un peu triste.

— C'est bien, dit-il. Merci pour le coup de pouce.

— Il m'a suffi de voir le sénateur. L'inscription a été faite dans la minute. Du reste, Aubertier se souvient de toi… Il s'est montré assez étonné de ce revirement. De la conversation que vous avez eue, il retient l'image d'un jeune homme volontaire et entreprenant, prêt au renouveau de l'agriculture en Corrèze.

Bastien se prit la tête dans les mains. Il riait, riait sans s'arrêter.

— Je jouais bien mon rôle de paysan novateur et audacieux. Ça m'allait à merveille, ce personnage, j'étais d'autant plus convaincant que je n'en pensais pas un seul mot. Tout ce que j'ai bâti à Combeval, je le dois à Rouveix. C'est lui qui finançait en sous-main. Après que les difficultés de la conjoncture se seront apaisées, Combeval deviendra prospère. Et Reine Montagnac sera à la hauteur du défi. Les gens de mon village l'appellent la Souveraine. C'est dire…

Ariane lui tendit une bouteille de champagne pour qu'il fît sauter le bouchon. Il emplit les coupes et ils trinquèrent en se regardant droit dans les yeux.

— On dirait que tu l'envies, finalement, cette femme. Tu voudrais être à sa place et ne pas y être. C'est étrange. Tu aurais donc ce genre de caractère, à osciller entre deux situations, sans parvenir à trancher définitivement ? Ah, s'exclama-t-elle, c'est bien les hommes !

Il posa ses mains sur ses genoux et les caressa sous la fine soie qui glissait sur sa peau. Mais elle s'esquiva, même si elle redoutait sa susceptibilité d'homme étranger à son petit monde.

— Je vais te faire aménager un appartement au-dessus. Rien que pour toi. Deux chambres, un salon et un grand bureau, énuméra-t-elle.

— Les apparences seront sauves, dit-il.

Elle éclata de rire.

— Pour que tu sois libre de vivre comme bon te semble et que tu puisses jouir d'un peu de solitude. Je te connais, mon amour. Si je me fais trop chatte possessive, tu fileras par les gouttières comme un matou indiscipliné.

Lorsque la sonnette retentit, Bastien s'échappa dans la cuisine avec sa coupe. Ariane alla ouvrir et revint aussitôt avec une grosse enveloppe cachetée.

— C'est la dernière livraison de la revue. Pour la prochaine édition, je compte sur ta participation. Dix poèmes. Et pas un de moins.

Il resta évasif. Cela faisait dix ans au moins qu'il n'avait pas titillé la muse, mis à part un hommage en douze strophes pour Alexandrine… qu'il avait déchiré ensuite, la mort dans l'âme.

— De quoi as-tu peur ? Tu fuis comme un voleur. Alors que tu es chez toi, ici, mon doux amant.

Il haussa les épaules.

— Tu crains la visite de Pierrelin ? insista-t-elle.

Elle éclata de rire.

— Il se moque bien de mes fréquentations, dit-elle d'un ton enjoué. Est-ce que je lui reproche sa liaison avec Blandine Lestard, une mignonne petite belette à peau blanche, une sorte d'albinos aux seins plats ?

Le lendemain, aux aurores, Bastien Montagnac éprouva des remords sur la manière dont il avait pris congé de Combeval. Une fuite, une honteuse fuite. Ariane lui conseilla de régler cette affaire sans délai. Pour ce faire, elle lui prêta sa voiture, une Ford A Roadster qui dormait dans son garage.

Il arriva à Saint-Hospitalet à midi. Les cloches du village sonnaient le tocsin. Ce triste tintement lui rappela quelques souvenirs, la déclaration de guerre et la mobilisation générale. Il trouva Agnelet Bigorie assis sur le muret du jardin communal en train de fumer une cigarette.

— Qu'est-ce donc ? demanda-t-il. Le cauchemar recommence ?

— Ça sonne pour Paul-Étienne Lamirot.

— Lamirot ? s'exclama-t-il. Que lui est-il arrivé ?

— Sa gouvernante l'a trouvé mort dans son salon, hier matin. Paraît qu'il s'est tiré un coup de fusil dans la tête. Une drôle de fin. Pourtant, avec tout l'argent qu'il possédait, il aurait pu se payer une belle et longue vie. C'est con, tout de même.

— Un suicide ? Ce serait un suicide ?

— On l'enterre demain, à onze heures, ajouta Agnelet. Y aura pas bézef de gens derrière son cercueil. M'est avis que ce sera pas un gros enterrement. Lamirot était un ours. Ça ne parlait à personne, ça prenait toujours les petites gens de haut. Tu penses la même chose, n's'pas, Bast ? P'têt qu'il avait ses raisons d'en finir. On n'est pas dans la tête des gens. Des fois, on a de drôles de pensées et ça ne se voit pas au premier coup d'œil. Tu l'connaissais, toi, Paul-Étienne ?

— Oui, dit Bastien. C'était un garçon adorable. Secret et intelligent. Ça se remarque dans le paysage. Il n'y en avait pas beaucoup comme lui.

Bastien Montagnac remonta dans la voiture et prit la direction de Combeval sans se hâter.

Du même auteur :

Le Vent mauvais, L. Souny, 1993
Les Caramels à un franc, L. Souny, 1995
Le Domaine de Rocheveyre, Presses de la Cité, 1999
Jours de colère à Malpertuis, Presses de la Cité, 2001
Les Vignerons de Chantegrêle, Presses de la Cité, 2002
Quai des Chartrons, Presses de la Cité, 2002
Les Compagnons de Maletaverne, Presses de la Cité, 2003
Le Carnaval des loups, Presses de la Cité, 2004
La Tradition Albarède, vol. I. *Les Césarines*, Presses de la Cité, 2004
La Tradition Albarède, vol. II. *Grand-mère Antonia*, Presses de la Cité, 2005
Une maison dans les arbres, Presses de la Cité, 2006
Une reine de trop, Presses de la Cité, 2006
Une famille française, Presses de la Cité, 2007
Les Eaux profondes, L. Souny, 2007
L'Homme qui rêvait d'un village, Presses de la Cité, 2008
La Rosée blanche, Presses de la Cité, 2008
Les Fruits verts, L. Souny, 2009

L'Auberge des diligences, Presses de la Cité, 2009
Le Notaire de Pradeloup, Presses de la Cité, 2009
L'Or des Borderies, Calmann-Lévy, 2010
Soleil d'octobre, Calmann-Lévy, 2011
Les Encriers de porcelaine, Presses de la Cité, 2011
Les Noces de soie, Calmann-Lévy, 2012
La Villa des térébinthes, Calmann-Lévy, 2012
Rendez-vous à Fontbelair, Calmann-Lévy, 2013
L'Armoire allemande, Presses de la Cité, 2013
Histoires de familles, Omnibus, 2013
La Folie des Bassompierre, Calmann-Lévy, 2014
La Retournade, Presses de la Cité, 2014
Chronique des Strenquel, Calmann-Lévy, 2014
La Bastide aux chagrins, Calmann-Lévy, 2015
Les Sœurs Querelle, Calmann-Lévy, 2015
L'Honorable M. Gendre, Presses de la Cité, 2016
Les Larmes de la pinède, Calmann-Lévy, 2016
La Belle Étrangère, Calmann-Lévy, 2017
Adélaïde, au bord de la falaise, Calmann-Lévy, 2017
Les Gens de Combeval, Calmann-Lévy, 2018
Un si joli mariage, Calmann-Lévy, 2019
Rue de la Fontaine-Bleue, Calmann-Lévy, 2019
L'Auberge des Diligences, Presses de la Cité, 2020
Un cœur solitaire dans une maison trop grande, Calmann-Lévy, 2020
Un été sous les tilleuls, Calmann-Lévy, 2020

PAPIER À BASE DE FIBRES CERTIFIÉES

Le Livre de Poche s'engage pour l'environnement en réduisant l'empreinte carbone de ses livres. Celle de cet exemplaire est de :
300 g éq. CO_2
Rendez-vous sur www.livredepoche-durable.fr

Composition réalisée par Lumina Datamatics, Inc.

Achevé d'imprimer en France par
CPI BRODARD & TAUPIN (72200 La Flèche)
en juin 2021
N° d'impression : 3043594
Dépôt légal 1re publication : juin 2021
LIBRAIRIE GÉNÉRALE FRANÇAISE
21, rue du Montparnasse – 75298 Paris Cedex 06

41/5865/0